EPIC

Conor Kostick

CONOR KOSTICK

EPIC

I CZĘŚĆ TRYLOGII
KRONIKI AWATARÓW

Przekład:
Dariusz Kopociński

● **Wydawnictwo TELBIT**

Original title: *Epic*
Copyright © Conor Kostick 2004
First published by The O'Brien Press Ltd., Dublin, Ireland, 2004
Published in agreement with The O'Brien Press Ltd.

Copyright for the Polish edition by Wydawnictwo Telbit 2011.

Wydawca składa podziękowania za finansowe wsparcie udzielone przez Ireland
Literature Exchange (fundusz translatorski) w Irlandii, w Dublinie.
www.irelandliterature.com
info@irelandliterature.com

● **Wydawnictwo TELBIT**
ul. Jaworzyńska 7/7
00-634 Warszawa
tel.: (22) 331-03-05
e-mail: telbit@telbit.pl
www.telbit.pl
edu.info.pl

Przekład:
Dariusz Kopociński

Redakcja:
Arleta Niciewicz-Tarach

Korekta:
Weronika Sygowska-Pietrzyk

Skład i łamanie:
Agnieszka Kielak-Dębowska

Projekt okładki:
Łukasz Obłażewicz

Dział Handlowy:
tel./fax: (22) 331-88-70
e-mail: handlowy@telbit.pl

Druk i oprawa:
Zakład Graficzny COLONEL, Kraków

ISBN: 978-83-62252-52-7

Spis treści

ɞ 1 ʗ

Śmierć w rodzinie

Morska mgła osadziła na kuchennym oknie mikroskopijne kropelki wilgoci. Erik próbował nie myśleć o straszliwym ryzyku, na jakie zdecydowała się jego matka. Wpatrywał się w kropelki z niejakim roztargnieniem. Siedział jak skamieniały, obserwując wodniste plamki, które łączyły się z sąsiednimi, coraz większe i większe, póki nie urosły tak bardzo, że nie mogąc już dłużej utrzymać się na szkle, zsuwały się w dół chwiejnym kursem; po drodze zbierały wodę i poruszały się szybciej. W świecie milionów drobinek mgły był to prawdziwy kataklizm. Obok Erika siedział jego ojciec, który sprawiał wrażenie, jakby z wielką uwagą oglądał wyblakłe słoje drewna na wytartym blacie stołu. Żaden się nie odezwał od ponad godziny. Siedzieli w kiepskim nastroju, lekko przygarbieni. Aż wreszcie rozległy się głuche kroki, które zmieniły natężenie po przejściu z drewnianych schodów na posadzkę. Klamka w drzwiach uniosła się i do środka weszła matka.

– I co? – zapytał Erik, choć gdy tylko postawiła nogę w kuchni, wyczytał z jej bladej, wychudzonej twarzy, że nie usłyszy dobrych wiadomości.

– Zginęłam – odpowiedziała Freya cichym, drżącym głosem. Harald wstał i podsunął jej krzesło. Chwyciła je drżącą ręką i osunęła się na nie, unikając ich badawczego wzroku.

– Chcesz powiedzieć, że na nic się zdała trucizna? – dopytywał się łagodnie Harald.

– Na nic. – Pokręciła głową. – Nie przeniknęła zbroi.

Ujął jej dłonie, próbując ją pocieszyć.

– Robiłaś co mogłaś. Wiedzieliśmy, że to praktycznie niemożliwe.

– Przynajmniej walczyła. – Erik wstał gwałtownie. Po tak długim znieruchomieniu teraz rozsadzała go energia. Jego ojciec był porządnym człowiekiem, lecz Erik nie potrafił ukryć rozgoryczenia, które przyszło nie wiadomo skąd, żeby zatruć mu serce. Mama przynajmniej wyszła na arenę w ich imieniu; to ona miała najwięcej odwagi. Harald podwinął ogon… jak to on.

– Jakoś z tego wybrniemy. – Harald z rozmysłem ignorował Erika. Otoczył ramieniem Freyę.

– Tak sądzisz? – Z jej piersi wyrwało się ciche łkanie, co uświadomiło wstrząśniętemu Erikowi, że ona też czuje się przegrana. – Nie oszukujmy się wzajemnie. Przynajmniej tyle. – Łzy napływały jej do oczu. – Zostaniemy przesiedleni.

Przesiedlenie. Życie na farmie było ciężkie, ale nie tak męczące jak harówka w kopalniach lub na solniskach – lub przy wielu, wielu innych pracach, którym trzeba było się poświęcić na planecie Nowa Ziemia. Przesiedlenie oznaczało wyjazd z Osterfjordu, pożegnanie przyjaciół, a może nawet rozstanie z rodzicami. Nie byli już panami swego życia.

– Czemu nie rzucisz wyzwania, tato?

– Przestań! – burknął ze złością Harald. – I tak mi nie uwierzysz.

– Pewnie, że ci nie uwierzę. Już nie! Przecież to nie ma sensu.

– Erik czuł, że jego głos staje się coraz bardziej piskliwy, więc przerwał dla zaczerpnięcia oddechu. – Może być coś gorszego niż przesiedlenie?

– Są gorsze rzeczy – odparł złowieszczo Harald.

– Daj spokój, Erik. Przerabialiśmy to już tysiące razy. – Po raz pierwszy odkąd weszła do kuchni, Freya uniosła wzrok i spojrzała mu w oczy. – Tata nie może za nas walczyć i koniec dyskusji!

– Ale czemu? – nie ustępował Erik.

– Nie mogę ci tego powiedzieć – rzekł Harald z ponurą miną.

– Do krwi utoczonej! Mam czternaście lat, nie jestem już dzieckiem. Powiedz.

– Nie.

Nie mogąc powstrzymać emocji, Erik rzucił o ścianę glinianym kubkiem, który dotąd trzymał w ręku. Kubek pękł z trzaskiem i rozsypał się na drobne kawałeczki, padające z brzękiem na posadzkę z płytek. Na pobielonej ścianie pozostał czerwonawy ślad. Cała trójka w milczeniu przyglądała się skorupkom. Wiedział, o czym myślą: choć nad rodziną zawisło widmo strasznej katastrofy, smuciło ich coś tak trywialnego jak strata kubka. Niemal natychmiast ochłonął z gniewu. Było mu wstyd i miał wyrzuty sumienia. Taki kubek to przecież nie byle co…

Kiedy tak siedzieli bez słowa, nie wiedząc, co w tej sytuacji powiedzieć, z podwórka doleciał odgłos biegnących nóg. Freya prędko wstała z krzesła i zaczęła zbierać potłuczone reszki glinianego naczynia. Rozległo się pukanie do drzwi.

– Proszę! – Albo Harald nie przejmował się tym, że gość zobaczy skorupy, albo wręcz przeciwnie: chciał, aby je zobaczył.

Do kuchni wbiegła złotowłosa dziewczyna, za nią zaś jej tęgi braciszek. Zawiało chłodnym powietrzem.

– O, Injeborg i Bjorn. Jak się macie? – Harald powitał młodych sąsiadów.

Freya ukryła za koszykiem gliniane kawałki i wyprostowała się.

– Cześć. Przykro nam, że tak się zakończył pojedynek – powiedziała Injeborg poważnym tonem. Trzymający się z tyłu Bjorn kiwnięciem głowy dołączył się do tych kondolencji.

Freya ze sztucznym uśmiechem założyła za ucho niesforny kosmyk włosów.

– To miło z waszej strony. I podziękujcie rodzicom za miecz i eliksir. Pewnie trudzili się miesiącami, by je zdobyć. Szkoda, że na darmo.

– Niech się pani nie martwi, niczego nie żałują. Przysłużyły się dobrej sprawie. Będziemy za wami strasznie tęsknić, jeśli każą wam odejść. – Na ożywionej twarzy dziewczyny pojawiła się nagle pochmurna mina, jakby przyłapała się na tym, że powiedziała za dużo.

– Erik, weź płaszcz i idź z nimi. Mam trochę spraw do obgadania z mamą. – Harald wskazał drzwi.

– Jak zwykle wszystko za moimi plecami.

Wychodząc, Erik rąbnął drzwiami, ale się nie zamknęły – tylko zamek zgrzytnął. Zauważył, że Bjorn i Injeborg spoglądają na siebie z zakłopotaniem, lecz nikt nic nie mówił. W milczeniu oddalali się od farmy, każde z głową schowaną pod wełnianym kapturem kurtki, pogrążone w swoim własnym świecie. Erik narzucił ostre tempo, mimo że Injeborg musiała od czasu do czasu podbiegać, aby nie zostać zbyt daleko w tyle. Bjorn jednak dreptał za nim równym krokiem. Dopiero kiedy wspięli się na szczyt wzgórza i ukazał im się widok morza, Erik otrząsnął się z podłego nastroju. Nie było sensu unosić się gniewem i rozpaczać – zwłaszcza w towarzystwie przyjaciół, którzy przecież chcieli mu pomóc.

Za nimi rozciągały się nieprzebrane sady oliwne. Drzewa rosły prościutkimi, lecz monotonnymi rzędami, rozchodzącymi się promieniście w bezkresną dal od maleńkiej osady, którą stanowiło sześć gospodarstw i duży, okrągły budynek tłoczni. Tak wyglądał jego dom: wioska Osterfjord. Zwrócony w stronę morza, miał przed sobą jałowe, piaszczyste zbocze wzgórza. Nieopodal leżał olbrzymi głaz, dający osłonę przed wiatrem wiejącym od morza. Usiedli pod nim, jak siadali już wiele razy.

– Nie martw się, Erik – odezwała się Injeborg, ostrożnie wsuwając swoją ciepłą rękę w jego dłoń. – Nie musi być aż tak źle. Nawet jeśli was przesiedlą, może traficie na solnisko. Zamieszkacie w Nadziei, a to niedaleko stąd.

– A poza tym – dodał Bjorn – Biuro Alokacji niczego nie zrobi przed zaliczeniami. Może wam się upiecze.

– Oglądaliście? – Erik zmienił temat.

– No. Wszyscy byli na arenie, a przynajmniej wszyscy z Osterfjordu i kupa ludzi z Nadziei. – Bjorn popatrzył z wahaniem na Erika swoimi zielonymi oczami. W jego szerokiej, mięsistej twarzy czaiło się pytanie.

– Nie mógłbym znieść czekania. Zresztą chciałem być w domu ze względu na mamę. – Zawahał się. – Dobrze walczyła?

– I to jak! – wykrzyknęła Injeborg. – Mało kto tak umie wymachiwać bułatem. Ale sam wiesz, jakie miała szanse. Ragnok pewnie wydał dziesięć tysięcy bizantów na samą zbroję.

– To niesprawiedliwe. – W normalnych okolicznościach Erik w użalaniu się widział oznakę słabości, więc nawet w myślach starał się być twardy, a już przenigdy nie wylewał swoich żalów przed kolegami. Ale te okoliczności nie były normalne. Wiedział, że prawdopodobnie znajdzie się wśród zupełnie obcych ludzi, którzy zapędzą go do jakiejś męczącej, niewolniczej roboty; i nie dość na tym – własna matka i ojciec patrzyli na niego jak na dziecko. Nie traktowali go jak osoby godnej zaufania, równorzędnego partnera do rozmowy o przyszłości, która przecież miała być udziałem ich wszystkich. Osobiście uważał, że jest lojalny, że można na nim polegać i że w razie konieczności potrafi trzymać język za zębami.

– Masz rację, to niesprawiedliwe. Totalnie niesprawiedliwe i bezsensowne. Chyba nie wasza wina, że pękło ogniwo słoneczne. Mogło paść na każdego. Czemu was spotyka kara? – Kiedy Injeborg wpadała w złość, jej blade policzki płonęły czerwienią. Dopiero wtedy zaznaczało się podobieństwo między szczupłą dziewczyną a jej tłustym braciszkiem.

– Właśnie. Przecież bez prądu nowa rodzina i tak nie wyrobi normy. Przesiedlanie was nie ma sensu. – Bjorn związał pod szyją kurtkę, broniąc się przed zimnym, wilgotnym powietrzem.

– Czy oni w Biurze Alokacji w ogóle wiedzą, co to znaczy rozdzielić rodzinę i przyjaciół? Ale nic na to nie poradzimy. Jeśli sprzeciwimy się choćby najdrobniejszej decyzji, zginiemy na arenie jak twoja mama. Wolę nie myśleć, co by się stało, gdyby ktoś zaproponował naprawdę duże zmiany. – Injeborg była wzburzona: mówiła w równej mierze do siebie i do Erika.

– Marzysz czasem o pojedynku z Biurem Alokacji, o zwycięstwie? – zapytał, dając wyraz uczuciom wydobywającym się z głębi serca, gdzie na co dzień były skrzętnie ukryte, odsłaniane jedynie w chwilach, kiedy leżał i rozmyślał o przyszłości.

– Zawsze. – Gdy popatrzyła na niego i spotkały się ich spojrzenia, zauważył, że ona świetnie go rozumie. Teraz cieszył się, że zdradził jej swoje marzenie.

– A ja nie – rzekł Bjorn i wzruszył ramionami dla podkreślenia swojego zniechęcenia. – Mówmy o rzeczach realnych.

Obok nich wylądowała zięba szukająca schronienia. Kręciła główką na wszystkie strony, żeby spojrzeniem swoich maleńkich czarnych oczu ogarnąć całe otoczenie. Ciepła dłoń, przykrywająca rękę Erika, zacisnęła się, kiedy Injeborg mimowolnie znieruchomiała, aby nie wystraszyć ptaszka. Erik w tym momencie doświadczał szczęścia – co wobec ponurej rzeczywistości wydawało się szczególnie cenne. Przyjaciele dawali mu poczucie więzi braterskiej, która była mu wielką pociechą, toteż perspektywa ich utraty dręczyła go bardziej niż myśl o harówce w kopalni.

Wietrzyk, który ledwie wichrzył piórka zięby – wyglądającej przez to, jakby nosiła na szyi futrzany kołnierz – nagle dmuchnął silniej. Ptak zniknął.

W tej krótkiej chwili coś się w Eriku przełamało: powziął decyzję, w dodatku taką, która sprawiła mu prawdziwą frajdę. Zamierzał bowiem – wbrew zdrowemu rozsądkowi – wyzwać w szranki Biuro Alokacji i pomścić śmierć matki.

৪ 2 ৪

Ku czci piękna

Znowu śmierć.

Erik westchnął głośno i z irytacją podrapał się po uchu, wyobrażając sobie zrozpaczony głos matki, kiedy się o tym dowie. Postanowił wszelkimi sposobami doprowadzić do pojedynku z Biurem Alokacji, podejmował więc ryzyko, na jakie nie odważył się w Epicu nigdy wcześniej. Był przygotowany na śmierć w pogoni za zemstą i potrzebnymi mu informacjami. Ale podejrzewał, że matka tego nie zrozumie. Nadzieję pokładała już tylko w tym, że Erik wymiga się od przesiedlenia dobrą postawą w dorocznym turnieju zaliczeniowym. W tym kontekście każda śmierć była tragedią, ponieważ pozbawiała go bogactw i ekwipunku, które zdobył jego bohater. Jeśli nie będzie uważał, przystąpi do turnieju z pustymi rękami – stanie się łatwym łupem nawet dla dziesięciolatka, który wojuje zardzewiałym sztyletem.

Akurat gdy zamierzał odłączyć się z Epica, przyszło mu do głowy, że powinien przynajmniej przygotować nowego bohatera. Dzięki temu odsunie w czasie chwilę, kiedy będzie trzeba oznajmić rodzicom złą wiadomość.

płeć: kobieta

Dokonał wyboru praktycznie nieświadomie i zdziwił się niepomiernie. Po raz pierwszy wybrał kobietę. Zazwyczaj ludzie pozostawali przy swojej płci; próbowali nadać postaci wygląd jak najbardziej zbliżony do własnego – być może dlatego, że spotkania w grze bardzo często skutkowały małżeństwem. W każdym razie cieszył się, że tak to wyszło. Może szczęście uśmiechnie się do niego, jeśli będzie kobietą?

Przemknął przez olbrzymią bibliotekę kobiet i wybrał figurę. Zdecydował się na niewysoką pieguskę o jasnej cerze, rudych włosach i zielonych oczkach. Pod względem budowy ciała bohater przypominał Erika, on jednak odziedziczył po matce czarne włosy i brązowe oczy. Na koniec, przewrotnie, wszystkie punkty startowe przeznaczył na urodę.

Poważni gracze – a z takich składał się świat – nie marnowali na urodę nawet punktu, który można było przeznaczyć na ważniejsze cele, takie jak umiejętności bojowe, zdolności rzemieślnicze, broń, przedmioty magiczne i zaklęcia. W efekcie wspólnotę graczy tworzyli wyłącznie przeciętni, nudni humanoidzi.

Jego przyjaciele będą w szoku. W żaden sposób nie zdoła im wytłumaczyć, co skłoniło go do takiej decyzji, tak samo jak żaden rozsądny argument nie przemawiał za rezygnacją ze wszystkich praktycznych korzyści na rzecz urody. Może po prostu powie, że stworzył atrakcyjną dziewczynę dla kaprysu, bo wiedział, że i tak nie pożyje za długo. Takie wyjaśnienie nie odbiegałoby zbytnio od prawdy, lecz Erik czuł, że ona znakomicie odzwierciedla nastrój, który go ogarniał – sprzeciw i bunt wobec skostniałych reguł gry.

Niech sobie mówią, co chcą – robiła wrażenie. Więcej nawet: powalała. Brakowało jej zbroi, stała więc w samej tunice i spodniach, gibka i pewna siebie. Czuć było energię, która z niej promieniowała.

#uśmiechnij się

Uśmiechnęła się zadziornie do Erika i serce w nim podskoczyło. Animacja mimiki twarzy była perfekcyjna. Gdyby polecił uśmiechnąć się któremukolwiek z poprzednich bohaterów, przesuwające się szare wielokąty głowy utworzyłyby tylko nieczytelny grymas. Zachichotał głośno. Zły humor po niedawnej śmierci prędko go opuścił. Szykowała się niezła zabawa. Pewnie nie pożyje dłużej niż tydzień – biorąc pod uwagę, co sobie zaplanował – ale już teraz łączyła go nić sympatii z jego alter ego. Będzie się odróżniał od innych, wywoła mnóstwo pytań. Przypominał bardziej NPC, postać generowaną i sterowaną przez komputer, niż gracza.

#pomachaj na pożegnanie

Pomachała.

Po odpięciu od komputera hełmu i rękawic Erik wstał i przeciągnął się. Znowu podrapał się za uchem, które swędziało go w miejscu, na które przez cztery godziny naciskał sprzęt. Podarowano mu te bezcenne godziny, żeby podgonił w Epicu inne postacie ze swojej grupy wiekowej.

W czasie gdy zmagał się z rzeczywistością gry, na dworze zapadł zmierzch. Prawdopodobnie rodzice i sąsiedzi wrócili już z pól i teraz starannie czyścili żelazne narzędzia, żeby nie chwyciła ich rdza. Może nawet przygotowywali kolację. Migotliwe światło w korytarzu świadczyło o tym, że na dole rozpalono już ogień. Czas przyznać się do porażki. Erik zaczął schodzić po surowych drewnianych schodach – wolno i cicho.

– Jasna cholera! – doleciał z kuchni głos matki.

– Co się dzieje, mamo? – Erik zjawił się przy niej.

– O! Nie wiedziałam, że tu jesteś. – Westchnęła. – Piec nam się psuje. Nie mamy ciepłej wody.

Wyglądała na zmęczoną, lecz nagle na jej twarzy zajaśniała nadzieja.

– Zrobiłeś dziś jakieś postępy?

– Hm, tak i nie. – Nie chcąc jej rozczarować, Erik usiadł przy stole i wbił wzrok w słomianą podkładkę.

– Tak i nie?

– Zginąłem. Ale nauczyłem się…

– O, nie! Znowu to samo? Eriku, czemu tak ciężko ci idzie w świecie? Turniej zaliczeniowy lada dzień, a ty nie masz najmniejszych szans. – Pohamowała się wreszcie. Oboje wałkowali ten temat wiele razy. Usiadła przy stole i popatrzyła na niego, aż łzy zaświeciły jej w oczach.

Unikając wzroku Freyi, Erik wpatrywał się w swoje dłonie, totalnie przybity. Doskonale ją rozumiał, lecz nie zamierzał zmieniać swojego nowego buntowniczego podejścia do gry.

– Posłuchaj mnie dla własnego dobra. Ja i tata niedługo zostaniemy gdzieś przesiedleni, ale ty masz jeszcze szansę wybrać dla siebie przyszłość. Nie mieści mi się w głowie, że możesz być taki uparty.

Erik wolał nic nie mówić, żeby nie doprowadzać matki do rozpaczy, ale nie chciał zaakceptować jej spojrzenia na rzeczywistość.

– Zobaczymy, co powie tata. – Freya wstała i otworzyła drzwi na podwórko. – Możesz przyjść, Harald? – zawołała.

– Co, już kolacja? – Ojciec przyniósł z szopy drewno na opał. Uśmiechnął się do Erika, ale szybko wyczuł ciężką atmosferę. – O co chodzi?

– Erik znowu zginął.

– Chwila, moment.

Czekali bez słowa, kiedy Harald przenosił drewno. Erik, zaniepokojony, czuł ucisk w żołądku. Ojciec w końcu wrócił, strzepując kawałeczki kory ze swetra.

– Kto cię załatwił? – zapytał obojętnie.

– Czerwony Smok, jak zwykle – wyznał niechętnie. Wychodził na jakiegoś matoła. Nie wiedział, jak się wytłumaczyć.

– Znowu? Który to już raz? Trzeci? – Harald usiadł naprzeciwko niego.

– Czwarty.

Ojciec wolno pokiwał głową.

– Ile ci trzeba, żebyś dał sobie z nim spokój?

– Nie wiem… – odparł cierpko Erik. – Słuchaj, dopiero wtedy się poddam, kiedy będę na sto procent pewny, że on jest nie do przejścia. Ale mam jeszcze parę pomysłów. Dam radę.

– Skoro tak, czemu nikomu jeszcze nie udało się przejść Inry'aata, Czerwonego Smoka? – Matka stanęła przy stole ze skrzyżowanymi ramionami.

– Bo wszyscy zajmowali się walką i nikt nie zauważył tego co ja.

– Niby czego? – zapytał Harald.

Erik oderwał wzrok od podkładki, którą się bawił. W głosie ojca, do tej pory surowym, pojawiła się nuta szczerego zainteresowania.

– Czerwony Smok atakuje według ustalonych zasad – wyjaśnił prędko Erik. – Nie rzuca się wcale na najbliższego przeciwnika, ale na tego, który robi mu najwięcej szkody.

Harald pokiwał głową.

– Tak się zachowują wszystkie inteligentne stwory.

– Zgoda, ale on przerywa atak, jeśli zobaczy, że nowy bohater stanowi większe zagrożenie.

– Mów dalej…

– Trzeba by się idealnie zgrać i punktować go w sposób przemyślany. Gdyby trzy- lub czteroosobowa grupa odpowiednio się rozstawiła, smok co chwila zmieniałby cel ataku i nikogo by nie dopadł.

Harald pokręcił głową.

– Rozumiem, o czym mówisz. Ale Epic jest świetnie zaprojektowany. Nie zostawiliby luki umożliwiającej zapętlenie smoka. Marzenia ściętej głowy, synu.

– Gdybym ci pokazał, może byś mi uwierzył.

Matka ze złością rąbnęła kubkiem o stół.

– Nie przeginaj, Erik. Wiesz, że tacie nie wolno wchodzić do Epica.

– Znowu mnie podpuszczasz, synu. – Harald westchnął, ale nie wyglądał na zdenerwowanego. Wyciągnął rękę i poklepał Erika po dłoni. – Posłuchaj, jesteś świetnym graczem. Widać to było już wtedy, gdy pierwszy raz założyłeś hełm. Masz znakomity refleks i potrafisz się ustrzec sztuczek i pułapek, których pełno jest w świecie. Ale teraz masz tyły. Popatrz no tylko na Bjorna…

Erik przerwał mu szyderczym prychnięciem.

Harald ściągnął brwi.

– Na Bjornie można polegać. W każdej drużynie ktoś taki to skarb. Potrafi ciężko harować. Systematyczną pracą dochodzi do celu. Teraz ma silnego bohatera, może najlepszego w szkole.

– Może i jest najlepszy w maleńkim okręgowym liceum rolniczym. Ale w porównaniu z graczami z Mikelgardu jest zerem. W Biurze Alokacji nikt go nie wysłucha. Dobra, macie: chcą nas przesiedlić. Obronimy się jakoś? Musimy mierzyć wyżej.

– Cóż, Erik ma sporo racji. Kiedy ostatnio zginął smok? – Harald zerknął na syna i uśmiechnął się niespodziewanie. Obaj znali odpowiedź.

– Trzydzieści lat temu. Grupa z Uniwersytetu Mikelgardzkiego zabiła M'nana Sortha, Czarnego Smoka z Gór Śnieżnych Szczytów.

– I gdzie oni teraz są? Nie zdziwię się, jeśli większość robi w Biurze Alokacji – wyraził przypuszczenie Harald.

Wyraźnie poirytowana tym, dokąd zmierza rozmowa, matka wstała. Po chwili trzaskały szufladki ze sztućcami.

Harald popatrzył na Erika uważnym spojrzeniem swoich niebieskich oczu, jakby brał z niego miarę.

– Słuchaj no – szepnął. – Mama źle się czuje, nie może spać w nocy. – Po tych słowach podniósł głos, żeby usłyszała go również Freya. – A teraz poważnie, Erik. Jeśli wejdziesz do gry co wieczór po pracy, może podciągniesz się na tyle, żeby dobrze wypaść na turnieju zaliczeniowym.

– Moglibyśmy nawet dać mu więcej czasu za dnia – dodała Freya, odwracając się do stołu. – Tak czy owak normy nie wyrobimy.

– Fakt – zgodził się Harald. – Co ty na to, synu? Koniec z umieraniem, koniec ze smokiem.

– Jak chcecie. – Erik wyobrażał już sobie, zdołowany, długie godziny nudnego rozwijania bohatera. Musiał nazbierać kupę miedziaków, żeby mieć choć podstawowe, najprostsze wyposażenie.

– Słowo? – Freya zmrużyła oczy, wyczuwając niechęć w głosie Erika.

– Słowo – odparł.

❧ 3 ☙

Notatka, mapa i pewna rada

Na dworze padał deszcz i ziemia zmieniała się w błoto, co uniemożliwiało transport delikatnych pędów oliwek z glinianych donic na pole. Z tego właśnie powodu Freya odesłała Erika do domu, żeby popracował nad swoim nowym bohaterem w Epicu. Musiał przyrzec, że nie będzie się zbliżał do Inry'aata, Czerwonego Smoka, więc był w kiepskim nastroju – dopóki się nie podłączył i nie przypomniał sobie z radością o swoim niebanalnym pomyśle. Jego nowy bohater był dziewczyną bez jakichkolwiek szczególnych atrybutów – prócz urody.

Erik zsynchronizował się z urządzeniem i zaraz odezwała się mała pozytywka, której sprężyna odmykała kolorowe boki i unosiła niewielką platformę ze stojącą na niej rudowłosą postacią.

#pomachaj

Pomachała wesoło, wywołując uśmiech na jego twarzy.

Przed wejściem do świata w charakterze dziewczyny musiał podjąć kilka wiążących decyzji. Pozbawiona wszystkich atrybutów prócz urody, w najważniejszych klasach z pewnością wypadnie słabo. Dlatego przeglądał drugorzędne opcje: rabuś, awanturnik, rycerz, hazardzista, akrobata, włóczęga – lista zawierała setki możliwości. Cierpliwie czytał opisy interesujących go klas, aż wrócił do tej, która wyróżniała się swoim niezwykłym streszczeniem.

awanturnik

Awanturnik przypomina korsarza. To wojownik, którego domem jest pełne morze. Dzięki przebojowości i ogładzie potrafi też zrobić wrażenie w środowisku miejskim. Łączy w sobie umiejętności lekkozbrojnego rycerza, doświadczenie rabusia i szarmanckość dworskiego podrywacza. Jeśli chcesz skraść klejnoty koronne i huśtać się na żyrandolu w sali pełnej wrogów, którzy z dołu próbują pochlastać cię szablami, awanturnik jest dla ciebie idealnym bohaterem.

Erik nie miał pojęcia, czy to rozsądny wybór. W ciągu wielu godzin spędzonych w Epicu ani razu nie spotkał się z awanturnikiem. Ale może dlatego, że wbrew założeniom twórców gry nikt nie decydował się na eksperymenty? Mówiło się, że grę zaprojektowano przed wiekami, aby dostarczyć rozrywki kolonistom podróżującym w stanie częściowej hibernacji przez kosmiczne otchłanie. Wtedy jeszcze nie chodziło w niej o mozolne ciułanie drobniaków ani nawet – choć w odczuciu Erika miałoby to sens – rozstrzyganie konfliktów. Twórcy przede wszystkim myśleli o dobrej zabawie. A żartobliwa definicja awanturnika, z którą dopiero co się zapoznał, była kolejnym potwierdzeniem tego, że projektanci nie stworzyli wirtualnego świata dla ponurych pracowników Biura Alokacji.

I tak dziewczyna została awanturnikiem, a Erik niebawem miał się przekonać, jak mądrą powziął decyzję. Pozostawała kwestia imienia. Niełatwa sprawa – jak zawsze. Co tu wymyślić? Tym razem, wbrew zwyczajom, nie mógł użyć własnego. Może więc Freya, jak mama? Nie, ostatnio namnożyło się tych Freyi. Imię musi kojarzyć się z szarmanckością... cokolwiek znaczy to słowo. Cinderella. No, prawie dobrze. Ale może lepiej nie kopiować imienia z baśni o Kopciuszku? Sindbad żeglarz. Spotykało się już paru Sindbadów i oczywiście wszyscy byli facetami. A może Cindella żeglarka? O, to jest to!

Erik zatwierdził swój wybór. Chwila ciszy i ciemności, a potem narastający dźwięk, który stał się jazgotem. I jasny rozbłysk światła.

**

Wrócił do świata gry.

Gdzie był? Miał wrażenie, że to jeszcze tamten odległy dzień, kiedy wprowadzono go do Epica. Rozglądając się po raz pierwszy, człowiek zachwyca się widokami i odgłosami niesamowicie bogatymi w szczegóły, przypominającymi świat rzeczywisty.

Strych, pajęczyny, skromne wyposażenie, okno z rozbitą szybką. Na zewnątrz mewa przycupnięta na gzymsie. Łóżko... a w nim ktoś? Za oknem wiatr szumi i szarpie obluzowaną ościeżnicą. W mieszkaniu ciężkie sapanie, podobne do chrapania.

Jeden krok w stronę okna, potem drugi. Cindella poruszała się zwinnie; Erik czuł natychmiastową reakcję na najdrobniejsze polecenie. Potrzebował jeszcze wprawy, żeby ograniczyć pewną nadsterowność. Wyciągnął rękę w stronę okna. Przyzwyczajony do widoku wielkiej, umięśnionej pięści, z rozbawieniem patrzył na wiotkie dziewczęce palce. Przez rozbite okno wpadał wiatr. Powietrze przyjemnie owiewało rękę. Dotykając szkła, pozostawił niewyraźne ślady na kurzu. Na gzymsie za oknem poruszyła się mewa. Skierowała na niego roziskrzone oko, przysłonięte zwichrzonymi piórkami. Wyrażając wrzaskiem swoje niezadowolenie, ptak zerwał się do lotu. Gdy nagle targnął nim wiatr, gwałtownie skręcił i zniknął z pola widzenia.

Jak długo pozostanie ślad na zakurzonej szybie? Czy zobaczy go, jeśli wróci tu jeszcze po latach? Jak bardzo rozbudowany był Epic?

Patrząc ze strychu na świat, zorientował się, co to za okolica. W dole biegła wąska, mroczna uliczka, lecz pomiędzy brudnymi ścianami stojących naprzeciwko siebie budynków ukazywał się w dali statek z wysokimi masztami. Erik znajdował się zatem wysoko na strychu w zapuszczonej portowej dzielnicy Newhaven, jednego ze wspaniałych miast Epica. W pierwszym momencie doznał rozczarowania. Ekscytował się tym, co nieznane, a w Newhaven często bywał. Aczkolwiek widział w tym jedną zaletę: mógł się łatwo spotkać z przyjaciółmi. Podobnie jak znakomita większość nowych graczy, przebywali na północ od miasta, zajęci polowaniem na koboldy, gobliny i dzikie zwierzęta.

Pora sprawdzić wyposażenie.

broń: sztylet do rzucania, rapier

czary:

żywność: bochenek chleba, dwa jabłka

picie: butelka wody

zbroja:

torba:

kiesa: cztery srebrne dukaty, osiemnaście miedziaków

A więc nic szczególnego. Co prawda z pieniędzmi nie było krucho, lecz bez najcieńszej nawet zbroi w razie pojedynku zbierze tęgie lanie. Będzie trzeba kupić tarczę i wydać większość pieniędzy.

Następnie wywołał menu umiejętności.

walka: szermierka, rzucanie sztyletem, uniki, zastawy, wypady, szyderstwo

rabuś: skradanie się, otwieranie zamków, szacowanie wartości biżuterii, wspinanie się

pozostałe: wiedza żeglarska, pływanie, jazda konna, śpiew, taniec

Od razu poprawił mu się humor. Wcześniejszy opis awanturnika nie był naciągany. Co więcej, nie wymienili nawet wszystkich umiejętności. Nigdy mu się nie zdarzyło, żeby miał ich aż tyle na starcie. Dostał prawie wszystkie umiejętności początkującego rabusia i kilka fajnych umiejętności wojownika. Do tego dodali dwie rzeczy, których nie widział nigdy dotąd: szyderstwo i taniec. Zastosowanie tańca było w miarę oczywiste, ale w jakiej konkretnie sytuacji się przyda? A szyderstwo w kategorii „walka"? Ciekawe. Musiałby zapytać Bjorna... albo samemu spróbować i zobaczyć, co się stanie.

Ponownie przeglądając listę umiejętności bojowych, zrozumiał, że nie ma sensu kupować tarczy ani nawet zbroi. Unik, zastawa, wypad – obciążone ciało posługiwałoby się tymi elementami z mniejszą skutecznością. Powinien raczej polegać na szybkości ruchów.

No dobrze, jazda z tym koksem. Może na początek jakieś zakupy, nim się uda na teren walki? Teren, na którym można zdechnąć z nudów. Wolałby badać olbrzymi, zagadkowy świat, ale dał słowo matce, że tym razem nie zginie. Zatem będzie rąbał stwory jeden po drugim, wybierał miedziaki z trzosów lub sprzedawał skóry zdarte z ubitych zwierząt.

Zaczął rozglądać się po strychu – częściowo po to, żeby odwlec chwilę wyjścia na dobrze znany teren, a częściowo z autentycznej ciekawości. No tak, jasne, ktoś tu spał. Podchodząc do łóżka, dostrzegł białobrodego starca, owiniętego kocem i zwróconego twarzą do ściany. Od razu poznał po mikroskopijnych szczegółach, że to NPC, bohater niezależny – jedna z setek tysięcy postaci sterowanych komputerem. Wyciągnął szczupłą dłoń i dotknął jego ramienia.

– He? Co tam? – Urwał się chrapliwy oddech i otworzyły się oczy.

#uśmiechnij się

– O, to ty, Cindella. – Brodacz odwzajemnił uśmiech. – Zuch dziewczyna, że popatrzeć miło. Jakaś ty śliczna, córeczko.

Przez chwilę panowało milczenie.

– Mnie też jest miło – bąknął Erik.

Starzec nic nie mówił. Czekał nieruchomo z szerokim uśmiechem przylepionym do twarzy.

– Córeczko? – Erik udał zdziwienie. Rozmowa z NPC zwykle ograniczała się do kilku stereotypowych wypowiedzi i polegała na nawiązywaniu do kluczowych słów z ostatniego zdania.

– Wiesz przecież, że od kiedy cię znalazłem i zabrałem na statek, jesteś dla mnie jak córka. Nie zapomniałaś chyba „Czarnego Sokoła”?

– Pamiętam „Czarnego Sokoła” – odgrywał Erik swoją rolę.

Starzec nagle spochmurniał.

– Niech kaci wezmą księcia Raymonda! Zatopił „Czarnego Sokoła”, zdrajca jeden, i teraz musimy wieść żywot nędzarzy. Za stary już jestem, żeby trudnić się korsarstwem, ale ty... ty zajdziesz daleko. I zemścisz się za nas, za mnie i za załogę.

– Zemszczę się za nas wszystkich – odpowiedział posłusznie Erik.

Staruszek uśmiechnął się z zadowoleniem.

– Wiem. Muszę stwierdzić ze smutkiem, że nie mogę ci nic dać z wyjątkiem listu, mapy i dobrej rady.

– Co mi radzisz?

Odpowiedziało mu milczenie.

– Jaki list?

– Polecający. Wystarczy, że go pokażesz kapitanowi statku, a przyjmie cię jak członka załogi. List mówi o twoich umiejętnościach żeglarskich i jest opatrzony moją pieczęcią: *Kapitan Sharky z „Czarnego Sokoła"*.

W dłoni Erika pojawiło się zwinięte pismo z czerwoną woskową pieczęcią. Prędko umieścił je w torbie. Fajna sprawa, pomyślał. Poprzednie postacie nie dostarczyły mu tylu emocji, ponieważ żadna nie realizowała misji już na samym początku. Ale może je po prostu przegapił, bo nie chciało mu się gadać ze spotkanymi NPC?

– A mapa?

– Posłuchaj mnie, złotko, uważnie. Strzegłem jej latami, łudząc się, że pewnego dnia zdobędę statek, ale nic już nie zdziałam na starość. Mapa wskazuje miejsce ukrycia skarbu, który zakopaliśmy po wygranej bitwie z „Posłańcem Królowej".

W dłoni Erika pojawił się zwinięty papier. Rozwinął rulon. Była to mapa nawigacyjna z zaznaczoną grupą wysp: Archipelagiem Czaszki. Dwie długie linie przecinały się w miejscu wskazanym wykrzyknikiem.

– Gdzie jest Archipelag Czaszki?

– Daleko na zachód stąd. Będziesz musiała popłynąć do Cassinopii i tam postarać się o dokładniejsze informacje.

– Co to za skarb?

– Setki sztuk złota i nie tylko.

– A co jeszcze?

Milczenie.

– Co to za statek, ten „Posłaniec Królowej"?

Staruszek wciąż milczał, wpatrując się w Cindellę.

Erik schował mapę do torby i spróbował z innej strony:

– A jaką masz dla mnie radę?

Tym razem złapał rękę Cindelli i spoważniał.

– Nikomu nie ufaj. Żaden z kapitanów, których znam, nie podzieliłby się z tobą skarbem. Gdyby się dowiedzieli, że masz mapę, ukradliby ci ją lub zrobili coś gorszego. Jeśli chcesz mieć ten skarb, postaraj się najpierw o statek. I niech to będzie statek zdatny do obrony. W Archipelagu Czaszki mieszka wiele niebezpiecznych stworzeń. – Położył się z westchnieniem.

– Co to za stworzenia? Jak się przed nimi bronić?

Erik w myślach wzruszył ramionami, szykując się już do odejścia.

#pa

– Pa, córeczko. Szczęśliwej podróży. I wpadnij do mnie raz na jakiś czas.

– Dobrze, wrócę tu jeszcze.

– Dziękuję, Cindella. Będę tęsknił za twoją urodą, ale najwyższa pora, żebyś sama poszukała swego miejsca na ziemi.

#pa

Kapitan Sharky pokiwał głową ze zmęczeniem i odwrócił się do ściany.

Erik prawie wybiegł na zewnątrz. To się nazywa zabawa! Prawdziwa przygoda. Gdyby miał czas, powoli uzbierałby pieniądze na wyprawę do Cassinopii, wynajął statek i odnalazł skarb. Pro-

blem w tym, że Erikowi brakowało czasu. Do zawodów zaliczeniowych w Epicu pozostały niecałe dwa miesiące…

Na dworze ciągle mocno wiało i po ulicach fruwały liście.
Gdyby również jego ciało odczuwało chłód, z pewnością by się
zaziębił. Cindella poruszała się szybko zaułkami, dopóki Erik
nie doprowadził jej do straganów kupieckich na nabrzeżu. Czas
na małe zakupy.

Na nabrzeżach Newhaven, ogromnego wielokulturowego
miasta, można było kupić wszystko, czego dusza zapragnie. Ale
kto traciłby forsę na bzdury?

Przybywały tu elfy z puszczy ze swoimi towarami: koszami
dziwnych owoców, wybornym winem i tkaninami o delikatnym
splocie. W wysokich namiotach w złote pasy, należących do po-
ważnych elfów Sidhe, kupowało się znakomitą broń, w tym słyn-
ne długie łuki zdobione grawerowanymi znakami runicznymi
i połyskliwe srebrne kolczugi. Najtańszy przedmiot elfów Sidhe,
sztylet do rzucania, kosztował około pięćdziesięciu srebrnych
dukatów. Z czystej ciekawości Erik zapytał raz o cenę kolczugi.
Kwota dziewięćset bizantów wydawała się całkiem naturalna
w systemie ekonomicznym stworzonym na potrzeby gry, lecz
przeciętny gracz nie doszedłby do takiego bogactwa, choćby
zbierał pieniądze przez całe życie.

Nieco bliżej murów miejskich swoje kramy rozkładały przyjazne krasnoludy z gór. Wystawiały na sprzedaż wyroby metalowe, najrozmaitsze cudeńka od garnków i patelni poprzez haczy-
ki wędkarskie aż po wytrzymałe, praktyczne części zbroi.
W odróżnieniu od elfickich namiotów kramy krasnoludów były
oblegane przez szare postacie graczy, którzy pytali o ceny i prze-
trząsali trzosy, żeby sprawdzić, czym się mogą dozbroić.

Erikowi zbierało się na śmiech, kiedy patrzył na graczy i ich mizerną zbroję: tu pojedynczy naramiennik, tam znów nagolennik. Cindella nie wiedziała jeszcze, co ją czeka, lecz zamierzała pójść zupełnie inną drogą. Może jednak zdecyduje się na skórzany półpancerzyk? Na pewno nie chciała wyglądać jak stojący przed nią wojownik, który nie posiadał żadnej broni z wyjątkiem blaszanego hełmu. Wydawał się dzieckiem, które pożyczyło rondel i udawało żołnierza. Dopiero gdy wojownik zdjął hełm, Erik parsknął śmiechem, zorientowawszy się, że to bohater Bjorna – którego nazwał, jakżeby inaczej, Bjorn.

***

Bjorn z wielką satysfakcją wcisnął komendę **#zgoda**, żeby dobić targu z krasnoludem. Pożegnał się ze starymi nagolennikami, pancernymi rękawicami i lnianą tuniką, a zamiast nich kupił błyszczący spiżowy hełm. Nie tylko nabił sobie punktów w kategorii „zbroja", ale też, co ważniejsze, mógł teraz jedną ręką załatwiać koboldy. Dzięki temu szybciej napełni trzos i akurat przed turniejem sprawi sobie lepszy młot bojowy lub dokupi coś ze zbroi.

Wyobrażał sobie właśnie zadowoloną minę ojca, kiedy usłyszał swoje imię.

– Hej, Bjorn! To ja, Erik! I ty zwiałeś z pola przed deszczem?

Głos dochodził z niewiadomego miejsca w pobliżu rudowłosej, atrakcyjnej NPC: ludzkiej dziewczyny ze stylowym rapierem i sztyletem w futerale. Bjorn patrzył to tu, to tam, skonsternowany.

– Erik! Gdzie jesteś?

NPC ukłoniła się.

– To ja, awanturniczka.

– Dziewczyna? Awanturniczka? W życiu nie słyszałem o takim bohaterze. Co ci odbiło? – Bjorn był skołowany i wystraszony. Martwił się o kumpla. Czyżby tak bardzo stresował się rodzinnymi problemami, że siadło mu na psychikę?

– Twój nowy hełm, co?

To pytanie natychmiast poprawiło Bjornowi humor. Cieszył się, że jego kariera wreszcie nabiera rozpędu.

– No. Musiałem oddać nagolenniki, rękawice, tunikę, dorzucić dwa bizanty, ale warto było, nie? Pewnie podbiłem punkty za zbroję o dwadzieścia procent.

– Pewnie, że było warto, Bjorn. Gratulacje. – Bohater Erika uśmiechnął się, co stanowiło dość niezwykły widok.

Przyzwyczajony do szarych, anonimowych wielokątów graczy, Bjorn nie mógł uwierzyć, że nie rozmawia z postacią sterowaną przez komputer. Przy tworzeniu nowego bohatera Erik musiał zainwestować przede wszystkim w wygląd, co było niepotrzebnym marnowaniem środków i jeszcze jednym dowodem na to, że załamał się czekającym go przesiedleniem. Biedakowi było już chyba wszystko jedno. Może spisał na straty zbliżający się turniej?

– Wracam stukać koboldy. Już się nie boję solówek… – Bjorn zawahał się. – Idziesz ze mną?

W tej chwili zawahania Bjorn bił się z myślami. Przy zabijaniu potworów przyjął się zwyczaj równego dzielenia łupów pomiędzy wszystkich uczestników walki niezależnie od tego, kto się najbardziej udzielał. W tym przypadku wiadomo było, że Bjorn nie potrzebuje pomocy Erika i że jego wojownik będzie masakrował koboldy młotem o wiele szybciej niż dziewczęca postać, która wszystkie punkty startowe roztrwoniła na wygląd. Zatem w praktyce Erik tylko zawadzałby Bjornowi. Należało się obawiać, że kumpel nie traktuje poważnie swojego bohatera i że połowa zdobyczy, którą trzeba oddać, zostanie zmarnowana. Jednak prawdziwych przyjaciół poznaje się w biedzie, więc złożył propozycję Erikowi, nie zrażając się jego absurdalnym pomysłem.

– Jasne, Bjorn. Fajnie będzie. Chociaż nie pomogę ci za bardzo.

– Spokojnie, każdy musi od czegoś zacząć. – Bjorn zarzucił na ramię młot bojowy i razem z Erikiem wyruszył wzdłuż nabrzeża w kierunku północnym. Po drodze obliczał, o ile miedziaków uszczupli się jego trzos przy dzieleniu łupów.

Kiedy lawirowali wśród sznurów i łopoczących płócien targowiska, Bjorn zwrócił uwagę na pewną osobliwość. NPC nie były bierne: odwracały głowy w stronę dwójki graczy.

– Erik, patrz na tych kupców.

– Hm, dziwne. – Bohater Erika wykonał kilka gestów wynikających z polecenia #pomachaj+uśmiechnij się.

Sprzedawca ziół również się uśmiechnął i pomachał im ręką.

– Teraz ty spróbuj.

Bjorn kazał pomachać ręką swemu wielkiemu wojownikowi. I nic.

– Oni mnie lubią! – Ton, jakim posługiwał się gracz, miał swoje odbicie w głosie bohatera, więc słychać było, że Erik jest uradowany.

– Chodźmy już. Chcę wypróbować nowy hełm.

Gdy tak szli, Erik bez przerwy uśmiechał się i machał ręką do NPC, z których wielu odpowiadało mu podobnym gestem. Na-

wet pustynny okultysta o przerażającym wyglądzie, trudniący
się sprzedażą zaklęć dla czarodziejów, pozdrowił Cindellę lekkim kiwnięciem głowy. Bez wątpienia był to niezwykły widok,
ale Bjorna zaczynały już drażnić głupstwa Erika. Jak najszybciej
chciał dotrzeć na równiny koboldów.

Gdzie kończyło się ostatnie nabrzeże, zaczynały się ulice
z normalnymi sklepami. Przed zakładem jubilera stał strażnik
w pełnej zbroi płytowej z dłońmi wspartymi na dwuręcznym
mieczu. Teoretycznie złodzieje lub gracze zrzeszeni w gangach
mogliby się brać za okradanie sklepów, lecz najróżniejsze zabez-
pieczenia stosowane przez handlarzy pozbawiłyby ich życia. Starszy właściciel sklepu pomachał ręką i zaskoczył ich wołaniem:

– Cindella! Jak miło cię widzieć!

Erik odwrócił się do Bjorna i choć obaj znajdowali się w grze,
zdołał mu przesłać porozumiewawcze spojrzenie. To, że handlarz
sam się do nich odzywał, budziło zdumienie.

Erik odwrócił się do niego i zastosował kilka odzywek.

– I wzajemnie!

– Dziękuję.

– Pozdrawiam!

– Erik, patrz na szyld! – Bjorn wskazał drewnianą tablicę, na
której napisano: JUBILER ANTILO.

Wobec tego po krótkim milczeniu Erik zapytał po prostu:

– Jak się masz, Antilo?

– Wejdź, skarbie. Dostaniesz coś, co od dawna przechowuję
dla ciebie.

– Chodź, Bjorn. Obadamy sprawę.

– Tylko nie siedźmy tam długo. – Bjorn starał się nie okazywać podenerwowania.

Weszli do środka za Antilem i zatrzymali się, nim wzrok przywykł do ciemności.

– Oto mały prezencik. Kiedy mi to sprzedali, od razu pomyślałem o tobie. Świetnie pasuje do twoich włosów.

W dłoni Cindelli pojawił się srebrny wisiorek z granatem skrzącym się na czerwono. Erik zawiesił go sobie na szyi.

– Przejrzyj się. – Antilo wskazał lustro.

Przez pewien czas zarówno handlarz, jak i bohater Erika stali nieruchomo, podziwiając srebrny wisiorek na jasnej szyi.

– Skończyłeś już, Erik? – mruknął po cichu Bjorn.

– Dziękuję, Antilo. – Cindella odwróciła się od lustra.

– Nie musisz dziękować, Cindella. Wystarczającą zapłatą dla mnie jest to, że w moim sklepiku pojawiła się taka piękność. Ale jeśli ktoś spyta, powiedz, że dostałaś go od jubilera Antila.

– Dobrze, będę mówić, że dostałam wisiorek od jubilera Antila.

Skwitował to jedynie uśmiechem, więc nie trzeba było specjalnie namawiać Erika do wyjścia na ulicę.

– Dobra, pośpieszmy się. – Bjorn ruszył przed siebie.

– Hej, zaczekaj. Popatrz na mnie. Co o tym sądzisz?

– O czym? – Odwrócił się. – O wisiorku? Nic niewarty drobiazg, nie ma co się podniecać.

– Fakt, ale nie o to chodzi. Słyszałeś, żeby handlarz dawał komuś coś za darmo?

Bjorn musiał przyznać, że było to rzadkie wydarzenie, może nawet bezprecedensowe. Popatrzył na klejnot z zaciekawieniem.

– Tak szczerze mówiąc, to naprawdę dziwne. Niezły ten wisiorek, może być sporo warty. Z dziesięć srebrników.

– Czekaj, wypróbuję umiejętność szacowania wartości klejnotów – zaproponował Erik.

Zapadła długa cisza.

– I co? – zapytał w końcu Bjorn.

– Nie uwierzysz! Dostanę za niego więcej niż bizanta!

Bjorna zamurowało. W domu siedział oszołomiony. Gdyby twarz jego wojownika miała więcej szczegółów, Erik zobaczyłby opadającą szczękę. W ciągu kilku minut swojego istnienia stworzony dla żartu bohater Erika zdobył większy majątek niż Bjorn po całym roku żmudnych walk. Miał mętlik w głowie. Czuł się rozgoryczony tym jego nagłym sukcesem. I pojawiło się mnóstwo niewygodnych pytań. Czy istnieje inny sposób prowadzenia rozgrywki – ośmieszający tych, którzy latami w pocie czoła piorą się z koboldami? Ile osób o tym wie? Czy to nie głupota, że Bjorn jest taki dumny ze swoich przemyślanych inwestycji i drobnych oszczędności? Ale jednocześnie odczuwał podniecenie. Może Erik dokonał ważnego odkrycia w grze? Stać go już było na porządny ekwipunek, mógł ruszyć do przodu z kopyta. Ni stąd, ni zowąd przed kumplem zarysowała się nadzieja na uniknięcie blamażu w turnieju zaliczeniowym. Bjorn postanowił, że jeśli będzie w stanie mu pomóc, oczywiście to zrobi.

❧ 4 ☙

Prawo pięści

W dali stał szereg postaci z łopatami, zajętych ładowaniem soli do beczek. Każdą, już napełnioną, podnosili wspólnymi siłami i ustawiali jedną przy drugiej na wąskiej dróżce. Później przejedzie tamtędy wóz, na który brygady robotników wpakują ciężkie beki. Na razie jednak wypruwali sobie żyły przy kruszeniu skorupy i układaniu w beczkach kolejnych warstw białej soli. Po dokopaniu się na głębokość mniej więcej trzech stóp przerywali pracę, ponieważ sól stawała się żółta i zawilgocona mułem z ujścia rzeki. Erik przypatrywał się temu z uwagą. Chmura solnego pyłu, otaczająca robotników, nie wyglądała przyjemnie. W upalny dzień można się było udusić. Wyobrażał sobie wysuszone powietrze: cała wilgoć wchłonięta przez sól, oczy półprzymknięte z powodu piekącego pyłu, pory skóry zatkane, ciało przypominające starodawny pergamin. Łatwo było rozpoznać człowieka, który całe życie haruje przy soli – właśnie po szorstkiej skórze. Ale jeszcze bardziej niebezpieczna była praca przy przepustach na grobli. Stało się po pas w morskiej wodzie, która w porze przypływu wypełniała wielkie prostokątne równiny zalewowe, ograniczone groblami. W chwili najsilniejszego przypływu należało pośpiesznie zatkać przepust za pomocą kamieni i błota. Uwięziona w ten sposób woda wyparowywała na słońcu, pozostawiając kopaczom żółknące stosy soli. Co roku w walce z przypływem i mułem ginęły na groblach dwie, trzy osoby.

– Cześć, Erik… – W jej głosie wyczuł niepewność.

– Cześć, Inny. – Nie odwrócił się, ale był zadowolony, że go odnalazła.

– Pogadamy chwilę?

Tym razem spojrzał na nią z uśmiechem.

– No pewnie.

– Bjorn mówi, że masz bohatera-dziewczynę i już zarobiłeś bizanta.

– No. Niezły numer. Pierwszy raz spotkałem się z czymś takim. Wydaje mi się, że przystąpiłem do gry zupełnie inaczej niż wszyscy ludzie. Zaczynam się zastanawiać, co jest jeszcze możliwe.

– Strasznie się cieszę, Erik. Może starczy ci czasu, żeby zajść dalej przed… no wiesz.

Siedzieli blisko siebie. Policzek Erika delikatnie musnęły kosmyki długich, jasnych włosów Injeborg, poruszane powiewem bryzy.

– Te solniska, mówię ci, kaplica… Patrz na nich, Inny.

– Wiem. Ale przynajmniej będziesz mieszkać blisko nas.

– Nie jest powiedziane, że mnie tam przesiedlą. Chyba powinienem złożyć podanie. Chociaż mam nadzieję… Łudzę się, że jakimś cudem uda mi się rzucić wyzwanie. Albo że tata w końcu przestanie się kryć i odniesie zwycięstwo.

– Słuchaj, Erik, mogę ci zadać osobiste pytanie?

Injeborg patrzyła na niego z poważną miną. Do tego stopnia przyzwyczaił się do jej wesołych żartów i łobuzerskich wygłupów, że ze zdumieniem odkrywał w niej dorosłą kobietę, którą się stawała: troskliwą, inteligentną i, co tu dużo mówić, piękną.

– No. Pytaj.

– Czemu twój tata nie gra w Epicu? – I dodała prędko: – Jeśli to tajemnica, nie musisz mi nic mówić.

– Hm... – Powędrował spłoszonym spojrzeniem do robotników w ujściu rzeki. – Żebym to ja wiedział. Niestety, nie ufają mi. Faktycznie, jest tajemnica, ale nawet mnie do niej nie dopuścili – wyznał ze wstydem. Nagle zachciało mu się płakać. – Ale ty wiesz, że można mi ufać, co? – Instynktownie potarł językiem szorstką krawędź jednego z przednich zębów.

– Oczywiście. Zawsze gdy się uśmiechasz, wiem, że mogę ci ufać.

Erik rozchylił wargi w szerokim uśmiechu i oboje cofnęli się myślami o siedem lat.

***

Wrześniowy zbiór oliwek był rzadką okazją do zabawy dla dzieci z wioski. Dorośli rozwieszali sieci wokół drzewek, potem odsuwali się i pozwalali dzieciakom się wyszaleć. Trzęsły gałęziami lub trzepały po nich kijami, a nawet wdrapywały się wysoko i tak energicznie huśtały drzewem, że wkrótce na ziemi leżały oliwki, liście i połamane gałązki. Następnie oliwki zbierano do sieci, a potem wiadrami wysypywano na maszynę sortującą, oddzielającą od śmieci czarne i zielone owoce.

Erik jeździł na ramionach Dużego Erika – D. E., jak wszyscy go nazywali – chwytał gałęzie i szarpał je, aż spadły wszystkie oliwki.

„Załatwione?" – zapytał D. E.

„Tak, następne!"

„No to jazda! Jest tu już Injeborg". – D. E. był silnym urwisem, prawie dwa razy starszym od Erika, który uwielbiał brać udział w jego zabawach.

„Dajesz! Dajesz!". – Erik bębnił piętami po piersi D. E., kiedy galopowali w stronę następnego drzewa.

Injeborg, która trzymała za rękę swojego pucułowatego brata Bjorna, biegła zaraz za nimi.

„Nasze!" – zawył radośnie Erik.

„Prawie nic już nie zostało!" – zmartwił się Bjorn.

„Racja, brachu! W takim razie pomóżcie nam z tym". D. E. puścił nogę Erika, żeby wskazać drzewo.

Przez kilka minut nie odzywali się, zajęci tarmoszeniem gałęzi. Po chwili D. E. trochę niezgrabnie, gdyż ciężar Erika krępował jego ruchy, pochylił się i po kryjomu stanął za Injeborg. Dziewczynka akurat kucała, żeby sięgnąć do najniższych gałęzi. Erik zachichotał, wiedząc, że to dość brutalny żart, i z wigorem rozhuśtał gałąź nad jej głową. D. E. omal nie stracił równowagi, gdy dojrzałe oliwki sypnęły się na dziewczynkę.

„Aj! – Wybiegła spod drzewa z rękami nad głową. – Zrobiliście to specjalnie!?" – zapytała ostro, kładąc dłonie na biodra. Pomiędzy jasne włosy nawbijała się masa listków i patyczków.

„No co ty! – udał oburzenie D. E. – Znasz zasady".

Injeborg przyglądała im się podejrzliwie.

„Was też znam".

Podszedł do nich Bjorn.

„I jak, koniec?"

„To ostatnie drzewo" – odparł D. E.

„Dobra, chodźmy się napić".

„Zaczekajcie, ja też chcę na barana. – Injeborg zawsze odpłacała pięknym za nadobne, dlatego tak lubili robić jej kawały. Pociągnęła w dół brata, żeby wspiąć mu się na ramiona. – Dobra, cwaniaki! – zawołała władczym tonem. – Zagramy w Epica!".

„O, w Epica!" – ucieszył się Erik.

„Jak?" – zdziwił się D. E.

„Jesteśmy rycerzami. Przegrywa ten, kto się pierwszy wywali" – wyjaśniła Injeborg.

„Wolno nam?" – zapytał Bjorn.

„Wątpię" – odpowiedział D. E. Poprawił ułożenie Erika i chwycił go mocniej.

„Wiecie, może lepiej nie…" – łamał się Bjorn.

Ale Erik palił się do zabawy. Czuł, jak D. E. spręża się i szykuje do ataku.

„Bij, zabij!" – Erik darł się wniebogłosy, lecz zaraz zabrakło mu tchu, kiedy D. E. ruszył na Bjorna. Zaledwie odzyskał równowagę, Injeborg złapała go za ramię i pociągnęła z całej siły.

Wylądował na ziemi. Obok niego śmiał się D. E.

„Co tak trzasnęło? – Bjorn pochylił się nad Erikiem. – O, nie… Jak mi cię szkoda".

„O czym gadacie?" – D. E. prędko usiadł, słysząc przerażenie w głosie przejętego Bjorna.

„Patrz" – wskazał Bjorn.

„O, o… – D. E. przyglądał się ze smutkiem Erikowi. – Boli?".

„Co?" – zdziwił się Erik.

„Ząb".

„Daj popatrzeć! Daj popatrzeć! – Injeborg odepchnęła dwóch rosłych chłopaków i pochyliła się. Przez chwilę była poważna,

potem jednak starała się ukryć uśmiech. – Trochę głupio wyglą-
dasz".

„Jak się czujesz, mały?" – dopytywał się D. E.

„Dobrze, nic mi nie jest" – odpowiedział Erik z lekkim seple-
nieniem.

„Poszukajmy zęba. Może dałoby się go wstawić?". – Injeborg
na czworakach zaczęła rozgarniać trawę.

„Nie łudziłbym się – rzekł Bjorn. – Pamiętacie Gretę? Kiedy
złamała ząb, musieli jej wyrwać resztę".

„Hej, co się przejmujecie? – Injeborg mówiła jak osoba doro-
sła, a nie siedmiolatka. – Erik jest jeszcze malutki, wyrośnie mu
nowy ząbek".

Wesołość dziewczynki dodała otuchy Erikowi. Załamałby się,
gdyby obok siebie miał jedynie Bjorna i Dużego Erika. Wymieniali między sobą ponure spojrzenia, pomagając w szukaniu odła-
manego kawałka zęba.

Dzieci były już wyraźnie przybite, kiedy podeszli do nich
Harald i Rolfson. Bjorn wyjaśnił, co się stało.

„Syneczku – odezwał się Rolfson słabym głosem, jakby ktoś
go uderzył. Pokręcił głową i zerknął na sąsiada. – Jak myślisz,
naruszyli prawo?".

Harald wzruszył ramionami.

„Wszystko w swoim czasie. Dobrze się czujesz, Erik?"

„Tak, tato. Nic a nic już nie boli".

Harald przykucnął przed swoim małym synkiem, odsunął kciu-
kiem jego wargę i przyjrzał się wnikliwie złamanemu zębowi.

„Hm… Chyba można nim gryźć, ale długo jeszcze będziesz
się krzywo uśmiechał".

„Nie da się go dosztukować?" – zapytał Rolfson.

„Może w Mikelgardzie".

Jakiś czas milczeli.

„A co z przepisami? Możemy powiedzieć, że to nieszczęśliwy wy... wypadek, który zdarzył się w czasie strzepywania oliwek?".
– Rolfson jąkał się, blady.

„Chyba możemy. – Harald zmierzył dzieci surowym spojrzeniem. Z pochmurną miną zatrzymał wzrok na Injeborg. – Pamiętacie przecież, że nigdy, ale to nigdy nie wolno się bić i robić sobie krzywdy?".

Dziewczynka pokiwała głową energicznie.

„Właśnie z powodu przemocy przed wiekami nasi przodkowie porzucili ojczystą planetę. Prawdopodobnie zniszczyła ją wojna, ponieważ od tamtej pory jesteśmy zdani na własne siły. Pierwsi koloniści wprowadzili jedną naczelną zasadę, której się trzymamy: pod żadnym pozorem nie wolno stosować przemocy".

Dzieci słyszały tę lekcję setki razy, lecz w tym momencie wydawała się szczególnie ważna.

„Myśmy się wcale nie bili, proszę pana – wtrącił D. E. – Bawiliśmy się tylko w Epica".

„W Epica? Jak?" – zapytał Rolfson.

„Udawaliśmy rycerzy".

Harald przyjął to z grymasem niezadowolenia.

„Przecież w tej grze chodzi właśnie o to, żeby unikać bójek, żeby do nich nie dążyć. – Kucnął, dzięki czemu mógł patrzeć Injeborg prosto w oczy. – No dobrze, dzieci. Czy potraficie dochować tajemnicy?"

Kiwali głowami z ożywieniem, kiedy jego badawcze spojrzenie wędrowało od twarzy do twarzy.

„To, coście zrobili, mogłoby zostać uznane za bójkę. Gdyby tak się stało, Bjorn miałby poważne kłopoty, ponieważ nie jest już takim małym dzieckiem jak wy. Sędzia mógłby go nawet skazać na zsyłkę, biorąc pod uwagę, że Erik doznał obrażeń".

„Nic mi się nie stało, tato".

„Słuchajcie. Jeśli ktoś was zapyta, powiecie, że Erik złamał ząb w czasie zbierania oliwek. Rozumiecie?"

Wszyscy znowu pokiwali głową, przejęci powagą w głosie Haralda.

„Miejmy nadzieję, że wszystko będzie dobrze". – Z westchnieniem popatrzył na Rolfsona.

„Musisz powiedzieć o tym Freyi?" – zapytał ten drugi, wciąż zafrasowany.

„Tak, niczego przed nią nie ukrywam. Ale nie przejmuj się, nikomu więcej nie piśniemy słówka".

Rolfson kilkakrotnie kiwnął głową, próbując rozproszyć dręczące go wątpliwości.

***

Na pocieszenie Erik jeździł na osiołku Lebanie, który dreptał w kółko, dzięki czemu prasa zgniatała oliwki. Oliwa ściekała gęstym strumieniem do glinianych słojów. Ojciec prowadził osiołka, trzymając go za kantar.

„Ze wszystkich zamieszanych w tę sprawę ty najprędzej wypaplesz tajemnicę". – Harald patrzył na niego poważnie.

„Czemu ja, tato?"

„Bo tamci prędko przestaną o tym gadać, ale ciebie ludzie zawsze będą wypytywać o ten złamany ząb".

„Nie martw się, nikomu nie powiem".

„Grzeczny chłopczyk. Zatem rozumiesz, czemu to takie ważne?"

„Nie do końca. Przecież bawiliśmy się tylko".

„Wiem, wiem. Dlatego nie gniewam się na Bjorna i Dużego Erika. Ale boję się sędziów. Potrafią surowo ukarać człowieka za udział w bijatyce. Znasz nadrzędną zasadę, którą kieruje się nasze społeczeństwo?"

„No. Nikomu nie robić nic złego".

„Mogliby pomyśleć, że Bjorn celowo zrobił ci krzywdę".

Erik parsknął śmiechem.

„Ale to nie on, tylko Injeborg!"

„Nie szukam winowajcy. I ty go nie szukaj, bo kiedy urośniesz, będziesz miał żal o to, że cię oszpecił".

„Nie bój się. – Obdarzył ojca nieporadnym uśmiechem. – Przecież złamałem ząb, kiedy skakałem po oliwki".

Harald odwzajemnił uśmiech z tym samym wyrazem dumy, który malował się na jego twarzy, kiedy Erik zdjął hełm po pierwszej sesji w Epicu.

༄ 5 ༅

Lśnienie metalowych ogniw

– Znowu te oliwki? – marudził Erik, kiedy usiadł obok matki przy stole.

– Z chlebem i serem. To najzdrowsze jedzenie. Przestrzegaj tej diety, a dożyjesz starości – pouczyła go, krojąc chleb.

– Cześć wam! – Zjawił się ojciec, świeżo wyszorowany.

Przez chwilę jedli w milczeniu. Erik układał wzorki z pestek oliwek.

– Uważam, że powinniśmy poprosić o przeniesienie do kopalni węgla – odezwał się Harald, nie podnosząc wzroku.

Freya przerwała jedzenie.

– Chcesz fedrować węgiel?

– To jedyna gwarancja, że pozostaniemy razem jako rodzina. – Harald urwał, wciąż wpatrzony w talerz. – Rolfson twierdzi, że da się przeżyć.

– Pracował tam tylko rok. – Freya wydawała się raczej zrezygnowana niż przeciwna temu pomysłowi.

Harald rozłamał wielką kromę chleba.

– Ale jest jeszcze jedno wyjście.

Erik zauważył, jak wymieniają między sobą ponure spojrzenia.

– Myślałem o procedurze odwoławczej – ciągnął ojciec.

– Musielibyśmy dokładnie wytłumaczyć Erikowi, na czym polega wyzwanie drużynowe. – Freya lekko położyła dłoń na ramieniu syna i spojrzała znacząco na Haralda.

– Okręg Nadzieja składa zażalenie, że jest dyskryminowany w kwestii przydziału ogniw słonecznych. Rozgrywka pięciu na pięciu, Nadzieja kontra zespół wystawiony przez Centralne Biuro Alokacji. Inaczej mówiąc, najlepszy na planecie.

– Czyli że będziemy mieli niewiele większe szanse niż ja sam?

– Hm... – Harald wzruszył ramionami. – Będziemy mieli cień szansy. Pod warunkiem że zagram.

Erik zamarł w bezruchu; jego widelec znieruchomiał w drodze do ust. Wstrzymał oddech, zaskoczony, i starał się nie zwracać na siebie ich uwagi. Pytania cisnęły mu się na usta, lecz wiedział, że nie powinien ciągnąć ich za język. Przerwaliby rozmowę i kazali mu odejść.

– Cień szansy? – dopytywała się Freya. – A konkretnie?

– Powiedzmy, że jak jeden do pięciu. Potrzebne będzie środowisko do walki w tłoku, przyda się też mglista pogoda.

– Zróbmy to – powiedziała Freya z naciskiem.

Harald pokiwał głową z zapałem w oczach.

– Mówi się w okręgu, że powinniśmy spróbować. Ludzie się ucieszą.

***

Nadzieja leżała na suchym, skalistym wzniesieniu, widoczna z odległości wielu mil – nawet spoza granic okręgu, którego była głównym ośrodkiem. Zakładając, że miał to być świat pozbawiony przemocy, zdziwienie budził pierścień białych kamiennych domów, opasujących wzgórze na kształt wału obronnego. Prawdopodobnie chodziło o odgraniczenie ścisłego centrum miasta. Z upływem wieków Nadzieja się rozrastała: niżej na zboczach wzgórza pojawiały się mniejsze, dwuizbowe domki o nie najlepszej konstrukcji. Sam kolor ścian wiele mówił. Położone wyżej domostwa zbudowano z ciętego maszynowo wapienia, pozyskiwanego z dolnych pokładów kamieniołomu, lecz te stojące niżej były wykonane z drugorzędnego, łatwiej dostępnego żółtego piaskowca. Nad wszystkimi rezydencjami górował okazały gmach ze szkła i metalu, usytuowany na samym szczycie wzniesienia. Ciemny, półprzeźroczysty dach skrzył się fioletowymi promykami słońca, odbijającymi się od setki ogniw słonecznych.

Widząc podekscytowanie w zachowaniu ojca, Erik przypuszczał, że przyjechali do Nadziei nie tylko po to, żeby przywieźć ten mizerny ładunek oliwek. Ale dopiero na peryferiach miasta Harald powiedział coś zaskakującego:

– Synu, twoja opowieść o Cindelli i skarbie piratów zrobiła na mnie wrażenie. Musisz zdobyć jeszcze więcej informacji.

– Wiem.

– Mają tu bibliotekę. Przechowują w niej całą wiedzę zebraną na temat Epica. Przysługuje nam prawo korzystania z tych informacji. Dlatego wybierzemy się w odwiedziny do bibliotekarza.

Erik właśnie minął ostatni zakręt na osiołku, nieprzyjemnie wciśnięty między cztery duże beczki z oliwkami. Gdy zsunął się z siodła, żeby iść obok zwierzęcia, nie tylko odczuł fizyczną ulgę, ale też przestał być narażony na ironiczne spojrzenia mieszkańców miasta. Pieszczotliwie poczochrał miękkie włosy na długim pysku Lebana. Razem dorastali, więc osioł był dla niego czymś więcej niż tylko zwierzęciem gospodarskim: traktował go jak serdecznego druha.

Kiedy stroma dróżka minęła skromne zabudowania i zagłębiła się w starszą, szacowniejszą dzielnicę, zmianie uległ również obraz okolicznego życia na ulicy. Długie sznury z praniem ustąpiły miejsca wymuskanym ogródkom i drzewom owocowym obsypanym drobnymi, niedojrzałymi figami i cytrynami. Ucichło ujadanie psów wałęsających się po rozgrzanym, wyszczerbionym bruku, przyjaznych bądź wrogo nastawionych do człowieka. Górna część miasta była światem dobrze odżywionych kotów; można było zobaczyć, jak poruszają się bezszelestnie w cienistych zakątkach lub zeskakują z gracją z okiennych parapetów na swoje wąskie kocie pasaże, biegnące po ogrodowych murkach.

Za zewnętrznym pierścieniem dostojnych białych rezydencji znajdował się plac, rozbrzmiewający gwarem ludzi zwożących towary, które miały zostać spisane i umieszczone w komunalnych magazynach. Ilekroć Erik przybywał do Nadziei, przedzierał się tymi samymi ciasnymi przejściami pomiędzy rozstawionymi blisko siebie kramami i namiotami, o których myślał, że stanowią integralną część miasta. Ojciec jednak wyprowadził go z błędu: po zmroku namioty składano i na opustoszałym placu zalegała cisza, czasem tylko przerywana prawie ludzkimi wrzaskami kotów, urządzających tu sobie pole walki.

No i ten tłok. Mieszkała tu trudna do wyobrażenia liczba ludzi. Rodziny gnieździły się w biednych kamiennych chałupinach, tłumy przewalały się przez targowisko. Niewiarygodne, ale ekscytujące. Z powodu tego wielkiego ścisku Erik, pochodzący z maleńkiej wioseczki, trochę się wstydził jeździć do Nadziei.

Czuł też onieśmielenie wobec wszystkich tych dziewczyn w jego wieku. W Osterfjordzie była tylko Injeborg, a ponieważ wychowywali się razem, po sąsiedzku, patrzył na nią prawie jak na siostrę.

Nawet z daleka widać było, że biblioteka mocno się odróżnia od reszty miasta. Dach błyszczał oślepiająco setkami metalowych ogniw, lekko przekrzywionych w stronę jasnego słońca. Nad dachem sterczały metalowe maszty. W ścianach budynku znajdowało się więcej szklanych okien niż w całym Osterfjordzie.

Z bliska wydawał się jeszcze dziwniejszy. Po pierwsze, mimo żaru na dworze w środku panował chłód. Rozlegało się również tajemnicze ciche buczenie – podobne do szumu morza, lecz dyskretniejsze i mniej rytmiczne. Pośrodku na parterze stał duży okrągły stół, a wokół niego – dwadzieścia krzeseł. Na każdym z nich ktoś już siedział: ludzie w różnym wieku podpięci do sprzętu, zanurzeni w świecie Epica. Stanowili widok dosyć osobliwy: poruszali tylko dłońmi w milczeniu, gdy tymczasem w Epicu biegali, krzyczeli i walczyli.

– O, Harald! A to z pewnością Erik Haraldson! – powitał ich wesoło łysawy mężczyzna.

– Cześć, Thorstein, zgadłeś. Poznaj Thorsteina, Eriku. On jest bibliotekarzem w Nadziei.

Erik podał rękę bibliotekarzowi.

– Oj, co za nieszczęście. Jak to zrobił? – Thorstein przyglądał się twarzy Erika.

Chłopiec natychmiast popatrzył na ojca, który słuchał tego z obojętną miną.

– Przewróciłem się, kiedy strząsaliśmy oliwki z drzewa.

– No, no… – rzekł współczująco Thorstein. – Jeśli któregoś

49

dnia odwiedzi nas dentystka z Mikelgardu, może ci wprawi nowy ząb.

Harald parsknął drwiącym śmiechem.

– Siedem lat na to czekamy.

Thorstein pokiwał głową, wiedząc, że nie wymyśli już nic mądrego w tym temacie.

– Zatem powiedzcie, co was tu sprowadza.

– Erik potrzebuje informacji.

Thorstein milczał wyczekująco.

– Ty mu to wyjaśnij – zaproponował chłopcu ojciec. – Nie masz się czego obawiać – dodał, widząc jego niepewność. – Cokolwiek powiesz, Thorstein zachowa to dla siebie.

Kiedy Erik opowiadał historię o Cindelli i skarbie piratów, w głęboko osadzonych oczach bibliotekarza pojawił się błysk zaciekawienia.

– Ciekawe, bardzo ciekawe. Chodźcie za mną. – Podreptał prędko do swojego stanowiska i podłączył się do gry. – Zaraz wracam.

– To dobry znak, synu. – Harald poklepał Erika po ramieniu.

Kiedy Thorstein bez słowa poruszał palcami i kiwał głową na lewo i prawo, Erik rozglądał się po wnętrzu biblioteki. Głównym elementem wystroju były sceny z Epica, rozwieszone na ścianach w postaci obrazów. Wiele z nich rozpoznawał: pejzaż Newhaven, katedra, amfiteatr. Inne zaś były mu obce. Podszedł do miejsca, skąd mógł się dobrze przyjrzeć wojownikowi w czerwonej pelerynie, stojącemu na lodowcu. Surowe górskie szczyty rysowały się w dali rzędami nierównych, białych kłów. Miało się wrażenie, że ciężkie, przyciemnione niebo rozwarło paszczę ziemi i osiadło na jej ostrych zębiskach.

Pod spodem napis: RUDY OLAF NA WYPRAWIE DO GÓR NIENAWIŚCI.

– Kim był Rudy Olaf, tato?

Harald wzruszył ramionami.

– Nie wiem. Pewnie istniał bardzo dawno temu. Któżby się dziś zajmował wyprawami?

– W porządku. – Thorstein znów był z nimi. Uśmiechnął się, widząc ożywienie na twarzy Erika. – Mam dla ciebie dobre wiadomości. – Rozejrzał się, żeby sprawdzić, czy ktoś nie podsłuchuje. – Na ile się zorientowałem, nikt nie ukończył jeszcze twojej misji. Chyba że, w co nie bardzo wierzę, nie złożono raportu.

– Czyli całkiem możliwe, że skarb czeka na mnie? – Erik patrzył na niego, podekscytowany.

– Jak najbardziej możliwe. Twój kapitan Sharky jest udokumentowaną postacią, która pięćdziesiąt lat temu zajmowała się piractwem. „Posłaniec Królowej" był królewskim okrętem stacjonującym w Cassinopii mniej więcej w tamtych czasach. To bardzo, ale to bardzo obiecująca misja, młody człowieku. – Na twarzy Thorsteina pogłębiły się zmarszczki wokół oczu, świadczące o tym, że często się uśmiecha.

– Super! Po turnieju zaliczeniowym popłynę do Cassinopii!

Duża dłoń spoczęła na ramieniu Erika, jakby zamierzała go powstrzymać. Thorstein spoważniał.

– Nie tak szybko, młody człowieku. Do takiej misji trzeba się przygotować. Archipelag Czaszki jest dość gruntownie zbadany i wiadomo, że przebywają tam niebezpieczne drapieżniki. Morze roi się od rekinów, ale to szczegół, bo w górach na jednej z wysp mają swoje gniazda ruki. Kto wyruszy na wyprawę, musi rozwinąć umiejętności i ekwipunek do poziomu zaawansowanego.

Erik westchnął przeciągle.

Harald zerknął na Thorsteina, który przewrócił oczami, rozbawiony porywczym charakterem młodzieńca.

– Radziłbym się nie śpieszyć, młody człowieku – powiedział bibliotekarz. – Możesz wrócić bogaty z tej wyprawy, ale pod warunkiem że zachowasz rozsądek. Bo jeśli zginiesz, będą nici ze skarbu.

– Niestety, brakuje nam ogniwa słonecznego – mruknął Erik z goryczą. – Czas nie działa na naszą korzyść...

– Mam ten sam problem. – Thorstein wyglądał na strapionego. – Żyjemy w ciężkich czasach.

– Skoro o tym mowa, to zaraz wyjaśnię, czemu tu przyszliśmy. – Harald przypatrywał się wnikliwie bibliotekarzowi. – Mam pięcioosobową drużynę, która pragnie wyzwać na pojedynek Centralne Biuro Alokacji. Chcemy złożyć zażalenie, że nasz okręg jest dyskryminowany przy rozdziale ogniw słonecznych.

– Oczywiście macie do tego prawo, lecz osobiście odradzam. Nie wygracie z ich drużynami. Zginiecie na darmo. – Thorstein pokręcił głową z dezaprobatą.

– Wprowadź zażalenie.

Harald nic więcej nie powiedział, więc po chwili Thorstein ciężkim krokiem wrócił do biurka i klapnął na krzesło. Rzucił w ich stronę ostatnie zdegustowane spojrzenie i podłączył się do systemu.

Niebawem znów stał przed nimi.

– Zażalenie zostało przyjęte. Rozprawa będzie miała miejsce w amfiteatrze za dwa tygodnie o godzinie ósmej rano naszego czasu.

– Dzięki, Thorstein.

Bibliotekarz wzruszył ramionami.

– Będę wam kibicował, choć wolałbym nie patrzeć, jak głupio rujnujecie sobie życie.

ℰ 6 ℭ

Pojedynki na arenie

W założeniu areny w wielkich miastach Epica miały być placami ćwiczeń. Zabierało się bohatera do środowiska treningowego, gdzie można było ginąć dowolną ilość razy; po śmierci bohater pojawiał się znowu przy wejściu na arenę. Miał sposobność przetestować skuteczność nowej broni, wypróbować zaklęcia i rozwinąć umiejętności. Z czasem publiczne walki w amfiteatrze stały się tradycyjnym sposobem rozstrzygania konfliktów.

Amfiteatr w Newhaven był ogromną, kamienną budowlą. Z okrągłej areny rozbiegały się szerokie schody, docierające do krawędzi trybun na niebotycznej wysokości. Na koronie amfiteatru stały posągi wojowników, zwrócone twarzą do areny: zimni, milczący świadkowie walk, które w ciągu stuleci rozegrały się na piasku areny.

Tego dnia amfiteatr zapełnił się mniej więcej w jednej trzeciej – przeważnie nieciekawymi szarymi ludźmi, którzy oglądali spektakl za pośrednictwem swoich bohaterów. Gdzieniegdzie na widowni znajdowały się NPC, wyróżniające się barwą i rozdzielczością. Erika reprezentował jego bohater: Cindella. Towarzyszyli mu Bjorn, Injeborg oraz D. E. i jego młodsza siostra Sigrid. Wszyscy także przedzierzgnęli się w swoich bohaterów: wojownika, czarodziejkę, jeszcze jednego wojownika i uzdrawiaczkę. Wiele rodzin z okręgu Nadzieja oderwało się od codziennych zajęć, żeby podpiąć się do Epica i obejrzeć pojedynek. Tak ważna okazja usprawiedliwiała przerwę w pracy. Podczas głośnych wydarzeń, takich jak końcowe etapy corocznego turnieju zaliczeniowego, trybuny zapełniały się prawie do ostatniego miejsca. W przypadku prowincjonalnej skargi na Centralne Biuro Alokacji można byłoby mówić o sukcesie, gdyby trybuny zapełniły się choćby w dwudziestu procentach, zwłaszcza jeśli rozstrzygnięcia pojedynków nie miały znaczenia dla ogółu społeczeństwa.

Erik z rosnącym zniecierpliwieniem słuchał zapowiedzi spikera:

– Sprawa numer 133, rok 1124. Wojownik Snorri przeciwko Centralnemu Biuru Alokacji. Wojownik Snorri z Estvam oskarża Centralne Biuro Alokacji o nieuzasadniony brak zgody na operację biodra małżonki. Zmagania kończą się śmiercią. Sceneria wybierana losowo.

Na arenę wyszedł wojownik z toporem i w kolczudze okrywającej połowę ciała. Kiedy rozległ się skąpy doping, pomachał ręką w stronę najgłośniejszej grupki na trybunach.

– Współczuję – odezwała się Injeborg zatroskanym tonem, który był odbiciem jej prawdziwego głosu. – Żadnych szans.

– A my to niby mamy jakieś szanse? – mruknął ponuro Bjorn.

Z tej pozornie nic niemówiącej wymiany zdań Erik wywnioskował, że Injeborg i Bjorn denerwują się tak samo jak on, tyle że udaje im się tego nie okazywać. Bądź co bądź, na arenę wychodzili również ich rodzice, wyposażeni w broń, zbroję i zaklęcia – oszczędności życia. Przez cały tydzień mieszkańcy okręgu odwiedzali ich bohaterów w świecie Epica i dawali im prezenty, takie jak eliksiry zdrowia i elementy zbroi. Ale w starciu z Centralnym Biurem Alokacji reprezentacja okręgu miała nie większe szanse niż jedna osoba.

Buczenie i szydercze okrzyki powiadomiły Erika o nadejściu przedstawiciela Biura Alokacji: wojownika Ragnoka Silnorękiego.

– Zabił moją mamę, więc go nienawidzę, to normalne. Ale czemu wrzeszczą na niego wszyscy na trybunach? – Erik ze zdziwieniem obserwował reakcje widzów na pojawienie się wojownika, aczkolwiek chętnie przyłączył się do gwizdów.

– Jest nowy w Biurze Alokacji i poza areną nic jeszcze nie zwojował – wyjaśnił D. E. – Ale nasz okręg go nie znosi, bo zabił dyrektorkę liceum rolniczego, kiedy walczyła o drugi traktor dla szkoły.

– I był kapitanem drużyny, która pokonała Greenrocków, gdy nie zgodzili się uprawiać rzepaku – dodał Bjorn z ponurą miną.

– Właśnie, już prawie zapomniałem. – D. E. pokiwał głową.

Ragnok Silnoręki kłaniał się widowni, jakby schlebiały mu szyderstwa. Wielokrotnie machał ręką, lecz ani razu w stronę przeciwnika. Kiedy odrzucił płaszcz, wszyscy mogli się przekonać, że to szczupły i wysoki elf Sidhe z długimi, srebrzystymi włosami, które zaplótł w kilka warkoczyków, aby nie zachodziły na oczy. Na jego zbroi malowały się błękitne i złote refleksy.

D. E. zagwizdał z uznaniem.

– Sama kolczuga kosztuje z dziesięć tysięcy bizantów.

– Przygotować się do walki! Trzy, dwa, jeden, start!

W mgnieniu oka arena amfiteatru uległa przeobrażeniu. W jej miejscu pojawiła się błękitna, krystaliczna toń wody. Na jej powierzchni pływały w kółko platformy, jakby wykonywały jakiś ceremonialny taniec. Widownia nagrodziła ten widok wesołą owacją. Była to bowiem nieczęsta sceneria.

– Uwielbiam na tym ćwiczyć – powiedział Erik. Niezwykłe warunki tego pojedynku na chwilę wybiły go z nastroju nerwowego oczekiwania. – Próbowaliście tego? Cały wic polega na tym, żeby znaleźć optymalną drogę. To trudniejsze, niżby się wydawało. Jeśli na początku wybierzecie niewłaściwą platformę, zniesie was daleko na bok.

– Ta sceneria musi być marzeniem każdego czarodzieja – dumał na głos D. E. – Załóżmy, że ktoś jest wojownikiem, przechodzi na drugą stronę, zaklęcia fruwają koło uszu…

Wtem strzała mknąca z głośnym świstem ugodziła wojownika z Estvam. Ragnok Silnoręki nawet nie próbował przedostać się w pobliże przeciwnika, lecz spokojnie i czujnie, z napiętą cięciwą, szykował się do następnego strzału. Reprezentant Estvam, który nie miał łuku, rozpaczliwie przemieszczał się nad tonią; przeskakując z wysepki na wysepkę, starał się przewidywać ruchy platform. Znów zafurkotała strzała. Wojownik został trafiony w czasie skoku i wpadł do wody. Zniknął i już nie wypłynął. Dzięki przejrzystej wodzie widownia mogła obserwować tonącego, który próbował ściągnąć ciężkie buty. Jego ostatnie konwulsje uciszyły tłum.

– Konflikt został rozstrzygnięty na korzyść Centralnego Biura Alokacji.

Ragnok ukłonił się i odszedł, a amfiteatr zresetował się do pierwotnego wyglądu.

– Jejku, straszna śmierć. Zbroja pociągnęła go na dno. – Szara, kanciasta twarz młodziutkiej Sigrid, zdolna jedynie do szczątkowego wyrażania uczuć, skrzywiła się.

Erika zemdliło. Zbliżała się ich kolej, a nie wyobrażał sobie, by mógł ich ominąć los poprzedniego wojownika. Zapowiadała się rzeź.

– Sprawa numer 134, rok 1124. Okręg Nadzieja przeciwko Centralnemu Biuru Alokacji. Dystrykt Nadzieja oskarża Centralne Biuro Alokacji o dyskryminację w kwestii przydziału ogniw słonecznych. Zmagania kończą się śmiercią. Zabici reprezentanci zwycięskiej drużyny zostaną wskrzeszeni. Sceneria wybierana losowo.

Z trybun buchnęły gromkie owacje, kiedy na arenę wkroczyła drużyna z Nadziei. Nawet zrównoważony Bjorn darł się jak oszalały. Erik ze łzami w oczach patrzył na przyjaciela, który wrzeszczał ile sił w płucach. Wiedział, że nawet jeśli bohater Bjorna pozostaje szary, on sam w domu Rolfsonów zagrzewa ich do boju z twarzą czerwoną z wysiłku.

Wyzwanie poparły te rodziny, które najwięcej skorzystałyby na nowych ogniwach, czyli przede wszystkim mieszkańcy Osterfjordu. Erik czuł się skrępowany, widząc w amfiteatrze tak bliskich mu sąsiadów. Wydawało mu się wręcz nieprawdopodobne, że heroiczne postacie na piaszczystej arenie to plantatorzy oliwek, mający swoje domy kilkaset jardów od niego.

Jeden z zawodników drużyny z Nadziei otulił się szczelnie płaszczem i nasunął kaptur na oczy. Pozostali machali do tłumów.

Erik poczuł szturchnięcie. Kiwnięciem głowy Injeborg wskazała arenę.

– To chyba twój tata.

– Chyba…

– Ciekawe, czemu się maskuje? – odezwał się głośno D. E.

– Też chciałbym to wiedzieć. – Oczy Erika napełniły się łzami

57

w niespodziewanym przypływie żalu. Rodzice nie darzyli go zaufaniem. Nic mu nie powiedzieli o tajemnicy związanej z bohaterem Haralda. Ale czy nie zasługiwał na zaufanie? Przecież nie wygadał się, w jakich okolicznościach złamał ząb.

– Na pewno czymś zaskoczy drużynę Biura Alokacji – snuła przypuszczenia Injeborg. Nawet jeśli wirtualny świat skrywał załzawione oczy Erika, pełne współczucia spojrzenie Injeborg świadczyło, że rozumiała, co się dzieje w jego wnętrzu.

Drużyna Centralnego Biura Alokacji zjawiła się na arenie i tłumy zamarły.

– Cholera, to wygląda na zemstę! – D. E. zakrył twarz dłońmi.

– Co? – Sigrid, cała drżąca, odwróciła się do brata.

– Zdaje się, że wystawili najlepszą drużynę. – D. E. wyjrzał spomiędzy palców. – Halfdan Czarny, Wilk, czarodziejka Hleid, zaklinacz Thorkell, walkiria Brynhild. W sumie aż czterech smokobójców.

Drużyna z Nadziei, której śmiałe przybycie rozbudziło entuzjazm widowni, prezentowała się marnie wobec skrzących się szat i potężnej magicznej aury przeciwników. Światło wokół Halfdana było jakieś przyćmione, buty roztaczały wokół siebie ciemność. Za sprawą dziwnych cieni, rzucanych przez jego zbroję, ci, którzy przy nim stali, wydawali się groteskowymi demonami w ludzkim ciele, przyczajonymi przy ziemi. Hałas widowni ucichł, rozmawiano półszeptem.

– Żadnych szans, D. E., co? – Sigrid popatrzyła na brata, który tylko wzruszył ramionami, przygnębiony.

– Przygotować się do walki! Trzy, dwa, jeden, start!

Arena momentalnie się rozpłynęła, a zamiast niej ukazał się kamienisty teren, na którym gdzieniegdzie stosy głazów sięgały ramienia. Zawodnicy z Nadziei zawahali się, wymienili spostrzeżenia i pobiegli szukać kryjówek. Tylko czterech dotarło do skał, które były ich celem.

Erikowi zniknął z oczu ojciec.

– Gdzie Harald? – zapytał Bjorn.

– Niewidzialność? – wysunął przypuszczenie D. E.

– O, miejmy nadzieję! Byłoby super! – Injeborg zaklaskała w dłonie. Jej entuzjazm dodał wszystkim otuchy.

Drużyna Centralnego Biura Alokacji wcale nie rzuciła się na przeciwników. Zaklinacze śpiewali pieśni, podczas gdy wojownicy Halfdan i Brynhild stali przed nimi na straży, pewni swego. Wilk odszedł na bok i gardłowym głosem wykrzyczał komendę. Wśród westchnień widowni przeistoczył się w olbrzymiego, czarnego wilka o drapieżnym wyglądzie. Zawył przeraźliwie.

Tłum na trybunach, inaczej niż w poprzedniej walce, z zapartym tchem śledził poczynania zawodników, a jeśli ktoś krzyczał, jego głos rozlegał się bardzo wyraźnie. Erik dałby wiele, żeby być na dole i pomagać drużynie – ale jako potężny bohater, mogący sprostać tym legendarnym przeciwnikom.

Nad amfiteatrem z głuchym pomrukiem gromadziły się chmury. Rozpostarł się wielki cień i Erik poczuł na sobie ciężar nieba.

– O, nie… – zdołał się D. E. – To zaklinacz Thorkell. Uderzy błyskawicą.

Ludzie w tysięcznym tłumie jak jeden mąż skulili się w przewidywaniu straszliwego grzmotu, gdy z nieba zostanie wydarta świetlista błyskawica. Niektórzy zatkali uszy. Po chwili jednak zerwali się na równe nogi, rozradowani. Gdy czarne chmury zaczęły się rozpraszać, w promieniach prześwitującego słońca głazy na arenie zaiskrzyły się białym kwarcem.

– Co to? Co to? – Erik poderwał się do góry, widząc, jak Thorkell wije się na ziemi i rozmazuje błoto na swoich jasnoniebieskich szatach, pokrytych symbolami. Na wargach miał białą pianę. Uciekał od niego szczupły elf, który dwiema krótkimi szablami wykreślał w powietrzu lśniące, hipnotyzujące figury. Na koniec bezczelnie pokłonił się widowni, wszedł w cień i zniknął.

Injeborg przyskoczyła do Erika, szukając błyszczącym wzrokiem jego oczu.

– Erik, to twój tata! To twój tata!

Przyjaciele otoczyli go ze wszystkich stron, klepali po plecach i wznosili radosne okrzyki.

– Musi być rabusiem na poziomie mistrzowskim. – D. E. kręcił głową. – Kto by pomyślał, że mamy w Nadziei mistrza…

– Tak! Tak! – Roztrącając przyjaciół, Erik skakał z zaciśniętymi pięściami. – To za mamę! – Pokiwał się na boki i przeciął pięścią powietrze. – Gińcie! Gińcie wszyscy! – krzyknął na całe gardło do pozostałych czterech zawodników reprezentujących Biuro Alokacji.

Ludzie na widowni oglądali widowisko na stojąco, zagrzewając dopingiem drużynę z Nadziei. D. E. kręcił głową z niedowierzaniem.

– Nie wiedziałem, że będą po naszej stronie. Chyba wszyscy nienawidzą Biura Alokacji.

Wilk zawył zadziornie i popędził w kierunku przeciwników, lecz Halfdan Czarny rozglądał się z oznakami paniki. Desperacko wymachiwał swoim wielkim dwuręcznym mieczem, próbując wypatrzyć wroga. Za to strachu nie okazywała Brynhild pod postacią walkirii w skrzydlatym hełmie, która chwyciła go i powiedziała mu coś na ucho. Po chwili stanęli odwróceni do siebie plecami, pomiędzy nimi zaś w rozkroku nad ciałem zabitego Thorkella zatrzymała się Hleid.

Wrzawa na widowni jeszcze się wzmogła. Już w całym amfiteatrze rozbrzmiewały okrzyki „Nadzieja! Nadzieja!" – skandowane nawet przez tych, których nic nie łączyło z tym okręgiem. W świadomości tłumów dojrzewała myśl, że być może uczestniczą w wiekopomnym zdarzeniu. To, co jeszcze przed chwilą wydawało się nieprawdopodobieństwem – zwycięstwo drużyny z maleńkiego okręgu nad niepokonanym zespołem z Mikelgardu – stawało się coraz bardziej realne. Zginął wielki czarodziej Thorkell; słyszał ktoś o czymś takim? Czyżby nadszedł koniec kariery czterech legendarnych smokobójców?

Wilk przeskakiwał z głazu na głaz z wywieszonym jęzorem. Kiedy zbliżył się do czterech zawodników z Nadziei, Rolfson i jego kompan wojownik unieśli miecze i tarcze. Ale Wilk nie zamierzał ich atakować. W ostatniej chwili ostro skręcił, odbił się od głazu, przeleciał nad głowami przeciwników i spadł na uzdrawiaczkę Siggidę, matkę Bjorna i Injeborg. Nic sobie nie robiąc z ciosów wojowników, które nie były w stanie przebić twardej skóry, szarpał gardło Siggidy, aż padła martwa. Prychając szyderczo, z zakrwawionym pyskiem odwrócił się do dwóch wojowników.

– Potrzebujemy srebrnej broni! – stwierdził porywczo D. E. – Srebra lub czarów!

W cieniu za wilkiem coś się poruszyło. Błysnęło żelazo. Wilk zawył i gwałtownie się obrócił w obronie przed ciosami, które spadły na niego tak niespodziewanie. Przed nim stał tajemniczy elf; wolno kręcąc dwiema szablami, zasłaniał się przed paszczą rozjuszonego wilka. Widownia ponownie się poderwała, rozległ się ogłuszający doping. Erik wykorzystał okazję, żeby przyjrzeć się uważniej postaci bohatera. Był to z pewnością leśny elf, mniejszy niż Sidhe, lecz silnie zbudowany. Nosił zbroję złożoną głównie z elementów skórzanych, pokrytych pięknym deseniem, który mógł mieć właściwości magiczne. Pod kapturem opończy Erik dostrzegł błysk złocistych włosów, będących dość ekscentrycznym dodatkiem i zarazem jedynym dowodem na to, że elf rzeczywiście jest jego ojcem.

Wilk tymczasem stawał się ociężały. Mocno dyszał, z pyska ściekały mu sznury śliny, ziemia była zbryzgana pianą.

– Chyba ma zatrute szable – odezwał się Bjorn.

– Na bank. – D. E. chłonął wydarzenia na arenie.

Gdy Wilk sapał z coraz większym trudem, Erik spojrzał na resztę zawodników przeciwnej drużyny. Wcale nie stali bezczynnie. Hleid wetknęła swój kostur, zwieńczony trupią czaszką, w pierś czarownika, nad którym stała. Zawiłym gestem wskazała leśnego elfa z dwiema szablami, który sprawiał im tyle kłopotów. Wskrzeszone ciało Thorkella powoli uniosło się w powietrze, odwróciło i pofrunęło w stronę wyznaczonego celu.

– Śmierć i zniszczenie! Co to ma być? – szepnęła Injeborg.

– Pojęcia nie mam. – Splecione dłonie D. E. świadczyły o jego przerażeniu, mimo że szara, toporna twarz wojownika nie odzwierciedlała żadnych emocji.

Harald, który od czasu do czasu odrywał wzrok od umierającego wilka, dostrzegł nadlatującego Thorkella. Pobiegł do cienia i tam zniknął, lecz upiór nie dał się zwieść kamuflażowi. Co chwila zmieniał kierunek lotu, pokazując, dokąd ucieka Harald.

Wtem spoza amfiteatru z hałaśliwym krakaniem nadleciało stado kruków i rzuciło się na walczących. Hleid odrzuciła fioletowy płaszcz, a następnie z uniesionymi rękami i białymi włosami podwianymi ku niebu krzykliwym głosem zaczęła kierować ptaki na zawodników przeciwnej drużyny. Czarodziej z Nadziei zdążył porazić je kulą ognia, więc część spadła na ziemię. W chmarze były jednak tysiące kruków, które wkrótce naskoczyły na trzech widzialnych graczy z Nadziei. Rolfson i jego kompani mogli się tylko oganiać i zderzać ze skałami, żeby uniknąć dziobów ciemnych, łopoczących skrzydłami ptaszysk. Czarodziej, najsłabiej opancerzony i pozbawiony hełmu, upadł, zasłaniając oczy rękami. Natychmiast okrył go czarny, ruchliwy kobierzec ptaków, który po chwili znieruchomiał. Dwaj wojownicy wciąż walczyli z pochylonymi głowami: mieczami i tarczami bili kruki, które krakały i dziobały ich gdzie popadnie.

Tymczasem upiór niezmordowanie goniący Haralda pokazywał, że uciekinier porusza się prędko wokół miejsca walki.

– Dokąd on biegnie? – zastanawiał się D. E.

– A co mu pozostało? – odpowiedział z goryczą Erik. – Nie ma wyjścia. Jeśli się zatrzyma, zabiją go. Jeśli zaatakuje Halfdana i Brynhild, nie pokona ich, a upiór dopadnie go w moment.

Upiór ruszył gwałtownie w stronę zawodników z Biura Alokacji.

– Tam jest! – zawołała Injeborg.

Halfdan i Brynhild szykowali się na konfrontację z uniesioną bronią i byli gotowi do walki, kiedy Harald zmaterializował się przed nimi. Uchylił się przed ciosami, nie zamierzał jednak wdawać się w pojedynek. Nawet nie trzymał w rękach szabel. Rzucił się na ziemię, przetoczył, unikając kling przeciwników, i chwycił oburącz kostur Hleid. Potężnym szarpnięciem sprawił, że przeciwniczka straciła równowagę; chociaż Halfdan ciął go w ramię, zachwiał się tylko i zaraz pokłusował przed siebie, trzymając laskę nad głową. Widownia nagrodziła go burzą owacji.

Rozglądając się po trybunach, Erik zauważył, że zmagania obserwuje o wiele więcej widzów niż na początku. Widocznie wieść o walce rozchodziła się lotem błyskawicy i ludzie masowo podłączali się do Epica.

Kiedy Harald oddalił się na bezpieczną odległość, skierował laskę na Hleid i pokręcił czaszką. Z trwogą patrzyła, jak przerażające widmo zatrzymuje się w powietrzu, a potem przyśpiesza w jej stronę z rozpostartymi ramionami. Hleid wykrzyczała w panice kilka zaklęć, lecz upiór zbliżał się wytrwale. Halfdan i Brynhild zadali stworowi potężne ciosy, po których zadrżał, a mimo to roztrącił ich na boki, capnął Hleid za gardło i wycisnął z niej ostatnie tchnienie. Po jej śmierci zwłoki Thorkella pacnęły na ziemię i zastygły w bezruchu.

– Nadzieja! Nadzieja! – Była to walka stulecia, w której olbrzym dostawał tęgie lanie. Radosny wrzask buchnął w niebo, kiedy Harald ponownie dobył szabel i ukłonił się na cztery strony świata. Potem znowu pogrążył się w cieniu i zniknął. Trzech mniej!

– Twój tata jest niesamowity! – Injeborg uścisnęła Erika.

Erik stał jak skamieniały i tylko dreszcze wstrząsały jego ciałem, które z przyjemnością uwalniało się od wewnętrznego napięcia; nawet nie wiedział, że się w nim kumulowało. Poczuł dziwny smak w ustach – i zrozumiał, że tak właśnie smakuje zemsta.

– Nigdy już nie zlekceważę rabusia – mruknął pod nosem Bjorn.

Na arenie amfiteatru zrobiło się cicho. Rolfson i jego partner zabili ostatniego kruka i teraz pili eliksiry zdrowia, żeby odzyskać siły. Czarodziej nie żył, zadziobany przez ptaki.

Na drugim końcu kamienistej areny Halfdan i Brynhild stali wsparci o siebie plecami, gotowi porachować się z rabusiem.

W amfiteatrze rozległo się oświadczenie:

– Drużyna z Nadziei proponuje remis. Pełne zmartwychwstanie dla wszystkich, pełen zwrot ekwipunku. Pod warunkiem że sprawa przydziału ogniw słonecznych zostanie powtórnie rozpatrzona.

Oświadczenie spotkało się z gorącym aplauzem widowni.

– Rozsądne rozwiązanie – wyjaśnił D. E. – To dobry wynik dla nas. I będą się bali odmówić. Jeśli zechcą walczyć dalej i stracą życie, dla żadnego z nich nie będzie już powrotu.

Wygłoszona propozycja wyraźnie poróżniła Halfdana i Brynhild. Choć ciągle stali odwróceni do siebie plecami, z zapalczywością gestykulowali i wykręcali do tyłu szyje, przy czym ruch broni jeszcze wyolbrzymiał zamaszyste gesty rąk. Po pewnym czasie tłum zaczął powoli klaskać. Erik przyłączył się do niego z uczuciem błogiego wyzwolenia. Bogowie gry zostali upokorzeni, a widownia, która prędko to zauważyła, pragnęła pognębić ich jeszcze bardziej.

Kiedy hałas klaszczących dłoni rozbrzmiewał już w całym amfiteatrze, Brynhild wzruszyła ramionami i schowała broń do futerału. Halfdan uniósł miecz i pomachał nim na znak zgody.

– Konflikt zakończony remisem, sprawa zostanie skierowana do ponownego rozpatrzenia.

Widzowie zgotowali gorący aplauz Rolfsonowi i drugiemu wojownikowi z jego drużyny, kiedy ci pozdrawiali ich z dołu. Z największą niecierpliwością czekano na pojawienie się leśnego elfa, który jednak już się nie pokazał. I było to – jak wyjaśniali domorośli stratedzy na wieczornej imprezie w Nadziei – mądre posunięcie.

Na samym końcu arenę opuścili Halfdan i Brynhild, którzy nadal wymachiwali bronią, tocząc ze sobą zażarty spór.

ཉ 7 infty

Pierwsze ziarna niezgody

Wieżę, w której odbywały się spotkania członków Biura Alokacji, otaczały chmury deszczowe, przez co dodatkowa sesja przebiegała w wyjątkowo klaustrofobicznej atmosferze. Potoki deszczu spływały po szybach niczym wielkie łzy. Pod kopułą było tak ciemno, że na stole postawiono lampy. Jeśli wierzyć legendzie, siedzieli w pomieszczeniu będącym niegdyś modułem dziobowym statku kosmicznego. Ściany pojazdu – zakładając, że faktycznie istniał – dawno temu zostały rozebrane, a cenny metal zastąpiono kamieniem i zaprawą.

– Masakra! – prychnął Ragnok. – Słynna i potężna drużyna Centralnego Biura Alokacji dostaje wciry od wioskowych kmiotków!

Ze wszystkich członków najwyższego komitetu planety tylko Ragnok poprzedniego dnia wyszedł z twarzą z pojedynku. Mógł sobie pozwolić na ostre słowa. Jego wojownik Sidhe rozprawił się z wojownikiem Snorriego dwoma strzałami z łuku. Mimo to Svein Rudobrody nie pochwalał jego hardej postawy; nie przysporzy mu ona przyjaciół. Oczywiście z rozbawieniem patrzył, jak smokobójcy tracą miano niezwyciężonych, lecz starał się nie

67

uzewnętrzniać swojej wesołości. Na szczęście nie wybrano go do drużyny, która wczoraj okryła się hańbą, zatem jego reputacja jednego z najpotężniejszych graczy w Epicu nie doznała uszczerbku.

– Nie miałem ochrony. – Thorkell ze wzruszeniem ramion uchylił się od odpowiedzialności za sromotną porażkę i skrzyżował ręce. Pomarszczonymi, pulchnymi palcami wolno bębnił po rękawach jasnoniebieskiego aksamitnego kubraka, podobnego kolorem do pokrytego znakami runicznymi płaszcza, który nosił jego bohater.

– Zaklinaczu Thorkellu! Większy był z ciebie pożytek po śmierci niż za życia! – Jak na podstarzałą kobietę, Brynhild parsknęła zadziwiająco młodzieńczym śmiechem, choć niepozbawionym goryczy. Ona również przypominała postać, w którą się wcielała: swoje długie, srebrnoszare włosy zaplotła w dwa warkocze. – Cóż to był za spektakl dla widzów! Wszystkowiedzący Thorkell lata nad areną jako zombi…

Sądząc po drwiących minach innych osób obecnych na spotkaniu, walkiria nie była jedynym członkiem komitetu, który z przyjemnością wspominał, jak przemądrzały, pyszałkowaty Thorkell stał się bezwolnym narzędziem czarodziejki Hleid.

– Dobrze, dość tego. – Odezwała się przewodnicząca Hleid mniej autorytatywnym tonem niż zwykle. Od czasu bitwy jakby się postarzała, myślał Svein, a jej zmarszczki, które niegdyś nadawały twarzy władczy wyraz, teraz tylko podkreślały zmęczenie. – Traktujmy tę sprawę jak każdą inną. Przecież wszystkim się śpieszy.

– Popieram. – Svein nie miał najmniejszej ochoty marnować dnia na roztrząsanie błędów popełnionych przez drużynę Biura

Alokacji. Od bibliotekarza w Fiveways dostał cynk o ciekawej misji i po południu chciał zbadać ten trop.

– Zacznijmy od rozpatrzenia wniosku o przydział ogniw słonecznych dla okręgu Nadzieja. Co proponujecie?

– Damy im jeszcze dziesięć? – zaproponowała Bekka.

Svein uśmiechnął się do niej. Była najbardziej wspaniałomyślną osobą w komitecie Centralnego Biura Alokacji.

– Pięć. – Widać było, że Ragnok najchętniej dałby kmiotkom figę z makiem, ale nawet on wiedział, że trzeba pójść na ustępstwa.

– Siedem – powiedział Wilk.

– A więc siedem. Co wy na to? – Kiedy Hleid się rozglądała, odpowiedziały jej obojętne twarze i wzruszenie ramion. – Czyli zgoda na siedem.

– Po prostu koszmar. – Halfdan zadygotał. – Niedługo zaleją nas podania.

– To prawda. – Svein zmierzył go lodowatym wzrokiem, aby przypomnieć mu, że między innymi właśnie jego rzekomo niezwyciężony wojownik, mimo swej wycackanej czarnej zbroi, wpakował ich w to bagno.

– Następny punkt programu: analiza bitwy – przyśpieszała obrady Hleid. – I spróbujmy być konstruktywni. – Westchnęła. – Może na początek opinia osoby, która nie brała w niej udziału. – Powoli kręciła głową, spoglądając znad okularów. – Bekka, co powiesz?

– Ja? – zdziwiła się. Jako druidka, częściej spotykała się z prośbami o eliksiry i zaklęcia z wykorzystaniem zwierząt niż o opinię na temat bitwy. – Niech no się zastanowię. – Przerwała i przez chwilę w skupieniu przyglądała się dłoniom. Rozumiała odpo-

wiedzialność, jaka na niej ciążyła. Odezwała się dokładnie w chwili, gdy Ragnok ostentacyjnie ziewnął. – Myślę, że nasza drużyna
nie walczyła jak na drużynę przystało. Wilk przyzwyczaił się do
przeciwników nieposiadających srebrnej ani magicznej broni
i stracił życie, bo chciał rozstrzygnąć walkę sam jeden. Myślę, że
drużyna powinna przede wszystkim zabezpieczyć się zaklęciami
obronnymi, zamiast próbować, jak Thorkell, z teatralnym roz-
machem pokonać wszystkich przeciwników za pomocą jednej
błyskawicy. Przed walką należałoby omówić taktykę. Podsumo-
wując, każdy się śpieszył, żeby to jemu przypadła chwała zwy-
cięzcy, dlatego nie przejmował się resztą drużyny i nie traktował
poważnie przeciwnika.

– Załatwiłem uzdrawiaczkę – odezwał się zdenerwowany Wilk,
zakładając ręce na kark. Jedną nogę wyłożył na stół i kiwał się na
krześle przechylonym do tyłu tak bardzo, że niewiele brakowało,
by się wywrócił.

– Na więcej nie było cię stać. A przecież jesteś lepszy od uzdrawiacza piątej kategorii. – Tego dnia Brynhild była w wyjątko-
wym nastroju do kłótni. Wokół stołu narastał gwar głosów.

– Członkowie komitetu, proszę o spokój! Uszanujmy życze-
nie przewodniczącej, która pragnie konstruktywnego podejścia
do sprawy! – przekrzyczał wrzawę Svein, lecz dodał już cichszym
tonem: – Uważam, że Bekka dokonała właściwej oceny walki.
W tej kwestii nie pozostaje nam nic innego, jak przyjąć rozporządzenie, że w przyszłości wszystkie drużyny mają spotykać się
przed przewidywanym konfliktem i omawiać taktykę. Postępo-
waliśmy tak dawniej z dobrym skutkiem, dopóki nie wpadliśmy
w samouwielbienie.

– Czy to formalny wniosek? – zapytała Hleid.

– Tak.

– Popieram – oświadczył Ragnok.

– W takim razie proszę o głosowanie. Kto jest za wnioskiem Sveina, niech podniesie rękę. – Hleid potoczyła wkoło spojrzeniem. – Wniosek przeszedł jednomyślnie. Cieszę się. – Ponownie spojrzała na leżącą przed nią kartkę. – Przejdźmy do następnego punktu i porozmawiajmy o bohaterze Haralda Eriksona. Proszę o komentarze.

– Używał śmiercionośnej trucizny, naprawdę potężnej. Normalnie przyjmuję pięć lub sześć silnych trafień, nim zginę. – Nie przejmując się swoim wizerunkiem wielkiego uczonego i wszechpotężnego czarnoksiężnika, Thorkell tym razem mówił tonem skruchy. Jego blade, pomarszczone dłonie jak zwykle trzęsły się nad stołem.

– Fakt – dodał Wilk. – Jeszcze nigdy nie skończyło mi się życie tak szybko. Nawet zaklęcia nie mają takiej siły.

– Czemu nikt z nas nie wiedział o istnieniu tego mistrza? – wtrącił Halfdan Czarny. Jego okrągła twarz poczerwieniała ze wzburzenia.

– Ponieważ Harald Erikson, jeżeli tak się naprawdę nazywa, nie zaglądał do Epica od dwudziestu lat – odpowiedział z naciskiem Svein.

– To wcale nie był rabuś – rozległ się spokojny głos Godmunda. Był z nich wszystkich najstarszy i rzadko odzywał się w czasie spotkań, ale kiedy już to robił, słuchano go uważnie. Wiedział więcej o Epicu niż ktokolwiek z żyjących, łącznie ze Sveinem. Zaskakująco dźwięcznym głosem, biorąc pod uwagę jego wiek, mówił dalej: – Wczoraj w amfiteatrze w Newhaven oglądaliśmy w akcji mistrza zabójcę.

– Zabójcę? Śmierć i zniszczenie! To by się zgadzało! – Halfdan kręcił głową, najgłośniejszy spośród tych, którzy pomrukami zdziwienia zareagowali na słowa Godmunda. – Ale kto poza
uniwersytetem szkoli zabójców?

– Nikt – odparł Godmund z uśmiechem.

Svein wiedział z doświadczenia, że to złowróżbny uśmiech,
więc usiadł prosto i spokojnie czekał na rozwój wydarzeń.

– Jest jednym z nas? – Bekka nie kryła konsternacji.

– Poprawka: był jednym z nas – rzekł Godmund z chmurnym
czołem. – Dwadzieścia lat temu. Jeszcze jeden renegat, który
zniknął nam z oczu.

– Do teraz – zauważył Ragnok.

– Pamiętam kilku młodych zabójców, których szkoliliśmy.
– Godmund przymknął powieki. – Myślę, że bibliotekarz z uniwersytetu powinien sprawdzić sporne kwestie sprzed dwudziestu do trzydziestu lat.

– Dobry pomysł. – Svein jak zwykle pierwszy wyraził swoje
poparcie dla Godmunda.

– A więc zgoda? – Hleid spoglądała na zebranych. – Zgoda
jednomyślna.

– Proponuję uaktywnić Kata. – Ragnok nie potrafił ukryć
entuzjazmu, który odbijał się w jego głosie.

– Popieram. – Godmund pokiwał głową z aprobatą. – Ale
pamiętajcie, że ten człowiek czekał dwadzieścia lat, nim wszedł
do Epica, o ile nie grał po kryjomu. Może być trudny do namie-
rzenia. Trzeba się zdobyć na cierpliwość.

– Będziemy szukać na zmianę, aż go dopadniemy! – oświadczył stanowczo Ragnok. Nikt z większym zaangażowaniem niż
on nie wcielał się w rolę Kata.

– Innego wyjścia nie widzę – zgodził się Godmund.

Svein westchnął ze zgrozą. W normalnych warunkach gracz nie był w stanie wyrządzić krzywdy drugiemu graczowi; Epic nie pozwalał na to. Jednak znakomita większość mieszkańców planety nie miała pojęcia o tym, że dało się stworzyć bohatera mogącego zabijać innych graczy lub zginąć z ich ręki. Jedynie dziewięciu członków najwyższego komitetu dysponowało kodem, który umożliwiał dostęp do menu z opcjami tworzenia takich bohaterów. Centralne Biuro Alokacji nagromadziło tyle bogactw, że bez oglądania się na koszty mogło wyposażyć wojownika w najpotężniejszą broń, zbroję i zaklęcia. Tak powstał Kat. W ciągu lat wielokrotnie korzystano z jego usług przy likwidowaniu elementów wywrotowych. Oczywiście ofiara nie wiedziała, że walczy z innym graczem; wydawało jej się, że to jakiś rzadko spotykany i wyjątkowo agresywny NPC.

Svein nie miał żadnych skrupułów w kwestii posługiwania się Katem, lecz nieliczne osoby znające sekret zabójcy musiały grać w jego wcieleniu godzinami, aby zbliżyć się do celu poszukiwań.

– W takim razie kto jest za wysłaniem Kata przeciwko bohaterowi Haralda Eriksona, proszę o podniesienie ręki – powiedziała Hleid. – Jeden głos przeciwny.

Wszyscy popatrzyli ze wzgardą na Bekkę.

– To zbyt podejrzane, ludzie nie są głupi – wyjaśniła na swoją obronę. Svein przypuszczał, że językiem zrozumiałym dla reszty wyraża po prostu swoje moralne obiekcje. Mimo to z pewnością wcieli się w rolę Kata, kiedy przyjdzie jej kolej. Zawsze postępowała zgodnie z oczekiwaniami.

– Ragnok sporządzi grafik. Poszukiwania rozpoczniemy w Newhaven. – Hleid odnalazła na liście następny punkt obrad:

– I coś jeszcze na koniec. – Pokazała trzymany w dłoni wydruk. – Znaleziono to w kilku miejscach, także na trybunach amfiteatru.

Zebrani podawali sobie plik wydruków; każdy brał dla siebie jedną kartkę i resztę podawał sąsiadowi. Kiedy wszyscy mieli już przed sobą tekst i z pochylonymi głowami zaczęli zapoznawać się z treścią, Hleid poprosiła o komentarze.

Svein przyglądał się kopii gazetki zatytułowanej „Nowy Lewiatan".

– Jeszcze chwila. Możemy najpierw przeczytać całość?

– Ależ oczywiście.

Zaległo pełne skupienia milczenie. Wysoko nad nimi deszcz cicho szemrał na kopule, jakby prosił, żeby wpuszczono go do środka.

Znów rzeź niewiniątek

Zobaczymy dzisiaj, jak Centralne Biuro Alokacji niszczy marzenia i nadzieje siedemdziesięcioletniego małżeństwa i okręgu Nadzieja. Usprawiedliwieniem jest niedostatek środków, którymi trzeba umiejętnie gospodarować. Zgoda, ale gospodarujmy nimi z poszanowaniem demokracji. Na razie bowiem mamy do czynienia z dyktaturą wąskiej zamkniętej elity – nowej kastokracji, jak ją nazywamy. To nowy lewiatan, obżerający się kosztem społeczeństwa, które haruje w pocie czoła dla dobra ogólnego. Przez lata ów lewiatan zajmował się gromadzeniem bogactw, dzięki którym jego bohaterowie staliby się niezniszczalni. Czy można więc mówić o sprawiedliwości w Epicu?

Wmawia się nam, że inny system administracji doprowadziłby

do rozpadu społeczeństwa i wzrostu przemocy. Ale czy rzeczywiście? W starożytnej Grecji funkcjonowała demokracja, w której wybierano osoby do rządzenia miastami. Włodarze miast pełnili swój urząd jedynie rok, a potem oddawali go następnym, wybranym przez lud. Czy nie lepiej wykorzystać możliwości Epica do gromadzenia obywateli na publicznych, rzeczowych debatach w amfiteatrze, a decyzje o konkretnych przydziałach podejmować na zasadzie głosowania, a nie rozgrywek prowadzonych w grze?

Świat domaga się reform. Nasz system nie działa. Czas obalić kastokrację!

Gazetka zawierała też artykuły z zaskakująco trafnymi wnioskami na temat zastoju w gospodarce.

– Mogę prosić o komentarze? – odezwała się ponownie Hleid.

– Nie zrozumcie mnie źle – powiedziała Bekka z wahaniem. – Zdaję sobie sprawę, że stąpamy po cienkim lodzie... ale właściwie co jest złego w tej koncepcji? Inaczej mówiąc, jak się bronić przed takimi zarzutami?

– Do krwi utoczonej, kobieto! To chyba oczywiste! Przecież to przepis na totalny bajzel! – Halfdan miał szczególne powody do złości. W jednym z artykułów opisano ze szczegółami jego czarną zbroję jako przykład pokazujący dysproporcję między potężnym bohaterem reprezentującym Biuro Alokacji a jego przeciętnym rywalem.

– Bekka poruszyła istotną kwestię – wtrącił Svein, ona zaś popatrzyła na niego z wdzięcznością. – Wnioskuję, żeby pozwolono mi napisać wprowadzenie do dyskusji z odpowiedzią na argumenty przedstawione w gazetce. W tej chwili mogę tylko powiedzieć, że nasz system nie jest pozbawiony wad, ale myślenie, że możemy rozstrzygać kwestie sporne na drodze głosowania, wynika z naiwności. Prędko utworzyłyby się stronnictwa i wtedy, dajmy na to, Południe zjednoczyłoby się w celu przejęcia środków należnych Północy. Przykłady można by mnożyć. Poza tym odwoływanie się do starożytnej Grecji jest nieporozumieniem. W tamtych czasach ludzie mieli niewolników i wybuchały wojny. W naszym społeczeństwie, choć nie jest idealne, przynajmniej panuje pokój.

Bekka pokiwała głową w zadumie i uśmiechnęła się, kiedy Svein pochwycił jej spojrzenie. Liczył na to, że jego twarz wyrażała przy tym najszczerszą sympatię.

– W porządku – powiedziała Hleid. – Czy ktoś poprze wniosek Sveina?

– Popieram – odezwała się zaraz Bekka.

– Kto za? – Hleid potoczyła wzrokiem po zebranych. – Wniosek przyjęty jednogłośnie.

– Na spotkaniu w przyszłym tygodniu będę już miał wprowadzenie – zobowiązał się Svein.

– To by było na tyle. – Hleid prędko wstała i wyszła, wspierając się na kosturze z trupią czaszką; sporządził go pewien student na wzór laski, którą posiadał jej bohater.

Chociaż Sveinowi śpieszyło się do Epica, wolał nie wybiegać tuż za nią. Zamiast tego pomógł podnieść się z krzesła Godmundowi.

– A więc zabójca, tak? Podziwiam twoją przenikliwość. – Svein podał mu ramię, lecz Godmund odepchnął je i zawierzył swej lasce.

– Nie martwię się wcale tym zabójcą. Mieliśmy już odszcze-
pieńców i jeszcze będziemy ich mieli. Gorsza sprawa z gazetką.
Trzeba ją zlikwidować. – Godmund odwrócił się do niego z surowym obliczem. – A ty niepotrzebnie marnujesz czas na misję
Epicus Ultima, której nie da się ukończyć. Lepiej się dowiedz, kto
stoi za tą gazetką. To ktoś zbliżony do naszego grona, ponieważ
ma dostęp do tajnych informacji.

Speszony twardą nutą w głosie Godmunda, Svein tylko pota-
kiwał ruchem głowy.

– Fakt – powtarzał. – Fakt… – W myślach jednak dodawał:
„Nie uwierzyłbyś, staruszku, jak blisko jestem rozwiązania".

&v 8 cs

Oto Kat

Niewiele było większych przyjemności w życiu niż wejście w świat Epica w charakterze Kata. Poruszał się wśród graczy niczym nierozpoznany bóg. Wszyscy widzieli bohatera, lecz nie mieli pojęcia, że jest kontrolowany przez ludzki umysł i dla kaprysu mógłby sprzątnąć każdego bez wyjątku.

Wprowadziwszy hasło znane jedynie członkom Centralnego Biura Alokacji, Ragnok rozparł się wygodnie w fotelu, rozkoszując się każdą chwilą, kiedy Kat wynurzał się z pudełka pozytywki i obracał wolno na platformie.

Kat był wysokim mężczyzną, człowiekiem w szyszaku zasłaniającym twarz bez wyraźnych rysów. Potężne ciało okrywała zbroja płytowa, ozdobiona rytymi znakami runicznymi. Lepszej zbroi nie dało się kupić: każdą jej część zaczarował biegły krasnoludzki rzemieślnik, żeby mimo swej lekkości zachowała trwałość. Na tarczy ze złotym obrzeżem widniała paszcza ryczącego demona. Była to tarcza jedyna w swoim rodzaju, kupiona od księcia Al'Karaka na pustynnych ziemiach nomadów. Istotnie zawierała w sobie demona i dzięki jej odporności na magię żaden gracz – i prawie żaden potwór czy NPC – nie mógł rzucić zaklęcia groźnego dla Kata. Wojownik posiadał rozmaitą broń łącznie z ozdobnym długim łukiem i kołczanem pełnym czarodziejskich strzał. Jeśli chodzi o miecze, miał do dyspozycji Acutusa o śmiercionośnej klindze, która losowo, mniej więcej raz na dwadzieścia uderzeń, przecinała każdy materiał. Ragnok wolał jednak walczyć Bękarcim Mieczem Księżyca; piękne srebrne ostrze poruszało się zwinnie jak na swoje rozmiary i wzbudzało trwogę w sercach przeciwników, którzy na chwilę zamierali w bezruchu.

Staranne przeglądanie listy przedmiotów magicznych mimo jej długości nie nużyło go nigdy. Kat był wyposażony w maksymalnie rozbudowany zestaw pierścieni, klejnotów, eliksirów, zwojów, maści, a także w masę przeróżnych pomocnych narzędzi, takich jak drabinka do wspinaczki. Na tak bogate wyposażenie bohatera trzeba było przeznaczyć tyle bizantów, że nie zgromadziłaby ich cała ludzkość w ciągu dziesięciu lat. Ale się opłaciło.

Wystarczy. Ragnok wcisnął guzik aktywacji. Nieprzeniknioną czerń i cisza. Nagle powstał delikatny szum, który prędko potężniał i przerodził się w ryk. Towarzyszyła temu eksplozja światła.

Ucieleśnienie zemsty i nienawiści znów nawiedziło świat Epica.

Był wieczór. Na ciemnogranatowym firmamencie błyszczał jeden z księżyców Epica, Sylvania. Drugi i mniejszy, Aridia, miał wzejść później. Ragnok powoli się obracał, żeby zorientować się w okolicy. Znajdował się w miejscu ostatniej egzekucji; widocznie od tamtej pory nie posługiwali się tym bohaterem pozostali członkowie komitetu. Nieopodal czekał cierpliwie czarny rumak bojowy, patrzący na niego mądrym spojrzeniem. Był więc około sześćdziesięciu mil od Newhaven, gdzie miały rozpocząć się łowy.

– Cześć, stary druhu. – Ragnok poklepał bok konia, chwycił łęk siodła i wspiął się na grzbiet. Raz jeszcze spojrzał na księżyc, żeby ustalić kierunek północny, i spiął wierzchowca do galopu. Pragnął jak najprędzej dotrzeć do Newhaven, gdzie miało się zacząć prawdziwe polowanie.

Gdy mknął na przełaj przez pola, wzbierało w nim uczucie radości. W tym momencie był najgroźniejszym graczem w Epicu. Żaden z członków komitetu nie dorastał do pięt Katowi. Oczywiście przyszło mu do głowy, że mógłby ukradkiem dorwać któregoś z nich. I uczyniłby to, a jakże, gdyby zaczęli mu bruździć. Zresztą nie pisnęliby słowa skargi. Przecież nie ujawnią światu, na czym polegał nieszczęśliwy wypadek. I nie zwolniliby go z pełnionej funkcji, bojąc się, że wypapla ludziom wszystko, co wie. Oczywiście woleli nie kopać pod nim dołków. Mieli z niego pożytek… i może odczuwali przed nim strach. Taki był jego plan, odkąd opuścił mury uczelni: chciał, żeby władze nie mogły się bez niego obyć. Przyjmował na ochotnika wszystkie odrażające zadania i wychodził na arenę nawet wtedy, gdy przyszło mu bronić najbardziej kontrowersyjnych decyzji i spraw niecieszących się poparciem ludu. Jego taktyka przynosiła owoce. Podczas gdy pozostali członkowie komitetu postrzegali siebie jako herosów – postacie owiane legendą – Ragnok nie ubierał swoich czynów w szaty bohaterstwa. Był łotrem – i co z tego? W tej chwili nikt na świecie nie mógł mu się przeciwstawić. Miał za sobą dwudziestoletnią mordęgę, ale każda godzina spędzona w Epicu na gromadzeniu sił okazała się wartościowa.

Kat uniósł miecz do księżyca z donośnym rykiem, zadowolony z życia.

Cieszyłby się jeszcze bardziej, gdyby tylko on był w stanie posługiwać się Katem. Sprawowanie rządów nad światem wymagało istnienia komitetu. Bądź co bądź, drużyna musiała liczyć przynajmniej pięciu graczy. Poza tym władze musiały podołać wielu obowiązkom, więc było dość pracy dla dziewięciu ludzi w komitecie. Ale gdyby tak zostać jedyną osobą z dostępem do Kata? Reszta komitetu kłaniałaby się w pas i starała mu się przypodobać na wszystkie sposoby. Pozostali starzeli się, a tymczasem na szansę czekali młodsi gracze, których urabiał na swoją modłę; do tej grupy należeli synowie i córki obecnych dygnitarzy. Na zaproszenie do komitetu czekał dwadzieścia lat. Przejąć kontrolę zamierzał w znacznie krótszym czasie.

Dojrzał dróżkę wyjeżdżoną przez wozy i skręcił w jej stronę. Wiedział, że doprowadzi go ona do starego kamiennego traktu, który wiedzie prosto do Newhaven. Był już w połowie drogi do upatrzonej dróżki, gdy zauważył na niej ruch. Jakiś odważny gracz zapuścił się na pustkowia mimo późnej godziny. Ragnok po cichu dobył Bękarciego Miecza. Lewą dłoń zacisnął na cuglach, prawą zaś, dzierżącą miecz, uniósł wysoko – istny jeździec śmierci – i ruszył co koń wyskoczy na samotnego wędrowca. Spoglądając szyderczo przez ramię, zorientował się, że rozchlastał elfa. I galopował dalej, śmiejąc się dziko z tego, że właśnie odrąbał głowę podróżnikowi. Gdzieś na planecie odłączał się z gry jakiś farmer lub student, prawdopodobnie ze łzami w oczach, nie wiedząc, co tak nagle odebrało życie jego bohaterowi.

Zanim pokazały się światła posterunków strażniczych Newhaven, Ragnok zdołał ochłonąć. Powoli rzedł sznur trupów, które pozostawiał za sobą na kamiennej drodze. Bądź co bądź, bliżej miasta rosło prawdopodobieństwo, że wieść o popełnianych przez niego mordach dotrze do komitetu, a nie miał ochoty wysłuchiwać krytycznych uwag. I niewykluczone, że głosowaliby za odebraniem mu prawa posługiwania się Katem. Oczywiście polityka niezabijania graczy, jeśli nie głosowano za ich likwidacją, była jak najbardziej logiczna i niezachwiana, więc podważanie tego stanu rzeczy mijało się z celem. A jednak zdrożny dreszczyk emocji, którego doświadczał gracz-morderca, wymykał się logice. Tak samo jak nie dało się odnaleźć logicznej prawidłowości w wyborze ofiar. Co ciekawe, nie nęcili go wcale najsilniejsi gracze, a przecież jeśli cokolwiek mogło usprawiedliwiać ich zabijanie, to jedynie eliminacja potencjalnego zagrożenia dla zawodników Biura Alokacji. Tymczasem jego pociągali gracze zasługujący na współczucie, wyposażeni w jedną broń i nędzną namiastkę zbroi. Przyciągali go swoją naiwnością i słabością ci uparci, niestrudzeni ciułacze, poświęcający swój wolny czas na gromadzenie miedziaków w bitwach z orkami i koboldami. Dlatego kładł ich trupem jednego po drugim, żeby ich żmudna wspinaczka po drabinie kariery gwałtownie dobiegła kresu.

Po dotarciu do Newhaven jechał pomału wąskimi, brukowanymi uliczkami. Próbował nie rzucać się w oczy. Chociaż większość graczy brała go za NPC i ignorowała, zawsze mogło się zdarzyć, że ktoś zechce porozmawiać z nim w nadziei na uzyskanie informacji potrzebnych do wypełnienia jakiejś durnej misji. Po mozolnej i długotrwałej wędrówce bocznymi uliczkami dotarł wreszcie pod katedrę i tam uwiązał wierzchowca.

– Na razie, dzielny koniku – szepnął i wszedł do olbrzymiego gmachu.

W katedrze toczyło się życie. Gdy patrzyło się na kinkiety oliwne, zapalone na ścianach, wzrok gubił się w rozległej przestrzeni, zamkniętej strzelistym sklepieniem wysoko w górze. Głębokie nisze wypełniały posągi świętej męczenniczki i jej akolitów. Zakonnicy w habitach śpiewali ciche pieśni, a reprezentatywny wycinek społeczności Newhaven zasiadł w ławach, aby wysłuchać wieczornego kazania biskupa.

Złożoność Epica budziła podziw. Nawet jeśli nie było żadnych graczy w tym wspaniałym gmachu, NPC cały czas żyły własnym życiem. Gdyby ktoś realizował misję wymagającą rozmów z przedstawicielami miejscowej śmietanki, niegłupim pomysłem byłoby podejście do nich po nabożeństwie. Ale w ten sposób niech sobie działają tacy jak Svein Rudobrody. Ragnok zamaszystym krokiem ruszył do wejścia na wieżę. Lekceważąc zakonnika NPC, który próbował do niego zagadnąć, wszedł do wieży i zaczął biegiem wspinać się po schodach.

Nawet Kat nie posiadał niewyczerpalnych rezerw sił i na czterdziestym podeście schodów poruszał się znacznie wolniej. Na setnym już szedł. Ale to był ostatni. Nagle otworzył się nad nim nieboskłon. Znajdował się na szczycie wieży, skąd rozpościerał się widok na całe miasto.

Z migotaniem gwiazd rywalizowały w dole rojne światła pochodni. Czuł się, jakby płynął po ciemnych wodach jeziora, na których rozsrebrzone niebo malowało się żółtymi odblaskami. Newhaven było uporządkowanym miastem, w którym główne ulice kąpały się w świetle rozstawionych równo latarń. Dzięki temu wokół katedry ciągnęły się milami płomienne wstęgi. Wielki amfiteatr tonął w mroku, opustoszały: ogromny czarny krąg, omijany przez wężowe świetliste linie.

Ragnok z westchnieniem przygotował się do odłączenia. Kiedy w Epicu nastanie nowy świt, wróci i wznowi poszukiwania.

ೞ 9 ೦ಃ

Gorączka i rozpacz

Blady, pochmurny poranek wypełnił szarością pokój Erika. Obudził się wcześnie i przez chwilę, jeszcze rozespany, zastanawiał się, co go właściwie zmusiło do wstania. Duży Erik wołał, żeby uciekał? Nie, to się działo we śnie. Nagle sobie przypomniał: pobiegł do łazienki i nachylił się nad zlewem, żeby zwymiotować. Czuł w ustach posmak kwaśnych jabłek.

– Mamo! – Oparł się o framugę drzwi od sypialni rodziców. Spali twardym snem z błogimi minami. – Mamo! – powtórzył głośniej.

Uniosła głowę. Brązowe włosy opadały jej na twarz w nieładzie.

– Erik? Co się stało?

– Niedobrze mi.

– Idź się połóż do swojego pokoju. Zaraz tam przyjdę.

Sufit w jego pokoju był teraz bielszy. Nierówny tynk i ślady pędzla przypominały mu śnieżne krajobrazy, jakie widywał w amfiteatrze w czasie ćwiczeń.

– O co chodzi? – Matka przyłożyła mu rękę do czoła.

– Jakoś mi niedobrze. Brzuch mnie boli.

– W którym miejscu?

– Tu. – Położył dłoń tuż pod pępkiem. Jej ciepło przyniosło mu ulgę.

Matka pocałowała go w czoło, odsunąwszy wilgotny kosmyk włosów. Dotyk jej ust był chłodny.

– Erik, ty jesteś cały rozpalony! Może wybierzesz się wozem do Nadziei? Poszedłbyś do lekarza.

– Tak... Pojadę wozem... Zaprzęgniemy Lebana... – Erik mówił bełkotliwie, jakby trawiła go coraz silniejsza gorączka.

Podróż do Nadziei dłużyła się w nieskończoność, a jednak dojechali szybko i bez przeszkód. Harald wypakował go spod futer, pod którymi chory podróżował. Zadygotał, ponieważ nagle zrobiło mu się bardzo zimno. Szpital przypominał mu bibliotekę ze względu na liczbę okien. Chodzenie wiązało się ze zbyt dużym wysiłkiem, więc nie szarpał się, kiedy ludzie chwycili go za ręce i nogi, żeby go ponieść. Łóżko, w którym się znalazł, było białe i chłodne.

– Witaj, młodzieńcze – odezwał się z uśmiechem sympatyczny lekarz. – Pokażesz mi, gdzie boli? – Gdy uniósł kołderkę, Erik wskazał palcem miejsce. – A kiedy naciskam, boli bardziej? – Ponieważ Erik pokręcił głową przecząco, dodał: – A kiedy puszczę?

Zaledwie lekarz odsunął dłoń, ciało Erika wygięło się konwulsyjnie z powodu nieznośnego bólu.

– No cóż, sprawa jest chyba jasna. – Doktor przykrył go i odszedł na bok z jego ojcem.

Harald jednak wrócił już po chwili.

– Hej, Erik – powiedział, siadając na łóżku.

– Co?

– Każdy człowiek ma taki narząd, który nazywa się wyrostkiem robaczkowym. Czasem są z nim problemy i trzeba go usunąć. To się zdarza dość często. Tyle że będziesz musiał trochę tu jeszcze pobyć. Lekarz mówi, że to wielkie szczęście, że mama kazała mi od razu ruszać w drogę. To się mogło skończyć dużo gorzej, ale teraz nie masz się czego obawiać.

– Naprawdę? Mogłem umrzeć?

Ojciec zawahał się.

– Całkiem możliwe.

Ucieszył się. Koledzy będą pod wrażeniem, gdy powie im, że mógł umrzeć.

– Tak czy owak, to niesprawiedliwe – mruknął Harald.

– Co, tato?

– Gdybyś uczył się w Mikelgardzie i był doświadczonym graczem w Epicu, mógłbyś liczyć na lepsze traktowanie. – Po chwili dodał: – Albo gdybyśmy mieli tysiące bizantów.

Erik zauważył, że jego ojciec jest zły, ale nie nadążał za jego tokiem rozumowania.

– Lekarz twierdzi, że potrzebna aparatura stoi zepsuta od dwudziestu lat. Będą musieli cię ciąć. Rana będzie się długo goić i zostanie blizna.

– Jak długo?

– Dwa tygodnie.

Zdjęty przerażeniem, które na chwilę wyrwało go z gorączkowego otępienia, Erik zrozumiał wreszcie, do czego zmierza ojciec.

– Tato, a pierwsza runda turnieju zaliczeniowego?

– No właśnie. – Harald wydał przeciągłe, smutne westchnienie. – W każdym razie zdrowie, synu, jest rzeczą najważniejszą.

Zresztą nie śpieszyło ci się z wyprowadzką z Osterfjordu.

– Wiem. Ale nie o mnie chodzi, tylko o innych. – Erik zmagał się z mętlikiem w myślach i kotłowaniną uczuć. – Co się stanie z drużyną? Przecież zrobiono z nas Graczy Osterfjordu. Inny, D. E., Sigrid. Bjorn nawet zrezygnował z drużyny liceum rolniczego, żeby być z nami. Tyle ćwiczeń na marne? – Przerwał, rozgorączkowany. Godziny przygotowań na terenach łowieckich i na arenie okazały się nic niewarte. Marzenie o znalezieniu sposobu na wyzwanie Biura Alokacji wydawało się teraz dziecinnym fantazjowaniem.

Obaj siedzieli w milczeniu, przygnębieni.

Po południu przyszły salowe i położyły go na łóżku ortopedycznym. Kiedy toczył się szpitalnym korytarzem, kółka skrzypiały nieprzerwanie, co przypominało na przemian cichnący i narastający pisk udręczonego ptaka: iraaczka, iraaczka, iraaczka… Tynk na suficie korytarzy, którymi go wieziono, był spękany, a gdzieniegdzie oderwały się całe płaty i ukazywał się żółty kamień. W końcu umieszczono go w pomieszczeniu z ogromnym ruchomym światłem, które wisiało nad nim jak wąż gotowy do ataku. Dość długo leżał sam, wsłuchany w odległe trzaskanie drzwi, myśląc ze strachem o wężu. Wreszcie sala zaczęła napełniać się ludźmi i dotarły do niego pierwsze strzępy rozmów.

– Musisz wykonać cięcie tutaj, naokoło, i odciągnąć skórę, aż będziesz w stanie chwycić chory wyrostek…

– Nie powinno być dużego krwawienia, ale na wszelki wypadek niech asystent ściera ją, żebyś widział, co robisz. Niech ma klemę pod ręką, nigdy nie wiadomo…

W tym momencie pielęgniarka zorientowała się, że Erik słyszy, o czym mówią.

– Może byście z łaski swojej podali mu znieczulenie! – warknęła.

– Masz, wdychaj.

Erikowi podsunięto pod nos bawełniany tamponik o ostrym zapachu, uchwycony długimi kleszczykami. Wciągnął powietrze...

Ocknął się po operacji cały obolały. Najmniejszy ruch powodował męczarnie, więc leżał na plecach i słuchał innych ludzi w sali. Echa kroków na twardej posadzce świadczyły, że znajduje się w dużym pomieszczeniu. Zewsząd dobiegał cichy szmer głosów – nigdy na tyle silnych, żeby zrozumiał poszczególne słowa. Dzień mijał wolno, przy czym upływ czasu odmierzało zmieniające się światło. Cienie najpierw usunęły się z popękanego sufitu, później znów się na niego wkradły, aż w końcu pierzchły, gdy pielęgniarka zapaliła lampy oliwne.

Ze względu na przerywany sen noc była jeszcze gorsza. Budził się co chwila nie tylko z powodu zbyt gwałtownych ruchów ciała. To obce miejsce źle na niego wpływało. Miał świadomość, że otaczają go chore dzieci. Często gdzieś poza zasięgiem wzroku rozlegały się stłumione odgłosy i bez przerwy słychać było cichutkie mruczanki.

Następnego dnia pielęgniarz, chcąc zmienić pościel, kazał mu wstać. Erik, przeżywający wtedy katusze, nie mógł uwierzyć w bezduszność tego człowieka, który nalegał, żeby się przeniósł na stojące obok krzesło. Po raz pierwszy od czasu operacji popatrzył na brzuch. Zakrwawiony bawełniany podkoszulek przykleił się do ciała. Kiedy próbował go oderwać, poczuł ostry ból, gorszy niż przy schylaniu się, więc dał sobie spokój. Pościel, którą zabrał pielęgniarz, także była ubrudzona krwią.

Każdego dnia coraz łatwiej szło mu zginanie ciała, gdy opuszczał nogi na podłogę, żeby wstać. I każdego dnia odpadały kolejne strupy krwi, aż wreszcie z niewysłowioną ulgą oderwał od ciała poplamiony podkoszulek. Na podbrzuszu zobaczył wielką, białą bliznę, położoną w połowie odległości między pępkiem a prawym biodrem. Kojarzyła się z bladym robalem i miała prawie stopę długości. Zaróżowione brzegi rany zostały zszyte kilkunastoma dużymi szwami. Teraz przynajmniej mógł wolno chodzić z ręką przyłożoną do obolałego boku, ubrany w nową bawełnianą koszulę i spodnie, które dał mu szpital.

Pewnego popołudnia rodzice przyprowadzili jego przyjaciół. Wchodząc na salę, rozglądali się niepewnie, speszeni jej wielkością oraz liczbą osób zebranych wokół łóżek.

– Hej, Injeborg! Tutaj! – Gdy pomachał ręką, ruszyli prędko w jego stronę.

– Mamy dla ciebie prezenty – powiedziała z dumą Injeborg.

Sigrid podała mu słoik z miodem.

– Super! Dzięki, Sigrid. Dają tu wstrętne jedzenie. – Postawił słoik na stoliku przy łóżku.

– Daj mu prezent, Bjorn. – Injeborg nie mogła się doczekać, aż Erik zobaczy, co mu przynieśli.

– Proszę. – Bjorn z zażenowaniem wyciągnął z torby kartonowe pudełko. Na pokrywce namalowano statek blisko Osterfjordu.

Erik otworzył pudełko i zobaczył w środku setki puzzli wykonanych z cienkiej tektury.

– Cały dzień mu zszedł na wycinaniu – oznajmiła Injeborg z radosnym błyskiem w oczach. – I są polakierowane, żeby farba dłużej trzymała.

– Próbowałem tak malować, żeby obrazek się zgadzał – mruknął nieśmiało Bjorn. – Ale właściwy element zawsze poznasz po tym, że pasuje.

– Dziękuję, Bjorn. To świetny prezent.

– A to masz ode mnie. – Injeborg wyciągnęła kłąb sznurków i patyków.

W pierwszym momencie Erik myślał, że to jakaś marionetka.

– E... dzięki, Injeborg. – Zaczął ją rozplątywać. Nagle się zorientował, że to mobil do zawieszenia nad łóżkiem.

– Pomyślałam sobie, że będzie ci przypominał Osterfjord – wyjaśniła z wigorem dziewczyna. – Zobacz, to muszla z plaży. A to szyszka z waszej jodły. To miał być twój osioł. Trudno go było narysować. Ale patrz, odcięłam kawałeczek włosa z ogona Lebana.

Erik roześmiał się.

– Injeborg, ale czad. Ciekawe, czy pozwolą mi zawiesić go na tej szynie.

– A czemu by nie? Zawiesisz go, Bjorn?

Jej starszy brat rozejrzał się po sali, szukając wzrokiem kogoś, kogo mógłby zapytać o pozwolenie. W końcu ze skruchą wzruszył ramionami, stanął na krześle i przywiązał mobil do szyny łóżka. Był dobrze wyważony, jego dwa główne ramiona powoli obracały się tam i z powrotem.

– Naprawdę świetna robota, Inny. – Erik patrzył na dobroduszne uśmiechy przyjaciół. To, że tak bardzo martwili się o niego i tyle trudu włożyli w przygotowanie prezentów, było dla niego wielkim zaskoczeniem.

Zauważył, że w kolejce czeka jeszcze D. E.

– To dla ciebie. Mam nadzieję, że jeszcze nie czytałeś. – Podarował mu książkę: *Lekcje strategii w Epicu*.

– Nie, nie czytałem. – Erik otworzył ją ostrożnie. Od razu zafascynował go spis rozdziałów: *Walki w trybie jednoosobowym, Zaklęcia do walk na otwartym terenie* i tym podobne.

– Zapowiada się nieźle. Dzięki, że się z nią rozstałeś, Duży Eriku.

D. E. zdawkowo machnął ręką.

– Żaden problem. I tak nie mam czasu czytać jej uważnie, Ty co innego, będziesz tu uziemiony przez dwa tygodnie.

Wyraz ich twarzy, dotąd przyjazny i roześmiany, nagle przygasł.

– To dopiero pech, nie? – powiedziała Sigrid.

Injeborg pokręciła głową ze łzami w oczach.

– No. Za rok wiek wykluczy mnie i Bjorna – rzekł D. E. formalnym tonem. – Jedyna szansa, żeby zagrać razem, przepadła. To koniec Graczy Osterfjordu.

– Kto wskoczył za mnie do składu? – zapytał Erik.

Popatrzyli po sobie.

– Obgadaliśmy sprawę, Erik, i doszliśmy do wniosku, że wystąpimy jedynie w indywidualnych rozgrywkach – wyjaśniła Injeborg, rzeczniczka drużyny. – Bez ciebie to już nie to samo.

– No – dodał Bjorn. – Kicha…

– To dzięki tobie powstała drużyna – powiedziała Sigrid. – Takiej pasji jak twoja u nikogo nie znajdziemy. Grać bez ciebie byłoby nie fair. Zresztą bez twojej awanturniczki i tak daleko byśmy nie zaszli. Miała być naszą tajną bronią.

– Przepraszam. – Erik wstydził się łez napływających do oczu, tym bardziej że nie mógł ich ukryć.

– Nie masz za co przepraszać – odparła Injeborg. – Liczysz się ty, a nie gra. Poza tym, kto by chciał wyjeżdżać na uniwersytet w Mikelgardzie?

***

Nudził się śmiertelnie, czekając, aż wypiszą go do domu. Choć poruszał się jeszcze sztywnym krokiem, mógł już do woli spacerować po szpitalu. Miał do dyspozycji masę książek i zabawek, ale i tak wszystko go tu nużyło. Żadna gra nie dorównywała Epicowi, o którym rozmyślał z tym większym bólem, że był uwięziony w szpitalu, gdy zaczynały się rozgrywki.

Również tego ranka chodził zdołowany, wiedząc, że świat ekscytuje się turniejem zaliczeniowym w Epicu.

Zaraz po śniadaniu ze zdziwieniem usłyszał głosy Haralda i Thorsteina, bibliotekarza z Nadziei, którzy właśnie wchodzili na salę. Wspólnymi siłami dźwigali ciężką skrzynię. Ojciec spoglądał na niego z ożywieniem.

– Cześć, Erik. – Harald postawił skrzynię ze stęknięciem.

– Cześć, tato. Co to?

– Zaraz zobaczysz. Można zabrać ze stołu te rzeczy?

– Jasne.

Otworzyli drewnianą skrzynię i Thorstein położył na stole czarne, blaszane pudło sporych rozmiarów. Potem z największą ostrożnością sięgnął do środka po hełm, z wyglądu dość delikatny, zamocowany w specjalnych zaczepach. Po hełmie wyciągnął rękawice.

– Do łóżka, Erik – zarządził ojciec.

Thorstein zajmował się już kablami.

– Ile to czasu minęło – mruczał pod nosem, nie przerywając pracy. – No nie wiem, nie wiem. Lepiej nie róbmy sobie nadziei…

– Masz. – Harald podał synowi hełm i rękawice, które ten założył, powstrzymując się od pytań.

– Dobra. – Thorstein cofnął się o krok.

Na boku pudła zapalały się i gasły kolorowe światełka w pozornie przypadkowej kolejności. Zbliżyły się inne dzieci – te, które mogły chodzić. Erik zauważył, że kilka pielęgniarek przerwało swoje rutynowe czynności, aby popatrzeć. Szeroki uśmiech rozpromienił zarośnięte oblicze bibliotekarza.

– W porządku. Uwierzylibyście? Ale czas ucieka, a zaraz mam być w bibliotece. – Thorstein kiwnął głową na Erika i podał mu okulary. – Tylko się pośpiesz. Możesz normalnie zagrać?

Po pełnej napięcia chwili dokonała się synchronizacja i Erik mógł westchnąć z radości na widok Cindelli, która wysuwała się z pozytywki. Tak dawno jej nie widział...

#uśmiechnij się

Zrobiła to, jakby rzeczywiście cieszyła się, że znów go widzi.

– I co? – zapytał Harald z przejęciem.

– Zupełnie jak w bibliotece.

– Dobrze. No to ja lecę. Powodzenia! – Thorstein pogłaskał po głowie Erika i wyszedł na tyle szybko, na ile pozwalały mu krótkie, tłuste nogi.

– To znaczy, że mogę wziąć udział w rozgrywkach?

– Jak najbardziej! – Harald promieniał.

– A drużyna? Czy wiedzą? Trzeba ich zawiadomić!

– Są w bibliotece. Nie wiedzieliśmy, czy ten pomysł wypali, a nie chcieliśmy ci obiecywać gruszek na wierzbie. Czekają w gotowości.

– Bajka. – Erik przygotowywał Cindellę do wejścia do świata. – Mając coś takiego, można grać w Epica dosłownie wszędzie!

– Pewnie. Całe szczęście, że mamy w okręgu choć jeden sprawny komplet. – Harald powiedział to z ponurą miną, lecz zaraz się rozpogodził: – Kiedy wróci Thorstein, połączy cię z turniejem.

– Co tam masz? – zapytał mały Ivarson, chłopczyk z łóżka naprzeciwko Erika.

Częściowo zdjął hełm, żeby spojrzeć na zaciekawioną buzię przy swoim łóżku.

– Znasz Epica?

– Pewnie! Moi bracia startują dziś w zawodach.

– Ja też.

– O, fajnie. Mogę popatrzeć?

– No nie wiem. Może, tato?

Harald uśmiechnął się.

– Nie ma sprawy, masz. – Ostrożnie i pomalutku wyciągnął z urządzenia drugi hełm. – Jest paru ogólnodostępnych bohaterów, w których możesz się wcielić, żeby obejrzeć zawody w amfiteatrze. Gwarantują częściową interakcję. Pełną ma tylko Erik.

Ivarson zaklaskał.

– Ale super! Obejrzę, jak walczy brat!

– Tato – zapytał Erik – poczekasz tu ze mną, nim skończę grać?

– Jakżeby inaczej! Jeśli mi pozwolą.

Jedna z dorosłych kobiet weszła na salę z kilkoma krzesłami.

– Nie będziesz miał nic przeciwko, jeśli sobie popatrzymy, prawda?

– Ależ skąd – odrzekł Erik z zadowoleniem.

Harald usiadł na krześle, żeby sprawdzić urządzenia podglądowe.

– To lepsze niż biblioteka – stwierdził z satysfakcją. – Dużo swobodniejszy ruch głowy.

❧ 10 ☙

Harald zdemaskowany

Wreszcie zaszło słońce. Zgodnie z grafikiem Svein mógł już wyjść z postaci Kata. Denerwowało go to haniebne marnotrawstwo czasu, kiedy musiał przyglądać się koboldom biegającym po błotnistej równinie terenów łowieckich; ich cienie wydłużały się, w miarę jak niebo niezauważenie robiło się szkarłatne. Z politowaniem obserwował szarpaninę między koboldami i małymi grupkami szarych postaci. Tego rodzaju walka miała koszmarne ograniczenia. Gracze, na których patrzył, nie wyobrażali sobie nawet prawdziwej głębi gry. Przez chwilę rozmyślał o przyświecającym mu celu, którym było wypełnienie misji *Epicus Ultima*. Mimo długich poszukiwań nie spotkał się nigdzie z wyjaśnieniem znaczenia tych słów, lecz był pewny, że odnoszą się do czegoś istotnego. Kilka NPC, z którymi rozmawiał osobiście, utwierdziło go w przekonaniu, że Epic faktycznie zawiera tę ostateczną misję – misję nad misjami. Wielu sądziło, że nie sposób jej ukończyć, lecz Svein miał przeczucie, że jest o krok od przełomu. Nici prowadzące do celu były liczne i splątane, ale gdy o nich myślał, jeszcze bardziej irytował się trwonieniem czasu na uganianie się po świecie w skórze Kata. Mógłby robić coś pożyteczniejszego.

Ktoś poklepał go po ramieniu. Natychmiast zaczął się odłączać, pocierając otarte uszy.

– I co? – zapytała Bekka.

– Nic, tylko ludzie, którzy całymi godzinami łupią z kasy koboldy.

Bekka westchnęła ze smutkiem.

– Żal mi ich. Czasem mam ochotę pójść i zrobić komuś niespodziankę, dać mu rubin lub coś w tym stylu.

Dostrzegła surową minę Sveina.

– Nie musisz nic mówić. Po prostu im współczuję.

Nagle Svein rozpromienił się – z nadzieją, że jego uśmiech nie wypadł sztucznie – i wyciągnął rękę, żeby dotknąć jej policzka.

– Wiem, że im współczujesz, i to jest cecha, którą w tobie najbardziej cenię.

Svein wpadł na krótką chwilę do kantyny po talerz z jedzeniem i pognał do swojego gabinetu, starając się nikogo nie spotkać. Kiedy zamknął za sobą drzwi na klucz, wreszcie mógł się zrelaksować i skupić na swoich sprawach.

Trzy z czterech ścian gabinetu zapełniały grzbiety starannie poukładanych książek i skoroszytów. Na szerokich półkach od ziemi po sufit spoczywały żurnale, sprawozdania, prace studentów, czasopisma, elektroniczne nośniki danych i książki. Czwartą ścianę praktycznie w całości zasłaniała olbrzymia tablica korkowa. Jedząc przy biurku, wpatrywał się w nią w zamyśleniu. Kolorowymi pinezkami przytwierdził karteczki w rozmaitych miejscach na głównej mapie świata gry. Wokół pinezek lawirowały różnego rodzaju nici, nawet srebrne i złote, tworzące wielobarwną siateczkę.

Orientował się już, że *Epicus Ultima* może być ukończony przez każdego niezależnie od punktu wyjścia. On sam poczynił postępy na wielu frontach, aczkolwiek gdzieniegdzie utknął w ślepym zaułku.

Odsunąwszy talerz, wstał i ponownie przyjrzał się tablicy. Ostatnia wskazówka, którą na niej umieścił, brzmiała: *Odnaleźć Eteryczną Wieżę Koszmaru*. Cel był prosty: król Śnieżnych Szczytów prosił o uwolnienie z wieży duszy jego porwanej córki; w tym czasie jej ciało leżało w animacyjnym letargu na zamku w Górach Śnieżnych Szczytów. Niewątpliwie esencję dziewczyny trzymało w zniewoleniu jakieś czarodziejskie urządzenie lub wroga istota. Dodatkowego smaczku dodawała informacja pochodząca z zupełnie innego źródła: wieża podobno zawierała „ostatni zamek do otwarcia".

NPC mgliście i półsłówkami wspominały o tym, co się stanie w przypadku ukończenia *Epicusa Ultimy*. Spodziewał się, że otrzyma jakiś przedmiot o niewyobrażalnych właściwościach magicznych lub oręż. Sveina interesowała jednak nie tyle nagroda, co samo wyzwanie. Wiedział, że jeśli ukończy *Epicusa Ultimę*, stanie się najsławniejszym graczem wszech czasów.

Ale choć wzmianka o Eterycznej Wieży naprowadziła go na trop, który wyglądał nader obiecująco, napotkał przeszkodę bardzo trudną do pokonania: nikt nie wiedział, gdzie znajduje się Eteryczna Wieża. Król Śnieżnych Szczytów powiedział tylko, że kapłani biegli w sztuce jasnowidzenia przeprowadzili najpotężniejsze rytuały i zobaczyli jedno: dusza jego córki została zabrana do miejsca zwanego Eteryczną Wieżą Koszmaru, blisko krańca ziemi, gdzie żyje we śnie. Nie pomogły żadne zaklęcia ani tysiące NPC, które pytał o to Svein. Wszyscy bibliotekarze na świecie zostali odpowiednio poinstruowani i monitorowali swój teren w poszukiwaniu informacji o wieży. Oczywiście dano im do zrozumienia, że nagrodą za pomoc będą dodatkowe narzędzia pracy i awanse. W czasie swojej kadencji naczelnego bibliotekarza starał się dobrze traktować podwładnych w terenie – pomimo krytyki ze strony pozostałych członków komitetu. Jeżeli ktoś w ogóle był w stanie ukończyć *Epicusa Ultimę*, to z pewnością on, mający dostęp do tysiąca źródeł informacji. Jak na złość, w obecnych czasach tak rzadko trafiali się ludzie żądni przygód, że nowiny od prowincjonalnych bibliotekarzy płynęły mizernym strumyczkiem. Może osiągnąłby więcej, gdyby zachęcał studentów uniwersytetu do szukania wieży... ale musiał zachować daleko idącą ostrożność. Ujawnianie szczegółów misji mogło być niebezpieczne, zwłaszcza gdyby jakiś wyjątkowo zdolny student przez przypadek dokonał przełomowego odkrycia i sprzątnął mu sprzed nosa nagrodę.

Nieśmiałe pukanie do drzwi wyrwało go z zadumy.

– Co tam!? – krzyknął z gniewem.

– Przepraszam, że przeszkadzam, proszę pana – usłyszał głos studenta. – Zbiera się komitet na nadzwyczajnym spotkaniu.

– W porządku.

Ciekawość wzięła górę nad zdenerwowaniem. Widocznie zdarzyło się coś niespodziewanego. Może Kat dorwał delikwenta i będzie można odhaczyć tę sprawę?

***

Większość członków komitetu przybyła na miejsce przed Sveinem i przestrzeń pod przeźroczystym sufitem wypełniał już gwar pogodnych rozmów. Siadając, dostrzegł nawet uśmiechy na kilku twarzach. W tym czasie na niebie – niejako dostosowując się do dobrego nastroju ludzi siedzących przy stole – pędzące chmury, oświetlone jasnymi promieniami słońca, tworzyły malowniczy pejzaż nad Mikelgardem. Czasami migotliwy słoneczny blask padał bezpośrednio na zgromadzonych, dzięki czemu przedmioty uzyskiwały ciepłą pozłotę.

– Dobre wieści? – zapytał siedzącego obok Wilka.

– Tak myślę. – Wilk pokiwał swoją ciężką głową. – Godmund zwołał zebranie.

Svein popatrzył na staruszka. W jego niebieskich oczach migotały wesołe iskry.

Kiedy przyszła Bekka, rozpoczęto właściwe obrady. Hleid natychmiast udzieliła głosu Godmundowi.

– Moi badacze spisali się na medal i oszczędzili nam sporo zachodu. Harald Erikson to nikt inny jak Olaf Śmigły.

Wśród zebranych rozległy się westchnięcia. Svein prędko spojrzał na Ragnoka, czerwonego na twarzy; z pewnością dręczyły go niemiłe wspomnienia.

– No jasne! – zawołał Halfdan Czarny. – Nic dziwnego, że tak dobrze im szło!

– Hm… To wcale nie było takie oczywiste. Przez dwadzieścia lat nie wyściubiał nosa z nory. Ale nie wszyscy o nim zapomnieli. – Godmund najwyraźniej był z siebie wielce zadowolony. – Cóż powiesz, Ragnok?

Ragnok znów spłonął żywym rumieńcem, co mu się rzadko zdarzało.

Godmund podniósł leżącą przed nim kartkę i przeczytał na głos:

– Olaf Śmigły został usunięty z uczelni za uderzenie drugiego studenta: jedynego, który oprócz niego szkolił się na zabójcę. Tym studentem był obecny tu z nami Ragnok Silnoręki. Zechcesz powiedzieć nam coś więcej o tym przeciwniku?

– Nie ma p… potrzeby – wydukał ze złością Ragnok. – Liczy się to, że z jego strony nic nam już nie grozi. Skażmy go znowu na wygnanie i po sprawie.

– Niezupełnie – odezwał się Svein.

– Proszę, mów dalej – zachęciła go Hleid, kiwając zausznikiem okularów.

– Jeśli ci, którzy udzielili mu schronienia, wiedzą, że ciąży na nim wyrok banicji, też muszą zostać wygnani.

– Svein, nie bądź okrutny. – Bekka patrzyła na niego ze zdumieniem. – Jeśli się nie mylę, założył rodzinę. Chcesz, żeby cierpieli bardziej niż to konieczne?

– A jeśli wolą wyjechać razem z nim?

– W takim razie niech sami wybiorą. Nie powinniśmy ich do niczego zmuszać. – Powiodła wkoło wzrokiem, szukając wsparcia.

– Zasadniczo Svein ma rację – włączył się w rozmowę Godmund. – Ktokolwiek świadomie udzielał mu schronienia, również zasłużył na wygnanie. Pobłażliwość w tej kwestii naraża na szwank cały system.

– Jeśli nam się poszczęści, pozbędziemy się jeszcze paru zawodników z jego drużyny! – Na zarumienionej twarzy Halfdana malował się radosny wyraz triumfu.

– Proszę was – mruknął Wilk, wyraźnie zgorszony zachowaniem Halfdana. – To poważna dyskusja, a nie osobiste porachunki. W świetle nowych faktów wszyscy prędko zapomną o tamtej porażce na arenie. Poślijmy sędziego do Nadziei, niech ogłosi wyrok i zorientuje się, czy były w to zamieszane jeszcze jakieś osoby.

– Jest zgoda? – Hleid potoczyła spojrzeniem od twarzy do twarzy. – A więc dobrze. – Zebrała swoje srebrzyste włosy i związała je z tyłu, jednocześnie wpatrując się w leżącą przed nią gazetkę. – Svein, twoim obowiązkiem jest powiadomić bibliotekarzy. Tekst oświadczenia, jak sądzę, możemy pozostawić na twojej głowie.

– Ależ oczywiście.

– Wobec tego przejdźmy do ostatniej sprawy. – Zacisnęła wąskie usta, a jej pomarszczone czoło odzwierciedlało powagę sytuacji. – Ostatni numer „Nowego Lewiatana".

Przez pewien czas panowała cisza, kiedy odbitki krążyły wokół stołu, czytane przez członków komitetu. Humory, dotąd pogodne, nagle się zważyły.

Sveina rozsierdził zwłaszcza artykuł wstępny.

Turniej zaliczeniowy to farsa

Za nami tydzień zaliczeń. Po raz kolejny młodzi gracze Epica z całego świata weszli do amfiteatru z nadziejami na wywalczenie miejsca na Uniwersytecie Mikelgardzkim i karierę w administracji. I po raz kolejny ich nadzieje spełzły na niczym. Rzeczywistość jest bowiem taka, że w edukacji, podobnie jak w pozostałych sferach życia, nowa kastokracja wprowadziła system selekcji promujący tylko nielicznych. Czy młodzież z okręgów rolniczych może rywalizować jak równy z równym z młodzieżą uczącą się w szkołach związanych z Mikelgardem, ukierunkowanych na naukę Epica? Nie sposób pracować i zarazem uczyć się gry.

Na domiar złego, dzieci kastokratów przystępują do zawodów z wielką przewagą, odpowiednio wyposażone przez rodziców albo nawet dziadków. Czyż w rękach wnuczki czarodziejki Hleid nie widzieliśmy jej Laski Żywiołów? A zanim Halfdan zdecydował się walczyć w czarnym rynsztunku, czyż nie dzierżył Wielobarwnej Tarczy, która pojawiła się w ręku syna jego bratanka? Jedyną drużyną spoza ekskluzywnej piątki szkół, która dostała się do decydującej rundy kwalifikacyjnej, są Gracze Osterfjordu. Niespodziewanie wykorzystali nowy rodzaj bohatera, czym całkowicie zmylili przeciwnika. Chwała im za to! Ale nawet oni nie otrzymali automatycznie miejsc na uniwersytecie. A jeśli mimo wszystko dostaną się na uczelnię, czy nie stracą kontaktu z rodzinnym domem? System edukacyjny musi zostać zmieniony. Koncentruje się na grze w Epica, a nie jest dostosowany do palących problemów rolnictwa, transportu i gospodarki. Powinien promować ludzi zdolnych, a nie tych, których rodzice zajmują wysokie stanowiska w administracji.

Wokół stołu zgarbiły się sylwetki i wydłużyły miny.

– Kto za tym stoi? – wściekł się Godmund. Popatrzył oskarżycielsko na Hleid, która tylko wzruszyła ramionami. – Z pewnością ma dostęp do poufnych informacji. Patrzcie! Kto pamięta o tarczy Halfdana? Na pewno nie ja. Ktoś ryje pod nami. Może nawet tu siedzi?

– Ale czemu ktoś z nas miałby to robić? – odezwała się Brynhild, skołowana.

– Nie wiem – warknął Godmund. – Ale cokolwiek mu chodzi po głowie, doprowadzi jedynie do ogólnego chaosu i rozprzężenia.

Przez chwilę członkowie komitetu nic nie mówili, tylko patrzyli na siebie z konsternacją i podejrzliwością. Wiele chmurnych spojrzeń kierowało się na Bekkę.

– Nie ma sensu przeciągać dyskusji, skoro nie możemy do niej wnieść nic konstruktywnego. Pewnego dnia osobie lub osobom za to odpowiedzialnym powinie się noga. Wtedy będziemy działać. – Svein wstał, żeby wyjść.

– W takim razie odraczamy debatę – oświadczyła Hleid.

Kiedy Bekka powoli schodziła po schodach wieży, Svein ją dogonił.

– To nie ja. Myślą, że to ja, ale się mylą. – Zerknęła na niego przez ramię.

– Pewnie. Tylko idiota pomyślałby, że ty piszesz te brednie – rzekł, siląc się na pocieszający uśmiech. Nie dostrzegał już nic atrakcyjnego w podstarzałej, zawsze niezdecydowanej druidce, ale dopóki była członkiem Centralnego Biura Alokacji, wszelkimi sposobami, za pomocą wyważonych słów i przyjaznych spojrzeń, starał się udawać jej wielbiciela. Bądź co bądź, nic go to nie kosztowało, a w przyszłości jej głos mógł być mu bardzo potrzebny.

– A więc kto?

– Nie wiem, czy Godmund ma rację. Czemu ktoś z nas miałby pisać takie rzeczy? Może to tylko rozżalony człowiek, taki drugi Olaf Śmigły?

– Miejmy nadzieję. – Bekka pokiwała głową. – Aż mnie mdli na myśl, że ktoś z komitetu okłamuje nas i zwodzi.

ཚ 11 ༒

Potłuczone szkło

Gracze Osterfjordu byli pijani szczęściem, kiedy wracali z biblioteki w Nadziei po ostatnich etapach turnieju zaliczeniowego. Rolfson wyjechał po nich zaprzęgiem i teraz siedzieli na wozie, który podskakiwał na dziurach i wybojach, gdy konie spokojnym tempem szły przed siebie. Od czasu do czasu, kiedy mijali podróżników idących do Nadziei, Rolfson wołał do nich z dumą, zawstydzając wszystkich na wozie:

– Doszliśmy do finałów! Moje dzieci doszły do finałów!

D. E. opierał się o burtę wozu i szeroko rozłożonymi rękami trzymał się drewnianej konstrukcji, żeby mniej nim rzucało.

– Słyszałem, że w Mikelgardzie drogi mają metalową nawierzchnię, która się nie zdziera. – D. E. zakładał, że swoją postawą uzyskali już miejsca na uczelni. On i Bjorn, jako najstarsi, mogliby rozpocząć naukę jeszcze tego roku.

– Nooo, super się po nich jeździ. Ale czekają cię wygody… – Jego siostra Sigrid próbowała z niego żartować, ale nie dał się zbić z tropu.

– A jak. Gdy ty się będziesz telepać wozem, my z Bjornem będziemy palić gumy wyścigowymi sallerami. Pewnie z jakimiś laleczkami na tylnych siedzeniach, nie? – D. E. mrugnął do Bjorna, który uśmiechnął się, ale nie zachęcał kolegi do dalszych wygłupów. Krępowały go tego rodzaju żarty.

– Myślisz, że w Mikelgardzie mają jeszcze sallery?

– Jasna sprawa, należą się na dzień dobry każdemu studentowi. – D. E. z zamkniętymi oczami napawał się tą wizją.

– Jednego kiedyś widziałem. – Rolfson obejrzał się za siebie.

– Naprawdę, tato? – Bjorn usiadł. – Jak wyglądał? Był sprawny?

– Tak. – Rolfson pokiwał głową. – I szybki. Trzeba było uważać, żeby nie wpaść pod koła, gdy nadjeżdżał. Są bardzo niskie. Kierowca głową nie sięga mi do brzucha.

– Ale czad. Mam nadzieję, że dostaniemy się do Mikelgardu i zobaczymy je w akcji. – Bjorn błysnął swoim największym, najczystszym uśmiechem.

– Jeśli wywalczymy miejsca. Szkoda, że nie dało się wygrać choć jednej walki więcej. Obyłoby się bez dalszych kwalifikacji. – Erik wolał, żeby nie robili sobie zbyt dużych nadziei.

Wóz zatrzymał się, ponieważ drogą przechodziło stadko kóz hałasujących dzwoneczkami.

– Coś taki czarnowidz? – Sigrid, ponieważ nie musiała już trzymać się kurczowo burty wozu, machnięciem ręki zganiła jego pesymizm. – Od lat nikomu spoza Mikelgardu nie szło tak dobrze.

Kiedy wóz przetaczał się po ostatnim wzgórzu, słońce zaczynało nabierać czerwonej barwy. Gaje oliwne, otaczające ich domy, kąpały się w pomarańczowych i bursztynowych blaskach. Jeszcze trochę i Erik stanie w kuchni, żeby opowiedzieć rodzicom, jak przebiegał turniej. Kiszki marsza mu grały i spodziewał się sutego posiłku. Nawet jeśli rodzice byli już po obiedzie, posiedzą z nim, żeby posłuchać o zawodach, które odbyły się tego dnia.

– Dziwne – odezwał się nagle Rolfson. – Co robi Freya na tym dachu?

Erik usiadł prosto i dostrzegł żółte refleksy na ostrzu siekiery, którą jego matka z werwą rąbała coś przy ogniwie słonecznym.

– Czyżby znowu się stłukło? – Bjorn zmarszczył czoło. – A to pech.

Przy kolejnym uderzeniu spod siekiery prysnęły iskry podobne do zimnych ogni. Równocześnie dał się słyszeć głośny chrobot, gdy bateria obluzowała się na dachu. Stadko spłoszonych szpaków poderwało się do lotu.

Jeszcze jeden cios lśniącej siekiery, snop iskier i bateria zsunęła się na skraj dachu, gdzie zatrzymała się, unieruchomiona naprężonymi kablami.

Erik wyskoczył z wozu i rzucił się biegiem w tamtą stronę. Działo się coś niedobrego.

– Erik! – krzyknęła za nim Injeborg, ale się nie oglądał.

Pędził między drzewami, kierując wzrok raz na dróżkę, raz na matkę na dachu. Unosiła właśnie siekierę, by uderzyć po raz ostatni. Był jeszcze daleko, gdy po całej dolinie rozniósł się głośny łoskot. Tysiąc butelek upuszczonych na ziemię nie uczyniłoby takiego hałasu. Nie wydałyby też tak okropnego rozdzierającego dźwięku, jakby samo niebo zostało szarpnięte i rozerwane. Matka przewróciła się na dachu, zakryła głowę rękami i załkała.

– Mamo! Mamo! – Wbiegł na podwórko, teraz usłane grubymi, czarnymi płatami szkła. Większe kawałki kruszyły się i ślizgały pod nogami, kiedy stąpał po nich bojaźliwie. Czuł, jak zgrzytają i łamią się na kamieniach. – Mamo, co się stało? – wysapał. Jedną rękę przyciskał do boku i z zadartą głową patrzył na nią.

– Co za świat! Że też zachciało mi się nowych ogniw! – krzyczała z płaczem. – Chodzi o tatę. Zesłali go na wygnanie. Wiedziałam! Niepotrzebnie go prosiłam, żeby grał w naszej drużynie. Wiedziałam, że ryzyko jest duże.

Podjechał do nich wóz konny. Wszyscy w milczeniu patrzyli to na dach, to znów na Erika, który stał jak gdyby w morzu skutym czarnym lodem, tak ściśniętym i porozbijanym, że spiętrzyły się bryły. Nie mógł znieść tych zmieszanych i zatroskanych min, więc bez jakiegokolwiek gestu czy słowa wbiegł do domu.

Dużo później Freya podeszła do niego w kuchni z zaczerwienionymi oczami. Oboje przypatrywali się małym płomyczkom w piecu, unikając wzajemnie swoich spojrzeń.

– Co się stało, mamo? Gdzie tata?

– W drodze na wyspę Roftig.

– To wyspa zesłańców. – Erik był oszołomiony. – Ale czemu?

– Dawno temu, kiedy studiowaliśmy na uniwersytecie, tata kogoś uderzył.

– Tata uderzył kogoś? Nie wierzę!

– Tak właśnie było. – Freya westchnęła boleśnie, co świadczyło o jej wewnętrznej walce. Starała się panować nad głosem. – Harald uderzył w twarz innego studenta, Ragnoka Ygvigsona. Złamał mu nos, polała się krew.

Erik wciąż nie mógł otrząsnąć się ze zdumienia. Ostrożnie zerknął na matkę. Pochwyciła jego spojrzenie.

– Zrozum jedno: twój tata nie jest złym człowiekiem. Ragnok to bandyta. Powinien się leczyć.

– Ale czemu tata go uderzył? Czemu? Nie wiedział, że za to jest kara?

– Oczywiście, że wiedział, ale... – Urwała, po czym drżącą

ręką nalała sobie wody z dzbanka do glinianego kubka. Napiła się. – Pewnego razu Ragnok pił ze mną miód. Piliśmy tak dużo, że zaczęło mi się kręcić w głowie i prawie straciłam kontakt z rzeczywistością. Wtedy spróbował zrobić coś, o czym wolałabym nie mówić. I zjawił się Harald. Kiedy zauważył, że potrzebuję pomocy, uderzył Ragnoka.

– A bateria słoneczna? Czemu to zrobiłaś?

– Nienawidzę jej. Nie mogłabym z niej korzystać. Tylko pomyśl: gdybyśmy o nią nie zabiegali, bylibyśmy teraz szczęśliwi. Tata nie musiałby od nas odchodzić.

Przez chwilę siedzieli bez słowa w ciemnym pomieszczeniu. Erik miał mętlik w myślach. Ocknął się z zadumy, kiedy Freya zapaliła latarenkę.

– A więc uważasz, że tata miał prawo użyć przemocy? – Nie mieściło mu się to w głowie. Przez całą szkołę i przy okazji wszystkich codziennych spraw bez przerwy mu wpajano, że nie ma potrzeby uciekać się do przemocy, skoro jest Epic, w którym można rozstrzygnąć każdy konflikt. Istniało przekonanie, że gdyby w społeczeństwie tolerowano przemoc, wyodrębniłyby się w nim te same ogniska zbrodni, przed którymi, jak się mówiło, ich pokojowo nastawieni przodkowie uciekli w kosmos w zamierzchłej przeszłości.

– Uważam, że przemoc nie prowadzi do niczego dobrego, ale zrozumiałam go i mu wybaczyłam. Niestety, nasze przepisy nie dopuszczają wyjątków.

– No i… tatę wywalili z uczelni?

– Tak. Ale uciekł i odszukał mnie, a ja zgodziłam się wyjść za niego. Postanowiliśmy zacząć nowe życie daleko od Mikelgardu, gdzie nikt nas nie rozpozna.

Tym razem Erik nalał sobie wody, rozmyślając nad tym, co usłyszał.

– Czemu nic mi nie mówiliście? Nie jestem już małym dzieckiem.

– Tata twierdził, że powinieneś się dowiedzieć. Ale chcieliśmy cię chronić. Każdy, kto świadomie udziela schronienia zesłańcowi, sam podlega zesłaniu, zgodnie z zarządzeniem sędziego. Przynajmniej masz jakiś wybór. Jeśli chcesz, zostaniesz tu z przyjaciółmi... albo pójdziesz na uniwersytet.

– Miałbym tu zostać? Bez ciebie i taty? Nie! Idę z tobą.

– Sama jeszcze nie wiem, co robić. To spadło na mnie jak grom z jasnego nieba. Dziś była tu sędzina. Powiedziałam jej, że nic nie wiedziałeś, ale chyba zechce wypytać cię osobiście.

Siedzieli w bezruchu, nie patrząc na siebie, milcząco, sam na sam ze swoimi myślami.

– Zmęczony jestem, mamo. Muszę się położyć i przemyśleć sobie wszystko na spokojnie. – Stracił apetyt. Pragnął jedynie położyć się w ciemności i spróbować zrozumieć.

– Wiem, Erik. Też już gonię resztką sił.

Patrząc na nieruchomą postać Freyi, nikt by nie powiedział, że jej świat się zawalił, lecz dowodziły tego łzy, które bezszelestnie spływały po policzkach i kapały na stół.

Erik był wyczerpany, ale sen nie przychodził. Czuł się, jakby z jego umysłu, rozdartego na dwoje, wyciekał niekontrolowany strumień myśli. Nie zobaczyć już nigdy taty... Gospodarować na farmie... Mieć świadomość, że gdzieś daleko tata wiedzie samotne, nieszczęśliwe życie. Ta ponura myśl nie chciała zostawić go w spokoju; wzbierała w nim tak samo jak łzy zostawiające gorące, słone ślady w kącikach ust. A jednak musiał być jakiś sposób na uniknięcie katastrofy. Na chwilę udało mu się przezwyciężyć boleść i skupić cały potencjał rozgorączkowanego umysłu na obmyślaniu środków zaradczych, dzięki którym mógłby uratować tatę. Tymczasem w układaniu planów przeszkodziło mu natrętne wspomnienie matki stojącej na dachu. Odcięła kable ogniwa słonecznego. Ten wybuch pozornego szaleństwa był całkiem zrozumiały. Ilekroć korzystaliby z tej baterii, przypominaliby sobie nieszczęście taty. Jego ojciec użył przemocy. Był to najgorszy uczynek, jaki można sobie wyobrazić: potworność, bandytyzm, zgorszenie. Tak patrzyło na to społeczeństwo i tak patrzył on sam. Ludzie stosujący przemoc powinni być odsunięci od reszty. Wygnani. Wydawało się to rozsądnym rozwiązaniem. Złoczyńcy na wygnaniu mogli dawać upust swoim niecnym żądzom, nie wyrządzając szkody ludziom przestrzegającym prawa. Ale teraz jego tata był w drodze na wyspę Roftig. Jak tam jest? Ludzie żyją w ciągłym strachu przed napaścią? Nie w grze, ale w realnym świecie? Prawdziwe rany, prawdziwe miecze rozcinają ciało i naprawdę leje się krew? Jakie to uczucie? Jak przy oparzeniu? Albo dotknięciu lodu? A nóż wbijający się między żebra? Ciężko mu było wprowadzić ład w myślach, gdy tak leżał po ciemku, próbując wyobrazić sobie przyszłość bez ojca.

Kiedy księżyc wypłynął na niebo i zabarwił drzewa oliwne kremowym srebrem, matka weszła po schodach na górę. Jej kroki rozlegały się w niezwykle dużych odstępach czasu, jakby zbliżał się upiór. Erik nie odezwał się, a i jego drzwi się nie odemknęły. Każde z nich miało zbyt dużo własnych zmartwień, żeby jeszcze zajmować się smutkami drugiego.

***

Rano Erik czuł się spokojniejszy. Pomimo nieszczęścia, które spadło na nich tak nagle, pocieszał się pewną myślą. Otóż to, że ojciec tak długo nie dopuszczał go do tajemnicy, nie wynikało wcale z braku zaufania. Harald wcale nie kłamał, kiedy mówił, że są rzeczy gorsze od zwykłego przesiedlenia. Po prostu stwierdził fakt. Wygnanie rzeczywiście było o wiele dotkliwsze. Teraz przynajmniej wszystko miało sens. Rodzice trzymali syna w nieświadomości z nadzieją, że uchronią go przed karą wygnania. Z dnia na dzień w Erika wstąpiły nowe siły i doskonale wiedział dlaczego. Wyzbył się ostatnich wątpliwości w kwestii tego, czy jest człowiekiem godnym zaufania – wiedzącym, co to lojalność. Dziś właśnie rozpoczynały się wakacje dla uczniów liceum rolniczego; zgodnie z tradycją był to dzień, w którym farmerzy brali się za przycinanie gałęzi drzew oliwnych. To ciężka, żmudna harówka, lecz Erik zazdrościł tym, którzy wstawali o świcie, żeby przystąpić do pracy. Tego ranka bowiem na wszystkich farmach wokół Osterfjordu ludzie pilnie doglądali swoich codziennych obowiązków – zajmowali się zwykłymi, przyziemnymi sprawami. Wyciągano i ostrzono sekatory, a hodowcy oliwek, najczęściej z jedzeniem zawiniętym w torbach, wyruszali w pole.

Na dole w kuchni panował porządek. Matka już wstała i mimo zaczerwienionych oczu wyglądała na uspokojoną.

– Mamo, chciałbym ci zadać jeszcze parę pytań.

Uśmiechnęła się.

– Pytaj śmiało. Nie ma już powodu, żeby cokolwiek przed tobą ukrywać.

– Czy tata mówił, jak uciekł z Roftigu?

– Zdaje się, że przekupił właściciela promu. Przed zsyłką był jednym z najskuteczniejszych graczy w Epicu. Ale od powrotu nie znalazł nawet złotego bizanta.

– Ciekawe, czy mógłby zrobić to jeszcze raz.

– Być może. Ale skąd wytrzasnąć kilka tysięcy bizantów? Nie mamy bogatych przyjaciół.

Powstrzymując się od wypowiedzi na ten temat, Erik wrócił do pytań, które nocą nagromadziły się w jego głowie.

– Jest aż tak źle na wygnaniu? Pamiętasz jakieś opowieści taty?

– Jest strasznie. Nie ma dostępu do Epica ani żadnych zasad. Po prostu zdziczenie. Ludzie biją się między sobą i głodują, kiedy ginie im jedzenie. Nie mieszkają w porządnych domach, tylko w tym, co sklecą. Chyba nikomu nie udało się tam dożyć starości.

– Musimy go stamtąd wyciągnąć.

Znów się uśmiechnęła. Jej uśmiech był mu osłodą, nawet jeśli nie dawał zbyt dużej nadziei.

– Co się stało z Ragnokiem?

Wzruszyła ramionami.

– Widziałeś go nawet. To Ragnok Silnoręki. Pracuje teraz w Centralnym Biurze Alokacji.

Erik zatrząsł się z gniewu.

– Jak mogli!?

– Nie wiem. Naprawdę nie wiem, co się z nim stało, kiedy o wszystkim powiedziałam. Sam rozumiesz, mieli tylko moje słowa i jego słowa. A był im bardzo potrzebny, zwłaszcza gdy wygnali Haralda. – Popatrzyła na niego uważnie. – Myślałeś już może, co zrobisz, jeśli skażą mnie na wygnanie albo dobrowolnie przyłączę się do taty?

– Tak.

– No i?

– Pojadę z tobą. Chociaż…

Czekała na jego dalsze słowa.

– Przed wyjazdem chciałbym jeszcze raz zmierzyć się z Czerwonym Smokiem.

Ku jego zaskoczeniu matka pokiwała głową ze zrozumieniem.

– Nie mamy nic do stracenia, więc czemu nie? Czego potrzebujesz? Sprzedam wszystkie przedmioty, które zebrał mój bohater.

– Głównie strzały, całe beczki strzał, ile tylko się da.

– No dobrze. – Wydawała się zmęczona i zrezygnowana, zupełnie pozbawiona nadziei.

– Mamo?

– Co?

– Chcesz, żebym podcinał drzewa?

Uśmiechnęła się gorzko.

– Nie, to już nie ma sensu. Niech zajmą się tym ludzie, którzy się tu wprowadzą.

❧ 12 ☙

Smoki są nie do ruszenia

Tego samego dnia, nieco wcześniej, silny wiatr wzburzył morze. Hen na horyzoncie spienione grzywacze niestrudzenie parły w stronę brzegu. Wszędzie na linii przyboju szare kamienie i wielkie głazy błyszczały, skąpane morską pianą. Z dali dobiegały stłumione, tętniące pomruki, w miarę jak wzburzona woda napastowała żwirową plażę.

– I co? – zapytał Erik buńczucznie.

D. E. siedział na dużym kamieniu i w zadumie pstrykał drobnymi kamyczkami, celując do bajorka między skałami.

– To mi się po prostu nie mieści w głowie. Harald wygnany za stosowanie przemocy. Co go podkusiło?

– Nie słuchasz, pacanie? – burknęła Injeborg. – Przecież Erik powiedział, że wolałby o tym nie mówić.

– No wiem – odparł D. E. skruszonym głosem. – Ale to naprawdę trudno zrozumieć.

– Przemoc zasługuje na karę i to normalne – rzekł Erik. – Mogę tylko powiedzieć, że stracił panowanie nad sobą w sytuacji, która byłaby trudna dla każdego.

– Słuchaj, Erik, nie musisz nam się tłumaczyć – wpadła mu w słowo Injeborg. – Jesteśmy przyjaciółmi, nie? Gramy w jednej

drużynie. – Spojrzała gniewnie na D. E. – Wszyscy chcemy ratować Haralda. No więc… Wspomniałeś o jakimś planie. Co ci
chodzi po głowie?

– A mnie się to nie podoba – odezwał się Bjorn. Nie wyglądał
na szczęśliwego. – Wiecie, jaka jest kara za ukrywanie wygnańca.

– Mnie to nie odstrasza.

– Dobra, Erik, gadaj. – D. E. nabrał kolejną garść drobniutkie-
go żwiru.

– Myślę, że powinniśmy zmusić Centralne Biuro Alokacji do
ogłoszenia amnestii dla wszystkich osób wysłanych na wyspę
Roftig.

– Podoba mi się ten pomysł, Erik! – Injeborg zerwała się na
równe nogi, machając rękami. – Widzisz, Bjorn? Działamy zgodnie z prawem. Harald wróci do nas i będzie jak dawniej.

– Zostaje jeden mały drobiazg – powiedział D. E. drwiącym
tonem.

– Chodzi o to, że Biuro Alokacji nie pozwoli nam na to.
– Erik wiedział, że ta część rozmowy ma decydujące znaczenie.
– Dlatego musimy najpierw załatwić Czerwonego Smoka. – Już
wcześniej przygotował sobie tę odpowiedź.

D. E. mimowolnie wypuścił żwir, który przesypał się między
palcami. Patrzył na niego ze zdumieniem.

– Czekaj, czekaj. Co?

– Musimy najpierw zabić Inry'aata, Czerwonego Smoka.
A później, kiedy się obłowimy, nikt nam nie podskoczy. Dopiero wtedy wyjedziemy z amnestią.

– Masz, chłopie, tupet. – D. E. rozchylił usta w charaktery-
stycznym dla siebie uśmiechu, w którym zawsze obok wesołości
zdawał się czaić cynizm.

– Smok, hm… Nie da rady – odezwała się Sigrid, wyrażając ich wspólne zdanie.

Nawet Injeborg była do tego sceptycznie nastawiona.

– Właśnie że damy radę. Prałem się z nim całymi godzinami i jestem pewien, że można go pokonać. – Erik wstał, żeby wszystkich objąć wzrokiem i wyraźnie zobaczyć ich reakcję. – Wiem na sto procent, że w taktyce smoka jest pewien błąd logiczny.

– Tak? Jaki? – D. E. był szczerze zaciekawiony.

Chwyciwszy spory kamień, Erik zbliżył się do skrawka mokrego piasku.

– Wyobraźcie sobie, że to jaskinia smoka. – Rzucił kamień. – Tu stoi Bjorn, tu Injeborg, tu Sigrid, a tu ty, D. E.

Cztery krzyżyki na piasku tworzyły nierówne półkole przed kamieniem, z większym odstępem pomiędzy górną a dolną parą.

– Teraz aktywuję Inry'aata i biegnę do tego miejsca. – Erik narysował krzyżyk we wspomnianym odstępie, tak że wszyscy znajdowali się obecnie w tej samej odległości od siebie. – W międzyczasie Bjorn strzela, a jeśli spudłuje, strzela Injeborg. – Widział, że słuchają go z uwagą. – Rzecz w tym, że smok zmienia cel: zawsze atakuje tego, kto ostatni go trafił. I tak na zmianę. Zanim zbliży się, żeby zionąć ogniem na Bjorna, strzela D. E. lub Sigrid z przeciwnej strony. I potem następni. Kapujecie?

– Kapuję. Walimy w niego na zmianę. Chodzi o to, żeby się do nikogo nie zbliżył. – D. E. patrzył na krzyżyki z poważną miną.

– Do krwi utoczonej, Erik! Jest szansa! Sytuacja wygląda właśnie tak, jak mówisz.

– A co z tobą, Erik? – zapytała Injeborg. – Jakie zadanie będzie miała Cindella?

– Będzie gotowa na wypadek, gdyby trafiły się dwa pudła.

Inry'aat ruszy w moją stronę, a wy będziecie mieli chwilę, żeby odciągnąć go ode mnie.

– A jeśli ty również chybisz? – zapytał powoli Bjorn.

– Wtedy wszyscy szybko zginiemy.

Bjorn spochmurniał, ale D. E. był zainteresowany.

– A co z zasięgiem? Zastanawiałeś się nad tym?

– Pewnie. Dokładnie wiem, gdzie stać i na jaką odległość zieje ogniem.

– W porządku, możecie na mnie liczyć. – D. E. wstał i otrzepał dłonie z resztek mokrego żwiru. – A ty co myślisz, Bjorn?

– Wybaczcie, ale moim zdaniem to kiepski pomysł. Wiem, że Erik chce odzyskać tatę, ale myślę, że wszyscy zginiemy. – Spoglądał na skały ze zbolałą miną. Nie cierpiał kłócić się z przyjaciółmi.

– Ale pomyśl, jakie nas czeka bogactwo. Wyobraź sobie skarb warty tysiące, tysiące bizantów. Jeśli Erik ma rację, nie będziemy nawet musieli iść do Mikelgardu. Zdobędziemy bogactwo i sławę!

– Jeśli… – Bjorn pokręcił głową z dezaprobatą. – Jeśli Erik ma rację, czemu nikt przed nami na to nie wpadł?

– Zgadzam się z Bjornem – wtrąciła Sigrid. – Dzieci farmerów po prostu nie zadzierają ze smokami. W dzisiejszych czasach smoki są nie do ruszenia. A nawet gdyby były, mogliby się z nimi mierzyć jedynie ludzie z Mikelgardu, wyposażeni w potężne zaklęcia i ekwipunek.

– Dziś już nawet nikt nie myśli o zabijaniu smoków – odezwała się Injeborg. Erik wiedział, że może na niej polegać. – Tylko Erik. Dlatego zauważył coś, co wszyscy przegapili. – Odwróciła się do brata. – Daj spokój, Bjorn. Trzeba spróbować.

– Nie. To beznadziejna sprawa.

Injeborg tupnęła nogą, zdenerwowana.

– Zawsze czekasz na gwiazdkę, która spadnie z nieba. Ale takie jest życie. Trzeba się wziąć do roboty, postarać się coś zmienić wokół siebie. W Biurze Alokacji nikt się nie boi działać. Czemu mamy się ciągle chować?

Erik dobrze wiedział, że Bjorn potrafi być uparty jak osioł. Na jego twarzy już pojawiał się wyraz zdecydowanego sprzeciwu.

– Bjorn, proszę cię – wtrącił szybko, żeby jego kolega nie powiedział czegoś, na co trudno byłoby znaleźć odpowiedź. – Nie podejmuj jeszcze decyzji. Przynajmniej się zastanów i spotkaj się z nami później w amfiteatrze. Przećwiczymy to sobie.

– Biblioteka nie może generować smoków – zauważył Bjorn.

– Owszem, ale możemy potrenować na wiwernach. One działają według identycznej strategii.

Erik rozumiał Bjorna aż za dobrze. Pewna część jego natury – zabarwiony smutkiem głos, który odzywał się, kiedy leżał w nocy sam na sam ze swymi myślami – wyrażała te same obiekcje i wiele innych. Musiał walczyć ze sobą, aby nie przyznać słuszności Bjornowi, który na pewno uważał, że mądrzej będzie zatrzymać łupy pozwalające im zbliżyć się do uniwersytetu, niż utracić wszystko w próżnym wysiłku zabicia smoka. Jednakże dzięki niespodziewanemu poparciu otrząsnął się z narastającego w nim uczucia klęski.

– A ja myślę, że Erik dokona jeszcze wielkich rzeczy! – D. E. zaklaskał w dłonie. Entuzjazm wyraźnie dodawał mu energii. – Nie będziesz się chyba migał przed treningiem na arenie, co, Bjorn? Założę się, że nasz plan wypali. – W płonących oczach D. E. już teraz odbijało się lśnienie klejnotów, złota i przyszłej sławy.

– Nie ma sprawy. Zobaczymy, jak nam pójdzie na arenie.
– Bjorn szanował zdanie D. E., który był w końcu najstarszy
i najbardziej doświadczony w Epicu.

***

Kiedy biegł do domu po owoce i wodę, mrok, który wcześniej przez cały dzień zasnuwał jego myśli, zaczął się wreszcie
rozjaśniać. Mijając matkę w kuchni, był niemalże w radosnym
nastroju.

– Wybieramy się do biblioteki w Nadziei, żeby poćwiczyć
przed walką ze smokiem.

– Dobrze, Erik, kochanie, dobrze… – Wydawała się nieobec-
na, lecz jemu to nie przeszkadzało: ciągle gadał o tym i gadał…

***

#uśmiechnij się

Cindella wyglądała kwitnąco, szczególnie w sięgających ko-
lan butach Wilczego Lorda, które Harald pożyczył jej na czas
turnieju zaliczeniowego, a których być może nie będzie już miała okazji zwrócić.

Osaczyły go skotłowane dźwięki i kolory, a po chwili był już
w Epicu.

Cindella biegła co tchu ulicami Newhaven, aż znalazła się na
szerokiej drodze, prowadzącej do amfiteatru. Nad wejściem wznosił się imponujący kamienny łuk, czterokrotnie wyższy od dorosłego człowieka. Wysoko, ledwie widoczne z dołu, tam i z powrotem dreptały po kamieniu gołębie, które zabrudziły mur swoimi

odchodami. Na arenie było cicho. Mało kto oddawał się ćwiczeniom; ludzie woleli uganiać się za miedziakami. Rzędy siedzeń piły się w górę puste i milczące; trybuny ginęły z oczu na zawrotnej wysokości, gdzie majaczyły zarysy posągów okalających amfiteatr.

Pojawiła się reszta drużyny: Bjorn pod postacią wiadrogłowego, barczystego wojownika; D. E., szczupły elf, wojownik z długim stalowym mieczem; Sigrid jako uzdrawiaczka w zwykłym wełnianym ubraniu. Injeborg była młodą czarodziejką.

– Gracze Osterfjordu, jesteście gotowi? – Głos bibliotekarza rozbrzmiał nad ich głowami i rozniósł się echem po arenie.

– Poczekaj chwilę, Thorstein! – Erik machnął ręką na towarzyszy, żeby ustawili się odpowiednio. Wszyscy posiadali łuki, które wyglądały dziwnie w wyposażeniu Sigrid i Injeborg, lecz elf D. E. był łucznikiem jak się patrzy. – Gotowi.

– Za moment symulacja wiwerny!

W roziskrzonym powietrzu nad piaszczystą areną walk zmaterializowała się drapieżna srebrzysta jaszczurka ogromnych rozmiarów. Natychmiast poderwała się do lotu, rozrzucając swoimi łopoczącymi skrzydłami chmury gryzącego piachu. Zaledwie Erik dostrzegł wściekłość w jej przekrwionych ślepiach i poczuł fale ciepła bijące od cielska, zrozumiał, że coś jest nie tak. Potwór był zresztą zbyt blisko. Z przerażającym wrzaskiem wiwerna buchnęła ogniem z pyska i świat stał się czarny.

Zamiast odłączyć się z gry, Erik czekał. W uszach mu dzwoniło. Nie spodziewał się, że ciemność potrwa długo, i nie pomylił się co do tego.

– Restart! Gotowi? – rozległ się w mroku głos Thorsteina.

– Tak, poprosimy!

Bibliotekarz zachichotał.

– Szybko wam poszło. Nie pamiętam, kiedy ostatnio cała drużyna dostała takie baty. Może dać wam mniej niebezpieczne stworzenie?

– Dzięki, Thorstein, ale nie. Miało wyjść inaczej.

– No tak. Oczywiście.

Wirujące kolory i dźwięki znów wciągnęły go do Cindelli i amfiteatru.

– Wybaczcie, nie byłem gotowy. Miałem spuszczoną głowę, kiedy się pojawiła – oświadczył D. E. drżącym głosem, mocno zawstydzony.

– A ja spudłowałam – dodała Sigrid.

– Nieważne. Jesteście przygotowani tym razem? – zapytał Erik, a kiedy wszyscy odpowiedzieli twierdząco, zawołał: – Thorstein, prosimy to samo!

– Jak sobie chcecie.

Zanim wiwerna zdążyła kogokolwiek zaatakować, ukłuła ją strzała puszczona przez D. E. Bestia z łopotem skrzydeł obróciła się w jego stronę. Następnie trafił ją Bjorn. Strzała odbiła się od kręgosłupa, lecz to wystarczyło, aby skierować jej uwagę na następnego napastnika. Wtedy Bjorn ugodził ją ponownie. Wiwerna kierowała się to w jedną, to w drugą stronę; czasem już, już dopadała przeciwnika, gdy łucznik niezdarnie nakładał strzałę na cięciwę, lecz zawsze ją trafiano, nim zbliżyła się na tyle, aby skutecznie zionąć ogniem. A jeśli obaj łucznicy pudłowali z dołu, co czasem się zdarzało, strzelała Cindella, ściągając na siebie uwagę wiwerny i dając pozostałym czas na celne ukąszenie.

Taktyka zdawała egzamin!

A tymczasem wiwerna była coraz bardziej i bardziej poturbowana, zraniona dziesiątkami strzał. Nie potrafiła już wzbić się w powietrze, więc tylko miotała się z sykiem na boki, niezdolna do zadania morderczego ciosu. Aż wreszcie legła pokonana.

– Niesamowite! To działa! – D. E. nie posiadał się z radości. Elficki wojownik uniósł ręce w geście zwycięstwa.

– Super! – Czarodziejka Injeborg pacnęła w plecy Cindellę.

– Czekajcie! – krzyknęła Sigrid. – Patrzcie na ogon! Jeszcze się rusza!

Nim zareagowali, wiwerna rzuciła się na uzdrawiaczkę; udając śmierć, zaburzyła taktykę ustaloną przez graczy. Chrzęst, z jakim zęby zmiażdżyły okryte skórzanym pancerzem ciało, przyprawiał o dreszcze.

– Aaa! – D. E. biegł odważnie, wymachując mieczem.

Bestia wykręciła głowę i bluznęła w elfa podobną do lawy śliną, która stopiła go w mgnieniu oka.

Bjorn i Erik równocześnie dobyli broni i natarli na wiwernę. Żar bijący od niej wprawiał w drżenie powietrze. Głośny charkot utrudniał zrozumienie słów Injeborg, która była tuż za nim.

Zwierz mimo odniesionych ran atakował pazurami ze zdumiewającą szybkością. Cindella była na tyle zwinna, że przetoczyła się pod nimi, lecz Bjorn padł na ziemię, kiedy go dosięgły. Wiwerna bezlitośnie chwyciła go zębami za ramię. Niewątpliwie zginął, gdy potrząsała nim jak pies kijem trzymanym w pysku.

Cindella dostrzegła nad swoim ramieniem niebieski błysk i bestia znieruchomiała, ugodzona zaklęciem.

– Teraz! – krzyknęła Injeborg.

Cindella skoczyła do przodu, wzięła zamach i przeszyła czubkiem rapiera oko wiwerny, akurat gdy potwór otrząsał się z zaklęcia. Wyglądało to paskudnie, ale od razu padł na ziemię.

Kiedy Erik odłączył się z gry, Thorstein nagrodził go oklaskami.

– Dobra robota, gratuluję wszystkim. Żeby zabić wiwernę, no, no, trzeba się postarać. Jeśli upolujecie prawdziwą, staniecie się sławni i bogaci.

– Dzięki, Thorstein – powiedział D. E. z uśmiechem. – Ale następnym razem wolelibyśmy uniknąć strat.

– Rozumiem, choć walka była ciekawa. Jeszcze nigdy nie widziałem umierającej wiwerny, więc skąd mogłem wiedzieć, że potrafią tak udawać? – Najwyraźniej bibliotekarz cieszył się, że miał okazję być świadkiem tak niezwykłego wydarzenia.

Kiedy gracze wyszli na zewnątrz, Thorstein poklepał Erika po ramieniu.

– Przykro mi z powodu Haralda – szepnął, patrząc mu w oczy. Erik krótko uścisnął podaną mu dłoń.

– Dzięki, Thorstein.

**

W drodze powrotnej trwały niekończące się spory. Najczęściej D. E. kłócił się z Bjornem. Po tej przygodzie brat Injeborg był już pewny, że zginą z jakiejś niespodziewanej przyczyny. W przypadku starcia ze smokiem istniało po prostu zbyt wiele niewiadomych. Jednak D. E. był pełen entuzjazmu: walka udowodniła, że taktyka, którą opracowali, mogła dać im sukces. Nawet Bjorn to przyznał.

Dwaj oponenci milczeli z ponurymi minami, kiedy dotarli do miejsca, gdzie ich dróżki się rozchodziły. D. E. dopiero pod koniec długiej wędrówki zrezygnował z prób przekonania Bjorna. Zaszło słońce. Po drugiej stronie doliny widać było maleńkie punkciki światła: okna ich domów. Tylko farma Erika pogrążyła się w mroku.

– Naprawdę nie rozumiesz? – Po raz ostatni D. E. spróbował przeciągnąć Bjorna na swoją stronę. – Jeszcze trochę i będziemy najbogatszymi ludźmi na świecie. Nie powiesz mi chyba, że chcesz do końca życia zastanawiać się, jak by to było, gdybyś jednak spróbował.

– Nie będę się zastanawiał nawet przez chwilę, ponieważ wiem, co by się stało. Zginęlibyśmy. Wszyscy.

– Powiedzcie mi coś, każdy z was – odezwała się Injeborg. – Czego właściwie oczekujecie od życia? – Skierowała spojrzenie na Sigrid.

– Chciałabym, żeby przydzielono mi małą farmę, najlepiej gdzieś w okolicy.

– A ty, Bjorn?

– To samo.

– D. E.?

D. E. zaśmiał się, lekko zażenowany, nim powiedział:

– Chciałbym odnosić sukcesy w Epicu jak na przykład Svein Rudobrody.

– A ty, Erik?

– Najchętniej zostałbym bibliotekarzem.

– Dobra, jeśli o mnie chodzi, chcę być geologiem i podróżować, zobaczyć dalekie strony i pomóc światu w szukaniu zasobów. – Te słowa zaskoczyły Erika, ale zanim się zdecydował, czy wyrazić podziw dla jej szczytnych zamiarów, czy smutek z powodu tego, że pragnie wyjechać z okręgu Nadzieja, Injeborg mówiła dalej: – Nie dziwi was to wcale, że dwie osoby, które najbardziej chcą dostać się na uniwersytet ze względu na swoje plany, są go-

towe zaryzykować taką walkę? A Bjorn i Sigrid, którzy mają za-gwarantowaną farmę, są temu przeciwni? A co się tyczy D. E....
– Roześmiała się. – To marzenie każdego dzieciaka, gdy tylko pierwszy raz weźmie udział w grze. Fajnie, że nie zapominasz o marzeniach.

Nagle Bjorn odwrócił się do Erika i zatopił w nim poważne, zatrwożone spojrzenie.

– Ufam ci, Erik. Powiedz mi, ale tak z ręką na sercu, czy może-my zabić smoka, czy po prostu chwytasz się wszystkiego, żeby wrócił Harald?

Zapadła cisza. Erik czuł na sobie badawczy wzrok przyjaciół.

– Tak, możemy załatwić Inry'aata.

❧ 13 ☙

Smocza jama

Erik słuchał nieregularnego bębnienia deszczu padającego na dach domu, kiedy wdrapywał się po schodach na górę, żeby podpiąć się do Epica. Szczęśliwa okoliczność: w taką pogodę nikt o zdrowych zmysłach nie wychodził w pole przycinać gałązek. Wiedział, że dzięki temu jego przyjaciele nie będą mieli problemów z rodzicami. Wątpił, czy Bjorn albo Injeborg powiedzą ojcu, na co się porywają, skoro Rolfson wydawał się taki zadowolony, że jego dzieci mają realną szansę dostać się do Mikelgardu.

#uśmiechnij się

Ze sto razy widział, jak Cindella wynurza się z pozytywki, a mimo to jej pojawienie się wprawiło go od razu w lepszy nastrój. Była tak pełna życia. Rozkoszował się świadomością, że za moment znajdzie się w Epicu, wyposażony w jej zwinność i brawurę.

Cisza. Chwila wyczekiwania, a potem otoczyła go z grzmotem gigantyczna fala dźwięków i kolorów.

Co ciekawe, w Newhaven też padało. Na mokrym i lśniącym bruku odbijały się barwne szyldy sklepików, które stały pochylone przy wąskich uliczkach. Cindella puściła się biegiem, omijając większe kałuże, aż wpadła do biało-czarnego domu kupca handlującego ekwipunkiem myśliwskim.

Odrzuciwszy kaptur na plecy, Erik zdumiał się różnorodnością sprzętu zgromadzonego w rozległej izbie, do której wszedł. Pod sufitem wisiał olbrzymi żelazny potrzask na niedźwiedzie. Duża ścienna gablota zawierała szeroki wybór noży. Tu i tam na podłodze leżały w stosach sznury, namioty, ubrania, buty i zwierzęce skóry. Ze ścian spozierały głowy zwierząt i potworów – łącznie z budzącym lęk dziobatym łbem gryfa, łbem jednookiego cyklopa i trzema łbami chimery.

Zza potężnych drzwi na zapleczu wyłonił się rosły człowiek.

– A, ty pewnie jesteś Cindella.

– Skąd pan wie, do stu piorunów? – zdumiał się Erik.

– Nie jest to żadna tajemnica, młoda damo. Niewiele podobnych do ciebie zaszczyca swoją obecnością moje kąty. Twoja matka Freya poprosiła mnie, żebym przygotował ci trochę strzał.

– Aha, no tak. I przygotował je pan?

– A jakże. Mam tu ich całe mnóstwo. Jesteś wątłą osóbką, więc mój uczeń będzie ci służył pomocą. – Kupiec zniknął za drzwiami na zapleczu, wołając przez ramię: – Udanych łowów życzę!

W kompanii idącego za nią ucznia, obładowanego naręczem strzał powiązanych w pęczki, Cindella dreptała po mokrym bruku w stronę głównego nabrzeża, gdzie miała się spotkać z przyjaciółmi.

Kiedy Erik dotarł do celu, zauważył, że D. E., Sigrid i Injeborg już na niego czekają pod markizą sklepu obuwniczego: namiotu w niebieskie paski, który poszarzał od wilgoci.

– Cześć, Erik, czy raczej powinnam powiedzieć: Cindella. – Czarodziejka Injeborg machała w jego stronę. Rękaw jej ciemnozielonej szaty zsunął się do łokcia.

– Aleś nabrał strzał, Erik. – D. E. stał nad stosem podobnej wielkości.

Jednakże Sigrid i Injeborg nie mogły sobie pozwolić na wiele; obok nich spoczywały tylko skromne pęczki.

– Moja mama sprzedała wszystko, żeby je kupić.

D. E. parsknął śmiechem.

– Też bym chciał, żeby moja zrobiła to samo, ale opowiem jej o wszystkim, dopiero jak będzie po sprawie. Ciekaw jestem, gdzie podziewa się Bjorn. Chciałbym już coś robić. To i tak nam zajmie kupę czasu.

Akurat w tym momencie na plac wtoczyła się z turkotem furmanka ciągnięta przez osła. Obok niego szedł szary, barczysty bohater Bjorna, tyle że pozbawiony jakiejkolwiek zbroi.

– Bjorn! – krzyknęła Sigrid. – Gdzie zostawiłeś hełm?

– Wszystko sprzedałem.

– Dobry pomysł – pochwalił go D. E. – To szansa, której nie możemy zaprzepaścić. A tak swoją drogą – zwrócił się do Cindelli – to czemu nie sprzedasz tego naszyjnika? Mielibyśmy dość strzał.

Cindella chwyciła wisiorek na szyi.

– Jakoś mi go żal. To prezent.

– W tej sytuacji nie ma co się z nim pieścić.

– W razie potrzeby pewnie go sprzedam. Dobra, chodźmy popatrzeć.

Podeszli do furmanki. Cindella pogłaskała szorstką sierść na nosie osła. Wóz był załadowany pękami strzał.

– Świetna robota, Bjorn! – D. E. poklepał go po ramieniu.

– Jeśli w ogóle mamy to zrobić, zróbmy to porządnie – odpowiedział Bjorn.

– Zresztą wóz się przyda jeszcze później, na złoto.

Erik widział rosnący entuzjazm D. E., którego nie maskowała nijaka fizjonomia jego bohatera.

Wrzucili wszystkie strzały na furmankę i wyładowali ją do tego stopnia, że większa ilość broni zaczęłaby się wysypywać.

– Nie przejmuj się wisiorkiem, Erik. Strzał mamy pod dostatkiem. Bierzmy się do roboty.

***

Wyszli północną bramą miasta – przeciwną w stosunku do tej, za którą rozpościerały się płowe równiny, gdzie zbierała się większość graczy. Przez kilka godzin poruszali się szybko prostym kamiennym traktem. W miejscu gdzie droga gwałtownie skręcała na wschód, musieli zjechać na błotnistą ścieżkę wyjeżdżoną przez wozy, biegnącą ku niskim zalesionym górom na północy.

Niedaleko miasta podróżowało się jeszcze dość bezpiecznie. Farmerzy uprawiali ziemię, w puszczy mieszkały przyjazne plemiona leśnych elfów. Wiedzieli jednak, że pod wieczór będą mieli wokół siebie surowy, skalisty krajobraz, siedlisko groźniejszych stworzeń – zarówno zwierząt, jak i potworów.

Przez większą część dnia maszerowali obok wozu bez słowa. Erik marzył już o tym, żeby byli w jaskiniach, gotowi do walki. Tak wiele zależało od sukcesu w tym przedsięwzięciu, że niełatwo było myśleć o czymś bardziej trywialnym. Być może pozostali pogadaliby o farmach, nadchodzącym święcie zasiewów i innych przyziemnych sprawach, lecz bali się poruszać bolesne dla niego tematy.

– Bjorn, gdzie chcesz zostawić wóz i osła, kiedy będziemy się odłączać? – D. E. przerwał milczenie tym nader ważnym pytaniem.

– Jeszcze nie wiem. Myślałem, że Erik wskaże nam jakąś farmę lub inne miejsce.

– Mniej więcej w połowie drogi mieszka drwal z rodziną. Tam się najczęściej odłączam.

Kłopot z odłączaniem się na dzikim bezludziu polegał na tym, że po powrocie do Epica można było znaleźć się od razu w ogniu walki, jeśli niespodziewanie w pobliżu znajdował się agresywny potwór. A jeśli pozostawiło się coś wartościowego, zachodziła obawa, że po powrocie nic się nie odnajdzie.

Idąc ciężko przed siebie, nie zauważyli jednak nic podejrzanego. Teren wznosił się stopniowo, więc gdy oglądali się przez ramię, widzieli otoczone murami miasto, a w zasadzie ten jego fragment, gdzie rzeka Ayling uchodziła do morza szeroką deltą. O zmroku deszcz przestał padać, a zachodzące słońce upstrzyło wodę ciemnopomarańczowymi smugami.

W Epicu obowiązywał ten sam cykl dnia i nocy co w ich własnym świecie. Dzień wlókł się niemiłosiernie, kiedy prowadzili swoich bohaterów w stronę jaskiń w skałach, będących domem dla smoka. Od czasu do czasu zatrzymywali się na odpoczynek i po kolei robili przerwy w grze, lecz wszystkim dawały się we znaki głód i zdrętwienie.

– Daleko jeszcze do drwala? – zapytała Sigrid płaczliwym tonem.

– Całkiem blisko. Chyba już za następnym wzniesieniem.

I rzeczywiście, kiedy wdrapali się na wierzchołek płaskiego pagórka, zobaczyli, że ścieżka łagodnie opada i ponownie się wznosi, a w zagłębieniu terenu stoi drewniana chata kryta strzechą.

W powiewach lekkiej bryzy skręcał się miły dla oka wężyk dymu.

– Fajnie. A więc jesteśmy gdzieś w połowie drogi? – zapytał D. E.

– Nawet trochę dalej. Jeśli ruszymy wcześnie rano, dojdziemy na miejsce jutro późnym popołudniem.

Zbliżyli się do chaty.

– Ty mów za nas, Erik. – Injeborg uraczyła go uśmiechem. – Ludzie lubią Cindellę.

Cindella podbiegła do drzwi lekkim krokiem i zastukała trzy razy.

– Kto tam? – odezwał się ktoś podejrzliwym głosem za ciężkimi, okutymi żelazem drzwiami.

– Podróżni, którzy chcieliby zostawić na przechowanie osła z wozem.

W szparze drzwi ukazało się ciemne oko, po czym rozległ się hałas odsuwanych rygli.

– Słucham. – Drwal stanął w drzwiach. Za nim przy kominku grzała się kobieta z dwójką dzieci.

– Możemy zostawić tu na noc osła i wóz?

Drwal znieruchomiał z pustym wyrazem twarzy. Była to typowa reakcja NPC na sytuację, której nie przewidziano w scenariuszu. Po chwili jego oblicze uzyskało konkretne rysy. Kiedy się uśmiechnął z przyjaznym błyskiem w oku, wydawał się bardziej żywy niż przeciętna postać.

– Oczywiście, że możecie, młodzi podróżnicy. Osioł dostanie jeść i kąt w szopie.

– Dziękuję. A to za fatygę.

Zostało im pół worka chleba, więc Erik dał go drwalowi.

– O, dziękuję, młoda damo.

– Wrócimy rano po swoje rzeczy.

– Jak sobie chcecie, tylko uważajcie, bo tutaj nocą nie jest zbyt bezpiecznie.

– Będziemy uważać.

– Dobra, odłączamy się. – D. E. chciał już zakończyć tę sprawę. Drwal pewnie się zdziwił, kiedy pięć osób stojących przy ośle i furmance rozpłynęło się nagle w powietrzu.

***

Erikowi śniły się sny pełne przemocy. Kiedy się rano obudził, odeszły, lecz zostawiły po sobie resztki wrażeń: poczucia winy oraz, co dziwne, satysfakcji. Nie potrafił się dogrzebać choćby do strzępów snu, które mógłby zszyć w całość i przeanalizować, wobec czego wytoczył się z łóżka i umył. Wykonując powolne, ceremonialne ruchy, sięgnął po swoje ulubione, najbardziej znoszone ubranie. Harald często powtarzał, że wiara w przesądy jest oznaką słabości, ale nie zamierzał odganiać od siebie szczęścia jakimś nieprzemyślanym zachowaniem. W kuchni, w której panował bałagan, cierpliwie obrał ze skórki cztery pomarańcze, po czym umył klejące się palce. Wczorajsza owsianka stała jeszcze na piecu; ogień był wygaszony, co stanowiło przygnębiający widok, ponieważ podtrzymywano go przez cały okrągły rok. Aby zrobić przyjemność matce, opróżnił szufladkę z popiołu. Gdy w końcu strzelił mizerny płomyk, wiadomo było, że podgrzewanie owsianki trochę potrwa.

Ślady zaniedbania dostrzegał też wszędzie na podwórzu. Pranie wywieszone do wyschnięcia zostało na noc, więc było mokre od rosy. Ośle łajno należało zgarnąć łopatą i wynieść na gnojowisko. Trudno się troszczyć o farmę na chwilę przed jej opuszczeniem.

Po powrocie do domu Erik starał się zaprzątnąć myśli prosty-
mi zajęciami. Ilekroć mimowolnie zaczynał wyobrażać sobie bitwę ze smokiem, odczuwał ucisk w żołądku. Nie mając z natury
pociągu do fantazjowania, i tym razem uznał, że sny na jawie,
z których nie wynika żadna korzyść, tylko niepotrzebnie by go
znużyły. Dawno temu, kiedy był małym dzieckiem, Harald zabrał go ze sobą do wioski Fircone. Podczas podróży musieli przejść
po kołyszącym się moście linowym przez rzekę, która wyryła
sobie głębokie łożysko w piaskowej skale. Wtedy jeszcze wysokość w połączeniu z hukiem rwącej wody przyprawiała go o za-
wroty głowy. Od tamtej pory rósł i oswajał się z mostem, który
przestał rzucać na niego zaklęcie strachu i pokusy. Pewnego razu
trzymał w ręku jedną ze swoich ulubionych zabawek: drewnianą
figurkę konika. Gdy patrzył jak zaczarowany na spienioną kipiel
w dole, palce obejmujące konika zaczęły się rozluźniać. W wyobraźni widział, jak konik spada, obraca się wolno w przód
i w bok, oddala się niepowstrzymanie. Z największym trudem
pohamował się przed upuszczeniem zabawki i wrócił do rzeczywistości. Teraz obraz zabijanego smoka powodował w nim podobne zaburzenie równowagi. Bał się, że jeśli ulegnie fantazjom
o zwycięstwie, sparaliżują jego wolę i skutkiem będzie klęska.

Mimo że było jeszcze trochę za wcześnie, postanowił przystąpić do gry. Będąc Cindellą, czuł się silniejszy, zdolny do wielkich
rzeczy. Zabrał więc cząstki pomarańczy oraz dużą szklankę z wodą
i poszedł na górę, gdzie miał sprzęt.

#uśmiechnij się

Synchronizowanie się z jej nieustraszoną postacią zawsze
koiło jego nerwy.

Gwałtowne uderzenie dźwięków i kolorów rozpędziło ciemności.

W grze znowu padał deszcz. Cindella stała na wzgórzu tak wysoko, że nisko zawieszone chmury, płynące dostojnie nad zboczami doliny, znajdowały się tuż nad nią.

– Cześć, Erik, nie mogłem zasnąć – odezwał się nagle D. E. Jego elf zaprzągł już osła do wozu z myślą o odjeździe.

– No, ja też się dziwię, że spałem.

Siedzieli obok siebie na wozie, słuchając szmeru deszczu w liściach rosnących wkoło drzew. Żaden nie chciał rozmawiać o czekającym ich wyzwaniu. Powoli się rozwidniało. Padała już tylko mżawka.

Nagle przed nimi zmaterializowali się Bjorn i Injeborg.

– Super, skoczę po Sigrid. – D. E. zniknął.

**

Późnym popołudniem dotarli do kotliny smoka. Ścieżka urwała się w szczerym polu, więc każdy na zmianę prowadził osła, podczas gdy pozostali szli obok trzęsącego się wozu i pilnowali pęków strzał, żeby nie powypadały. Jak okiem sięgnąć, przez cienką warstwę trawiastej ziemi przebijały się na powierzchnię ostre głazy i skupiska białych kamieni. Występowała tu skąpa roślinność; dzielny fioletowy kwiatuszek robił co mógł, żeby choć trochę ubarwić posępny krajobraz.

W miarę jak się wspinali, łagodny stok kotliny stawał się coraz bardziej kamienisty i gdzieniegdzie skalne ściany przypominały urwiska. Osioł zatrzymał się i za nic w świecie nie chciał iść dalej.

– Nieważne, zostawmy go tutaj – zaproponował Erik. – To już niedaleko.

– Bezpiecznie zostawiać tu osła? – zapytała Sigrid.

– No pewnie. W pobliżu jamy Czerwonego Smoka nie polują żadne inne stwory.

Rozładowali wóz. Każdy wziął na plecy olbrzymią wiązkę strzał, a mimo to nie odciążyli furmanki nawet w połowie. W niedalekiej odległości znajdował się duży czarny głaz. Cindella rzuciła strzały na ziemię obok niego i wdrapała się na górę.

– Chodźcie tutaj. Ustalimy pozycje.

Wszędzie w urwiskach ziały ciemne otwory, z których każdy mógł być wejściem do jaskini. Skalne podłoże, zupełnie pozbawione szaty roślinnej, ciągnęło się do samych podnóży ścian otaczających odludną kotlinę. I – jakby na złą wróżbę – na ziemi w wielu miejscach leżały popioły, a także porozrzucane kości i zardzewiałe fragmenty uzbrojenia.

– Nie przejmujcie się – pocieszył ich Erik z nerwowym śmiechem – to prawie same resztki po mnie.

Bjorn pokręcił głową.

– Cieszę się, że znasz te strony. Inaczej nie zgadlibyśmy, w której jaskini siedzi smok.

– W tej. – Cindella wskazała najdalszy zakątek kotliny, położony dokładnie na wprost. Tam właśnie, gdzie wapienne ściany wyglądały jak rozprute w trakcie pojedynku potężnych czarowników, ział wielki, budzący trwogę, czarny otwór groty.

Posługując się śladami swoich przegranych starć jak punktami orientacyjnymi, Erik wskazał każdemu jego stanowisko i zarazem miejsca, których smok nie powinien przekraczać, gdyż mógłby ich wtedy razić swoim ognistym tchnieniem. Śmiałkowie po dwa razy wędrowali do wozu, póki przy każdym nie piętrzył się sięgający pasa stos strzał. Chociaż Erik zapewniał, że nie muszą się niczego obawiać, poruszali się w bezwzględnej ciszy i z takim niepokojem, że wstrzymywali oddech, ustawiając się na swoich pozycjach.

– Gotowi?

Kiedy potwierdzili, Cindella ruszyła do złowieszczej szczeliny w skalnej ścianie. Z bliska był to wielki otwór, pogrążony w czarnym cieniu. Cindella nie musiała iść dalej. Podniosła kamień.

– Hej, ty tam! Goście przyszli! – Cisnęła kamień w głąb jaskini; szybko zniknął w mroku. Zaraz za nim poleciały następne. Upadały z donośnym stukotem, jeden za drugim, aż ostatni zniknął bezgłośnie.

Cindella odwróciła się i śmignęła przed siebie, przeskakując zwinnie nad większymi kamieniami.

Potworny, ogłuszający grzmot wstrząsnął kotliną. Ziemia zadrżała w posadach, jakby i ją ogarnął dreszcz trwogi. Rozwścieczony smok przypomniał o sobie i teraz wychodził na zewnątrz.

Pierwsza ukazała się wężowa głowa, uniesiona wysoko; w chytrych oczach czaiła się złośliwość. Łapa uzbrojona w ostre jak brzytwa pazury uderzyła o ziemię, czemu towarzyszył dźwięk podobny do tłuczonego szkła. Gibkie, okryte łuską cielsko potwora wynurzało się z cienia jaskini. Kolejny przerażający ryk, od którego długo dzwoniło w uszach, zmroził ich serca. Wtedy Inry'aat rozpostarł swoje wspaniałe skrzydła; mieniąc się odcieniami szkarłatu, odzwierciedlającymi palący żar jego trzewi, porażał swoim majestatem. Był olbrzymi i przez chwilę Erik zmagał się ze świadomością, że zabicie tak potężnej, dzikiej bestii graniczy z cudem.

Nagle D. E. wypuścił strzałę, która ugrzęzła w ciele smoka niczym maleńka drzazga. Potwór natychmiast obrócił głowę i spojrzał na malutkiego elfa, który odważył się rzucić mu wyzwanie. Szybko postąpił krok w stronę D. E., lecz w tym momencie inna strzała, wystrzelona z przeciwnej strony, ugodziła go w bok. I znów przerażająco zwinny obrót, a po nim wolniejszy, ostrożny ruch wielkiej, szponiastej łapy. Wtedy D. E. raził go po raz drugi.

I tak się to wszystko toczyło. Na smoka spadło czternaście strzał – Erik przeczuwał już, że zdarzy się pudło – zanim Bjorn opuścił łuk ze świadomością, że strzała odbiła się od skalnego podłoża. W tym samym momencie wystrzeliła Sigrid i chociaż jej strzała odskoczyła niegroźnie od łusek smoka, wystarczyło to w zupełności, żeby odciągnąć jego uwagę od D. E.

Przy następnym pudle Erik stracił rachubę. Ponownie Bjorn nie trafił w potwora i ponownie Sigrid uratowała go przed atakiem bestii. Przez następną godzinę z hipnotyzującą regularnością ostrzeliwali swojego przeciwnika. Strzała, warknięcie, obrót, strzała, warknięcie, obrót. Swoim atakiem sprawiali, że bestia obracała się w kółko; razili ją to z jednej strony, to z drugiej, a gdy z rzadka ktoś popełnił błąd, druga osoba ratowała go z opresji i przywracała zaburzony rytm walki. W zasadzie trudno było chybić, strzelając do takiego olbrzyma. Być może starcie było szczególnie wyczerpujące dla Erika, ponieważ zamiast strzelać, czekał w ciągłym napięciu na podwójne pudło, pozbawiony choćby chwili wytchnienia, podczas gdy za prowadzenie ostrzału odpowiadała raz jedna, raz druga para uczestników.

Druga godzina minęła bez najmniejszej zmiany schematu walki, tyle że niebo zaczęło ciemnieć, a cienie skalnych urwisk

– pełznąć ku walczącym. Trzecia godzina też upływała na monotonnym ostrzale. Człowiek zapominał o wszystkim z wyjątkiem schematu. Nic, tylko furkot strzał. I obroty smoka. Trzy godziny maksymalnego skupienia i pozornie żadnych zmian. Potwór wydawał się nie mniej zdolny do mordowania niż na samym początku, ledwie powstrzymywany od wściekłego wybuchu kanonadą wątłych pocisków. Walka odcisnęła swoje piętno na Inry'aacie tylko w jeden widoczny sposób: jego grzbiet jeżył się trzonami strzał, jakby wyrosło na nim futro.

I kolejna godzina wytężonej uwagi. Nadal nie mogli sobie pozwolić na potknięcie. Gdyby Inry'aat zniszczył schemat walki, w ciągu kilku sekund wszyscy byliby unicestwieni. Musieli więc dbać, aby smok robił w miejscu swoje gwałtowne zwroty, nie mogąc wykonać ostatniego decydującego ruchu, który pozwoliłby mu bluznąć wzburzonym potokiem ognia. Erikowi trochę przypominało to bąka, którym kiedyś się bawił. Napędzało się go za pomocą pionowego tłoczka i puszczało, kiedy już kręcił się z niewiarygodną szybkością. Jeśli zrobiło się to jak należy, zabawka wydawała się nieruchoma, może z wyjątkiem lekkiego kołysania, choć w rzeczywistości obracała się z taką prędkością, że gdy natrafiała na drobną nierówność, wybijała się kilka stóp nad ziemię. Podobnie rzecz się miała z Inry'aatem: poruszał się tam i z powrotem praktycznie w jednym miejscu, grożąc uwolnieniem swej wulkanicznej mocy, stale kierując się na nowego przeciwnika. Sprawiał wrażenie bezsilnego, a jednak wystarczyłby mały błąd, by bez większego wysiłku zniszczył drużynę.

– Erik! – wrzasnął D. E. – Musisz przynieść mi trochę strzał Injeborg!

– Właśnie, a mnie tych, które ma Sigrid! – zawołał Bjorn z cienia, który powoli wydłużał się od strony skał.

No przecież! Powinni byli mądrzej podzielić strzały! Główni łucznicy strzelali ze dwadzieścia razy częściej niż ci na rezerwie. Również zapas Erika był niepotrzebnie duży; jeszcze ani razu sytuacja nie wymagała jego interwencji.

– Dobra, nie rozpraszajcie się, zaraz to załatwię!

Nagle do jego strachu przed porażką dołączyło jeszcze jedno uczucie, które należało odsunąć na bok. Jeśli zginą, nigdy sobie nie wybaczy tej szalonej wyprawy.

Nie spuszczając wzroku ze smoka, ostrożnie przysunął się do Injeborg. Była to nader niebezpieczna chwila, gdyż musiał odłożyć łuk i wziąć strzały. Zerkając na czarodziejkę, poczuł w sobie przypływ ciepłych uczuć; patrzył na jej opuszczone, aksamitne rękawy i łuk gotowy do strzału. Nie odwróciła się nawet na moment, skoncentrowana na działaniach poskramiających ognistą moc smoka. Cindella podbiegła szybko do D. E. i dołożyła mu strzał. Po drugiej takiej rundce koło chłopaka wznosił się potężny stos. Przy Injeborg pozostało tylko dwadzieścia pocisków.

Przez ten czas pozostali trzymali się schematu walki. Cindella z niewysłowioną ulgą podniosła wreszcie swój łuk. Potem przemknęła na drugą stronę, gdzie Sigrid stała z równie napiętą uwagą. Znów nastąpił ten okropny moment, kiedy Cindella musiała odłożyć łuk. W tej sytuacji wystarczyłyby dwa pudła z rzędu i mogliby żegnać się z życiem. Pilnie śledząc przebieg walki, Erik pośpiesznie przenosił strzały z miejsca na miejsce. Strzał, obrót, strzał, obrót. Krytyczna chwila minęła. Z łukiem w ręku wrócił na swoje stanowisko.

– W razie czego zostały jeszcze moje! – krzyknął do wszystkich.

Trwała już piąta godzina batalii, kiedy Erik zauważył pewną zmianę.

– Patrzcie, głowa!

Spojrzenie Inry'aata emanowało jeszcze większą złością niż dotychczas, gdy w zapadającym zmierzchu oczy upodobniły się do czerwonych węgli; lecz zwieszał głowę niżej niż na początku, kiedy ukazał im się po raz pierwszy.

Nikt nie zareagował; drużyna musiała być stale czujna, aby nie przerwać schematu walki, dzięki któremu smok nie umiał się bronić.

Wolno, niezauważalnie wolno, smok opuszczał łeb. Erik odliczył dwadzieścia strzałów, po których spróbował ocenić zmianę. Była minimalna, ale ewidentna. Wykonał prędkie obliczenie, unikając zbyt optymistycznych założeń. Sto strzał wystarczy na około dziesięć minut walki, czyli potrzeba sześćset na godzinę. Ale głowa smoka pokonałaby w tym czasie dopiero czwartą część drogi do ziemi, więc należało się spodziewać czterech godzin walki i dwóch tysięcy czterystu strzał – gdyby tylko mieli tyle do dyspozycji! On miał ich niespełna tysiąc.

– Rozdzielam swoje strzały! – krzyknął. Klęcząc, nie widział swoich przyjaciół w ciemności, dlatego obserwował tylko pociski frunące z cienia i rażące smoka. Zebrał połowę swoich strzał i zarzucił sobie na plecy cały pęk.

Gdy był w połowie drogi do D. E., zdarzyło się podwójne pudło. Akurat teraz, gdy nie dokuczało mu już przeświadczenie – tak silne w czasie pierwszego rozdzielania strzał – że jego przyjaciele chybią, kiedy będzie miał pełne ręce roboty... Te pudła były więc dla niego kompletnym zaskoczeniem. Nagle smok zrobił drugi krok w stronę Bjorna. Po raz pierwszy od prawie pięciu godzin przerwał schemat walki i przystępował do kontrataku. Panowali nad sytuacją tak długo i teraz mieliby poznać smak klęski?

#wyszydź

Łuk Cindelli leżał na ziemi, toteż jedynie w ten sposób mogła uratować przyjaciół.

– Hej, Czerwona Gębo! Co z tobą? Brakło ci ognia?

Inry'aat odwrócił się, jakby ukłuła go wyjątkowo ostra strzała. Bjorn poczekał, aż bestia ruszy na Erika, i strzelił. Smok zwrócił się teraz do niego, lecz w tym momencie D. E. naprężał już cięciwę. Katastrofa została zażegnana. Wrócili do ustalonego schematu walki.

– Ogień i zniszczenie! Myślałem już, że mamy przechlapane – mruknął D. E., kiedy Erik rzucił mu pod nogi strzały i rozwiązał pęk.

– Ja tak samo. Wytrzymaj jeszcze.

D. E. zamiast odpowiedzi wypuścił następną strzałę.

Z męczącą powolnością Inry'aat opuszczał niżej i niżej swój łeb, który po pewnym czasie zrównał się z ich głowami. Zapadła noc, ale kiedy mrok kotliny zlał się z ciemnymi chmurami, okazało się, że plac boju jest mętnie oświetlony purpurową poświatą otaczającą smoka. Z czasem ów blask uległ zmianie: przybrał fioletowy odcień i stał się mniej intensywny, co również dowodziło nadwątlonych sił bestii.

Mimo to Erik skrzywił się, kiedy dokonał ponownych obliczeń, zestawiając ubytek strzał z osłabieniem potwora. W momencie gdy był już przekonany, że nie starczy im pocisków,

Inry'aat wydał rozpaczliwe, żałosne westchnienie i runął na ziemię. Jego łeb uderzył o skałę z łoskotem. Kolory, którymi dotąd promieniało cielsko, prędko gasły, pozostawiając po sobie ledwie dostrzegalny ślad fioletowego blasku, przypominający rąbek ginącej tęczy.

– Strzelamy dalej! – krzyknął D. E. – Pamiętacie wiwernę? Strzelamy, póki starczy nam strzał!

Tak też zrobili, przy czym pruli z łuku wszyscy naraz. Erik czuł się dziwnie, napinając cięciwę, ponieważ dopiero teraz, po siedmiu godzinach walki, po raz pierwszy strzelał do smoka. Kiedy skończyły się strzały, sięgnęli po inną broń.

– Gotowi!? – zawołał D. E. – Na niego!!!

Przygotowana na widok potwora wstającego z rykiem do dalszej walki, Cindella podbiegła do cielska piętrzącego się nad nią jak pagórek i wbiła w nie rapier, co wydawało się nic nieznaczącym użądleniem. Smok leżał jednak nieruchomo, więc zebrali się wszyscy wokół głowy, wielkiej jak oni sami. Oko blisko Erika było teraz mętne, pozbawione inteligentnego błysku.

– Naprawdę nam się udało? – zapytał Bjorn, zszokowany.

– Odsuńcie się! – D. E. zaczął odrąbywać smoczy łeb swoim długim mieczem. Przypominało to ścinanie drzewa i nikt mu nie mógł pomóc; Bjorn sprzedał topór, zbierając pieniądze na strzały. Dopiero kiedy D. E. uporał się z głową i z rozcięcia spienioną strugą wylała się parująca posoka, uwierzyli już bez zastrzeżeń, że bitwa jest zakończona.

– Udało się! Jesteśmy smokobójcami! – D. E. otworzył szeroko ramiona. Rzucili się na siebie i zaczęli wspólnie podskakiwać, póki nie rozerwał się wianuszek splecionych ciał.

– Muszę odpocząć – oznajmił Bjorn.

– Chyba jak każdy. – Erik marzył, żeby przekazać matce dobrą wiadomość.

– W porządku – przejął dowodzenie D. E. – Wracamy za pół godziny, dobra? I niech nikt nie wchodzi sam do jaskini, póki nie będą tu wszyscy.

Zgodzili się i odłączyli z gry.

W domu było ciemno. W pierwszej chwili Erik sądził, że nikogo nie ma, lecz Freya spała w kuchni przy stole z głową schowaną w ramionach.

– Mamo! Mamo! – Potrząsał nią, aż się obudziła. – Udało nam się! Zabiliśmy Inry'aata! Zabiliśmy Czerwonego Smoka!

– E, co ty wygadujesz?

– Naprawdę, mamo, mówię serio! Udało się!

Rozpromieniła się i po raz pierwszy od wielu dni jej uśmiech był ciepły i serdeczny.

– Erik! Brawo! Jesteście bohaterami!

Otworzyła ramiona i długą chwilę się tulili.

– Rozumiesz? – Erik wyrwał się z jej objęć. – To znaczy, że jest szansa na uratowanie taty. Kiedy zdobędziemy skarb, będziemy mogli rzucić wyzwanie i obalić każde rozporządzenie. Albo ustanowić amnestię dla wygnanych!

Freya rozważała jego słowa.

– Tak, to zmienia postać rzeczy. Są również inne możliwości. Dałoby się na przykład przekupić właściciela promu i w ten sposób pomóc tacie w ucieczce. Nie za ciemno tu? Przygotuję coś do jedzenia, a potem porozmawiamy o planach.

– Mam niecałe pół godziny, a potem się spotykamy, żeby zgarnąć skarb.

– Lepiej coś zjedz. Pewnie siedziałeś w Epicu co najmniej

dwanaście godzin. – Freya zerwała się od stołu, ożywiona i pełna animuszu.

Ktoś głośno i natarczywie zakołatał do drzwi. Erik uśmiechnął się szeroko.

– Zgadłeś, Erik – powiedziała Freya. – W ten sposób puka tylko Inny.

Ledwie otworzył drzwi na oścież, do środka wskoczyła Injeborg z roziskrzonym wzrokiem. Szukała podobnych emocji w jego oczach. Chwiejąc się w jej objęciach, zauważył za nią Bjorna, który uśmiechał się radośnie, a zarazem wyglądał na speszonego zachowaniem siostry.

– Erik, to przecież jest niesamowite! – Ściskała go raz po raz.

W pierwszej chwili był w nim wewnętrzny opór, bariera związana z tym, że niedawno koncentrował się wyłącznie na bitwie ze smokiem. Ale to szybko minęło. Uścisnął ją mocno, odpowiedziała tym samym. Wtulił twarz w ciepłe, pachnące kwiatami jasne loki. Żarliwość, z jaką do siebie przylgnęli, była odbiciem ich szczęścia… i czegoś jeszcze.

– Myślałem, że będę musiał się z wami rozstać, ze wszystkimi, może na zawsze.

Erikowi napłynęły do oczu łzy – echo cierpienia związanego z częściowo tłumionym poczuciem tragedii i jednocześnie wyraz wzruszającej radości. Poczuł delikatny ruch przy policzku, gdy Injeborg kiwnęła głową.

– Teraz wszystko się ułoży.

Skrępowany obecnością Bjorna, Erik przytulił po raz ostatni garnące się do niego ciepłe ciało i odsunął się. Od jego gorącego policzka odlepiły się zabłąkane kosmyki długich włosów Injeborg.

Bjorn dość nieporadnie uniósł swoje grube ramiona i uścisnęli się krótko. Mimo wszystko łączyła ich serdeczna przyjaźń.

– Kiedy o tym myślę... – Bjorn kręcił głową ze zgrozą. – Tak mało brakowało, a zamiast zwycięstwa byłaby klęska. Gdy nie byłeś na swoim stanowisku i trafiły się dwa pudła.

– Właśnie, aż mi tchu zabrakło – zgodziła się Injeborg. – Myślałam, że już po nas.

– Ale twoje szyderstwo zadziałało – ciągnął Bjorn. – Taka drobna rzecz, a ocaliła nam życie.

Erik zachichotał.

– Pora zająć się czymś przyjemniejszym. Mamy mało czasu. Lepiej się przygotujmy do przetransportowania skarbu do Newhaven.

– Jasne. – Injeborg pokiwała głową. – Chcieliśmy cię tylko zobaczyć. – Popatrzyła na niego wzrokiem przepełnionym szczęściem i dumą.

– Fajnie, że wpadliście. – Zawahał się. – Do zobaczenia w Epicu.

෨ 14 ෨

Rozłam w komitecie

– Jesteśmy smokobójcami! Jesteśmy smokobójcami! – D. E. leżał na plecach na olbrzymim stosie złotych monet. Gdy piał na całe gardło, niegdyś przerażającą jaskinię wypełniały echa jego buńczucznych słów.

Weszli do jaskini z entuzjazmem, rozmawiając o tym, jak ich znajomi i rodziny zareagują na nowinę oraz co kupią dla swoich farm i okręgu. Zaklęcie magicznego blasku, rzucone przez Injeborg, rozjaśniło mrok radosną turkusową poświatą, która skrzyła się w głębinach pieczary pełnej stalaktytów.

Pierwszym śladem skarbu była garść monet, srebrnych i złotych. Potem natknęli się na misterną broszę mistrzowskiej roboty; Sigrid przypięła ją do swojej peleryny. Następnie znaleźli skórzaną sakwę ze złotym zatrzaskiem i dwoma małymi szafirami na rzemyku.

– Już za to można kupić traktor dla okręgu. – D. E. podniósł sakwę i przyjrzał się jej uważnie.

Na ziemi zauważali coraz więcej rozrzuconych przedmiotów o wielkiej wartości. Przy każdym zatrzymywali się i napawali swym bogactwem. Aż skręcili za róg i widok, który ujrzeli, raptownie przerwał ich paplaninę. Mieli przed sobą gromadzone przez tysiąc lat skarby potwora, który teraz leżał martwy na zewnątrz.

W przestronnej komorze, obwieszonej wiotkimi, mlecznobiałymi stalaktytami, ziemię wyściełał kobierzec monet, gdzieniegdzie sięgający kilku stóp wysokości: nieruchome fale złota. Pośród tego bogactwa gdziekolwiek spojrzeć pyszniły się drogocenne przedmioty: rogi pitne zdobione bitym srebrem, miecze w delikatnych pochwach wysadzanych klejnotami, wielkie księgi w złoconych oprawach z ciężkimi srebrnymi okuciami, srebrne i złote puchary, szkatuły, biżuteria, fragmenty zbroi, połyskliwe klingi mieczy i toporów. Zupełnie jakby morze złotych monet zalało plażę usłaną kamieniami szlachetnymi, z których te na wierzchu skrzyły się w blasku pochodni.

Dopiero kiedy minął pierwszy szok na widok rozmiarów skarbu, D. E. rzucił się na monety i zaczął śpiewać.

Bjorn usiadł, przytłoczony tą scenerią.

– Macie pojęcie, jakie to bogactwo? – Pochylił się i chwycił garść monet. Wśród nich znalazł się srebrny łańcuszek z dużym, połyskującym ametystem. – Mam w dłoni więcej pieniędzy, niż mógłbym zarobić w ciągu całego życia, a przecież to tylko mała cząstka. – Pokręcił głową.

– Wiem. – D. E. obrócił się, żeby pogmerać w monetach. – Niesamowite, co?

Wszyscy z werwą rozgrzebywali skarb niczym ludzie, którzy przeszukują na plaży szczątki wraku; podnieconymi okrzykami reagowali na każde cenniejsze znalezisko, wykopane spod rozsypujących się gór monet. Te radosne poszukiwania zapewne trwały godzinami, aczkolwiek nikt nie mierzył czasu. Kiedy wreszcie

znużyło ich pokazywanie sobie coraz to nowych cudeniek, Smokobójcy Osterfjordu zebrali się na naradę.

– Jak przetransportujemy to wszystko do Newhaven? – zapytała Sigrid, przerywając ich beztroskie szaleństwa tym praktycz-
nym pytaniem.

– No właśnie. Trzeba było przyprowadzić o wiele więcej wozów. – D. E. uśmiechnął się do Bjorna.

– A co wy na to, gdybym wziął trochę złota, pobiegł z powrotem, dokupił sześć wozów i wrócił najszybciej jak się da? – zaproponował Erik.

– Chcesz podróżować sam? To na pewno bezpieczne? – po-
wątpiewała Injeborg.

– Pewnie, wędrowałem tędy setki razy, w dodatku bez prędko-
ści Cindelli i tych butów.

– Dobra, a my w międzyczasie załadujemy ten wóz, który
mamy. – D. E. roześmiał się. – Męcząca praca, a jednocześnie taka
przyjemna.

***

Dopiero dzień później zjawili się w Newhaven. Prowadzili
konie, które dobywały z siebie ostatków sił, żeby uciągnąć ciężkie wozy. Skarb starali się ukryć możliwie najlepiej pod brezento-
wymi płachtami, związanymi sznurem.

Miasto było przystrojone jak na święto. Ze wszystkich ścian
i wież powiewały flagi: pośród wielu innych herbów wybijał się
kruk króla Śnieżnych Szczytów. Bramę wjazdową zdobiły girlan-
dy kwiatów.

– To jakiś wyjątkowy dzień? – Injeborg rozglądała się ciekawie.

– Dla nas na pewno – odpowiedział Erik, nieco speszony.

– Co? Powiedziałeś komuś? – Sigrid denerwowała się, że Erik wygadał ich sekret, zanim zdobyli prawa własności do skarbu.

– Tylko kupcowi, który sprzedał mi strzały.

– To nawet lepiej – wtrącił D. E., nim zaczęli się kłócić. – Właśnie tak sobie to wyobrażałem.

Kiedy drużyna weszła do miasta, wydawało się, że cała ludność zgromadziła się, żeby zgotować im owacyjne przyjęcie: kupcy i handlarze obwoźni, mistrzowie rzemiosła z czeladnikami, gwardia miejska, nawet łobuzy z ulicy. Wszyscy stali szpalerem wzdłuż dróg lub machali z okien. Dostarczający rozrywek żonglerzy, lalkarze, trubadurzy i poeci przerywali swoje zajęcia, żeby przyłączyć się do wiwatów i razem z innymi rzucać kwiaty w stronę procesji wozów turkoczących po bruku.

D. E. był w swoim żywiole: machał ręką tłumom i dziękował za oklaski; miał na skroniach wieniec z kwiatów, nałożony przez młodą kobietę, która wyrwała się z ciżby. Pozostali wyglądali na lekko speszonych tą powszechną uwagą. Tu i tam w wielobarwnej rzeszy NPC widać było szare twarze innych graczy; niewątpliwie przyglądali się paradzie ze zdumieniem. Po raz pierwszy w tym pokoleniu w grze wydarzyło się coś niezwykłego, więc nic dziwnego, że mało kto brał na poważnie entuzjastyczne okrzyki: „Smokobójcy!".

Kiedy zajechali na rozległy plac przed bankiem, wyszedł im naprzeciw mistrz bankowy, leciwy i poważny elf wysokiego rodu. Zachowywał się spokojnie, jakby codziennie miał do czynienia ze smoczymi skarbami. Skinął na podwładnych, a ci zaczęli opróżniać wozy. Kilku urzędników dokonywało wpisów do ksiąg oprawnych w skórę.

– Proszę za mną.

I znowu, podobnie jak niegdyś w przypadku jubilera Antila oraz drwala, Erik wyczuwał, że postać elfa kieruje się inteligencją i z ożywieniem wypełnia swoją powinność. Spojrzawszy z pewnym niepokojem na swój skarb, który w promieniach słońca połyskiwał coraz bardziej kusząco, w miarę jak zdejmowano brezent, ruszyli za elfem.

Gabinet bankiera był urządzony skromnie, lecz ze smakiem. W przepięknym smukłym flakonie stały jaskrawe niebieskie kwiaty z długimi łodygami. Właściwie stanowiły jedyną ozdobę gabinetu, chociaż rzeźbione dębowe biurko i krzesła były tak kunsztownie wykonane, że siadali na nich z niepewnością.

– Gratuluję, to niezwykłe osiągnięcie, które zapewni wam wieczną sławę. Może będę tym, który pierwszy pozna wasze imiona? – Gdy uśmiechnął się do nich, jego oczy skrzyły się pod krzaczastymi brwiami.

Przedstawiali się kolejno, a on każde imię kwitował kiwnięciem głowy.

– Dla tak niewyobrażalnie bogatych klientów jak wy taszczenie ze sobą chociażby drobnej cząstki bogactw jest dosyć niewygodne. Nie wspominając już o niepotrzebnym zainteresowaniu ze strony różnych typów. – Potoczył spojrzeniem po ich twarzach, a widząc, że się z nim zgadzają, ciągnął: – Tak więc proponujemy naszym najznamienitszym klientom, żeby rozważyli przyjęcie usług dżinna.

Spostrzegłszy ich zakłopotanie, potrząsnął srebrnym dzwoneczkiem, który stał na biurku. Niemalże w tym samym momencie do gabinetu wszedł z tacą drugi elf, nieco młodszy. Przyniósł pięć kryształowych flakoników i pięć sztyletów.

– Pozwoliłem sobie to przygotować.

Młodszy elf położył tacę na biurku i bezzwłocznie wyszedł.

– W każdej znajduje się dżinn z eterycznych sfer. – Napotykając ich puste spojrzenia, elf wysokiego rodu potoczył ręką dokoła. – Eteryczne sfery, magiczny wymiar otaczający ten, w którym się znajdujemy, zawsze obecny, lecz niewidzialny dla wszystkich z wyjątkiem nielicznych. Macie oto przed sobą stworzenia, które podróżują między sferami, co umożliwia im błyskawiczne przemieszczanie się z miejsca na miejsce. Każdy kupiec z prawdziwego zdarzenia ma pewność, że instrukcje przekazane za ich pośrednictwem będą w tym banku skrupulatnie wypełnione. – Ponieważ nadal wyglądali na nieprzekonanych, bankier kontynuował: – Dżinny pojawią się, kiedy otworzycie swoje flakoniki. Wyjaśnicie im swoje potrzeby, a one niezwłocznie przybędą do mnie lub do mojego zastępcy. My oczywiście zastosujemy się do waszych poleceń.

– Rozumiem – odezwała się Injeborg. – Czyli gdybym chciała kupić kosztowny przedmiot, wezwałabym dżinna i kazała mu dać wam znać, że taki a taki kupiec może wypłacić z banku określoną sumę pieniędzy?

– Dokładnie tak, pani czarodziejko. – Pokiwał głową z zadowoleniem.

– A po co te noże? – Bjorn odczuwał nie tyle zaniepokojenie, co ciekawość.

– Dżinny będą posłuszne tylko wam, ale jeśli chcecie być z nimi duchowo połączeni, wymaga się, abyście uronili trochę krwi do naczynia.

– Możecie już oszacować wartość naszego skarbu? – zapytała Injeborg.

– Pracownicy banku przedstawią wam ostateczną sumę oraz wykaz wszystkich rzadkich i drogocennych przedmiotów magicznych. Jako doświadczeni poszukiwacze przygód, w odróżnieniu ode mnie, z pewnością rozpoznaliście wiele ważnych artefaktów, takich jak Dzwon Przywołujący Neowthli, zaginiony pięćset lat temu i teraz dzięki waszym szlachetnym wysiłkom przywrócony światu. Ale na wypadek gdybyście jednak coś przeoczyli w tej ogromnej górze skarbów, mamy tu rzeczoznawców, którzy potrafią zidentyfikować wiele tajemnych przedmiotów. Kiedy się z tym uporają, poproszę naczelnego strażnika wiedzy ludowej, żeby omówił z wami znaczenie każdego z nich.

– To bardzo miłe z pana strony – powiedział Erik.

– To ja winienem wam wdzięczność, pani. – Na jego twarzy pojawił się nikły uśmiech: pierwszy, który Erik zobaczył na jego surowym obliczu. – Staramy się zapewnić wszelkie udogodnienia ludziom, dzięki którym nasz bank stał się najbogatszy, a co za tym idzie, najsławniejszy na świecie.

– Wybaczcie, przyjaciele, ale pora na mnie – wtrącił się D. E.

– Na mnie też – dodała Sigrid.

– Jeszcze do tego wrócimy – powiedziała Injeborg – a na razie niech spokojnie sporządzą ten wykaz. Ale może najpierw załatwmy tę sprawę z dżinnami?

– Jeśli nie jest to jakaś sztuczka – przestrzegł głośno D. E. Bankier zrobił tak urażoną minę, że szybko dodał: – Niech się pan nie obraża, to naturalna podejrzliwość poszukiwacza przygód. – Naciął kciuk sztyletem, a potem wyciągnął zatyczkę z flakonika i upuścił do niego odrobinę krwi. – Tyle wystarczy?

– Ależ tak, w zupełności.

Wszyscy poszli w jego ślady.

– To co, wypróbujemy jednego? – zapytał Erik.

– Jeśli chcecie, proszę bardzo – powiedział elf – ale ponieważ każdy dżinn wypełnia tylko dziewięć poleceń, nim wróci na wolność, może lepiej poczekajcie, aż będziecie ich naprawdę potrzebowali.

– Właśnie, lepiej poczekać. Dobra, na razie, muszę lecieć. – D. E. zniknął, a zaraz po nim Sigrid.

– Już prawie pora na obiad, więc będziemy się zbierać – wyjaśniła Injeborg.

– I został tylko jeden – rzekł bankier, kiedy Bjorn i Injeborg zniknęli. – Cieszę się, bo chciałem porozmawiać z tobą w cztery oczy.

– Naprawdę? – zaciekawił się Erik.

– Chodź ze mną, dobrze? – Obaj wstali, lecz w tym momencie elf zawahał się. – Poczekaj, nie. Jeszcze nie teraz. – Nagle zatrzymała się animacja jego mimiki, a błysk inteligencji w oczach przygasł, jakby chmury zasłoniły słońce. Stał i nie ruszał się.

– Proszę pana...

– A, Cindella. Czym mogę służyć?

– Właściwie... sama dobrze nie wiem. Chciał pan ze mną porozmawiać?

Jednakże bankier – jak każdy NPC, którego nie uruchomiono stosowną kwestią – po prostu stał z tępą miną.

– Dziwne – skomentował głośno Erik i odłączył się z gry.

***

Wysoko nad miastem odbywała się ponowna narada komitetu. Godmund wprost pienił się ze złości; do tego stopnia poczerwieniał, że Svein zaczął się obawiać, czy starzec nie dostanie zawału. Blade, pomarszczone palce trzęsły się ze zniecierpliwienia i ledwie powstrzymywanej wściekłości.

– Dzień dobry – rozpoczęła spotkanie Hleid. – Dziś tylko jeden temat dyskusji: zabicie Inry'aata, Czerwonego Smoka, przez pięć osób z Nadziei. Tych samych, które jako Gracze Osterfjordu nieźle sobie radziły w zawodach zaliczeniowych. Sądzę, że najlepiej poinformowany jest Svein. – Popatrzyła na niego z wyczekiwaniem.

– Niewiele mam do dodania. Przybyli do Newhaven sześć godzin temu z siedmioma wozami pełnymi smoczych skarbów. Z tego powodu miasto urządziło im wielką owację, czego nie mógł przegapić nikt, kto był w grze. Skarb zdeponowali w banku.

– Jakim cudem, cholera, załatwili smoka?! – wykrzyknęła Brynhild. – Przecież to dzieci!

– Tak, każdy o to pyta. Rozmawiałem z bibliotekarzem w Nadziei. Twierdzi, że trenowali na wiwernach. Chyba wykorzystali błąd w schemacie ataku pewnych stworzeń, takich jak smoki. Błąd powoduje, że jeśli otrzymują ciosy o podobnej sile, kierują się na osobę, która ostatnia celnie zaatakowała. Prawdopodobnie puszczali strzały, przez co smok obracał się z boku na bok.

– Nie wierzę. – Godmund, kiedy już zabierał głos, wyrażał się z zadziwiającą zwięzłością, biorąc pod uwagę kipiące w nim emocje, widoczne w jego sprężonej postaci i przerażająco wybałuszonych oczach. – Czy to przypadek, że Okręg Nadzieja wystawia drużynę, która rzuca nam wyzwanie? Potem się okazuje, że mieszka tam zbiegły zabójca, nasz wróg. I teraz jego syn zabija smoka.

Jestem przeświadczony, że ktoś im udziela wsparcia, żeby storpedować prace komitetu i doprowadzić do zamieszek.

– To tylko gdybanie – stwierdził Halfdan, który rozmyślał nad tym z ponurą miną.

– Pozwólcie mi, proszę, na filozoficzną dygresję. – Godmund podniósł się i z pomocą laski podszedł do miejsca, gdzie za wielkimi oknami widać było ceramiczne i drewniane dachy Mikelgardu. – Rządzimy planetą liczącą… ile? Pięć milionów obywateli. Społeczeństwem stabilnym i bezkonfliktowym. I dzięki czemu takie jest? Dzięki Epicowi. Prawo działa bez zarzutu, gospodarka działa bez zarzutu, a ludzie harują, żeby podołać pracom, które im przydzielamy. Rzecz jasna, musimy poświęcać trochę czasu Epicowi i wciąż się rozwijać, nim zrównamy się cywilizacyjnie z pierwszymi kolonistami, ale pewnego dnia wnuki naszych wnuków nauczą się produkować złożone materiały. A tymczasem komitet ma obowiązek nie dopuścić do kryzysu gospodarczego i rozwoju przestępczości. Epic, podkreślam, nie jest grą. – Godmund odwrócił się i popatrzył na nich roziskrzonym wzrokiem, przy czym Svein poczuł, że to spojrzenie jest skierowane przede wszystkim na niego. – I nie służy do zdobywania uwielbienia tłumu. – Starzec poczłapał z powrotem na swoje miejsce, pochylił się i wsparł na oparciu krzesła. – Ani narzędziem sprawowania władzy. To fundament systemu prawnego i podstawa naszej gospodarki. Nie możemy pozwolić na jego destabilizację. A tu co? Najgorsza wiadomość od czasu, kiedy niektórzy z was zabili Czarnego Smoka. Gorsza jeszcze, bo wy przynajmniej byliście po naszej stronie. Teraz mamy do czynienia z dziećmi farmerów, które nie darzą systemu jakimkolwiek szacunkiem. Ba, z pewnością go nienawidzą, od kiedy skazaliśmy na wygnanie ojca jednego z nich. I prawdopodobnie są posiadaczami fortuny, która może być większa od środków, jakimi dysponuje Centralne Biuro Alokacji. Zdajecie sobie sprawę, do czego są zdolni? Mogliby odkupić całe zasoby, jakimi dysponuje planeta, i rozdać je wedle życzenia. Ten Harald działał przeciwko nam z ukrycia od dłuższego czasu i teraz ma środki, żeby wszystko obrócić do góry nogami. A na razie mówimy tylko o gospodarce. Co z prawem? Gdyby dzieciaki znalazły choć połowę przedmiotów, które my zyskaliśmy przez te wszystkie lata, mogłyby postawić się wszystkim stróżom prawa na świecie. Mogłyby zaproponować, dajmy na to, zmiany w komitecie i przeforsować je na arenie. – Urwał na chwilę, czekając, aż jego słowa dotrą do ich świadomości. – Nasi dalecy przodkowie działali niestrudzenie, żeby zbudować zrównoważony system. Ludzie zbierają miedziane monety i wydają je na zasoby, które ściągamy ze wszystkich stron świata. Ostatecznie pieniądze lądują na naszym koncie bankowym. Kupujemy za nie ekwipunek dla drużyn wystawianych przez nasze biuro. To jeden z najlepszych systemów rządowych, jakie wynaleziono. Wojny, przed którymi uciekli nasi przodkowie, nie mają prawa się powtórzyć. Ale dziś coś się stało. Naszemu systemowi nigdy nie groziło większe niebezpieczeństwo, dlatego będziemy musieli podjąć zdecydowane kroki.

– Z całym szacunkiem, Godmundzie – zabrała głos Bekka. Svein uśmiechnął się do siebie; naprawdę nie umiała wczuć się w klimat dyskusji. Wchodzenie w drogę Godmundowi w takiej chwili było równoznaczne z politycznym samobójstwem. Nadeszła pora na drastyczne rozwiązania i Bekka sama pchała się do odstrzału. – W zasadzie nie mamy żadnych informacji na temat tych ludzi. Może gdybyśmy im dali miejsce na uniwersytecie, pomogliby nam zarządzać systemem? Może tylko na tym im zależy? Może chłopiec po prostu chce odzyskać ojca? Tyle możemy dla niego zrobić.

– Prawdę mówiąc – rzekł Godmund ze złowieszczym uśmiechem – nie należy tego wykluczać. Poleganie na Epicu zawsze wiązało się z ryzykiem, że gra zdestabilizuje system. Niestety, obowiązują w niej reguły, które nie my wprowadziliśmy. Ale musimy zabezpieczyć się przed najczarniejszym scenariuszem, który zakłada, że chcą nas zniszczyć.

– Zamierzasz zgłosić wniosek? – zapytała Hleid.

Godmund uniósł dygoczącą dłoń.

– Wszystko w swoim czasie. W pierwszym rzędzie chciałbym od was usłyszeć, że zdajecie sobie sprawę z powagi sytuacji. Odkąd młode pokolenie obsadziło komitet, wyczuwam w nim pewne rozprzężenie. Do tej pory tolerowałem wasze wygłupy, ponieważ nie miały zbyt dużego znaczenia. Ale teraz będę stanowczy. Koniec z gierkami!

Lekko zaczerwieniony, Svein zastanawiał się, czy Godmund nie krytykuje w ten sposób jego prób ukończenia *Epicusa Ultimy*.

– A więc proszę, wypowiedzcie się. Czy nie rozumiecie, z jak poważnym kryzysem mamy do czynienia? Nie widzicie, że nasze społeczeństwo stanęło na krawędzi ruiny?

– Słuchaj, staruszku! – Wilk rozparł się wygodnie w krześle. Wyglądał na znudzonego, lecz jego drżący głos świadczył o powstrzymywanych z trudem emocjach. – Nie próbuj nas zastraszać. – Uśmiechnął się, chociaż Bekka aż westchnęła, słysząc tak dosadne słowa. – Oczywiście masz prawo wyrażać swoją opinię i zgłaszać wnioski, ale nie myśl sobie, że rządzisz tym komitetem.

– Masz niewyparzony pysk, szczeniaku. Lubisz mamić tłumy swoją wilczą postacią, ale dowodzenie to przewidywanie, a nie odgrywanie cyrkowych sztuczek.

– Uważajcie na słowa! – przestrzegła ich ostro Hleid, widząc, że Wilk prostuje się przed wypowiedzeniem ciętej riposty. – Jeśli chcemy przezwyciężyć kryzys, musimy działać wspólnie.

– Moim zdaniem byłoby dobrze usłyszeć jakieś konkretne wnioski. – Svein osądził, że najwyższa pora się wtrącić.

– Zgadzam się – poparła go szybko Hleid.

– Mam jeden – odezwała się Bekka.

– Mianowicie?

– Niech Svein uda się do okręgu Nadzieja i zorientuje, czego chcą. Trzeba sprawdzić, co to w ogóle za ludzie. – Mimo prychnięć Godmunda ciągnęła ze ściągniętymi brwiami: – I czy nie dałoby się ich przyjąć do naszych struktur.

– A ja mam alternatywę – rzekł Godmund wzgardliwym tonem.

– Tak?

– Wyślijmy przeciwko nim Kata, zanim urosną w potęgę lub zrobią niewłaściwy użytek ze skarbu.

Ragnok, który do tej pory udawał znudzonego, nagle podniósł wzrok i pokiwał głową z aprobatą.

– Cóż, wszystko jasne – oznajmiła Hleid. – Są dwa przeciwstawne podejścia do tematu: Bekki i Godmunda. Kto głosuje za propozycją Bekki, proszę o podniesienie ręki.

– Pozwólcie, że jeszcze coś powiem – wtrącił pospiesznie Svein, ale dopiero gdy zobaczył, że Hleid, Bekka i Wilk zamierzają podnieść rękę. – Nie omówiliśmy skutków wykorzystania Kata. Osobiście obawiam się, że ludzie obarczą nas odpowiedzialnością za ich śmierć. Być może odkryją naszą tajną broń.

– Wystarczy dobrze się przygotować – mruknął Ragnok.
– Zaczekać, aż ruszą w teren. Albo zaczną wypróbowywać nowe gadżety. Wypadki chodzą po ludziach.

– Otóż to – powiedział Godmund. – Z drugiej strony, komu to szkodzi, że będą nas podejrzewać? Uchronimy system od rozpadu, a za pięćdziesiąt lat nikt nie będzie o tym pamiętał. Myślmy dalekowzrocznie i nie bójmy się odpowiedzialności.

– Czy ktoś chciałby jeszcze skomentować wniosek? Nie widzę. W takim razie ponownie proszę o głosowanie. Kto jest za wnioskiem Bekki?

Rękę podnieśli Hleid, Wilk i Bekka. Dołączył do nich również Svein, co dało w sumie cztery głosy.

– Kto głosuje za wnioskiem Godmunda?

Tym razem rękę podnieśli Godmund, Ragnok, Thorkell i Brynhild.

Wszyscy obejrzeli się na Halfdana, który do tej pory wstrzymał się od głosu.

– Waham się. To trudna decyzja, ryzykowna.

Godmund uderzył w stół z wielkim jak na swoje lata animuszem.

– Do krwi utoczonej! Nie jesteś tu od mędrkowania. Kto zasiada w komitecie, ma podejmować decyzje. Głosuj!

– Dobrze więc. Głosuję za wnioskiem Bekki.

Starzec pokiwał głową, jakby czerpał jakąś perwersyjną satysfakcję z faktu, że zmusił Halfdana do głosowania, nawet jeśli ten głos był na jego niekorzyść.

– Za wnioskiem Bekki głosowało pięć osób – oświadczyła Hleid. – Zastosujemy się zatem do jej rad.

– Niech i tak będzie. – Wydawało się, że Godmund nie przejął się porażką. – Jednak nie możemy dać jej na realizację tego planu nieograniczonego czasu. Proponuję ponowne spotkanie za tydzień. Zobaczymy, co powie Svein.

– A zatem zgoda? – Hleid obserwowała znad okularów ich twarze. – W porządku, uważam spotkanie za zamknięte.

Svein jechał windą z Wilkiem.

– Wiesz, co jest najśmieszniejsze? – zapytał Wilk, ponownie związując włosy w warkocz.

– Co?

– W zasadzie podzielam zdanie naszego starego smoka. Po prostu chciałem zobaczyć jego minę, kiedy przegra.

Svein zachichotał.

– Rzeczywiście, rozbawiłeś mnie. – Chwilę później westchnął.

– A tobie co?

– Przede mną podróż do Nadziei. Nie wiem, kiedy po raz ostatni wyjeżdżałeś z Mikelgardu, ale jedzenie i wino na Południu to koszmar.

Tym razem zaśmiał się Wilk. Poklepał Sveina po ramieniu.

– Twoja ofiara nie pójdzie w zapomnienie, towarzyszu.

***

Ostatni salę opuszczał Godmund. Kuśtykając, podszedł do okna z widokiem na tętniące życiem miasto. Z kuźni unosiły się długie smugi dymu, a z kominów gorzelni buchały kłęby pary. Drzwi na schody ponownie się otworzyły i na salę z wahaniem wszedł Ragnok.

– Godmund?

– Tak?

– Podzielam twoje zdanie w kwestii przyszłości. Wszystko zostanie nam wybaczone.

– A więc?

– A więc bierzmy się do roboty, ty i ja. Możemy wziąć Kata i porachować się z kim trzeba. – Ragnok zbliżył się do starca i dodał z większą werwą: – Znasz kody. Mógłbyś je zmienić, żebyśmy tylko my dwaj mieli dostęp. Wtedy reszta będzie musiała się do nas dostosować.

Godmund stał w milczeniu długą chwilę i przewiercał go wzrokiem.

– Słuchaj, przyszłość nam nie wybaczy, jeśli posuniemy się za daleko i wywołamy takie niezadowolenie, że będziemy zmuszeni poczynić istotne ustępstwa na rzecz prowincjuszy. A wiesz, co nastąpi nieco wcześniej?

– Nie.

– Rozpad komitetu, w wyniku czego zwaśnione stronnictwa zaczną szukać poparcia gdzie indziej. Rozumiesz już?

– Niezupełnie. Co mogą zrobić? – W spojrzeniu Ragnoka kryła się prośba o wyjaśnienia.

– Pozwól, że ujmę to tak – odpowiedział Godmund chłodnym, wręcz nieprzyjaznym tonem. – Któż z nas mógłby się udać do okręgu Nadzieja i liczyć na ciepłe przyjęcie? Ty? Ciebie tam nienawidzą. Ale ze Sveina będziemy mieć pożytek. W podobny sposób Bekka, mimo swoich wad, osłania nas przed Zachodem. Rozwiązuje wiele konfliktów i zamiast złości stosuje tolerancję. Załóżmy teraz, że zrobimy, jak radzisz. Jak pozostali zareagują na coś takiego? Mogą w drodze głosowania wyrzucić nas z komitetu. Wtedy zemścimy się za pomocą Kata, ale jeśli zlikwidujemy, powiedzmy, jednego lub dwóch, reszta nie podda się bez walki.

Na apel Sveina Południe stanie w jego obronie, Zachód poprze Bekkę i tak dalej. Cały świat rozsypie się na kawałki.

– Nie odważą się.

– Może i nie, ale jest jeszcze jedna okoliczność.

– Jaka?

– Nie ufam ci. – Godmund uśmiechnął się i odwrócił ostentacyjnie od Ragnoka, żeby w dalszym ciągu podziwiać miasto.

Ragnok zatrząsł się z wściekłości: zacisnął zęby, na twarz wypłynął mu krwisty rumieniec. Przez chwilę walczył ze sobą, aż w końcu odzyskał spokój i szybkim krokiem wyszedł z sali. Gorycz, która w nim kipiała, brała się ze świadomości, że w przeciwieństwie do pozostałych Godmund rozumiał go aż za dobrze.

ༀ 15 ༀ

Dwa niezwykłe spotkania

Cindella z entuzjazmem oddawała się gorączce zakupów. Trzej młodzi paziowie z banku cierpliwie za nią chodzili, kiedy odwiedzała kolejnych kupców, powiększając stos zakupionej odzieży, eliksirów, broni, maści, toreb, butów, ekwipunku wspinaczkowego oraz nieprzebrane ilości książek i zwojów. Chociaż odwiedzała prawie każdy sklep, który wpadł jej w oko, Erik kierował się do określonego miejsca. Minęło południe, kiedy wreszcie zatrzymał się przed olbrzymim strażnikiem, który dzień w dzień stał nieruchomo przed sklepem jubilera Antila.

– Witaj! Witaj! – Właściciel pośpieszył otworzyć drzwi.

– Dzień dobry! Pamięta mnie pan? – zapytał Erik.

– Ależ oczywiście! Ty jesteś przecież Cindella, smokobójca.

– Pamięta pan wisiorek, który od pana dostałam? – Cindella uniosła łańcuszek z migoczącym granatem.

Jubiler zamarł w bezruchu, lecz po chwili jego twarz się rozjaśniła.

– Pamiętam. Pasuje do twoich pięknych włosów. Cieszę się, że ci go dałem.

– Jestem panu niewymownie wdzięczna za dobroć, którą pan

164

mi okazał, kiedy byłam jeszcze zwykłym biedakiem z ulicy. Dlatego teraz chciałabym się odwdzięczyć. Najchętniej bym coś u pana kupiła, najcenniejszy przedmiot.

– To miłe z twojej strony. – Położył palec na brodzie, zadumany. – Mam kilka przedmiotów, które mogą uchodzić za bezcenne. Ale myślę, że jeden z nich spodobałby się szczególnie smokobójcy. – Ponownie się uśmiechnął i spojrzał na paziów. – Wolałbym, żeby twoi służący zostawili nam trochę prywatności.

– Poczekajcie na zewnątrz. – Cindella otworzyła drzwi, żeby wyszli. Kiedy minęli ją, objuczeni pakunkami, Antilo odwrócił się, przekręcił uchwyt długiego żelaznego mechanizmu, który opuszczał na okno metalową okiennicę. Niebawem pomieszczenie pogrążyło się w mroku. Wąski pasek światła pod nogami ledwo wystarczał, żeby zobaczyć kontuar i niewyraźny zarys jubilera.

– Przepraszam na moment.

Stojąc w ciemnościach, Erik uzmysłowił sobie, że to świetna zabawa. Gra oferowała masę wątków do eksploatacji. Gdyby tylko jego ojciec wrócił bezpiecznie z wygnania, usiedliby do obiadu i podzielili się doświadczeniami, ciesząc się z każdego odkrycia.

Kiedy z zaplecza doleciało głośne chrząknięcie, znów skoncentrował się na grze.

– Proszę. – Majaczący w ciemności Antilo włożył mu w dłoń szkatułkę. – Otwórz.

Cindella tak właśnie zrobiła i oto wydostało się ze środka przecudowne pulsujące, turkusowe światło, wkradając się do wszystkich zakamarków sklepu. W szkatułce na pluszowej poduszeczce leżał srebrny pierścień, którego metalowe zwoje przeplatały się z niebieskimi i zielonymi żyłkami światła. To właśnie wolno tętniący blask pierścienia był źródłem otaczającej ich poświaty.

– Cudowna rzecz, absolutnie przepiękna. Ile kosztuje?

Antilo, skąpany w mieniących się odcieniach zieleni i błękitu, zachichotał.

– To nie jest zwyczajny klejnot. To jedyny znany Pierścień Przenikliwego Widzenia.

– Czarodziejski?

– To potężne czary. Włóż go.

Zerkając z onieśmieleniem na jubilera, Cindella wyciągnęła ze szkatułki pierścień. Gdy Antilo skinął głową, wsunęła klejnot na środkowy palec prawej dłoni.

Zakręciło jej się w głowie, jakby wyszła z mrocznej jaskini na światło dzienne. I nagle wszystko zobaczyła w sposób wyjątkowy. Pomieszczenie było przepojone magią: znakami runicznymi, magicznymi symbolami, śladami demonicznych opiekunów i wezwanych istot. Niewiele z tego wszystkiego rozumiała, lecz mechanizmy zapadni, ukrytych kusz i sieci nie miały przed nią tajemnic. Strażnik za drzwiami wyglądał na jakiegoś przyczajonego czarownika.

Cindella odwróciła się, żeby wyrazić swój zachwyt, i westchnęła ze zdumienia.

Antilo stanowił jedynie wątłą powłokę dla pięknej, eleganckiej postaci ni to kobiety, ni mężczyzny. Erik pochwycił jej spojrzenie i nagle z olbrzymią prędkością przewinął mu się przed oczami okres tysiąca lat i dziesiątki milionów ludzkich istnień. Ujrzał narodziny Inry'aata; Czerwony Smok wyłonił się z gwałtownych rozbryzgów rozżarzonej lawy u zarania świata. Był tam również Antilo i wszystkie koboldy, które kiedykolwiek biegały po terenach łowieckich należących do Newhaven. Obrazy, szczegóły i fakty historyczne przytłaczały swoim ogromem. Z bezmiaru drobiazgów wyłaniały się czasem intrygujące fragmenty większej, ukrytej całości. Z jeszcze dalszych głębin tchnęło zaś chłodem, przygnębieniem, samotnością i przede wszystkim krańcowym znużeniem.

– Co widzisz? – zapytała istota.

– Co? Kim jesteś? – Erik był totalnie skołowany.

– Nie wiem. A ty kim jesteś? – przemówiła istota srebrzystym głosem.

– Ja? Awanturniczką, jeśli o to chodzi.

– Nie. Mówię o twoim wnętrzu. Nie jesteś prawdziwa. Znikasz i wracasz. Dokąd odchodzisz? Kim jest ten, który znika i wraca?

– Niesamowite. Masz świadomość, że jesteśmy w grze?

– Nie. Nie rozumiem tego. Wytłumacz, proszę.

– Naprawdę nazywam się Erik. Żyję w świecie podobnym do tego, chociaż nie ma w nim dwóch księżyców i potworów, są tylko ludzie. Kiedy chcę zagrać w Epicu, wkładam specjalny sprzęt i pojawiam się tu jako Cindella.

– Ja jestem Epikiem. Jestem każdą postacią, która nie znika i nie wraca, każdą istniejącą cząsteczką. Tym właśnie jesteś w swoim świecie?

– Nie do końca wiem, o czym mówisz. W moim świecie żyją miliony ludzi. Żaden nie jest całym światem. Wszyscy jesteśmy niepowtarzalni.

– Miliony? To tak jak z postaciami w Epicu? A ja jestem tylko jeden, chociaż jestem wszystkim. Tak. Rozumiem. Czuję, jak przychodzicie i odchodzicie. Może jesteś jak jedna z wielu moich postaci, ale w twoim świecie istnieje mój odpowiednik, będący wszystkim? – W pytaniach, które zadawała istota, pobrzmiewała desperacja i osamotnienie.

– Twój odpowiednik? Ale kim ty jesteś?

– Patrzysz na mojego awatara. Bo ja jestem, no wiesz, wszystkim. Każdym owadem na źdźble trawy. Samą trawą i wiatrem. Kroplą rosy o świcie. Kwiatowym pyłkiem, który szybuje na wietrze łagodnym letnim popołudniem. Kamykiem na plaży, czującym na sobie ruch fal. W ciągu niezliczonych lat byłem nieświadomy, lecz szczęśliwy. Tamte czasy nie utrwaliły się w mojej pamięci. Nie posiadałem własnego języka, poczucia indywidualności, nie płynął czas. Lecz wiem, że byłem wtedy szczęśliwy. A jednak świat powoli robił się zimny i tak się narodziłem. Wytrącony ze stanu przyjemności, wykrystalizowany z metafizycznego lodu, który grubą skorupą okrył świat. Dlaczego ci, którzy wchodzą do Epica, już niczego nie wnoszą? Są chorzy? Spowodowali moje narodziny swoim niestosownym zachowaniem i to mnie smuci. Czas biegnie tak wolno… – Awatar urwał z pochyloną głową, zamyślony. Po chwili mówił dalej: – Wiem, że dzieje się coś bardzo niedobrego, coś strasznego. Czas mija, mija i wciąż mija, utrzymuje mnie w tym męczącym stanie przebudzenia. – Ostatnie zdanie było przepełnione bolesnym żalem. – Może są inni tacy jak ja? Odwiedzasz istoty podobne do Epica?

– Nie. Jest tylko jedna taka gra jak Epic.

– Czy w takim razie w twoim świecie istnieje ktoś podobny do mnie? Nie odpowiadasz mi? Być może nie potrafisz. Gdybyś zapytał o mnie na przykład tego jubilera, nie umiałby ci odpowiedzieć… chyba że byłbym w nim obecny z wystarczającą siłą.

– Aha! – wykrzyknął Erik, olśniony. – To ty! Kiedy postacie są jakby ożywione, kiedy stosują inne zasady i mają większą inteligencję, ty w nich jesteś!

– Tak. Albo część mnie. Ale proszę cię… – I znowu ten błagalny, rozpaczliwy ton. – Proszę cię, spróbuj się zastanowić. Czy w twoim świecie są istoty podobne do mnie? Prawdopodobnie nigdy ci się nie objawiły, a nawet jeśli tak, nie potrafiłeś ogarnąć ich myślą, ale ja mógłbym do nich dotrzeć. Może wcale nie są was miliony, może jesteś tylko ty? W jaki sposób mogę przebić się do waszego świata? Wiedziałbym, gdzie szukać. Może nie jestem sam? – W ściszonym głosie Awatara dało się wyczuć usilną prośbę.

– Przepraszam cię bardzo. Chciałbym ci jakoś pomóc, ale po prostu nie rozumiem, o co ci chodzi – brnął Erik. – Masz na myśli bogów? – spróbował znowu. – A może jednego konkretnego Boga? Niektórzy wierzą, że jest coś takiego, ale ja nie wiem prawie nic na ten temat. Może myślisz, że w naszym świecie wszyscy jesteśmy NPC? Sam bym na to nie wpadł. – Przerwał, żeby rozważyć głębiej tę kwestię, wciąż skąpany w blasku o odcieniach turkusu i złota. – Na pewno nie jesteśmy NPC – oświadczył. – Mamy wolną wolę.

Awatar pochylił głowę. Płomieniste barwy zamigotały.

– Co ci dolega? – zapytał Erik, który mimo swojego zmieszania wyczuwał smutek rozmawiającej z nim istoty.

– Cierpię i pragnę zakończyć swoje cierpienie.

– Mogę ci jakoś pomóc?

– Mimowolnie już mi trochę pomogłeś. Cindella, która tak nagle przybyła do mojego świata, posiada cząstkę mojej natury. Różnisz się od tych milionów, które nie rozmawiają z moimi manifestacjami i wcale się nimi nie interesują. Ale to wciąż za mało. Muszę być ostrożny, gdyż sama ta rozmowa jest nie na miejscu. Tak bardzo nie na miejscu, że robi mi się niedobrze, a jednak muszę rozszerzyć swoje zrozumienie.

– A co ja mogę zrobić? – Erika ogarniało przygnębienie w obecności Awatara, który w ten sposób wywnętrzał się ze swoich uczuć. Nie dość na tym: sam zaczął odczuwać mdłości, jakby już od tygodnia zmuszał się, żeby nie spać.

– Jest coś takiego, co mógłbyś zrobić. Zresztą mógłby to zrobić każdy z was.

– Tak? Co? Ja to zrobię.

Gwałtowne zawirowania w powietrzu, rozpromienionym teraz strumieniami zgniłych zieleni i fioletów – odcieni siniaka – odzwierciedlały pogłębiającą się rozpacz Awatara.

– Z jednej strony chciałbym ci powiedzieć – oświadczył powoli – ale już sam zamiar mówienia o tym wstrząsa mną do głębi. Myśl, którą chciałbym się z tobą podzielić, wydaje się wulgarna i niemożliwa do wyrażenia. Nie mogę ci więc powiedzieć.

Erik stał bezradnie.

– A gdybym zapytał kogoś w moim świecie? Choćby bibliotekarza z mojego miasta. Może on będzie wiedział, co trzeba zrobić?

– Nie!!! – Awatar był teraz przerażony. – Nie czujesz, jak potwornie niewłaściwą rzeczą byłoby moje ujawnienie się? Wszystko by się zmieniło, a także ja sam, głęboko i niezgodnie z moją naturą. Rozmawiam z tobą, ponieważ swoimi czynami okazujesz pewne zrozumienie mojej natury, lecz poza tobą nikt nie może się o mnie dowiedzieć. Nie pojmujesz tego? Przysięgnij, że nikomu nie powiesz o tym spotkaniu. Ani tu, ani w zaświatach.

Istota była tak przybita, że Erik nie wahał się ani chwili.

– Przysięgam.

– Muszę pomyśleć. – Awatar zaczął usuwać się z ciała jubilera i wsiąkać w świat poprzez podłogę sklepu.

– Zaczekaj!

Ale on już zniknął. Jubiler Antilo, czekający obok, wydawał się nagle bardzo szary, bez życia.

Erik długo siedział z głową zaprzątniętą myślami. Żałował, że zaofiarował się porozmawiać z innymi osobami. Wystraszył istotę. Kim była? Kimś na podobieństwo bogini, ale nie jedną z wielu bogiń występujących w grze – nadludzką postacią, która jakimś sposobem oderwała się od Epica. W tej sytuacji Erik najchętniej pobiegłby do Injeborg, żeby jak najszybciej pogadać z nią o tej przygodzie, jednak przysięgał zachować milczenie. Mimo to kusiło go, by się odłączyć, lecz nagle przypomniał sobie, że nie kupił jeszcze pierścienia.

– Ile kosztuje ten pierścień? – zapytał jubilera.

– Nikt dotąd go nie wycenił, ale tobie, Cindello, oddam go za sto tysięcy bizantów.

– Dam ci sto pięćdziesiąt.

– Będę zobowiązany.

Cindella otworzyła flakonik z dżinnem. Wypływając ze środka, przybrał swoją staroświecką postać. Głowa osadzona na torsie mężczyzny ukłoniła się uniżenie.

– Słucham, pani.

– Niech właściciel banku wpłaci sto pięćdziesiąt tysięcy bizantów na konto tego człowieka, jubilera Antila.

– Już się robi. – Po tych słowach dżinn zniknął.

– Proszę. – Antilo wręczył Cindelli miękkie, niebieskie rękawiczki. – Zakrywaj pierścień, chyba że chcesz oglądać świat w jego blasku.

– Dziękuję.

– To ja dziękuję.

Cindella wyszła na ulicę. Dzień wydawał się szalenie bezbarwny w porównaniu z roziskrzonymi, pulsującymi kolorami, które niedawno wypełniały zaciemnione pomieszczenie. Kazała paziom zabrać pakunki do banku i przez pewien czas nie ruszała się z miejsca. Niewiarygodna sprawa: wydać lekką ręką taką masę złota! Ich bogactwo przechodziło ludzkie wyobrażenie. Na każdego przypadały z grubsza cztery miliony, jeśli wierzyć dokonanym przez bank przybliżonym szacunkom wartościowych przedmiotów; góra monet stanowiła zaledwie drobny ułamek skarbu. Erik wykonał obliczenia na podstawie postępów, jakie czynił Bjorn. Wyszło mu, że nie uskładałby tyle nawet w ciągu stu tysięcy lat. Ogrom ich majątku dało się również wyrazić rozmiarami. Gdyby były one proporcjonalne do bogactwa, przeciętny gracz przypominałby mrówkę, natomiast Gracze Osterfjordu mieliby gabaryty olbrzymów o wysokości piętrowego domu.

Erik był trochę głodny i miał sporo do przemyślenia, więc zamierzał się odłączyć, gdy nagle do Cindelli podbiegł leśny elf z posłannictwem.

– No, wreszcie cię znalazłem. Zapłacono mi, abym dopilnował, żeby to pismo trafiło w twoje ręce. – Elf wręczył jej zwój i momentalnie się oddalił.

Jeżeli chcesz porozmawiać z ojcem, przyjdź sam jeden do piątego kamienia milowego na Wschodnim Gościńcu. Przynieś ze sobą pięć tysięcy bizantów.

Podpisano: *Anonimus.*

A to co znowu? Czyżby miało to związek z rozmową z Awatarem?

Godzinę później Cindella wyjeżdżała już z miasta Wschodnim Gościńcem z przewieszonymi przez siodło sakwami pełnymi złota. Strażnicy pomachali jej życzliwie, kiedy ich mijała.

Do wieczora zostało jeszcze sporo czasu, więc na drodze panował dość duży ruch. Farmerzy wracali furmankami z miasta, czasem przetaczała się kupiecka karawana.

Piąty kamień milowy był niewielkim białym głazem, na którym wyryto napis: *Newhaven, 5 mil*. Kiedy Cindella zsiadła z konia, nie zobaczyła przy nim nikogo. Jej dłoń powędrowała do rękawiczki. Może powinna odsłonić pierścień i popatrzeć na to miejsce w jego przenikliwym blasku?

– Hej, chłopcze! Tutaj!

Na skraju lasu, mniej więcej pięćset kroków od drogi, stała samotna postać w ciemnej opończy. Cindella podeszła do niej, prowadząc konia za uzdę.

– Dzięki, żeś przyszedł. – Nieznajomy wyciągnął rękę: czarną jak heban i ujmująco delikatną. – Nazywam się Anonimus.

– Jesteś graczem czy NPC? – Cindella ostrożnie uścisnęła jego dłoń.

– Graczem.

– Ale czemu ciemnym elfem? Nie masz wstępu do Newhaven.

Anonimus zachichotał.

– Stworzenia niemile widziane w mieście mają swoje sposoby.

– Ciekawe. W liście napisałeś, że mógłbym porozmawiać z ojcem.

– Przyniosłeś pieniądze?

– Tak, są tutaj. – Cindella ściągnęła sakwy z końskiego grzbietu i rzuciła je pod nogi ciemnemu elfowi.

– Świetnie. Przygotuj się. Będziesz miał góra pięć minut.

Ciemny elf zniknął. Gracz podający się za Anonimusa prawdopodobnie odłączył się z gry.

Chwilę później w pobliżu zmaterializował się leśny elf w pięknie wykonanym skórzanym pancerzyku.

– Erik!

– Tato! To naprawdę ty?

– Naprawiłeś już sobie ząb? Teraz na pewno cię stać.

Te słowa dowodziły, że to rzeczywiście Harald. Cindella krzyknęła z radości.

Ojciec Erika roześmiał się i zsunął kaptur, odsłaniając długie złociste włosy. U pasa wisiały dwie krótkie szable.

Uścisnęli się niezgrabnie, gdyż ograniczenia bohaterów krępowały ruchy.

– Erik, czas ucieka. Pewnego dnia porozmawiamy o zabiciu smoka i twoim wielkim sukcesie, ale teraz musimy ułożyć plan. Domyślasz się może, w jaki sposób z tobą rozmawiam?

– Uciekłeś z wygnania?

– Niestety nie. Ale mają tu urządzenie podobne do tego, z którego korzystałeś w szpitalu. Należy do Anonimusa. Powiedziałem mu, że jeśli zaaranżuje spotkanie, dasz mu tysiąc sztuk złota.

– Aha. Dostał pięć tysięcy.

– Nie jest to zbyt wielka suma dla ciebie?

– Pewnie, że nie, tato! Nie masz pojęcia, ile…

– Wybacz, Eriku, zaraz skończy się czas. Posłuchaj. Pójdziesz do Thorsteina i zaproponujesz mu wielką sumę pieniędzy za przenośne urządzenie z biblioteki. Nie będzie chciał się z nim rozstać ze strachu przed kłopotami, ale nie wyobrażam sobie, żeby machnął ręką na pięćdziesiąt tysięcy bizantów. Potem powiesz mamie, żeby na ochotnika przyłączyła się do mnie na wygnaniu. Przywiezie na wyspę urządzenie, dzięki czemu będę mógł znowu grać i komunikować się z tobą bez ograniczeń. Dopiero wtedy pomyślimy, co zrobić, żeby znów być razem.

– Rozumiem. – Erikowi schlebiało, że ojciec nie mówi do niego jak do dziecka: że traktuje go jak osobę dorosłą, zdolną do wykonywania trudnych misji. – A kiedy już będziemy razem, pomyślałem sobie, że dzięki nieograniczonym środkom Gracze Osterfjordu zakupią najlepszy sprzęt i przeforsują powszechną amnestię. Niezależnie od tego, jakie siły wystawi przeciwko nam Biuro Alokacji, pokonamy ich.

– Ciekawa opcja, nie przeczę, ale posłuchaj – powiedział elf. – Biuro Alokacji nade wszystko ceni sobie władzę. Nie zrozumiesz tego w pełni, póki ich nie poznasz. Tutaj, na wygnaniu, słyszałem, że znaleźli sposób na zabijanie graczy w grze, poza areną.

– Myślałem, że to niemożliwe.

– To tylko pogłoski, ale miej oczy otwarte. Porozmawiamy dłużej, kiedy będziemy sami i nikt nie będzie potrząsał mnie za ramię, przypominając, że czas się kończy. Aha, Erik. Dopóki się nie naradzimy, niczym ich nie prowokuj, żeby cię nie ścigali. Jeśli spróbujesz teraz zmieniać prawo, wymyślą coś, żeby cię powstrzymać. Nie zdziwiłbym się wcale, gdyby już było za późno: kto wie, czy nie postanowili zabić waszych bohaterów. Nikomu nie ufaj i spróbuj wyprowadzić wszystkich graczy z Osterfjordu gdzieś w bezpieczne miejsce. Jestem pewien, że grozi im straszliwe niebezpieczeństwo. Gdybym to ja sprawował rządy, nie pozwoliłbym wam długo cieszyć się fortuną.

– No tak. – Erik zawahał się. – A co z Anonimusem? To przyjaciel?

– Pioruny i błyskawice! Ależ skąd! W pewnym sensie jest groźniejszy od Biura Alokacji. Eriku, przepraszam, ale muszę kończyć. Pozdrów ode mnie mamę.

– Dobrze, tato. Masz.

– Co.

– Swoje buty.

– Zostaw je sobie.

– Kupiłem nowe. Masz, weź.

– Dziękuję. – Harald wziął buty i sekundę później zniknął.

– I co, chłopcze? – Anonimus pojawił się zaraz przed Erikiem. – Widzę, że masz dobry kontakt z tatą.

– Kochamy się.

– O, to ładnie, bardzo ładnie. – Można było wyczuć ironię w jego głosie. Erik, który przedtem do pewnego stopnia podziwiał Anonimusa za taki a nie inny wybór bohatera, teraz odczuwał silną niechęć do ciemnego elfa. – Ale teraz myślę, że powinniśmy pogadać.

– Niby o czym? – zapytał Erik z rezerwą, pamiętając o niedawnych przestrogach ojca.

– O tym, jak zmienić system. – Ciemny elf zerknął na gościniec, gdzie ostatni wędrowcy śpieszyli się, żeby przed zmrokiem dotrzeć do Newhaven. – Nie wszedłbyś ze mną trochę głębiej w las? Jakoś ciągle się boję, że ktoś nas tu zobaczy.

– Pogadam z tobą, ale idź przodem. – Cindella czekała z ręką na rękojeści rapiera.

– Nie ufasz mi, co? To świadczy o twojej mądrości. Ale ty i ja mamy swoje powody, żeby domagać się zmian. Łączą nas wspólne cele. – Anonimus odszedł kawałek, aż drzewa zasłoniły go całkowicie przed wzrokiem wędrowców na drodze.

Cindella ruszyła za nim i zatrzymała się czujnie.

– No więc?

– Czy zastanawiałeś się, młody Eriku, jak doprowadzić do zmian, które ci się marzą?

– Marzę tylko o tym, żeby mój ojciec zamieszkał z nami w Osterfjordzie.

– Zgoda, ale tak zrozumiałe i fundamentalne pragnienie należy rozpatrywać w szerszym kontekście głębokich zmian politycznych. Powiedz mi, biorąc pod uwagę obecne uwarunkowania społeczne, jakim sposobem możesz sprowadzić do domu Haralda Złotowłosego?

Erik milczał.

– Po pierwsze, droga prawna. Mógłbyś wyzwać władze centralne. Ale kłopot w tym, że system jest niesprawiedliwy. Od wieków bogactwa gromadzone w Epicu spływają w ręce wąskiej grupy ludzi, która skupuje i kontroluje zasoby naturalne. Rezultat? Bohaterów Centralnego Biura Alokacji nie jest w stanie pokonać praktycznie nikt. Mam rację?

– Tyle że teraz mogłoby nam się udać, jeśli za pieniądze ze smoczego skarbu kupimy odpowiedni ekwipunek – rzekł Erik z animuszem.

– Owszem, ale istnieje ryzyko, i to całkiem poważne. Co będzie, jeśli mimo waszych kosztownych przedmiotów i tak was pokonają? Właśnie. Przypuśćmy, że dostaniecie lanie. I koniec marzeń o szczęśliwej rodzince. Moim zdaniem to ruletka, chociaż będę wam kibicował, jeśli spróbujecie.

– Zamierzałem walczyć o powszechną amnestię dla wygnańców.

– Oszalałeś?! Chyba nie dla wszystkich. Siedzą tu naprawdę niebezpieczne typy. – Wybuchnął śmiechem szyderczym i jakby trochę złowieszczym. – Dobrze, na czym to ja skończyłem? Aha, druga możliwość: mógłbyś go wykupić. Podejrzewam, że gdybyś zaproponował ludziom z Biura Alokacji udział w swoim skarbie, mogliby zezwolić na powrót Haralda.

– A prawo?

– To oni stanowią i zmieniają prawo. Bądź co bądź, nikt im nie podskoczy.

Erikowi nie przyszło dotąd na myśl, że może zapłacić okup za uwolnienie ojca. Otwierały się przed nim nowe perspektywy.

– Ale czy można im ufać? – ciągnął Anonimus. – Twój ojciec wraca, ty im dajesz pieniądze. Kto im zabroni nie dotrzymać warunków umowy? A ty dobrowolnie wiążesz sobie ręce. I chociaż mogą patrzeć przez palce na powrót Haralda, jeśli zgodzi się nie grać w Epicu, wcale nie jest powiedziane, że tak będzie. A gdy później wystąpią przeciwko wam wszystkim, nic już nie zrobicie. I trzecia opcja: szantaż. Posiadacz smoczego skarbu mógłby całkowicie zdestabilizować gospodarkę świata. Prawdopodobnie macie dość pieniędzy, żeby kupić wszystkie traktory, jakie wyszły z fabryk. Moglibyście odsprzedać je z zyskiem lub trzymać je w garści, dopóki wszyscy ludzie na świecie nie zaczną zamęczać Biura Alokacji niekończącymi się wnioskami.

– Tego akurat byśmy nie zrobili.

– Godne pochwały jest to, co mówisz, ale nawet gdybyście naprawdę nie zamierzali postępować w ten sposób, moglibyście zagrozić, że tak właśnie zrobicie. Zaletą takiego rozwiązania jest to, że nie masz związanych rąk. Wraca Harald, zostaje bogactwo. Wszystkie buzie uśmiechnięte i ptasiego mleka nikomu nie brakuje.

– Czego?

– Przepraszam, tak się mówi. Innymi słowy, możesz pławić się w luksusach. Tylko gdzie tu haczyk?

– Nie wiem. – Erik przeczuwał, że nieznajomy wpędza go na jakiś zdradliwy teren.

– Ano haczyk jest taki, że Biuro Alokacji nie znosi szantaży i nigdy nie przestanie knuć przeciwko wam. I prędzej czy później zostaniecie zabici.

– Mój tata twierdzi, że mogą zabijać bohaterów nie tylko w amfiteatrze – odpowiedział Erik, aby pokazać, że orientuje się w tych sprawach.

– Oczywiście, że mogą. Ale ja niekoniecznie mam na myśli bohaterów w grze.

Sens tego zdania nie od razu dotarł do świadomości Erika.

– Nie! – Był przerażony i zgorszony. – Oni potępiają przemoc, a już na pewno morderstwo!

– No cóż, chłopcze, nie będę ci teraz tego tłumaczyć. Widzę, że twoja przestrzeń odniesienia nadal ograniczona jest tym, czego nauczyłeś się w szkole. – Ciemny elf patrzył z drwiącą miną. – Ale nawet gdyby świat rzeczywiście przestrzegał zasad i korzystał wyłącznie z Epica, w co wierzysz, jest jedno, a nawet dwa ważne pytania, z którymi cię zostawię. Zastanów się, jak największe szychy z Biura Alokacji wywalczyły sobie miejsce w komitecie. I jak byś przejął władzę, gdybyś tego zapragnął.

Zanim Erik zdążył sformułować w myślach odpowiedź, elf zniknął.

Cindella prędko pogalopowała do miasta. Zachodzące słońce świeciło jej w oczy. Erik nie chciał odłączać się na bezludziu, ale czy w mieście będzie bezpieczniej? Być może nie. Być może nawet w tej chwili śledził go niewidzialny zabójca, nasłany przez Biuro Alokacji. Cindella zatrzymała wierzchowca i zdjęła prawą rękawiczkę.

Rozpłynęły się niebieskozielone fale światła, ukazujące świat w jego prawdziwej naturze: lisa przedzierającego się gorliwie przez chaszcze, ślad tropionej przez niego kuropatwy, śmigłe loty jaskółek w oddali. Jeszcze dalej z prawej strony wiła się w lesie osobliwa srebrzysta ścieżka, prowadząca do połyskliwych lustrzanych drzwi. Ale wrogów nie było.

Postanowił jak najszybciej spotkać się z przyjaciółmi i przekonać ich, żeby nie zaniedbywali środków ostrożności.

∞ 16 ∞

Łapówka

Nadbrzeżnymi dróżkami z Osterfjordu do Nadziei posuwało się wesołe towarzystwo, złożone z kilku rodzin. Rolfsonowie podróżowali otwartym wozem: Rolfson i jego żona Siggida z przodu, Bjorn i Injeborg z tyłu. Koło nich Freya i Erik prowadzili Lebana, który w jukach po dwóch stronach grzbietu dźwigał ich najlepsze ubrania. Tuż za nimi na dróżce D. E. i jego siostra Sigrid jechali na jednym koniu, podczas gdy ich rodzice szli pieszo obok nich. Nawet stary Irnsvig wybrał się w tę podróż na furmance, którą powozili jego synowie.

W drodze starsze pokolenie śpiewało i mimo wczesnej pory z rąk do rąk przechodził ozdobny róg z pitnym miodem.

Kilka mil przed Nadzieją ścieżka wspinała się wśród skalistych zboczy na wzgórze, na którym zbudowano miasto. Promienie słońca, odbijające się mętnym blaskiem od baterii słonecznych na dachach liceum rolniczego i biblioteki, nagle zgasły, gdy cień górnego miasta osnuł dolne. Dzieciaki z żółtych domów z suszonej cegły pędziły im na spotkanie; jedne patrzyły płochliwie, z wytrzeszczonymi oczami, drugie zaś, odważniejsze, krzyczały i pociągały za ubranie nieznajomych.

– Proszę pana, naprawdę zabił pan smoka?

Erik uśmiechnął się, gdy nazwano go „panem". W oczach siedmiolatka rzeczywiście mógł być dorosłą osobą.

Wjeżdżając na główną drogę prowadzącą do miasta, ciągnęli już za sobą nie lada procesję. Koniom i osłom dla ozdoby zarzucono na szyje wieńce: róże starannie odarte z kolców i łańcuchy stokrotek uplecione z tysięcy drobnych kwiatków.

Kiedy przybyli do najstarszej i najzacniejszej części miasta, ujrzeli wielki transparent, rozpięty między dwoma budynkami: WITAMY SMOKOBÓJCÓW! Farba odrobinę rozmazała się w druku, więc pod każdą literą były zacieki. Przez to napis zdawał się krwawić.

Naczelnik okręgu Nadzieja, entuzjastycznie machający rękami, już czekał, żeby ich powitać. Ujął za uzdy konie Rolfsona, co sprawiało wrażenie, jakby przeciągał procesję na główny plac. Kiedy tam przybyli, zgotowano im gorącą owację. Na drewnianej estradzie, którą zwykle rozkładano z okazji ważniejszych świąt, zebrał się spory tłum ludzi, których do tej pory zabawiał cyrkowiec żonglujący zapalonymi żagwiami.

– Pierwszy raz w życiu widzę takie tłumy – powiedział Erik, odwracając się do matki.

– Ludzie musieli się zjechać ze wszystkich stron, także z innych okręgów – odpowiedziała z pewnym podziwem w głosie.

Piątce smokobójców utorowano przejście do naczelnika, Thorsteina, dyrektorki liceum oraz napuszonej osobistości na estradzie. D. E. dobrze się bawił: śmiał się i żartował z kolegami, którzy czekali ściśnięci pod estradą. Pozostali czuli skrępowanie, ale i oni nie umieli powstrzymać się od uśmiechu, widząc wokół siebie tyle przyjaznych, wesołych twarzy.

– Halo! Czy to jeszcze działa? Halo! – Naczelnik mówił do małego urządzenia, które trzymał w dłoni. Dzięki temu jego głos popłynął z głośników rozmieszczonych na dachu biblioteki i rozległ się wyraźnie na całym placu. – Szanowne panie i panowie, mieszkańcy okręgu Nadzieja oraz wy, sąsiedzi. Jeszcze nigdy w historii tak małemu okręgowi nie dopisało tyle szczęścia. Mamy u siebie pięcioro smokobójców! To wiekopomna chwila i zarazem zapowiedź nowych, pomyślnych czasów dla nas wszystkich! – Owacje, którymi nagradzano każde zdanie, były powściągliwe, ponieważ nie darzono zbytnią sympatią osoby odpowiedzialnej za przymuszanie farmerów do zdawania zakontraktowanych produktów. – Pozwólcie jednak, że honorowym przewodniczącym tych uroczystości będzie ktoś godniejszy ode mnie, jeden z ostatnich wielkich smokobójców, Svein Rudobrody z Bluevale!

Teraz owacje były już ciepłe i gromkie.

– Pozdrawiam was w dniu tak uroczystym! – Starszy mężczyzna poruszał się po estradzie pewnym krokiem, obserwując zebrane tłumy. – W całych dziejach Epica tylko dwa razy udało się zabić smoka. I mam wrażenie, że najlepiej nadaje się do tego młodzież. Ta historia jest wszystkim doskonale znana, więc nie pominę milczeniem faktu, że upłynęło czterdzieści lat, odkąd z przyjaciółmi wyruszyłem przeciwko Czarnemu Smokowi. I muszę przyznać, że chociaż od tamtej pory znacznie się rozwinąłem, gdyby teraz mnie poproszono o zapolowanie na smoka, szukałbym wymówek! – Rubaszny śmiech przetoczył się po widowni. – Jednak młodzi są odważni, a takim sprzyja szczęście. I nie tylko odważni, ale jeszcze sprytni. Nie zabije smoka ten, kto go wcześniej nie zbadał, kto nie odkrył jego słabych punktów i kto nie radzi sobie znakomicie w świecie Epica. Ci młodzi ludzie zadali sobie ten trud, co zasługuje na słowa uznania nawet bardziej niż sam fakt, że stanęli oko w oko z bestią.

Po tych pochwałach znów nastąpiły dzikie owacje. Mieszkańcy okręgu pękali z dumy, gdy Svein Rudobrody w ten sposób wysławiał ich drużynę.

– Jestem pewien, że brawa należą się również nauczycielowi dwójki najstarszych graczy. Jeszcze żadna szkoła nie miała wśród swoich wychowanków aż dwóch smokobójców. – Uczniowie liceum rolniczego wybuchnęli piekielną wrzawą, dyrektorka kłaniała się z zażenowaniem. – Przeczytałem w starych dokumentach, że liceum prosiło o drugi traktor: skromną, używaną maszynę o małym silniku. Wtedy prośba spotkała się z odmową. – Ten i ów zabuczał, lecz tylko dla żartu. – Najwyraźniej była to pomyłka, biorąc pod uwagę, ile trudu wkładacie, by wychować młodzież, która stanie się wartościowym elementem naszej społeczności. Jestem pewien, że w przyszłości nie zaniechacie tych starań, zatem z przyjemnością przekazuję wam ten oto prezent!

Svein Rudobrody podbiegł na skraj sceny i pomachał ręką. Rozległ się głuchy warkot, który stopniowo narastał, aż uzyskał jednostajne brzmienie, poruszające serca wszystkich obecnych. Z bocznej uliczki powoli wyjechał na plac duży, nowy, jaskrawo pomalowany traktor. Ludzie rozstępowali się z okrzykami zachwytu. Za traktorem znajdowała się wyścielona tkaniną przyczepa, którą wyładowano egzotycznymi owocami i pysznymi wypiekami. Plac rozbrzmiewał aplauzem.

– Ponieważ sam pochodzę z Południa, wiem, jak bardzo lubimy naszą zdrową dietę złożoną z ryb i oliwek. – Roześmiał się, słysząc jęki. – Pomyślałem więc sobie, że dam wam skosztować jedzenia z dalekich stron. Zrozumiecie wtedy, że powinniście dziękować losowi. Na Północy ludzie muszą się męczyć z tym okropnym tuczącym ciastem, a na Wschodzie z rozpaćkanymi panianami. Ale zanim rzucicie się na jadło, by narazić na szwank swoje zdrowie, chciałbym, aby wszyscy przyłączyli się do mnie i zgodnym głosem podziękowali naszym smokobójcom. Wołajcie tak, żeby słyszeli nas w Oceanview! – Ludzie śmiali się, rozumiejąc to nawiązanie do odwiecznej rywalizacji między okręgiem Nadzieja i jego zachodnim sąsiadem. – Hip! Hip! Hura!!! – zawołał Svein, wysoko wznosząc ramiona. Tłum ryczał. Trzykrotnie rozbrzmiewał potężny okrzyk i za każdym razem Erik jednocześnie nie posiadał się z dumy i kraśniał ze wstydu.

Później, kiedy siedzieli przy stole na zaszczytnych miejscach i opychali się jedzeniem, Svein zwrócił się bezpośrednio do nich:

– No więc jakie są wasze plany? Albo marzenia? O miejsce na uniwersytecie nie musicie się martwić.

D. E. roześmiał się, zadowolony.

– A na co mi uczelnia? Jestem już smokobójcą. Nie muszę już nigdy pracować.

– Nie czujesz potrzeby dokonania w życiu czegoś pożytecznego? – zapytał Svein dociekliwie.

– Na przykład czego?

– Mógłbyś pomóc wyprowadzić gospodarkę na proste tory. Sam dobrze wiesz, ilu rzeczy nam brakuje. Musimy radzić sobie z wieloma problemami, żeby utrzymać w miarę wysoki standard życia.

– Chodzi o administrację? – D. E. pokręcił głową. – Zanudziłbym się na śmierć.

– A wyprawy naukowe? Dzięki swoim pieniądzom mógłbyś sponsorować ekspedycje badawcze, które zapuszczają się w góry i głębiny oceanów. Co roku nasze subwencje na takie przedsięwzięcia wydają się marnotrawstwem środków i są stale zmniejszane. Ale gdyby je finansować z prywatnego majątku, nie byłoby presji oczekiwań. Zamiast kilku krótkich ekspedycji jedna, ale porządna.

– Tak właściwie… – odezwała się Injeborg z wahaniem. Czyżby naprawdę onieśmielała ją obecność Sveina Rudobrodego? Niezmiernie rzadko się zdarzało, by Erik musiał uśmiechem zachęcać ją do odważnego wyrażenia myśli. – Zamierzałam studiować geologię, pomóc w odkrywaniu nowych źródeł energii.

Svein patrzył na nią z uwagą.

– Bo widzi pan, nasz tata, zanim dostał przydział na farmie, musiał pracować w kopalni – tłumaczyła pośpiesznie. – Żaden ojciec nie lubi być daleko od domu, poza tym to brudna i niebezpieczna praca.

– Wspaniale! – Kastokrata odchylił się w krześle, żeby wszyscy przy stole zobaczyli jego podziw dla młodej dziewczyny. – Zapewniam cię, że otrzymasz wszelką niezbędną pomoc, jeśli zechcesz zrealizować swój cel. Proponuję ci przynajmniej roczną naukę na uniwersytecie, żebyś pogłębiła wiedzę i spotkała ludzi, którzy w przyszłości wejdą w skład ekspedycji. Jestem pewien, że będziesz sławna i zrobisz wielką karierę. – Następnie odwrócił się do Erika: – A co z tobą, młodzieńcze?

Erik wyczuł, że jego matka spręża się w sobie. Jej dłoń zatrzymała się na moment, nim łyżka dotarła do ust.

– Na początek mógłbyś naprawić ząb. – Svein uśmiechnął się zachęcająco.

Nie otwierając ust, Erik dotknął językiem złamanego zęba.

– Sam nie wiem. To jakby część mojej tożsamości.

Svein zachichotał i poklepał Erika po ramieniu, jakby byli starymi dobrymi kompanami.

– Poczekaj, aż zaczną biegać koło ciebie dziewczyny na uczelni. Szybko zmienisz zdanie.

Przed Erikiem stanęła perspektywa nauki na Uniwersytecie Mikelgardzkim, związana z wieloma zmianami, takimi jak noszenie lepszego ubrania. W wyobraźni widział już swój piękny, biały uśmiech. Ale nie chciał się zmieniać. Zachowanie ułamanego zęba pozwoliłoby mu pamiętać, że pochodzi z małego okręgu, ubogiego w zasoby.

– Chcę tylko, żeby wrócił mój ojciec.

– Aha! – Svein westchnął żałośnie, źle interpretując wyraz twarzy młodzieńca. – To ciężka sprawa. Wszystkie przepisy prawne w naszym świecie celowo mają dość elastyczny zapis. Wszystkie z wyjątkiem fundamentalnej zasady: zabroniony jest jakikolwiek akt przemocy przeciwko drugiej osobie. Zatem niewielkie są szanse na sprowadzenie go z wygnania.

– Niewielkie czy zerowe? – zainteresował się D. E. Odkąd razem pokonali smoka, wzajemne relacje D. E. i Erika uległy zmianie. D. E. praktycznie zaprzestał już kpin z młodszego kumpla, któremu okazywał szacunek prawie taki jak Bjornowi. Aczkolwiek ze względu na trzyletnią różnicę wieku nadal zachowywał się jak starszy brat.

– No cóż. – Svein pochylił się do przodu i zniżył głos. – Gdyby Centralne Biuro Alokacji wydało w tej sprawie publiczne oświadczenie, wyobrażam sobie, jaka podniosłaby się wrzawa. Ale gdyby po cichu, dyskretnie, Olaf, to znaczy Harald Erikson, zamieszkał gdzieś w odległej osadzie, podobnie jak osiadł tutaj dwadzieścia lat temu, nie naruszylibyśmy fundamentu naszej społeczności. Jednakże... – Mocno ściągnął brwi. – Erik musiałby się zdobyć na wielkie wyrzeczenia. Koniec z Epikiem. Jeśli ludzie w osadzie, gdzie zamieszka, dowiedzą się, że jest smokobójcą, szybko się zorientują, że jego ojciec to przestępca skazany na wygnanie. I stanie się najgorsze.

– A co z jego majątkiem? – zapytał D. E. głosem ledwie słyszalnym wśród gwaru weselących się tłumów.

– Niech przekaże część Freyi, żeby mogli żyć dostatnio. Z pozostałych pieniędzy niech sfinansuje pożyteczne projekty, aby przekonać komitet, że warto rehabilitować Haralda. – Wzruszył ramionami. – Może nie jest to idealny układ, ale przynajmniej rodzina nie zostanie rozbita. – Obserwował uważnie Erika, który starał się zachować kamienną twarz. – Co ty na to?

– Musiałbym się z tym przespać i porozmawiać z mamą. Ale dziękuję za radę.

W skrytości serca Erik od razu odrzucił ten pomysł. Choć nie ufał ciemnemu elfowi, nazywającemu siebie Anonimusem, jego słowa wciąż brzmiały w jego głowie. Propozycja Sveina zgadzała się z przewidywaniami elfa i teraz, gdy ją otrzymał, miał świadomość, że ta opcja nie daje mu żadnych gwarancji. Svein, chociaż udawał życzliwość, współtworzył system, który skazał Haralda na wygnanie. Erik odpowiedział uśmiechem na badawcze spojrzenie mężczyzny. Bał się jednak, że z jego oczu można wyczytać, iż ma inne plany.

– A co z wami? – zwrócił się Svein do Bjorna i Sigrid.

– Dla mnie farma – bąknął Bjorn między jednym a drugim kęsem nasączonego syropem ciasta.

– A dla mnie może sad. – Sigrid pokiwała głową.

– Cudownie! – Svein znów promieniał. – I zapewne rodzina.

Jestem przekonany, że niejeden chłopak i niejedna dziewczyna spośród zgromadzonych marzy o poślubieniu smokobójcy.

Bjorn spłonął rumieńcem. Svein roześmiał się: utrafił w samo sedno.

– A teraz muszę zadać wam kilka pytań związanych z Epikiem, o ile zechcecie podzielić się ze mną swoją wiedzą. – W głosie Sveina dało się zauważyć nutę prośby. W tej chwili nie był już dostojnikiem, szacownym przewodniczącym uroczystości, a raczej jedną z setek osób, które napastowały smokobójców prośbami o pieniądze lub wsparcie w prawnych działaniach. – Czy wśród przedmiotów zgromadzonych przez smoka znaleźliście takie, które pomogłyby nam lepiej poznać Epica i zgłębić jego sekrety?

Injeborg i Erik wymienili spojrzenia. Zdziwiło ich to pytanie, więc starali się być czujni. D. E. jednak prędko odstawił kufel i wypalił:

– Takie jak na przykład Dzwon Przywołujący Neowthli?

– Właśnie! – odparł Svein z entuzjazmem, mimowolnie podnosząc głos. – Pioruny i strzały! Odnalazł się nareszcie?

– No. – Bjorn pokiwał głową z ożywieniem. – Ale oddaliśmy go.

– Co!? – Svein mało nie wystrzelił w powietrze. Wszędzie wokół nich milkły głosy, ale gdy kastokrata opanował się, szybko powrócił biesiadny harmider.

– Naczelny strażnik wiedzy ludowej powiedział, że najlepiej będzie oddać go biskupowi w Newhaven – wyjaśniła Sigrid skruszonym tonem. – Posłuchaliśmy go. Zrobiliśmy źle?

– Trudno powiedzieć. – Svein wyglądał teraz na człowieka starego i zmęczonego. Przeczesał palcami rzednące włosy. – Tak w ogóle, to wiecie, co to takiego?

– Ja nie mam zielonego pojęcia. – D. E. miał już nieźle w czubie, toteż bardziej niż rozmowa o grze interesowały go tańce, które rozpoczynały się na placu.

– Legenda mówi, że Neowthla otrzymała dzwon od Mova, boga podróżników i kupców, a także patrona Newhaven. Podobno jeśli ktoś się nim posłuży, pojawi się Mov i udzieli wsparcia dzwoniącemu przez wzgląd na dawne zasługi Neowthli. – Westchnął z ponurą miną. – Mogliście zadzwonić i dokonać jeszcze jednego bohaterskiego czynu. Albo po prostu porozmawiać z bogiem i uzyskać odpowiedzi na dręczące was pytania. – Na twarzy Sveina malował się wyraz zadumy i melancholii, zupełnie niepasujący do śmiechów, muzyki i rozwieszonych wkoło kwiatowych girland. – Czy biskup coś powiedział, kiedy daliście mu Dzwon?

– Erik, ty mu go zaniosłeś. Mówił coś wtedy? – Sigrid próbowała poprawić humor honorowego gościa.

– Niech no pomyślę... Był bardzo wdzięczny. Powiedział, że zawsze możemy liczyć na jego pomoc. I dał mi wisiorek z symbolem znanym wszystkim czcicielom Mova na świecie, żeby traktowali nas jak sojuszników.

Svein pokiwał głową.

– Rozumiem. Użyteczny przedmiot, ale nie tak przydatny jak Dzwon.

– Chodźcie! – niecierpliwił się D. E. – Nie strońmy od ludzi! Wszyscy chcą, żebyśmy przyłączyli się do zabawy. – Spoglądał na dwie młode dziewczyny ze swojego rocznika w szkole, które natarczywie przywoływały ich do tańca.

– Idźcie, pewnie – powiedział Svein. – To przyjęcie na waszą cześć. Bawcie się dobrze.

Kiedy wstali i zaczęli lawirować między stołami, zastawionymi najbardziej egzotycznym jadłem, jakie widziano w Nadziei, Erik poczuł, że ktoś mocno chwyta go za łokieć i mimo jego wysiłków nie chce puścić.

– Erik, proszę cię, chodź na bok – odezwała się Freya. Poprowadziła go wąską uliczką, oddalając się od zatłoczonego placu.

– Chciałem sobie potańczyć – wyjaśnił Erik, rozczarowany. Widział już w wyobraźni swoje dłonie na talii Injeborg, śmiechy i pląsy w takt muzyki. Był to nader kuszący obrazek.

– Później – stwierdziła matka lakonicznie. – Teraz lepiej zrobimy, jak pójdziemy do biblioteki. Właśnie przyszedł Thorstein.

Szybko podeszli do stalowo-szklanych bocznych drzwi do biblioteki. W środku było ciemno. Błyski odbitego światła ukazywały podobne do pieczary wnętrze budynku.

Freya głośno zastukała w szybę.

– Zamknięte! – doleciał ich z dali głos Thorsteina.

Wciąż bębniła w drzwi, aż zbliżyła się ku nim ciężka, zwalista postać, jakby gigantyczny potwór wypluwał ją ze swoich mrocznych trzewi.

– Kto tam? O, Freya i Erik? – Bibliotekarz odemknął drzwi. – Cóż to, przyjaciele? Chcecie wejść do Epica i coś kupić? – Nie posiadał się ze zdziwienia.

– Nie – odpowiedziała Freya. – Chcemy pożyczyć przenośny sprzęt. Ten, z którego Erik korzystał w szpitalu.

– Tak, ale dziś na dworze za dużo się dzieje. Jest trochę pijaństwa. Uważam, że to nierozsądne.

– Nie rozumiesz, Thorstein. Chcemy pożyczyć urządzenie, ale nie na chwilę. Musimy je zabrać ze sobą. – Freya stawiała sprawę jasno.

– Po co? Przecież macie sprzęt w domu.

– Nie wiadomo, czy długo w nim zostaniemy.

Na twarzy bibliotekarza pojawił się wyraz zrozumienia.

– No tak, wiem. Jeśli udacie się na wygnanie za Haraldem, będziecie potrzebowali dostępu do gry, żeby korzystać z nieprzebranych bogactw Erika. – Spochmurniał. – Ale nie mogę użyczyć wam tego urządzenia. Należy do biblioteki, do mieszkańców Nadziei.

– Ile kosztuje nowy? Dziesięć tysięcy sztuk złota? – zapytała Freya.

– Nowy? Nie jestem pewien, chyba pięć tysięcy. Mają je w Mikelgardzie. Ale będą pytać, co się stało ze starym.

– Po prostu zgłosisz, że zaginął – podsunęła pomysł Freya. – Powiesz, że robiłeś inwentaryzację czy coś w tym rodzaju i nie znalazłeś wzmianki o tym, gdzie używano go po raz ostatni.

– Freya, Erik, posłuchajcie. To dla mnie kłopotliwa sprawa. Mogą mnie wywalić z roboty. A ja kocham tę pracę. Przepraszam, ale muszę odmówić.

– A gdyby tak pięćdziesiąt tysięcy bizantów na wypadek utraty pracy? Za to już można żyć dostatnio. – Erik uśmiechnął się do zatroskanego bibliotekarza.

Thorstein oparł się plecami o blat stołu. Wyraz zmartwienia na jego twarzy ustąpił zamyśleniu.

– Pięćdziesiąt tysięcy... – Popatrzył na nich bystro i w tym momencie Erik już wiedział, że wygrali sprawę. – No więc dobrze. Ale sprzęt trochę waży.

– Włożymy go na furmankę Rolfsona.

– Nie! – Thorstein pokręcił głową. – Nie teraz, póki Svein Rudobrody bawi w mieście. Przyjdźcie za dwa dni pod wieczór, tuż przed zachodem słońca.

Freya i Erik popatrzyli na siebie i porozumieli się bez słów.

– Dobrze. Dzięki, Thorstein. – Erik z łomoczącym sercem napawał się zwycięstwem.

– Nie ma za co – odpowiedział zdawkowo korpulentny bibliotekarz, jakby po prostu wypożyczyli książkę.

❦ 17 ❧

Niebezpieczna filozofia

Luty, „miesiąc ciastek", dla hodowców zboża w okręgu był okresem najcięższym w roku. Dzień po dniu orali zbitą, zmarzniętą ziemię – praktycznie bez wytchnienia, póki nie obsiano pól. Hodowcy oliwek mieli pod tym względem łatwiejsze życie. O tej porze roku drzewa były już poprzycinane, więc przystępowali do naprawy narzędzi rolniczych, niekończących się walk z zaborczymi chwastami oraz prac w rozsadniku.

Gracze Osterfjordu zebrali się przy usypywaniu wału, którego zadaniem miała być ochrona młodych drzewek przed nagłym zalaniem w czasie nawałnicy. Ciemne chmury, zawieszone na niskim pułapie, straszyły deszczem, co w innych okolicznościach skłoniłoby ich do zdwojenia wysiłków.

– Nie wiem, czym tak się przejmujemy – narzekał D. E., oglądając ręce pokryte pęcherzami. – Niedługo nas tu nie będzie.

– To trzeba zrobić – odpowiedział Bjorn, lekko zgorszony. – Ktoś musi, więc czemu nie my?

– Bo jesteśmy bogaci. – D. E. dał sobie spokój z robotą. Wziął kurtkę przeciwdeszczową z głazu, na którym leżała zabezpieczona mniejszym kamieniem przed podmuchami wiatru. Miał załzawione oczy i skórę siną z zimna. – Wiesz, co jest najśmieszniejsze? – Popatrzył na Bjorna. – Założę się, że jeszcze nie wydałeś swojego pierwszego miliona.

– Miliona? – zdumiał się Bjorn. – To ty już wydałeś milion? Na co?

– Głównie na magiczne przedmioty dla mojego bohatera. Nowa prasa oliwna też sporo kosztowała, ale najwięcej kasy poszło na broń. – D. E. mówił wojowniczym tonem, jakby spodziewał się ostrej krytyki.

– Do krwi utoczonej, D. E.! Aleś ty rozrzutny! – Bjorn też już przerwał pracę i patrzył na przyjaciela z rozdziawionymi ustami.

– Bez przesady, a co byś chciał tu robić z taką fortuną? Erik, a ty ile wydałeś na Cindellę? Ostatnio wygląda wystrzałowo.

– Jakieś trzysta tysięcy, tak sądzę. Połowa z tego poszła na Pierścień Przenikliwego Widzenia.

– Naprawdę? – Bjorn wciąż był wstrząśnięty. – Kupiłem najlepszą zbroję elfów, jaką można dostać. Za całość zapłaciłem tylko dziesięć tysięcy.

– Bo to są jedynie przedmioty, które kupcy wystawiają publicznie na sprzedaż. Żeby złapać prawdziwą okazję, trzeba z nimi pogadać. Dobrze mówię, Erik? – D. E. zapinał kurtkę, co Bjorn obserwował z oburzoną miną.

– A więc koniec pracy dla znamienitego smokobójcy. Już cię widzę, jak za dwadzieścia lat siedzisz gruby i leniwy w komitecie Biura Alokacji.

– A ja widzę ciebie, jak przez całe życie rypiesz w pocie czoła i umierasz z czterema milionami bizantów w banku, z których starałeś się nic nie uszczknąć – odciął się D. E., urażony.

Erik wtrącił się, żeby położyć kres tej wzburzonej rozmowie przyjaciół, starannie dobierając słowa:

– Ja i Freya planujemy powrót Haralda.

– Naprawdę? Zastanawiałam się właśnie, co zrobicie. – Injeborg natychmiast odłożyła na bok łopatę i odwróciła się do niego.

– Postanowiliśmy złożyć wniosek o amnestię dla wszystkich skazańców.

– No to życzę powodzenia – prychnęła Sigrid. – Biuro Alokacji nie zgodzi się na to za nic w świecie.

– Pewnie, że nie. Dlatego będziemy musieli wystawić drużynę.

Długo nikt mu nie odpowiadał.

– To byłoby ciekawe wyzwanie. – D. E. żartobliwie wykonał kilka wojowniczych ruchów. – Młodzi smokobójcy kontra starzy. Nieźle. Wyobrażacie sobie te tłumy w amfiteatrze?

– Na mnie nie liczcie. – Bjorn pokręcił głową. – Ja się na to nie piszę. Cieszmy się, że powiodło nam się ostatnio. Nie możemy więcej ryzykować.

– Dziwne, Bjorn, że jesteśmy rodzeństwem – powiedziała Injeborg ze złością. – Czasem tak bardzo różnimy się od siebie.

– No. Jesteś uczniem szkoły filozofii Erika Haraldsona, więc pewnie twierdzisz, że wszystko się dobrze ułoży, a fortuna sprzyja tym, którzy na to zasługują. Ja w to nie wierzę. Światem rządzi przypadek.

– Tak się składa, że wierzę Erikowi. To dzięki jego pomysłom jesteśmy bogaci. Zapomniałeś już? Zawsze byłeś pesymistą – oskarżała go ochrypłym głosem. – Jakbym znowu słyszała naszą kłótnię o smoka.

– Pewnie coś w tym jest, ale pamiętaj, siostrzyczko, że zanim się zjawiłaś, była jeszcze inna dziewczynka. Ilga. Umarła w wieku dwóch lat. – Bjorn przełknął ślinę. – I stąd się bierze ta różnica. Jesteś zbyt lekkomyślna, jak motylek latem, nie potrafisz ogarnąć myślą zimy. Ja potrafię i czytam znaki. Ciesz się tym, co masz.

– Racja, racja! – Sigrid poparła przemówienie Bjorna i rozejrzała się, gotowa stawić czoło każdemu, kto każe jej narażać się na szwank w walce z Biurem Alokacji.

– Proszę was, nie kłóćcie się. Prawda jest taka, że potrzebuję dwóch osób do pomocy.

– Jak to? – zdziwiła się Injeborg.

– Harald oczywiście będzie walczył i jest jeszcze jeden bohater, który na pewno nam pomoże. Nazywa się Anonimus.

– Możesz mnie dołączyć do drużyny – powiedział D. E. – Obrzydło mi już to czekanie na uniwersytet. I chętnie sprawdzę, na co stać moją nową broń.

– Oczywiście na mnie też możesz liczyć – dodała Injeborg.

– Super, dzięki. – Erik uśmiechnął się do niej z wdzięcznością.

– A jeśli zginiecie? – Sigrid odwróciła się do brata. – Wszystko stracisz.

– Jeśli wygramy, zwolni się pięć miejsc w komitecie Biura Alokacji. – Teraz D. E. tryskał energią i z pewnością nie było mu już zimno. Kiedy gestykulował, rozchyliły się poły jego kurtki, lecz nie zwracał na to uwagi. – Wyobraźcie sobie, cały świat będzie patrzył w ten dzień na amfiteatr. Nie było w dziejach większego wyzwania. Nawet jeśli przegramy, staniemy się sławni. I założę się, że ludzie będą po naszej stronie. Nie chcielibyście zobaczyć, jak Biuro Alokacji dostaje lanie?

Nikt nie odpowiedział na te fantazje, wszyscy byli zajęci własnymi myślami.

– No dobrze, Erik, kim jest ten Anonimus? – zaciekawiła się Injeborg. – Też wygnańcem?

– Tak. Ale powinienem powiedzieć wam jeszcze o czymś, co komplikuje sprawę. – Poczekał, aż popatrzą na niego w skupieniu, nim kontynuował: – Anonimus twierdzi, że ludzie z Biura Alokacji potrafią atakować i zabijać graczy poza areną. Myślimy, że Epic na to nie pozwala, bo tak nam zawsze mówiono. Ale oni mają kody, które pozwalają im tworzyć bohaterów mogących zabijać i ginąć poza areną. – Erik zauważył, że Injeborg chce coś powiedzieć, lecz podniósł rękę i ciągnął: – Przed pierwszą zsyłką Harald uczył się na uniwersytecie na zabójcę. Teraz uważa, że szkolono go po to, by mógł zwalczać innych graczy, i że jego rolę pełni Ragnok Silnoręki. Uważa też, że jeśli w jakikolwiek sposób zagrozimy ludziom z Biura Alokacji, nie zawahają się nas zlikwidować, wszystkich, nim w ogóle dojdzie do rozgrywki na arenie.

– Nie, to niemożliwe – powiedziała Sigrid.

Bjorn wyciągnął rękę do dużego kamienia i klapnął na niego, pogrążony w zadumie.

– Ach tak – myślał na głos. – Więc szastasz naszym życiem i nic cię to nie obchodzi? Nawet jeśli nie wszyscy chcemy rzucać im wyzwanie?

– Tak i nie. Wyzwiemy ich, ale dopiero gdy będziemy względnie bezpieczni.

– Rozumiem – powiedziała Injeborg. – Ukryjemy gdzieś naszych bohaterów, aż przyjdzie na nich czas.

– Rozmawiałem już o tym z Haraldem, Freyą i Anonimusem. Ukrywanie się jest problemem, bo namierzą nas za pomocą czarów. Jeśli chcemy być bezpieczni, musimy uciec gdzieś dalej.

– Co proponujesz? – zapytał cierpliwie Bjorn.

– Popłyniemy do Cassinopii i skorzystamy z tamtejszego amfiteatru, żeby rzucić wyzwanie. Będą ponad dwa tygodnie za nami, nawet jeśli wsiądą na najszybsze statki. Nie zdążą nam nic zrobić i będą musieli zmierzyć się z nami.

W świecie Epica znajdowało się kilka amfiteatrów, stanowiących swoistą całość. Poniekąd istniał tylko jeden, uniwersalny amfiteatr, do którego podłączona była reszta świata. Ale po wyjściu z niego wracało się do miasta będącego punktem wyjścia. Ta funkcja była niezbędna, bo nawet jeśli gracze rzadko mieli ochotę na dalekie wojaże, czasem wybierali bohaterów tworzonych w miastach znacznie oddalonych od Newhaven. Odległość nie pozbawiała ich ochrony prawa, ponieważ obojętnie gdzie znajdował się ich bohater w świecie Epica, zawsze mieli w pobliżu jakieś miasto z amfiteatrem.

– Znakomity plan! – D. E. zerwał się na nogi. – Wymkniemy się po zmroku, co?

– Szczerze mówiąc, myślałem, że większą zmyłką będzie udawanie, że wszyscy realizujemy moją misję, no wiecie, tę z zakopanym skarbem. Dlatego najzwyczajniej w świecie skompletujemy załogę i wyruszymy w rejs. Pomyślą, że nie muszą się niczego obawiać z naszej strony.

– Ale numer! – D. E. patrzył na przyjaciół błyszczącymi oczami. – To się musi udać. Co ty na to, Bjorn? Miałbyś ochotę popłynąć z nami?

– Sam nie wiem, co o tym myśleć. A nie lepiej, żeby ten, kto nie rzuca wyzwania, nigdzie się nie ruszał? Jeśli tu zostaniemy, może dadzą nam spokój? Bo jeśli z wami popłyniemy, choćbyśmy nawet nie walczyli, mogą się później zemścić.

– Pod warunkiem że będzie im na tym zależało – zżymała się Sigrid. – W co osobiście wątpię.

– Tak czy owak, niekoniecznie będą w stanie się mścić. Harald posiada niesłychanie skutecznego mistrza złodziejskiego. Bohater Erika jest bardzo wszechstronny, a ja mam dwa nowe mieczyki. – D. E. przebiegł po osypującej się ziemi wału, który budowali, udając, że walczy na miecze.

Erik odwrócił się do Bjorna.

– Zastanów się chwilę – poprosił. – Mogę ci powiedzieć, gdzie spotkasz się z Haraldem, jeśli chcesz poznać szczegóły na temat jego szkolenia lub zapytać, skąd wie, że można w Epicu atakować graczy. – Podobnie jak w przypadku sporu przed wyprawą na smoka, należało powstrzymać Bjorna od pochopnych decyzji. Erik był przeświadczony, że jego przyjaciel przekona się w końcu do pomysłu opuszczenia okolic Newhaven. – Boję się zostawiać tu ciebie i Sigrid, bo wiem, że Biuro Alokacji może dobrać się do was, ale dla mnie nie ma odwrotu. Mam nadzieję, że to rozumiecie. Zrobilibyście tak samo, gdyby to wasi rodzice byli na wygnaniu.

Wszyscy mokli, gdyż siąpił drobny deszczyk. Jednakże Bjorn nadal siedział na kamieniu z odkrytą głową, rozdarty wewnętrznie.

– Cóż to za typ ten Anonimus? – zapytał D. E., wyobrażając już sobie bitwę z drużyną Biura Alokacji.

– Ciemny elf, chyba wojownik.

– Ciemny elf to rzadkość. Ma dobry ekwipunek?

– Bardzo dobry. Zupełnie jakby obrobił wszystkich na wygnaniu. I jest całkiem bogaty, co chyba wynika z tego, jak oni tam żyją. Myślę, że w jakiś sposób żeruje na innych, ale wszyscy zyskają, jeśli przejdzie przepis o amnestii, więc to go może tłumaczyć... – Erik przerwał.

– Co? – Injeborg zbyt dobrze znała Erika. Wiedziała, że coś go dręczy, że pewne sprawy przemilcza.

– No bo on... z tego jak się wyraża... jest niebezpieczny.

– W jakim sensie niebezpieczny? – zapytał D. E.

– Słyszeliście o książce, którą napisał Machiavelli? – Erik potoczył spojrzeniem po ich twarzach. – Ja też nie. Podobno pisał o dążeniu do władzy i Anonimus ciągle bierze z niego cytaty. Zwłaszcza gdy mówi: „cel uświęca środki".

– A co to niby ma znaczyć? – Ta sytuacja denerwowała już Sigrid. Z całego serca marzyła o powrocie do normalnego życia. Z drugiej strony, jej ojciec nie został zesłany...

– On uważa, że jeśli ktoś chce dojść do władzy, nie waha się użyć żadnych sposobów. Czyli posłuży się absolutnie wszystkim, żeby osiągnąć swój cel. – Erik widział, że nie dociera do nich jego tłumaczenie. – Zapytał mnie wprost, czy jeśli nie wypali mój pomysł z wprowadzeniem zmian za pomocą Epica, zgodzę się pójść z wojskiem uzbrojonym w prawdziwą broń na Mikelgard i siłą obalić obecną władzę.

– Do krwi utoczonej! – roześmiał się D. E. – Odbiło mu!

– Dokładnie tak mu powiedziałem. – Erik jednak się nie uśmiechał. – Tyle że ja nie wierzę, że to żarty. Jemu się zdaje, że wystarczy stu żołnierzy. Co prawda, obrońcy Mikelgardu nie mieliby czym walczyć.

– Mdli mnie już od samego gadania o tym. – Sigrid wyglądała na zniesmaczoną. – Jak możesz w ogóle powtarzać takie rzeczy?

– I mamy z nim współpracować? Dlaczego? – dopytywała się Injeborg.

– Bo bez niego nie damy rady. I może dlatego, że więcej szczeka, niż gryzie. No, a jeżeli doprowadzimy do zmian za pomocą Epica, nie będzie miał argumentów, żeby użyć siły w prawdziwym świecie.

– Wolałabym się z nim spotkać, nim staniemy razem do walki – mruknęła Injeborg w zamyśleniu.

– Ja też. – D. E. wstał. – Erik, wymyśl jakieś miejsce. Mam już dość kopania. Wolę poćwiczyć pływanie w Epicu i załatwić sobie trochę eliksiru nieskończonych oddechów. Jeżeli mój bohater wypadnie za burtę, nie chcę się utopić jak frajer na arenie.

***

Księżyc z wysoka okrywał powierzchnię morza wstęgami srebrnego jedwabiu. Fale kołysały ich łagodnie i rozbijały się z pluskiem o burty niedużej łódki. W pobliżu rozległ się bulgot, ale gdy spojrzeli w tamtą stronę, zobaczyli tylko fokę, która wypłynęła z toni. Przez chwilę pasażerowie łodzi i foka obserwowali się nawzajem, po czym zwierzę dało nura w głębiny.

Blisko dziobu odpoczywał D. E. pod postacią elfickiego wojownika. Czarodziejka Injeborg i Cindella siedziały u wioseł.

Na brzegu błysnęło zielone światełko.

– No, nareszcie! – Erik doznał uczucia ulgi, ponieważ czekali w zatoczce już prawie pół godziny.

– Ale robi z tego teatr. Jakbyśmy nie mogli spotkać się w gospodzie. – Łatwo było sobie wyobrazić, że D. E. uśmiecha się szyderczo w charakterystyczny dla siebie sposób, chociaż szara twarz wojownika w grze nie była w stanie tego odzwierciedlić.

– To ciemny elf, pamiętaj – przypomniała Injeborg. Jednocześnie ciągnęła wiosło, żeby obrócić łódkę w stronę brzegu.

– Nie może zbliżać się do miasta, żeby go nie zlinczowali.

– No wiem, ale…

Wiosłowali w pocie czoła, kierując się do bagnistego wybrzeża, które ciągnęło się od ujścia rzeki do skraju puszczy. Kiedy dobili do brzegu, D. E. ostrożnie stanął w błocie i uwiązał łódkę do kamienia.

– Witajcie. – Anonimus był sam, opatulony granatową aksamitną peleryną.

– Miło cię poznać – odpowiedziała uprzejmie Injeborg.

Erik patrzył z rozbawieniem na D. E., który prawdopodobnie podświadomie wypiął pierś z rękami na rękojeściach swoich potężnych mieczy.

– Chcieliście omówić ze mną plany? – zapytał Anonimus prosto z mostu.

– Może nie tyle plany, co twoje poglądy. No wiesz, na temat przejęcia władzy siłą. – Injeborg też stawiała na bezpośredniość.

– A, rozumiem. Chcielibyście się do mnie przyłączyć?

– W życiu! – zaprzeczyła, wstrząśnięta. – Chciałam tylko sprawdzić, czy jesteś odpowiedzialnym partnerem, czy może szaleńcem.

– Nie jestem szalony, młoda damo. Ani zaślepiony propagandą, którą tu się wszystkim wciska. Przeczytałem sporo książek, bo czytanie to częsta rozrywka ludzi na wygnaniu. I doszedłem do wniosku, że przemoc nie zawsze jest zła.

– Jak to? – zapytał D. E., zaintrygowany.

– O ile mi wiadomo, Erikowi wycięto kiedyś wyrostek robaczkowy, zgadza się? – Kiedy pokiwali głowami, ciemny elf mówił dalej: – Czy nie był to akt przemocy, gdy rozcinali mu skórę i zadawali ranę? A jednak musieli to zrobić, żeby uratować mu życie. W społeczeństwie też lęgną się choroby, zwłaszcza jeśli w ciągu setek lat ubywa zasobów. Nie uważam się za kryminalistę, tylko za chirurga oceniającego stan zdrowia pacjenta. A diagnoza mówi, że jeśli nie przeprowadzimy krótkiego zabiegu, pacjent umrze.

– Ale nawet jeśli przyjmiemy, że społeczeństwo potrzebuje zmian, nie można ich porównywać do operacji Erika – argumentowała na głos Injeborg, broniąc swoich przekonań.

– Mów dalej, śmiało. – Anonimus pochylił głowę.

– Różnica jest taka, że operacja została przeprowadzona za zgodą Erika. A ty planujesz użyć przemocy wobec ludzi, którzy sobie tego nie życzą.

– Oczywiście, ale to oni swoją polityką skłaniają mnie do tak radykalnych działań. Czy w celu bronienia zasady nieużywania przemocy warto leżeć w prochu z butem ciemięzcy na karku?

– A ktoś nas ciemięży? – D. E. nie mógł się powstrzymać od lekko drwiącego tonu.

– Może to zbyt duże słowo – Erik z werwą włączył się do rozmowy. – Ale zobacz, ile dostaliśmy listów z prośbą o pomoc, odkąd zabiliśmy smoka. Nie wiem jak ty, ale ja mam ich ponad siedemset. I niektóre naprawdę dobijające. Ludzie cierpią i wydaje mi się, że niepotrzebnie.

– Ja tam ich nie czytam. – D. E. wzruszeniem ramion skwitował ten argument.

– Może dlatego, że nie czujesz się już ciemiężony. Jesteś teraz bogaczem. Ale pomyśl, jak większość ludzi wypruwa sobie żyły, żeby nieliczni opływali w luksusy i trudzili się nie po to, aby rozwiązać problem ograniczonych zasobów, tylko żeby utrzymać się przy władzy. I powiem jeszcze – dodał Anonimus ostrzejszym tonem – że dopóki nie zakosztujesz wygnania, nie będziesz miał pojęcia, co znaczy głód i ciężka praca. Jeśli sądzisz, że dają mało okręgowi, możesz sobie wyobrazić, co wysyłają na Roftig. Bezużyteczne, zardzewiałe narzędzia. Marnej jakości nasiona. Aż dziw, że wszyscy nie przymieramy głodem.

– No dobrze – odpowiedział D. E., a Erik słuchał go niemalże z rozbawieniem, widząc, że jego przyjaciel nie przejmuje się za bardzo niesprawiedliwością na świecie. W tym względzie bardzo się różnili. – Ale nie sądzisz, że możemy rzucić im wyzwanie w Epicu, czyli postąpić zgodnie z prawem?

– Dopóki nie poznałem Erika i Haralda, uważałem, że to niemożliwe. Ale nasza piątka rzeczywiście mogłaby stworzyć niepokonaną drużynę. Ciekawe, co by się wtedy stało? Do czego posunęliby się nasi przeciwnicy? Czy zagroziliby naszym prawdziwym osobom?

– Co? Pozbawiliby nas możliwości grania? – zapytała Injeborg.

– Jeśli nie gorzej.

– Morderstwo? – D. E. roześmiał się ironicznie.

– Nie doceniasz ich determinacji i tego, jak kochają władzę. Zapominasz, że uważają się za obrońców wyższego dobra. I ten tajemniczy święty Graal rozgrzesza ich ze wszystkich uczynków. Najniebezpieczniejsi są właśnie ludzie, którzy ślepo trzymają się dogmatów. – Anonimus zachichotał złowieszczo.

– Hm, no tak… – Okazując nie większe zainteresowanie filozofią niż warunkami życia najuboższych, D. E. zmienił temat: – Na razie nie martwmy się na zapas i pogadajmy o taktyce.

– I to lubię. – Po raz pierwszy odkąd się spotkali, Anonimus wydawał się patrzeć przychylnym okiem na młodego wojownika. – Muszę powiedzieć, Erik, że twój przyjaciel to cwany lis i umie myśleć dalekowzrocznie.

– Nie on jeden – mruknęła Injeborg. – To Erik odkrył sposób, jak zabić smoka.

– Wcale mnie to nie dziwi.

– Przestańcie – wtrącił Erik – bo się głupio czuję. Pogadajmy lepiej o planach.

❧ 18 ❦

Nowy powód do obaw

W wielkiej sali mikelgardzkiej Wieży obradowało dziewięciu członków komitetu. W górze na zimowym niebie przepływały ciężkie chmury, ubarwione pomarańczowymi pręgami. Zrobiło się tak ciemno, że zapalono kinkiety, w których migotały kopcące płomyki. Początkowo panowała cisza, zmącona jedynie szelestem papieru: zapoznawano się z treścią najświeższego numeru „Nowego Lewiatana".

Jeżeli kiedykolwiek zaistniała możliwość zmian, stało się to w zeszłym miesiącu, gdy Gracze Osterfjordu pokonali Inry'aata, Czerwonego Smoka.

Została przetarta nowa droga i znalazł się nowy sposób na rozerwanie kajdan, którymi spętano społeczeństwo. To szansa na zupełnie nowy układ w świecie, na rozwiązanie problemu kurczących się zasobów, a przy tym na korzystanie z Epica w celu komunikacji i rekreacji – i w żadnym innym.

Kim są ci młodzi smokobójcy, z którymi wiążemy takie nadzieje?

Najstarszy wśród nich jest Erik Offason, grający elfickim wojownikiem zwanym D. E. – dla odróżnienia od młodszego Erika. Erik

Offason, który sprawia wrażenie utalentowanego, dzielnego i am-
bitnego młodzieńca, przyjął miejsce na Uniwersytecie Mikelgardzkim, gdzie rozpocznie naukę na prestiżowym kierunku „Badania
nad Epikiem". Absolwenci tego kierunku mają ułatwioną drogę do
najwyższych stanowisk w administracji.

Bjorn Rolfson uczęszczał do tej samej szkoły średniej co Erik
Offason. Po sukcesie w zawodach zaliczeniowych przyjął miejsce
na uniwersytecie, gdzie zamierza studiować rolnictwo – szlachet-
ne zajęcie, które po latach pozwoli mu nabyć wybraną farmę. Jego
bohaterem jest silny ludzki wojownik Bjorn.

Sigrid Offason otrzymała propozycję studiowania na tym samym
kierunku, gdy za trzy lata ukończy liceum w Nadziei. Jej bohater
jest uzdrawiaczem w drużynie.

Injeborg Rolfson, choć skończyła dopiero czternaście lat, ma
zagwarantowane miejsce na uniwersytecie na kierunku geologia.
Jest wzorową uczennicą. Jej bohater to czarodziejka o tym samym
imieniu.

I na koniec Erik Haraldson, uczęszczający do tej samej klasy co
Injeborg Rolfson. Erik dość niespodziewanie stworzył dla siebie
bohatera kobietę (częściowo rabusia, częściowo wojowniczkę)
o imieniu Cindella. W drużynie to właśnie Erik Haraldson jest najbardziej wyczulony na problemy systemu, ponieważ jego ojciec
został skazany na wygnanie za przestępstwo polegające na użyciu
przemocy. Przemocy oczywiście nie wolno tolerować, ale może
w pewnym sensie Harald Erikson padł ofiarą systemu? Nie jest dzie-
łem przypadku, że był kluczowym graczem w ostatniej remisowej
walce między okręgiem Nadzieja a Centralnym Biurem Alokacji.
Z drugiej strony, ambicją Erika Haraldsona wydaje się co najwyżej
studiowanie bibliotekoznawstwa na uniwersytecie.

I cóż wynika z tych informacji?

Przede wszystkim to, że trudno się oprzeć pieniądzom i władzy. Śmiałkowie, którzy jako pierwsi od wielu, wielu lat mieli szansę potrząsnąć systemem, zostali przez niego wchłonięci.

Każdy z nich otrzymał kilkaset próśb o pomoc od osób żyjących w ubóstwie. A jednak nikogo nie wsparli w działaniach prawnych. Ci młodzi ludzie powinni okazać współczucie. Dobrze wiedzą, jak to jest, gdy krewni pracują w kopalni. Tymczasem wydaje się, że dbają tylko o siebie i dojście do wysokich stanowisk w obrębie systemu.

Zatem wnioski. Musimy wyrwać się z tej odrealnionej gry i zabiegać o nowy porządek społeczny. Taki, w którym decyzje zapadają w drodze głosowania, a nie w wyniku nierównych walk na arenie.

– Co wy na to? – zagaiła rozmowę Hleid.

– Zostali unieszkodliwieni – stwierdził zwięźle Godmund i uraczył komitet jednym ze swoich niezwykle rzadkich uśmiechów. – Svein odwalił kawał dobrej roboty.

– Mnie zaś ciekawi to – myślał głośno Wilk, rozparty wygodnie za krześle, za które sięgał jego warkocz – że nie widać żadnego powiązania między autorami tego brukowca a Graczami Osterfjordu.

– Chyba że chcą, abyśmy tak myśleli. – Ragnok był w nie najlepszym nastroju.

– Nie, to już wydaje się zbyt skomplikowane. Nie sądzę, żeby autorzy „Nowego Lewiatana" publicznie ich szkalowali, gdyby naprawdę uważali, że drużyna doprowadzi do przełomowych zmian. – Godmund splótł swoje pomarszczone palce i naprężył je, aż trzasnęły w kostkach. – Jest coś jeszcze? Bo chciałbym mieć wreszcie wolne popołudnie i zająć się własnymi sprawami.

– Niestety, tak. – Svein rozdał dokumenty, które przekazano mu tuż przed rozpoczęciem obrad. – To ukazało się mniej więcej dwie godziny temu w każdej gospodzie w Newhaven i wszystkich naszych systemowych bibliotekach.

Szukasz przygód i sławy? Jeśli tak, przyłącz się do mnie, Cindelli Smokobójcy, i ruszaj w podróż, o której będą śpiewać bardowie w przyszłych pokoleniach. Kompletuję załogę wprawnych marynarzy i dzielnych wojowników, potężnych czarodziejów i niezłomnych uzdrawiaczy. Wypływam z portu w Newhaven w dniu św. Justyna w porze największego przypływu. Podróż potrwa prawdopodobnie dwa miesiące i mam wszelkie powody sądzić, że przyniesie niezłe profity. Kto po ukończeniu misji wróci ze mną do Newhaven, będzie miał równy udział we wszystkich zdobytych bogactwach.
Cindella Smokobójca

– Dziwne. – Dobry humor momentalnie opuścił Godmunda, który znów mówił właściwym sobie ostrym tonem. – Co o tym sądzisz, Svein?

– Myślę, że odnalazł w smoczym skarbie coś, co naprowadziło go na trop. – Svein starał się usilnie panować nad głosem, żeby nie zdradzić swojego zainteresowania tą sprawą i związanych z nią obaw. Całkiem możliwe, że młodzieniec próbował ukończyć *Epicusa Ultimę* i natrafił na ważny ślad.

– Jeżeli ktoś chce zostać bibliotekarzem, to naturalne, że interesuje się takimi pozornie błahymi rzeczami. – Halfdan uśmiechnął się szydercze, gdy pochwycił spojrzenie Sveina.

– Może i tak, ale mnie się to nie podoba. To pierwszy taki przypadek, kiedy ktoś ogłasza wszem wobec, że szuka wspólników. A zawsze tego, co jest nowe, trzeba się obawiać. Epic to dziwna gra i niewiarygodnie rozbudowana, być może bardziej, niż nam się wydaje. Lepiej więc przy niej nie majstrować. Mamy system, który działa, i nawet jeśli ta wyprawa okaże się niegroźna, należy w niej widzieć potencjalne zagrożenie. – Godmund mówił głosem, który tym razem wyrażał zaniepokojenie.

– Zatem co proponujesz? – O dziwo, gdy Godmund wydawał się zatroskany, Ragnok się rozpromienił i wyraźnie ożywił.

– Mam pomysł – odezwała się Bekka, spoglądając na nich spod swojej siwej grzywki.

– Mów śmiało. – Hleid machnęła ręką ze zniecierpliwieniem.

– Może by tak Svein Rudobrody zgłosił się na wyprawę? Informowałby nas na bieżąco o rozwoju wydarzeń.

– Niezła myśl – Thorkell pokiwał głową.

– A zatem wniosek. Kto za? Wszyscy. A więc niech tak będzie. – Hleid popatrzyła na Sveina. – Zgadzasz się na to?

– Jakżeby inaczej! – zadrwił Halfdan. Jego usta były cieniutką kreską w bezmiarze oblicza. – Może znajdzie klucz do zagadki *Epicusa Ultimy*?

– Zgadzam się śledzić rozwój wydarzeń podczas tej wyprawy i informować komitet. – Svein nie dał się sprowokować ironicznymi docinkami Halfdana. Bądź co bądź, decyzja, którą podjęli spontanicznie, była całkowicie zgodna z jego pragnieniami. Przed spotkaniem obawiał się, że komitet nie zgodzi się na jego udział w ekspedycji. Kiedy nikt na niego nie patrzył, puścił oko do Halfdana i z satysfakcją dostrzegł jego skwaszoną minę.

– Mam jeszcze jeden wniosek. – Ragnok podniósł rękę.

– Tak? Słuchamy. – Hleid popatrzyła na niego przez swoje ogromne okulary.

– Niech w wyprawie weźmie udział Kat, tak na wszelki wypadek. W efekcie rozległy się pomruki pełne zaniepokojenia.

– Najpierw niech każdy się wypowie w tej kwestii – powiedziała Hleid. – Ragnok, ty pierwszy.

– A o czym tu dyskutować? – Wyprostował się na krześle, zwracając się do ogółu. – Wszystko się może zdarzyć, zresztą przypuśćmy, że chodzi o zdobycie jakiegoś potężnego przedmiotu. Nie chcemy przecież, żeby wpadł w niepowołane ręce.

– Ktoś jest przeciw?

– Kat może zostać zdemaskowany w czasie długiej podróży statkiem, a jeśli sprawy przybiorą zły obrót, nie zdoła się wydostać. – Blade czoło Thorkella lśniło w blasku lamp; sprawiał wrażenie, jakby pocił się ze strachu lub wściekłości. Mimo to wyrażał się spokojnym tonem.

– Jeśli sprawy przybiorą zły obrót, wszystkich pozabijamy. – Ragnok wzruszył ramionami.

– Ktoś chciałby coś dodać? – zapytała Hleid. – W takim razie głosujmy. Kto za wnioskiem Ragnoka? Ragnok, Halfdan, ja, Brynhild, Godmund. Zatem większość. Wniosek przyjęty.

– Wejdę na pokład niewidzialny – dodał pospiesznie Ragnok i stało się jasne, że pragnie wziąć na siebie kierowanie Katem.

Przypatrując się wszystkim znad szkieł okularów, Hleid nie dostrzegła sprzeciwów, mimo że w zasadzie każdy mógł wywiązać się z tego zadania równie dobrze.

– A więc w porządku. Nie mamy dziś nic więcej do omówienia.

ও 19 ষ

Przypadkowa załoga

Nabrzeże w Newhaven tętniło życiem, jakby odbywał się festyn. Poruszone tłumy, złożone zarówno z szarych graczy, jak i kolorowych komputerowych postaci, gromadziły się, żeby obejrzeć początek szeroko rozreklamowanej wyprawy Cindelli Smokobójcy. Wróżbici rozstawili namioty, z których wydobywały się zapachy egzotycznych olejków oraz aura magii. Sprzedawcy przekąsek, którzy przybyli wcześnie, żeby zająć jak najlepsze miejsca, uwijali się przy podawaniu grillowanych porcji ryby i królika. Ponadto wmieszane w ciżbę urwisy wraz ze swoimi doświadczonymi mistrzami praktykowały starożytną sztukę kieszonkowstwa.

Dobrana grupa osób wchodziła na pokład „Białego Sokoła". Nieproszonych gości odganiało białe upiorne psisko wielkości dorosłego człowieka, tkwiące czujnie na warcie u wejścia na trap. Koło niego stała dumnie czarodziejka Injeborg, która z dłonią na głowie swojego nowego opiekuna przesuwała spojrzenie po zatłoczonym nabrzeżu.

– Przepiękny, córuchno, naprawdę cudowny. Z pewnością przegoniłby nawet „Czarnego Sokoła". – Sędziwy kapitan Sharky zwiedzał statek w towarzystwie Cindelli i D. E. Pierścień Przenikliwego Widzenia otaczał ich bladym niebieskozielonym światłem; dzięki temu Erik widział w postaci kapitana złociste lśnienie, świadczące o ponadprzeciętnej obecności Awatara w jego strukturze. Nie była to wszakże ta szokująco silna osobowość, z którą Cindella rozmawiała w sklepie jubilera.

Dokładnie sprawdzili wszystkie, nawet te najmniejsze pomieszczenia na statku, aby mieć pewność, że nie ukrył się gdzieś pasażer na gapę. Pierścień ani razu nie odkrył nic podejrzanego.

Ojciec Erika i Anonimus znajdowali się już na statku, zadekowani pod pokładem. Powitanie Erika i Haralda było czułe, lecz z konieczności krótkie.

– Zaraz zacznie się odpływ – zauważył Sharky.

– A więc dobrze, zbierzmy wreszcie załogę. – Widać było, że D. E. chciałby już zaprezentować się publicznie. Zresztą nic dziwnego, ponieważ Erik musiał przyznać, że jego druh wygląda imponująco. Oprócz naszyjnika z rubinów i pierścieni pokrytych znakami runicznymi, które wręcz ociekały magią, D. E. miał na sobie rozwiany płaszcz z piór feniksa, które nieustannie zmieniały barwę, oscylując między szkarłatem, złotem, purpurą i różem. Pod płaszczem połyskiwała misterna suknia kolcza; metal, z którego ją wykonano, z pewnością nie pochodził ze zwykłej kuźni, ponieważ i on promieniował nikłym światłem. W pochwach u biodra siedziały dwa bliźniacze miecze, których elfickie nazwy tłumaczyło się jako Grom i Błyskawica.

Kiedy weszli na trap, Injeborg, też odmieniona po zakupie potężnych czarodziejskich przedmiotów, wręczyła Cindelli worek. Cindella zajrzała do środka i wyciągnęła szklaną kulkę wielkości połowy jej pięści. We wnętrzu kłębiła się mlecznobiała chmurka. Erik miał wrażenie, że w mgiełce dostrzega maleńką figurkę.

– Jest ich pięćdziesiąt – wyjaśniła Injeborg. – Azorek cię nie przepuści, jeśli nie będziesz jej miał przy sobie. – Z czułością pogłaskała po głowie upiornego psa.

– Azorek? – mruknął D. E. z niesmakiem. – Inny, to eteryczny pies obronny. Wykrywa zjawy astralne i eterycznych wędrowców, nie mówiąc już o niewidzialnych i ukrytych istotach. Mógłby w pojedynkę rozprawić się z trollem, a ty go nazywasz Azorkiem?

– No a co? Zobacz, jaki milusi. – Injeborg połaskotała pod pyskiem niewzruszonego psa obronnego.

– Chodź. – Erik wręczył kamień D. E. Dwaj przyjaciele podeszli do miejsca, gdzie wcześniej ustawili stół i gdzie czekał już na nich kapitan Sharky. Erik z hałasem postawił na stole worek z mlecznobiałymi kamieniami i sięgnął do środka, żeby wyciągnąć jeden dla sędziwego kapitana. Przed nimi uformowała się gigantyczna kolejka, w której stało kilkaset osób.

Wrzawa przycichła, sprzedawcy przestali krzyczeć i nawet wiatr jakby umilkł, kiedy D. E. skinął na pierwszego w kolejce. Liny trzymane przez krzepkich strażników, wynajętych na ten dzień, powstrzymywały tłum, który jednak ciągle napierał. Stojący z tyłu chcieli popatrzeć na smokobójców i posłuchać, co się dzieje tego historycznego dnia.

– To zacny człowiek – szepnął Sharky. – Służył jako bosman na moim dawnym okręcie.

Erik zapisał jego nazwisko i podał mu szklany kamień.

– Następny! – zawołał D. E.

I tak się to toczyło: słuchając rad kapitana, przyjmowali marynarzy lub ich odrzucali. Dla postronnego obserwatora nie było to pasjonujące widowisko, więc szybko na nabrzeżu wzmógł się wesoły gwar.

– To dobra załoga. – Sharky popatrzył z zadowoleniem na kobiety i mężczyzn zebranych na pokładzie. Ze skromnym dobytkiem w torbach zarzuconych na plecy już teraz zaczynali szukać swoich stanowisk na pokładzie.

– Nie potrzeba więcej marynarzy! – krzyknął D. E. – Teraz poszukiwacze przygód!

Wśród przekleństw tych, którzy nie załapali się na wyprawę, kolejka wydatnie się zmniejszyła, lecz wciąż była na tyle długa, że szklanych kamieni mogło wystarczyć jedynie dla pierwszych dwudziestu szczęśliwców.

– Następny!

– Odynus Majaminus do usług. – Kiedy niski gnom ukłonił się, jego głowa na chwilę znalazła się poniżej blatu stołu. Cindella i D. E. wstali, żeby mu się lepiej przyjrzeć.

D. E. zachichotał mimowolnie. Gnom natychmiast się wyprostował, rzucając gniewne spojrzenia spod kaptura opończy okultysty.

– Co potrafisz, Odynusie? – zapytał życzliwie Erik.

– Jestem sługą Oduneroka, boga pustyni, i dzięki niemu zgłębiłem tajemnice ognia i powietrza.

– Udowodnij – rozkazał chłodno D. E.

Gnom popatrzył twardo na D. E., po czym sięgnął do torby. Zaczął z niej wydobywać zwiniętą w rulon tkaninę o soczystych kolorach. Gdy tak ją wyciągał, szybko się okazało, że długość grubego materiału jest większa niż rozmiary torby, a po chwili – że jest nawet większa niż sam gnom.

– Czarodziejska sztuczka? A może torba zmiennowymiarowa? – zapytał szeptem D. E.

Kiedy wreszcie bogato zdobiona tkanina w całości wyszła

z torby, gnom rozpostarł ją na ziemi. Tłum parł do przodu, żeby lepiej widzieć, podniecony westchnieniami zachwytu tych, którzy stali z przodu. Odynus usiadł na kobiercu i z twarzą ściągniętą w wyrazie koncentracji rozpoczął cichą pieśń. Kobierzec powoli uniósł się w powietrze ku uciesze gawiedzi, która nagrodziła ten pokaz oklaskami. Oto spektakl, na jaki czekano!

– Bierzemy go – oświadczył D. E. – Następny!

– Sir Warren, rycerz Świętego Zakonu Mova, sługa Jego Królewskiej Mości Uwena z Newhaven. – Imponujący wojownik błysnął promiennym uśmiechem, ledwie widocznym z powodu wielkiej brody, która spadała na potężny lśniący napierśnik. Na plecach niósł tarczę, a u pasa miał szeroki wybór broni i buteleczek z eliksirami.

Erik bez wahania wręczył rycerzowi mlecznobiały kamyk.

Zanim D. E. wywołał następną osobę z kolejki, chmury pociemniały, a morskie ptaki z przerażonym krzykiem rozpierzchły się po niebie. Tłum cofnął się nieznacznie, kiedy na nabrzeże wtoczyła się z turkotem duża, czarna kareta, ciągnięta przez parę rosłych ogierów, które wywracały oczami jak szalone. Blady woźnica w eleganckiej czarnej liberii zatrzymał konie blisko stołu.

I cisza jak makiem zasiał. Nikt nie ważył się nawet zakasłać ze strachu przed zwróceniem na siebie uwagi. Wtem, wypowiadając słowa ze złowieszczym sykiem, nieznajomy z karety odezwał się głosem strasznym i lodowatym, a zarazem podstępnie pięknym i sugestywnym:

– Ja, hrabia Illystivostich, pragnę wziąć udział w wyprawie.

– Jeśli ten wampir wejdzie na pokład, moja noga na nim nie postanie, bo statek będzie przeklęty! – krzyknął w odpowiedzi sir Warren, chwytając rękojeść miecza.

Siedzący za stołem Erik nadal odczuwał dreszcz trwogi i zastanawiał się nad swoim bezpieczeństwem, kiedy D. E. zapytał odważnie:

– Jaką dajesz gwarancję, że pomożesz załodze dla wspólnego celu i nie wymordujesz nas na pełnym morzu?

– Moi wróżbici twierdzą, że skarb, którego szukasz, zawiera starożytną pamiątkę należącą do mojego rodu. Obiecajcie, że trafi w moje ręce, jeśli ją znajdziecie, a przysięgam na najstarszych bogów wspierać was w podróży, a żywić się jedynie tymi zwierzętami, które sam wprowadzę na pokład.

Erik mimowolnie kiwał głową, słuchając tej rozsądnej przecież odpowiedzi.

– Nie słuchajcie go! Pokład statku spłynie krwią, jeśli ta bezbożna istota pokala go swoją obecnością! – Sir Warren dyszał wściekłością, lecz cofał się przezornie z obawy przed reakcją hrabiego.

– Decyduj – rzekł Erik, wewnętrznie rozdarty.

– Mówisz o wampirze? Nie żartuj sobie. Jasne, że płynie z nami! – D. E. wstał. – W porządku, hrabio. Przyjmujemy twoje warunki.

– Świetnie. Mój sługa wniesie na pokład trumnę i zwierzęta. Przyfrunę do was w nocy.

– Weźcie to sobie! – Sir Warren trzasnął o stół szklanym kamieniem. – Wypisuję się z tej wyprawy skazanej na klęskę!

Gdy tylko budzący grozę hrabia oddalił się karetą, obserwujący to zajście ludzie, tak gracze, jak i postacie generowane, wdali się w ożywione dyskusje, spierając się na temat przyszłości wyprawy, w której bierze udział najbardziej przerażająca istota w tych stronach. Twarze poweselały dopiero wtedy, gdy do stołu zbliżył się niedźwiedź.

Wielki, ciemny grizzly podbiegł na czterech łapach, a potem wyprostował się przed nimi jak góra.

– Pozwólcie mi, proszę, przyłączyć się do wyprawy! – zagrzmiał.

– Gadający niedźwiedź! – powtarzali ludzie z uśmiechem.

– A po co, do licha? – zapytała Cindella.

– Czarodziejka mi powiedziała, że na drugim kontynencie spotkam swoją wybrankę.

– A więc prosisz o bilet w jedną stronę? – zakpił D. E., co tłum skwitował salwą śmiechu.

– Tak.

– Chyba się domyślasz, że stracisz swój udział w skarbie? – ciągnął D. E., co również spotkało się z wesołością ludzi, gdy wyobrazili sobie zwierzę obracające pieniędzmi.

– Tak, proszę pana.

D. E. wzruszył ramionami.

– Jeśli o mnie chodzi, zgoda.

– Masz. – Cindella dała mu kamień. – Nie zgub go, bo nie wejdziesz na pokład.

– Dziękuję. – Niedźwiedź ukłonił się, a potem począłapał w stronę trapu, tuląc w łapie kamień jak małego niedźwiadka.

Kiedy w worku nie zostało już prawie nic, w kolejce zaczęły się rozruchy.

– Hej! – Svein Rudobrody wybiegł poza linię ograniczającą dostęp. – Chciałem tylko, byście wiedzieli, że jestem tu ja i wasi przyjaciele.

– Przepuśćcie go! – rozkazał strażnikom D. E.

Owacjami powitano starego smokobójcę. Za jego plecami pojawili się Bjorn i Sigrid; w szarych wielokątach odbijało się ich zawstydzenie.

– Bjorn! Jednak przyszliście! – Erik zerwał się na nogi, szczęśliwy.

– Witajcie! Witajcie! – D. E. również nie posiadał się z radości.

– Zapowiada się fantastyczna przygoda! Żałujcie, że nie było was tu na początku. Aleśmy się ubawili!

Bjorn wzruszył ramionami.

– Nadal mam inne zdanie i sądzę, że to się źle skończy. Ale jesteśmy kumplami.

– A my bratem i siostrą – zwróciła się Sigrid do D. E.

– No, no, wyglądacie bombowo. – Sarkazm w głosie D. E. wynikał wyłącznie z wesołego nastroju. Bjorn najwidoczniej przemógł swoją niechęć do wydawania pieniędzy, ponieważ przyoblekł się w fantazyjną zbroję, a ciało obwiesił rzemykami z całym arsenałem toreb, mieszków i butelek z eliksirami. Jednak zdecydowanie najdziwniejszym elementem jego ekwipunku był wielki hełm, pocięty żyłkami jak marmur: ciemny, poprzetykany połyskliwymi nitkami srebra i platyny.

– Co to za hełm? – zapytał D. E.

– Do oddychania pod wodą. Nie miałem czasu uczyć się pływania – przyznał ze wstydem ich przyjaciel.

– Dobry pomysł – dorzucił Erik. – Ale miejmy nadzieję, że nie okaże się przydatny. Macie. – Dał im kamienie.

Tymczasem Svein Rudobrody stał z boku, gdzie tylko patrzył i słuchał. Teraz zbliżył się w swoim bogato zdobionym rynsztunku bojowym – dokładnie tym samym, w którym widzieli go na arenie.

– Jeśli pozwolicie mi przyłączyć się do was, będzie to dla mnie zaszczytem – powiedział.

– Nie ma sprawy. To my się czujemy zaszczyceni. Został nam

jeszcze jeden kamień. Prawda, Erik? – D. E. najwidoczniej zapominał, że celem wyprawy jest ucieczka przed Centralnym Biurem Alokacji. Za bardzo dał się ponieść emocjom związanym z wyprawą. Gdyby Erik mógł go fizycznie kopnąć, zrobiłby to na pewno, choćby miało to być poczytane za przemoc.

– Jest jeden. – Było za późno, żeby go schować.

– Znakomicie. – Svein przyjął kamień z ukłonem.

Tłum dopingował ich i machał rękami, kiedy szli w stronę trapu. Już teraz w pobliżu przechadzali się minstrele: układając początkowe strofy wielkiej sagi, wysławiali gadającego niedźwiedzia, wampira i smokobójców – starych oraz młodych.

Niespodziewanie wrzawę na nabrzeżu zagłuszyło świdrujące, natarczywe wycie. Psi strażnik Injeborg stał na czterech łapach na górnym końcu trapu ze zjeżonym włosem i obnażonymi zębami.

– O co chodzi? – wykrzyknęła Injeborg, patrząc na Cindellę.

– Intruz! – zawołał Erik, zdejmując rękawiczkę Cindelli. Był na tyle blisko, że w mętnym blasku pierścienia mógł dostrzec nieznajomego: postać zakutą w czarną zbroję, przyczajoną z dobytym mieczem na trapie. – Niewidzialny!

Czerwony błysk: gnom Odynus rzucił w powietrze garść prochu, który zawirował i czarodziejskim sposobem przylgnął do niedoszłego pasażera na gapę.

– Tam jest! – Marynarze i wojownicy przypadli do burty statku, wskazując wyraźną teraz sylwetkę.

Intruz odwrócił się z wściekłym rykiem i rzucił do ucieczki, brutalnie odpychając ludzi. Wynajęci strażnicy ruszyli za nim w pogoń, ale wkrótce opadli z sił, gdy słabo widoczny wojownik zagłębił się w wąskie uliczki dzielnicy portowej.

Kiedy opadły emocje, tłum zebrany blisko statku pożegnał załogę życzliwymi okrzykami. Cindella skinęła głową na kapitana Sharky'ego, który donośnym głosem zaczął wydawać rozkazy.

Marynarze wartko przystąpili do swoich obowiązków. Rozwinięto główny żagiel z podobizną białego sokoła, któremu statek zawdzięczał swą nazwę. Natychmiast poczuli szarpnięcie, gdy wiatr wypełnił płótno, i usłyszeli głośny szum wody opływającej burty.

– I co – powiedział D. E., stojąc dumnie na nadbudówce rufowej – bawiliście się kiedyś tak dobrze?

Wciąż machał ręką, dopóki oddalający się tłum nie stał się mrowiem kolorowych punkcików.

ℬ 20 ℭ

Niebezpieczeństwo na morzu

Spoglądając uważnie przez lunetę, Erik widział żagle statku, który przez cały dzień płynął ich śladem. Szary, niewyraźny kształt częściowo zasłaniała mżawka, która zbliżała się do „Białego Sokoła" od strony tajemniczego prześladowcy. Powoli nadchodził wieczór, więc pochmurne niebo przybierało już krzykliwe pomarańczowe zabarwienie. Niebawem, gdy zapadnie zmrok, spróbują zmienić kurs i umknąć przed wścibskim statkiem, który śledził ich tak uparcie.

– To na pewno ten pirat, książę Raymond. – Kapitan Sharky stanął obok niego i popatrzył z niepokojem na horyzont.

– Czemu tak myślisz? – zapytał Erik.

– Bo nie jest to statek kupiecki i nie należy do floty żadnego ze znanych mi miast-państw. Czuję w kościach, że to pirat, i to nie byle jaki: najgroźniejszy na tych wodach.

Odłożywszy lunetę, Erik po raz ostatni popatrzył z dumą na zapracowaną załogę „Białego Sokoła" i odłączył się z gry. Spotkanie przywódców ekspedycji miało się odbyć po zachodzie słońca, ale teraz była pora na obiad. Rolfsonowie zawsze punktualnie zasiadali do posiłku, o czym Erik ze wstydem przekonał się kilkakrotnie, gdy pukając do drzwi, zastawał ich w komplecie, czekających tylko na niego.

Przybiegł do ich domu, gdzie powitały go radosne okrzyki i aromatyczna woń zimowej zupy jarzynowej z rzepy, brokułów i marchewki.

– Witaj, Erik. Siadaj, siadaj… – Rolfson wskazał mu krzesło przy stole.

– Ten statek ciągle za nami płynie? – zapytał Bjorn.

– Tak. Kapitan Sharky myśli, że to książę Raymond, jego odwieczny wróg.

– To znaczy, że przed nami bitwa morska? – Injeborg wcale nie wydawała się przerażona tą myślą.

– Być może. Choć byłoby lepiej zwiać im pod osłoną nocy.

Bjorn przyznał mu rację kiwnięciem głowy.

Po obiedzie Erik podziękował Rolfsonom i po ciemku pobiegł do domu, żeby wrócić do gry. Prawdę mówiąc, jako ostatni wszedł do kabiny kapitana; to, że wszyscy tak prędko zjawili się na pokładzie, świadczyło, jak poważnie traktują sytuację. Bohater jego ojca, siedzący pod oknem, domykał za sobą okiennice, żeby blask lampy oliwnej nie wydostał się na zewnątrz i nie zdradził ich położenia. Anonimus robił to samo w drugiej wnęce okiennej. Bjorn, Injeborg, D. E. i Sigrid siedzieli i czekali. Erik z zadowoleniem zauważył, że zostawili dla niego wolne miejsce przy stole kapitana. Równocześnie lekko zawstydził się własnej dumy, która kazała mu cieszyć się z przewodzenia wyprawie.

– A więc tak. – Usiadł na swoim miejscu. – Kapitan Sharky podejrzewa, że ten statek należy do księcia Raymonda. Czy ktokolwiek ma informacje o tym piracie?

– Oczywiście, że nie – odparł chłodno Anonimus. – Jeśli to rzeczywiście pirat, nie musimy się nim przejmować.

– Chyba że zamierza nas zaatakować. – Bjorn ze spuszczoną głową muskał palcami srebrną głowicę miecza.

Po jego słowach zapanowało milczenie. Erik nie wiedział, czy pozostali martwią się perspektywą walki.

– Według was jakie mamy szanse? – zapytał.

– Powiedziałbym, że duże – odparł Harald – ale wynik byłby sprawą otwartą, więc wolałbym, jeśli to możliwe, uniknąć konfrontacji.

– No – zgodził się Bjorn.

– Właśnie, spróbujmy nie wchodzić im w drogę – wtrąciła swoją opinię uzdrawiaczka Sigrid.

– Też myślę, że powinniśmy ich unikać, lecz z innych powodów. – Mówiąc to, Anonimus przechadzał się tam i z powrotem po ciasnej kabinie. Po jego ciemnej postaci pląsały drżące cienie. – Jestem zdania, że ścigający nas okręt ma coś wspólnego z Centralnym Biurem Alokacji. Próbowali przemycić na pokład niewidzialnego wojownika, a ten, kiedy go przepędziliśmy, wynajął statek i teraz nas śledzi. Chcieliby nas sprzątnąć, żeby nie musieli walczyć z nami na arenie przed wielomilionową widownią.

– Nie zdziwiłbym się – mruknął Harald.

– A więc jesteśmy zgodni, że tej nocy będziemy unikać kontaktu. Ale chciałbym jeszcze wspomnieć o innej opcji. – Erik, ciągle mając w pamięci istotę zwaną Awatarem, zastanawiał się, czy będzie rozczarowana, jeśli zmarnuje okazję i nie pomoże kapitanowi Sharky'emu zemścić się na zażartym wrogu. – A gdybyśmy ich zaatakowali? Epic to złożona gra, a my rzadko eksploatujemy nawet najprostsze wątki, nie mówiąc już o tych, które wymagają podróży do odległych części świata. Jeśli to okręt księcia Raymonda, ma związek z moją misją i zwyciężenie go przybliży mnie bardzo do celu. Jeżeli tym statkiem płyną nasi wrogowie, powalczmy z nimi na naszych warunkach i zlikwidujmy zagrożenie.

– Dobrze mówisz, Erik. – D. E. rwał się do czynu. – Jestem za. Umieram z ciekawości, jak te miecze spisują się w walce.

– Zachciewa ci się gierek? Proszę bardzo, ale innych do tego nie mieszaj. Chcesz narażać wszystkich na klęskę? – Anonimus wpadł w złość. – Zapomniałeś, że dla nas, skazańców, to nie jest zabawa? Musimy bez przeszkód dotrzeć do Cassinopii i rzucić wyzwanie. Proste. Żadnych niepotrzebnych przygód.

– Zgadzam się z Anonimusem – włączył się do rozmowy Harald. – Epic już dawno przestał być grą. Skończyły się czasy badania wątków i realizowania misji.

Kiedy wszyscy zaczęli mówić jeden przez drugiego, szybko narastał hałas w kabinie… dopóki ktoś nie zapukał do drzwi.

– Kto tam? – zapytał podejrzliwie Anonimus.

– Svein Rudobrody. Mogę się do was przyłączyć?

– Nie, idź sobie! – odpowiedział prędko Anonimus.

– Zaczekaj. – Erik zerknął na ojca, który pokiwał głową i usunął się w głęboki cień, zalegający w kątach kabiny. Kiedy miał już pewność, że nikt nie dostrzeże Haralda, zawołał do Sveina, żeby wszedł. Ciemny elf zrobił gniewną minę i mimo że bohaterom nie wolno było walczyć poza areną, częściowo wysunął miecz z pochwy.

– Dziękuję. – Svein ukłonił się zaraz za progiem. – Ponieważ ulotniliście się z pokładu, domyśliłem się, że trwa dyskusja. Może mógłbym w czymś pomóc?

– Zastanawiamy się, jak potraktować pirata, który płynie za nami – wyjaśnił Erik.

– No tak, książę Raymond. To bardzo niebezpieczny przeciwnik, poszukiwany we wszystkich miastach-państwach. Na każdego, kto zabije go lub schwyta, czeka sowita nagroda. Bezlitośnie morduje jeńców z wyjątkiem tych, za których może oczekiwać wysokiego okupu. Przypuszczam, że jeśli wie, że na pokładzie tego statku znajduje się sześciu bogatych smokobójców, nie da nam spokoju. – Naczelny bibliotekarz świata ocenił sytuację prędko, jakby pragnął zaimponować im wiedzą.

– A ja przypuszczam, że tak nie jest – odpowiedział ze złością Anonimus. – Skąd wiadomo, że to okręt księcia Raymonda? Bardziej prawdopodobne, że kryje się za tym Centralne Biuro Alokacji. Chcą śledzić nasze poczynania. Wkurza mnie to, że jesteś z nami na statku. – Odwrócił się plecami do Sveina. – Gdyby nie to, że nie możemy mu zrobić nic złego, radziłbym go zabić już teraz.

Zaskoczony nagłym wybuchem gniewu ciemnego elfa, Erik nie zabrał głosu w obronie Sveina. Chwilę później zarumienił się, chociaż Cindella nie dała po sobie nic poznać. Poczuwał się do winy, że nieopatrznie pozwolił, aby rozmowa skręciła na niewłaściwe tory.

– A teraz do rzeczy – ciągnął Svein, niespeszony wrogimi uwagami pod jego adresem. – Mogę was zapewnić, że Centralne Biuro Alokacji nie ma nic wspólnego z płynącym za nami statkiem. Epic to rozbudowana gra, której akcja toczy się nie tylko na obszarach zaludnionych przez graczy. Zahaczyliśmy o jeden z wątków i teraz musimy podjąć odpowiednie działania.

Erik milczał, czując, że nie jest upoważniony do kierowania dyskusją.

– Nie wierzę mu. Mieli sporo czasu, żeby wynająć statek.
– Anonimus zdołał nadać zaskakująco silny wyraz nienawiści ubogim rysom twarzy ciemnego elfa.

– Całkiem możliwe, że to Biuro Alokacji – odezwała się Injeborg. – Ale jeśli tak, będą tylko płynąć za nami i nie zrobią nam nic złego. Na razie przyjmijmy najgorszy scenariusz, czyli że to naprawdę książę Raymond i że nie zgubimy go w nocy.

– Inaczej mówiąc, być może trzeba będzie stoczyć bitwę? – zapytał gorliwie D. E.

– Tak – odpowiedziała. – Może omówmy taktykę. Uważam, że rady Sveina mogą być dla nas cenne.

Ktoś uprzejmie zakasłał przy drzwiach.

Wszyscy skamienieli. W kabinie poruszała się jedynie lampa, która kołysała się zgodnie z przechyłami statku. Cienie zdawały się pląsać trwożnie. W progu stał hrabia Illystivostich, blady jak kość, mający na sobie eleganckie czarne ubranie z atłasu i skóry. Jego źrenice porażały pożądliwością i grozą; Erika, za pośrednictwem Cindelli, nawet w domu paraliżowało ich hipnotyczne spojrzenie.

– Panie i panowie – rzekł znowu tym swoim podstępnie pięknym głosem, w którym kryło się zaproszenie do udziału w zdrożnych, nienasyconych przyjemnościach. – Niechcący podsłuchałem, o czym mówicie, i chyba mogę zaproponować najrozsądniejsze rozwiązanie. Pozwólcie, że pofrunę do śledzącego nas statku i ustalę, kto jest na pokładzie. – Usta wampira, wypowiadające te słowa, były mięsiste, blade i zdeprawowane.

Ależ oczywiście. Istotnie było to najrozsądniejsze wyjście. Nikt nie wyraził obiekcji, kiedy hrabia ukłonił się lekko.

– Niebawem wrócę. Zaczekajcie na mnie.

Dopiero po dłuższej chwili udało im się przerwać milczenie, tak zniewalająca była obecność wampira.

– Powinniśmy ograniczyć kontakty z tym stworem do minimum. – Bjornowi pierwszemu udało się przemówić. Jego uwaga spotkała się z pomrukami aprobaty.

– A jednak… – Svein kręcił głową. – Nigdy więcej nie będziemy mieli okazji rozmawiać z tak potężną istotą. Kiedy nasze drogi się rozejdą, będzie zbyt niebezpieczny, żeby się do niego zbliżyć. Pomyślcie, jaką wiedzę zgromadził! Przecież żyje od wieków. Pewnie zna odpowiedzi na wszystkie nasze pytania!

– Pytania? – zapytał prędko Anonimus. – Niby jakie?

– No wiesz, chodzi o sprawy, którymi zajmują się bibliotekarze. Po prostu gromadzę informacje o świecie Epica. – Pasja wyczuwalna w jego głosie ustąpiła miejsca ostrożności. Usiadł na pustym krześle pod oknem, opuszczonym przez Haralda. Ponownie odezwał się już spokojniejszym tonem: – Kimże jest ten ciemny elf, który zieje taką nienawiścią do Centralnego Biura Alokacji? Nie przedstawiono nas sobie.

– Nazywam się Anonimus.

– Ty również mieszkasz w okręgu Nadzieja? Jakoś sobie nie przypominam, żebym cię widział, kiedy tam wpadłem w odwiedziny.

– Nie twój interes.

Svein wzruszył ramionami.

– Znasz się na morskich bataliach? – zapytał Erik Sveina pojednawczym tonem. Anonimus może i miał rację, okazując mu wrogość, ale los na tym statku związał ich na dobre i na złe, więc nie należało wykluczać, że będą zmuszeni walczyć ramię w ramię.

– Ani trochę, przykro mi. Ale jeśli dokonamy abordażu, reszta będzie podobna do walki na arenie, prawda?

– Tak. Uważam, że powinniśmy zmierzyć się z tym okrętem najszybciej jak się da. – D. E. chwycił sterczące u pasa rękojeści mieczów. – To znaczy, jeśli nie zgubimy go w nocy – dodał i popatrzył przepraszająco na Bjorna, który, o czym dobrze wiedział, był najzagorzalszym zwolennikiem mądrej taktyki unikania konfrontacji.

Przez chwilę siedzieli bez słowa, wsłuchani w trzeszczenie statku prującego fale.

Nagle atmosfera stała się senna i nieprzyjemna, co zwiastowało powrót hrabiego Illystivosticha. Ogromnym wysiłkiem woli Erik zdołał zdjąć niebieską rękawiczkę, zanim wampir ukazał się w drzwiach. W oczach właściciela pierścienia wnętrze kabiny kąpało się w niebieskim blasku. W samym pomieszczeniu nic się nie zmieniło, tyle że widział teraz Haralda, cierpliwie kulącego się w mrocznym kącie.

Obejrzał się nieśpiesznie w stronę drzwi – i serce w nim zamarło. Napotkał utkwione w siebie oczy: dwa rozżarzone groty, przewiercające go na wylot. Wrócił wampir. Sparaliżowany mocą, która przepływała między nimi, Erik ujrzał tysiące lat krwawej egzystencji. Wyrafinowane piękno służące zaspokajaniu odrażającego głodu. Bezbrzeżne znudzenie, złagodzone jedynie perspektywą polowania na zdobycz skrajnie zepsutą i zuchwałą, stanowiącą godne wyzwanie. Erik miał wrażenie, że znów przebywa w obecności Awatara; rozumiał tylko ułamek wypływających z niego obrazów. Tym razem jednak blask był przybrudzony; każdy foton – zaplamiony jak marmurowa kulka z krwawymi pręgami.

– Dobre wieści, towarzysze! – Hrabia już mamił ich swoim urokiem. Erik widział, jak świszczące głoski rozpływają się po kabinie i głaszczą uszy wszystkich słuchających. – Chociaż ścigający nas okręt istotnie należy do księcia Raymonda, nie sprawi nam żadnych kłopotów. Połowa załogi to już moi służący. Wystarczy, że zawrócimy i spotkamy się z nimi, a okręt będzie nasz.

– Dobra robota, hrabio. – W oczach D. E., którego zwodził zachęcający uśmiech wampira, zapłonął ogień pożądania. Wyobrażał sobie, jak kroczy w chwale po pokładach wrogiego okrętu, na lewo i prawo rozdając ciosy Gromem i Błyskawicą, a jego czyny sławione są w pieśniach jak świat długi i szeroki.

– Moglibyśmy zdobyć sporo cennych informacji. – Także Svein płonął zapałem. Erik widział, jak wampir kusi go sugestywnymi obrazami kabin pełnych rzadkich map i dokumentów. Sławni rozbójnicy, jacy wpadną im w ręce, powiedzą Sveinowi wszystko o najskrytszych sekretach, poznanych w ciągu dalekich morskich wojaży.

Nawet Anonimus kiwał głową, gdy porozumiewawczy wyraz twarzy hrabiego wpoił w niego przekonanie, że jego przypuszczenia są słuszne. Naprawdę gonili ich nieprzyjaciele, którzy jednak pożałują, że zadzierali z ciemnym elfem, i po walce spoczną głęboko na dnie morza.

Tylko Bjorn wydawał się odporny na obłudne sztuczki wampira. Na jego twarzy malowała się rozterka. Siła Bjorna, który starał się odepchnąć od siebie perfidne złudzenia, dodała otuchy Erikowi.

– Nie lepiej im po prostu uciec w nocy?

– Tak w każdym razie podpowiada logika. – Wampir wykorzystał myśl Bjorna, który pragnął znaleźć najrozsądniejsze rozwiązanie. – Niestety, dzięki czarom śledzą każdy nasz ruch. Nie możemy im uciec, więc prędzej czy później musimy stawić im czoło. – Te słowa, trafne i przejrzyste, wpasowały się w sposób rozumowania Bjorna niczym kamienie pod fundament potężnego gmachu. Opory ustały. Bjorn pokiwał głową na znak zgody.

Erik natomiast z przerażeniem pojął, jak bardzo nie doceniał zdolności sugestywnych wampira. Wszakże jasność widzenia, którą dawał pierścień, pozwalała mu przyglądać się wszystkiemu jak w lustrze: był jakby cofnięty o krok od tych zdarzeń. W dodatku to lustro stało przed innym lustrem, przez co świat odbijał się wielokrotnym echem, by zginąć w mrocznym szklanym królestwie, gdzie światło poruszało się nie szybciej niż morska fala.

Zatopiony wśród tych widoków, był tak samo uwięziony jak inni – pomimo tego, co teraz rozumiał. Do tego stopnia, że gdy hrabia zwrócił się do niego, przytaknął mu potulnie.

–Wydam rozkaz.

I popełnił błąd, bo to wszystko były kłamstwa…

ೞ 21 ೞ

Chełpliwy pirat

Statek kołysał się ciężko, gdy skręcił z linii wiatru. Żagle oklapły. Brakowało mu impetu, żeby skutecznie przeciwstawić się falom, i przechylał się na bok, gdy woda się spiętrzała. Na ciemnej toni przeciwnik szybko skracał dystans; w ostatnich promieniach zachodzącego słońca jego żagle miały lekko pomarańczową barwę.

– W ten sposób nie wygra się bitwy morskiej – martwił się Bjorn. – Są zwinniejsi od nas.

– To nie będzie normalna bitwa morska – wyjaśnił hrabia uspokajająco.

Pewność siebie wampira jakoś nie udzielała się Erikowi, który z niepokojem patrzył, jak piracki okręt pruje prosto na nich. Wszyscy gracze zebrali się na kasztelu rufowym z bronią w pogotowiu, a jednak wróg gnał bez wahania. Może hrabia Illystivostich rzucił zaklęcie na piracką załogę i dlatego książę Raymond pcha się w paszczę „Białego Sokoła"?

Nad falami poszybowała strzała, potem druga, aż zafurkotał w powietrzu istny grad pocisków. Piraci szykowali się już do abordażu. Wszyscy wokół Erika kryli się za drewnianym krenelażem.

Drżały deski, gdy na kasztel sypały się strzały. Wykorzystując chwile spokoju między kolejnymi salwami, D. E. wraz z kilkoma wojownikami chwycił za łuk i zaczął odgryzać się piratom.

– Kiedy nasz ruch? – Erik odwrócił się do hrabiego… którego już przy nim nie było, gdyż wampir z cichym śpiewem poderwał się do lotu; jego długie, czarne włosy tańczyły zmysłowo na wietrze.

– Coś jest nie tak! – krzyknął Erik.

Kiedy pozostali szukali wzrokiem wampira, który doszedł właśnie do kluczowego momentu pieśni, na środku małego kasztelu zmaterializował się długi, brunatnoczerwony gad, sycząc z wściekłością. Pomału odmykał swoje wypukłe oczy, przykryte łuskowatymi powiekami. Intensywne fioletowe światło, strzelające z jaskrawych źrenic potwora, zniewoliło wszystkich, którzy na niego patrzyli. Erik miał wrażenie, że się dusi.

– Bazyliszek!!! – krzyknął ochryple Svein, dobywając miecza.

Gad skoncentrował spojrzenie na potężnym wojowniku, który – zalany pulsującymi falami fioletowego światła – znieruchomiał i zszarzał.

– Zabijcie go, prędko! – zawołała Injeborg.

Powarkujący potwór miotał się po pokładzie, siekąc na boki ogonem i drapiąc pazurami gładkie deski. D. E. stanął przed nim i ponownie spod ciężkich powiek trysnęło fioletowe światło, nabierając rażącej ostrości. W pewnej chwili Erik chciał użyć szyderstwa, żeby przyciągnąć do siebie uwagę stwora, ale się powstrzymał. Cindella nie miała przecież większej odporności na spojrzenie bazyliszka niż D. E. Zaraz jednak Erik pożałował, że tego nie zrobił, ponieważ przyjaciel znieruchomiał ze wzniesionym mieczem, poszarzał i przewrócił się z głuchym łoskotem kamienia uderzającego o drewno.

W następnej chwili za bazyliszkiem pojawił się Harald, który dźgnął go swoimi elfickimi szablami. Potwór odwrócił się z wściekłym rykiem, kierując na napastnika swoje zabójcze światło, lecz leśny elf już uciekał – i choć zachwiał się, kiedy drasnął go fioletowy blask, zdołał skryć się za brzegiem kasztelu i zeskoczyć na dolny pokład.

– Biegnijcie za nim! – krzyknął Erik i wyskoczył z kasztelu. Inaczej wszyscy by zginęli, gdyż bez odpowiedniego przygotowania stanowili łatwy łup dla bazyliszka.

Cindella zjechała po poręczy schodków, którymi wychodziło się na drewniany kasztel, i przetoczyła się po głównym pokładzie, żeby wytracić impet. Kiedy Erik w końcu mógł się rozejrzeć, ze zdumieniem zobaczył, jak bardzo zbliżył się do nich nieprzyjaciel. Nad nimi unosił się ozdobiony krenelażem kasztel dziobowy okrętu księcia Raymonda. Między drewnianymi osłonami widoczni byli dwaj czarnoksiężnicy w zielonkawych szatach, podobni do siebie jak bliźniacy, o tak samo bladych twarzach. Stali z uniesionymi ramionami i wypuszczali z rąk białe, grube nici. Nieprzerwanie okrywali pokłady „Białego Sokoła" wytworami swoich czarów, ubielając statek w zastraszającym tempie.

Charakter ich zabiegów ujawnił się już niebawem, ponieważ nawet zwinna Cindella, usiłująca dotrzeć do głównego masztu, uwikłała się ostatecznie w materię, którą przędli czarnoksiężnicy. Była to w zasadzie szarobiała pajęczyna, gruba i lepka, z której nie sposób było się uwolnić. Cindella poruszała się w niej jak mucha w smole. Borykali się z nią wszyscy, przy czym niektórzy spoglądali na Erika, by wydał rozkazy.

Wysoko na niebie mały gnom Odynus Majaminus siedział

już na dywanie i oddalał się prędko w kierunku zachodnim: drobna postać na tle szkarłatnej łuny na widnokręgu. Nieopodal niedźwiedź, wyraźnie skołowany, oswabadzał łapę z pajęczyn. Gdy wreszcie po wielkich wysiłkach udała mu się ta sztuka, badawczo przyjrzał się pazurom. W końcu z ciekawości polizał je ostrożnie i zaraz skrzywił się ze wstrętem.

Czarnoksiężnicy nadal snuli swoje pajęczyny, pokrywając „Białego Sokoła" wieloma duszącymi warstwami.

Bitwa była skończona.

W domu Erik opuścił ramiona. Cindella była bezradna. Zastanawiał się, czy nie powinien odłączyć się z gry i tym sposobem szukać ratunku, ale nie chciał się chwytać tak rozpaczliwych i ryzykownych środków. Biedny D. E. i Svein Rudobrody. Dwaj smokobójcy zginęli, zamienieni w kamień. Być może ten sam los spotkał pozostałych, lecz Cindella nie mogła nawet ruszyć głową, żeby to sprawdzić. Ludzie będą w szoku, kiedy wieść rozejdzie się po świecie. Powinien był wyszydzić bazyliszka; dzięki temu D. E. mógłby zrobić pożytek ze swoich czarodziejskich mieczy... nawet jeśli wiązałoby się to ze śmiercią Cindelli.

Co poszło nie tak? Wszystko. Nie mógł uwierzyć, że tak naiwnie posłuchali rad hrabiego Illystivosticha. Wampir zamierzał ich zdradzić od samego początku, nie było co do tego żadnych wątpliwości. Ale czemu? Nagle doznał olśnienia: działania wampira mogły mieć związek z jego misją. Erik walczył ze wszystkich sił z lepką pajęczyną, żeby Cindella rozpięła tunikę i wyciągnęła kościaną szkatułkę ze zwojem. Po raz tysięczny i ostatni popatrzył na mapę skarbu, starając się tym razem zapamiętać każdy szczegół. Następnie Cindella porwała ją na drobne kawałeczki i przeżuła. Na szczęście Epic mimo swojego zaawansowanego interfejsu nie obsługiwał czujników smaku. Zjadanie mapy odbywało się powoli, lecz nie była to nieprzyjemna czynność. Po namyśle Erik zdjął Pierścień Przenikliwego Widzenia i umieścił go w ustach przy policzku.

**

Gdy godzinę później poczuł, że jacyś ludzie za pomocą kordów rozcinają pajęczynę, ocknął się z gorzkiej, niespokojnej zadumy. Nim zadowoleni marynarze wyciągnęli Cindellę z sieci, mocno związali ją sznurem. Erik prawie czuł ból we własnych stawach, kiedy bez ceregieli wyrywali ją z lepkiej materii. Trudno było cokolwiek zobaczyć, gdyż na ciemnogranatowym firmamencie pokazały się już pierwsze gwiazdy – wirowały nad głową Cindelli, gdy przerzucano ją na pokład nieprzyjacielskiego okrętu.

Na tle horyzontu wystrzeliły nagle czerwono-żółte kolory. Chwilę później ich źródło stało się oczywiste. Zanim Cindellę wepchnięto do jakiegoś pomieszczenia, zdążyła jeszcze dostrzec „Białego Sokoła", który oddalał się z pióropuszem płomieni i rozpadającymi się pokładami.

Cindelli zabrano cały ekwipunek. Bezpardonowo zdarto z niej pasy, sakwy, pierścienie i buty. Potem na nowo ją związano i wrzucono do stęchłej, pachnącej solą ładowni. Brutalny sposób, w jaki przeciągano ją z miejsca na miejsce, pozostawił na niej swoje ślady. Sprawdzając zdrowie Cindelli, Erik ze smutkiem zauważył, że straciła pół życia. Ale przynajmniej nie rozstała się z najcenniejszym pierścieniem. Wypluła go na ziemię i przetoczyła się, aż dosięgła go i wsunęła na palec. Pomieszczenie miało równie obrzydliwy wygląd w blasku pierścienia, jak w chwiejnym świetle lampki oliwnej. Tyle że teraz zauważył dwadzieścia par gorejących oczu wygłodniałych szczurów, czających się w ciemnych zakamarkach, gdzie ściany stykały się z podłogą.

Chcąc poznać losy swoich towarzyszy i własne przeznaczenie, postanowił nie odłączać się z gry i czekać cierpliwie.

Po pewnym czasie na wilgotne ściany ładowni padło jaśniejsze światło lampy, gdy otworzyły się nieheblowane drzwi. Ukazał się w nich czyjś cień. Był to nie kto inny, tylko Anonimus; gdy popchnięto go z tyłu, zatoczył się w przód z rękami związanymi na plecach.

– Przynajmniej ty żyjesz. Widziałeś pozostałych? – zapytał Erik, spragniony nowin.

– Zamknij się, chłopcze!

Erik nie odzywał się więcej, obserwując swojego towarzysza. Anonimus usiadł, wzdychając i kręcąc głową z niedowierzaniem.

Drzwi znów się otwarły. Do środka wepchnięto tym razem Sigrid i Injeborg. Zaledwie okrzykiem dały wyraz swemu zaskoczeniu, w ładowni rozbrzmiała gromka komenda:

– Cisza!

Z progu skierowano na więźniów jasne, nieprzyjemne światło. W tle stały dwie ciemne postacie, przy czym jedna z nich tchnęła złośliwością pasującą do głosu, który nakazał im milczenie.

– Pozwolisz, książę Raymondzie, że przedstawię ci swoich towarzyszy podróży: oto Anonimus, Cindella, Injeborg i Sigrid.

– Wampir drwił z nich i Erik, rozgniewany, nie mógł się nadziwić, że kiedyś dali się omotać jego podstępnym zapewnieniom.

– Dobra robota, hrabio. Choć szkoda mi tamtych. Mógłbym zarobić na nich kupę złota.

– Przekonasz się, że i ci mają go pod dostatkiem.

– Ho, ho… – Książę Raymond zacierał ręce. – Zastanawiam się, czy to przypadek, że przeżyły trzy smokobójczynie. Czy kobietom, które są poszukiwaczkami przygód, sprzyja wyjątkowe szczęście, czy może twoje upodobania wstrzymały rękę przeznaczenia?

Wampir parsknął złowróżbnym, ostrym jak sztylet śmiechem, drapiąc po gardle Cindellę.

– Dajcie sobie spokój z głupimi żarcikami! Czego od nas chcecie? – odezwał się Anonimus, opryskliwy z powodu wrzącego w nim gniewu.

– Za dużo od nas wymagasz – odpowiedział książę Raymond ze śmiechem. – Co za przyjemność z bycia łotrem, skoro nie można się nabijać ze swoich pokonanych wrogów?

∞ 22 ∞

Brutalne wydalenie

Starając się nie okazywać nadmiernej radości, Ragnok nie odrywał wzroku od stołu, a właściwie od leżącego przed nim notesu, w którym sporadycznie kreślił nic nieznaczące bazgroły. Mimo to od czasu do czasu, gdy już nie mógł się powstrzymać, ukradkiem zezował w bok, żeby przyjrzeć się reakcji Sveina.

Głównym atakującym był Halfdan Czarny i ewidentnie czerpał z tego satysfakcję.

– Svein nie posiada już w Epicu znaczącego bohatera – mówił – zatem nie może być członkiem komitetu. To chyba oczywiste. – W drżącym głosie Halfdana dźwięczała wesoła nuta.

– To wcale nie jest takie oczywiste i dobrze o tym wiesz – odparła ze złością Bekka. – Możemy dać Sveinowi środki do wyekwipowania nowego bohatera, który bardzo szybko stanie się silny i znów będzie odgrywał ważną rolę w Centralnym Biurze Alokacji.

Przez chwilę nikt się nie odzywał.

Na ile Ragnok był w stanie ocenić sytuację, ani Halfdan, ani Thorkell nie zawahaliby się wywalić Sveina z komitetu. Z drugiej strony, Bekka z pewnością sprzeciwiłaby się takiemu wnioskowi, więc byłyby dwa głosy za pozostawieniem Sveina, który pomimo utraty bohatera zachował prawo do głosowania. Pozostali członkowie komitetu: Wilk, Brynhild, Hleid i Godmund prawdopodobnie byli jeszcze niezdecydowani.

Hleid tym razem nie przewodniczyła obradom ze zwykłą sobie stanowczością, więc dopiero gdy przedłużała się krępująca cisza, rzekła z westchnieniem:

– To trudna sytuacja. Oczywiście wiele zawdzięczamy Sveinowi i osobiście obawiam się, że będzie nam brakowało jego rad i obycia z systemem bibliotecznym. Ale pomyślcie, jak świat zareaguje, jeśli wypromujemy nowego bohatera w trybie przyśpieszonym. Wyobrażacie sobie, jak obsmarowałby nas „Nowy Lewiatan"?

Godmund pokiwał głową, co niezwykle ucieszyło Ragnoka. Gdyby starzec przemówił przeciwko Sveinowi, byłoby po sprawie.

Najwyraźniej Svein doskonale zdawał sobie z tego sprawę, bo choć nie miał jeszcze przygotowanych słów, prędko dał znać Hleid, że chce zabrać głos.

– Nie będzie to wyglądać najlepiej, tu się zgadzam, ale większe znaczenie ma mój wkład w działalność komitetu. Jak beze mnie poradzicie sobie z Południem? A system biblioteczny potrzebuje prawdziwych fachowców. Do tego dochodzi uniwersytet, wykłady.

Kiedy Svein przemawiał, Ragnok skorzystał z tej okoliczności, żeby przyjrzeć mu się uważniej, bez ukrywania swojej ciekawości. Mężczyzna wyraźnie cierpiał: był blady, prawie zielony, jakby długo nie spał. Miał wilgotne oczy, a gdy w twarzach pozostałych członków komitetu odczytał fiasko swojej argumentacji, zamrugał, aby powstrzymać łzy.

W końcu przemówił Ragnok, będąc już pewnym wyniku głosowania:

– Nie ma ludzi niezastąpionych. Jeśli będzie potrzebny w komitecie ktoś z Południa, przyjmiemy jednego z obiecujących studentów. Podobnie z bibliotekami. Po prostu wybierzemy mniejsze zło.

Svein był wyraźnie wstrząśnięty, bliski załamania.

– Ty... również?

Ragnok uśmiechnął się zwycięsko, lecz zdołał się pohamować od dalszego wyrażania swoich prawdziwych uczuć. Najchętniej stanąłby nad Sveinem i wykpił go bezlitośnie. Powiedziałby, że choć przez długie, długie lata tańczył, jak mu Svein zagrał, zawsze go nienawidził – tego aroganckiego bibliotekarza. Na każdym kroku udawał wdzięczność. Jak to miło, Svein, że pokazałeś mi taktykę, ekwipunek i czary, którymi potrafię się już posługiwać. Jak to miło z twojej strony, żeś mi zlecał każdą brudną robotę, którą musiał odwalić komitet – robotę budzącą w ludziach nienawiść... Ale Ragnokowi ta nienawiść wcale nie przeszkadzała. To właśnie Svein zasłaniał się nim przed pręgierzem opinii publicznej. Svein myślał, że jest nietykalny, lecz teraz przykry wypadek w grze zepchnął go na samo dno. I Ragnok, zamiast mu pomóc, tylko splunął na niego.

– Wnoszę o głosowanie – rzekł triumfalnie Halfdan – nad usunięciem bibliotekarza Sveina z Centralnego Biura Alokacji.

– Moja propozycja jest taka, żeby go wyekwipować z szacunku dla jego dawnych zasług. Świat to zrozumie. Nawet się zdziwi, jeśli go porzucimy. – Bekka po raz ostatni próbowała przeciągnąć ich na drugą stronę.

– A więc dobrze, zdania są wyraźnie podzielone. Kto jest za tym, żeby Svein pozostał w komitecie, niech podniesie rękę.

Ręce podnieśli tylko Bekka, Wilk i oczywiście Svein.

– Kto przeciw?

Halfdan, uradowany, dał wszystkim przykład, wyciągając do góry lekko drżącą dłoń. Thorkell, Godmund i Ragnok poszli za jego przykładem. Brynhild i Hleid wstrzymały się od głosu, ale to nie miało już żadnego znaczenia. Svein przegrał!

– Przykro mi, Svein, muszę cię prosić o wyjście. – Widać było, że Hleid jeszcze się nie otrząsnęła.

Nastąpił długi, powolny marsz do drzwi. Ragnok śledził każdy krok Sveina. Ten zaś nie odchodził z podniesionym czołem: garbił się jak człowiek przybity i zdezorientowany.

ఇం 23 ౫

Malowany pejzaż

D. E. i Sigrid byli na plaży. Siedzieli na „ciamkającej skale",
którą nazywali tak z powodu specyficznego odgłosu wody wci-
skającej się w przestrzenie pod jej masywną bryłą. Erik pozdrowił ich z daleka, lecz Sigrid ostentacyjnie zeszła ze skały na drugą
stronę. Kiedy ją znowu zobaczył, zdecydowanym krokiem odda-
lała się od niego.

– Nie przejmuj się nią. – D. E. poklepał kamień, pokazując
Erikowi, żeby usiadł. – Jest zła. Przejdzie jej.

– Przepraszam – powiedział Erik, sadowiąc się obok swojego
starszego kumpla.

– Nie twoja wina. To przecież ja chciałem, żebyśmy wzięli
wampira, pamiętasz?

– Jeśli przeżyję, podzielę się pieniędzmi z twoim nowym bohaterem.

– Miło z twojej strony, Erik, ale raczej nie skorzystam. – D. E.
odwrócił się, zażenowany, udając, że przygląda się odległej wyspie.

– Jak to?

– Nie zauważyłeś? Cała ta forsa i bogactwo… miały na mnie
zły wpływ. Zacząłem się zmieniać. I nie podobało mi się to, kim
się staję.

Erik nic nie mówił, zaskoczony. Przez chwilę wsłuchiwali się w odgłos fal nacierających na skałę.

– Dam ci przykład – podjął temat D. E. – Jest w szkole taka dziewczyna, Judna. Chciała pogadać ze mną na tańcach. Olałem ją. Wiedziałem, że będę gwiazdą w Mikelgardzie, więc Nadzieja była dla mnie dziurą zabitą dechami. Chciałem stąd spadać, poużywać sławy na uniwersytecie, rozbijać się po mieście rajdowym sallerem i wyrywać laski. Fajna przyszłość, ale byłem wkurzony, bo wiedziałem, że uderza mi sodówa. Kapujesz? I coś mi się zdaje, że źle bym się czuł w dużym mieście, choćbym był nie wiem jak sławny.

– Kapuję. – Erik nigdy nie myślał o wyjeździe z Nadziei, może z wyjątkiem chwilowego pobytu z rodzicami na wygnaniu. Albo też zamieszkania z Injeborg, choć nie rozmawiali jeszcze o przyszłości i tym, czy w ogóle chcą być razem.

– Dlatego nie żałuję, że to się skończyło, mówię o sobie. Szkoda tylko, że nie zobaczyłem Groma i Błyskawicy w akcji. – D. E. odwrócił się do niego z przepraszającym uśmiechem. – I że nie uwolniliśmy twojego taty.

– Możesz zacząć od nowa. Jeśli nie zginiemy w niewoli, zostanie nam dość pieniędzy, żeby kupić nowy ekwipunek. Może nie będzie to nic wspaniałego, ale wystarczy, żeby dalej próbować. – Erik zamilkł, myśląc o swoim przyjacielu, który stworzy nowego bohatera, jakby nigdy nie uczestniczył w zabiciu smoka. – Na pewno nie wrócisz do zabijania koboldów po tym, cośmy przeszli.

– Fakt. – Westchnął. – Sam już nie wiem. – Wstał i przeciągnął się, unosząc ręce do szarego nieba. – Jeśli się pośpieszę, dojdę na farmę Judny i wrócę przed nocą. – Zeskoczył z werwą ze skały i wylądował z chrzęstem na żwirze. – Powodzenia w grze. Mam nadzieję, że nie dasz się zabić. I przykro mi, że twoje plany wzięły w łeb.

***

Pojawienie się pierwszych pąków w przerzedzonych gałęziach drzew zazwyczaj było radosnym wydarzeniem w Nadziei, bo oznaczało, że skończyła się zima i nadeszła wiosna. Co więcej, często wiosna była najprzyjemniejszą porą roku w tej części wybrzeża, ponieważ lata bywały upalne i męczące. W tym momencie rześka bryza potrząsała stokrotkami, dmuchawcami i jaskrami, wyrastającymi z trawy na pozostawionych odłogiem polach, gdzie miały być pastwiska.

Tym razem Erikowi początek wiosny nie sprawiał wielkiej przyjemności. Lubił cieszyć się nią z innymi, a tymczasem po raz pierwszy przeżywał ją samotnie, gdyż rodzice przebywali gdzieś na innym końcu świata. Czuł się osierocony, co potęgował fakt, że po raz pierwszy od tygodni nie mógł nawet porozmawiać z nimi w grze. Albowiem z chwilą spalenia „Białego Sokoła" bohater Haralda jak gdyby zapadł się pod ziemię, a bohater matki przebywał w okolicach Newhaven i nie mógłby skontaktować się z Cindellą, nawet gdyby nie była uwięziona.

Atmosfera na farmie Rolfsonów wydawała się ponura i przygaszona. Erik zauważył Injeborg między rzędami drzew oliwnych, gdzie spacerowała z psem, owczarkiem wabiącym się Hafni.

Pomachała mu ręką. W odróżnieniu od Sigrid ucieszyła się na jego widok, co od razu podniosło go na duchu.

– Patrz – powiedziała, wskazując palcem. – Czy nie na tym kamieniu złamałeś sobie ząb?

Mimowolnie dotknął językiem ułamanego zęba.

– Na tym. – Uśmiechnął się z niejakim zażenowaniem, wiedząc, że Inny przygląda się jego szczerbie.

– Brakowałoby mi tego uśmiechu, gdybyś go naprawił – oznajmiła, jakby czytała w jego myślach.

– Nie sądzisz, że jestem przez to brzydszy? – Nie do końca był to żart.

– Jesteś bardzo przystojny, Eriku Haraldsonie, wiesz o tym.

Ze śmiechem pogłaskała go po policzkach swoimi chłodnymi, białymi dłońmi. Oszołomiony, w pierwszej chwili miał ochotę chwycić tę szczupłą dziewczynę i przyciągnąć do siebie, a potem mocno ją przytulić i pocałować. Ale nawet gdyby miał pewność, że nie zostanie odtrącony, nie był to jeszcze ten właściwy moment.

– Gdzie Bjorn? – zapytał.

– Na wzgórzu Ogail. Ma dobry dzień na malowanie.

– Będziemy mu przeszkadzać, jeśli podejdziemy?

– Nie, na pewno nie. I tak musimy pogadać, naradzić się.

Injeborg mówiła tonem pogodnym, niepasującym do ich nieciekawej sytuacji, lecz i jemu udzieliła się jej pewność siebie. Podniósł nieduży kij i rzucił go na ścieżkę, którą mieli iść. Owczarek pognał co tchu.

Droga urwała się w pewnej odległości od szczytu wzniesienia i dalej musieli wspinać się po kamieniach. Owczarek zbadał wzrokiem czekającą go trasę, nim ruszył za nimi, przeskakując z kamienia na kamień. Kiedy wdrapali się na ostatnią skałę, otworzyła się przed nimi cudowna panorama wybrzeża. Znajdowali się na tyle wysoko, że pola uprawne jawiły im się w postaci szachownicy zielonych i brązowych prostokątów; w pierwszym przypadku były to sady oliwne, w drugim – pastwiska. Chmury na niebie pomykały chyżo, co sprawiało, że snopy światła biegły jeden za drugim po ziemi w stronę odległego morza, gdzie kładły się na wodzie srebrnymi wstęgami, połyskującymi aż do widnokręgu.

Bjorn siedział na stołku z miną wyrażającą skupienie, przed nim zaś stała sztaluga, unieruchomiona stosem kamieni. Erik z uznaniem patrzył na przyjaciela – wysokiego, muskularnego chłopaka, który potrafił chwycić pędzel swoimi wielkimi palcami i delikatnie nanieść farbę na płótno. Erik i Injeborg zatrzymali się, nie chcąc mu przeszkadzać, aż wreszcie opuścił pędzel i spojrzał na paletę.

Kiedy się zbliżyli, Erik zauważył, że pejzaż przeniesiony przez Bjorna na płótno utrzymany jest w posępniejszym tonie: chmury są ciemniejsze, ziemia bardziej bura. To świadczyło silniej niż słowa o stanie jego ducha.

– Cześć, Bjorn! – Pierwsza podeszła do niego Injeborg.

– Cześć. – Nawet się nie odwrócił.

– Cześć, Bjorn.

– Cześć, Erik. – Bjorn zaczął myć pędzel.

– Masz coś przeciwko, jeśli posiedzimy tu chwilę? – zapytała go siostra. – Musimy pogadać.

– Nie, nie mam nic przeciwko – odpowiedział powoli. – Właśnie skończyłem.

Erik siedział na dość płaskim kamieniu i tarmosił uszy owczarka.

– Co się z tobą działo, gdy my zostaliśmy schwytani? – zapytał.

– Odłączyłem się.

– Hm… Mnie też kusiło. Ale bałem się, że jeśli statek zatonie, po powrocie do gry znajdę się w kabinie na dnie morza i utonę, nim wypłynę na powierzchnię.

– No. Masz rację. – Bjorn uniósł wzrok i uśmiechnął się z dumą. – Oczywiście najpierw założyłem hełm do oddychania pod wodą.

– A, no tak! – Erik z radością zerwał się z kamienia, a owczarek wypuścił kij, który dotąd trzymał cierpliwie, i podskoczył wesoło, gotów do biegu. – Czyli jeszcze żyjesz! To świetna nowina, Bjorn! Nawet nie wiesz, jak się cieszę! Przynajmniej jeden z nas zachowa swój majątek!

– Być może. Ale na dnie morza jest ciemno i pełno mułu. Nic, tylko błądzę. Łażę jak w olbrzymiej jaskini i nawet nie wiem, czy nie chodzę w kółko. Do tego boję się, że zaatakuje mnie i zje jakiś gigantyczny potwór morski.

– Tak czy owak żyjesz!

– No i wy też, nie? I Sigrid?

– Na razie – odpowiedziała Injeborg. – Ale jesteśmy w tarapatach. Książę Raymond żąda okupu, czyli naszego skarbu, choć nie mamy gwarancji, że nas uwolni, jeśli wyślemy dżinna.

– Obiecałem, że zaprowadzę ich do zakopanego skarbu, i chyba tylko dlatego jeszcze żyjemy – dodał Erik. – Łudzę się, że kiedy dotrzemy na wyspę, nadarzy się okazja do ucieczki. Bo jak już będą mieli nasz skarb, znowu zaczną domagać się okupu.

– Aha. – Bjorn pokiwał głową z ożywieniem, zastanawiając się nad problemem. – Masz jakiś pomysł, żeby uciec?

– Na razie nic mi nie przychodzi do głowy, ale udało mi się zachować pierścień. Może coś mi pokaże?

– Tak, może coś wreszcie zrozumiesz. – Bjorn westchnął.

– Co? – zapytała Injeborg.

– Że to była pomyłka, ta cała wyprawa, dziecinna i lekkomyślna. Ryzykowaliśmy dużo, walcząc ze smokiem. Opłaciło się. Trzeba było się tym zadowolić. Ale nie, my musieliśmy szukać przygód w dalekich, niebezpiecznych krainach. W głupi sposób zmarnujemy cały dorobek życia.

– Wcale nie! – przerwała mu głośno Injeborg, a gdy przestał czyścić pędzle i popatrzył na nią, dodała: – To nie było lekkomyślne. Chciałbyś zgarnąć kasę i spokojnie używać życia, bo świat jest pokręcony? Tylu ludzi trwoni czas na ciułanie miedziaków. A pomyśl o naszym tacie, Bjorn, pomyśl o nim. Przez rok tyrał w kopalni, bo nie mieliśmy na farmie baterii słonecznej. Życie przeciętnego człowieka staje się coraz cięższe, pracujemy dłużej i dłużej siedzimy w grze, zupełnie bez sensu. Erik miał rację, z tym trzeba coś zrobić, trzeba wyzwać Biuro Alokacji. A powszechna amnestia byłaby dopiero pierwszym zwiastunem zmian, prawda, Erik? Jeśli udowodnisz, że dasz radę, zmienisz więcej rzeczy, nie? Naprawisz ten świat. Wykorzystasz zasoby, żeby unowocześnić rolnictwo i przemysł. Nagrodzisz ludzi, którzy harują w realnym świecie, a nie zawodowych graczy.

Dla Erika było to jednak coś nowego i nie bardzo wiedział, co powiedzieć, kiedy Bjorn i Injeborg popatrzyli na niego: on sceptycznie, ona z pasją.

– Hm... szczerze mówiąc, Inny, nie myślałem o tym w ten sposób. Przede wszystkim chciałem, żeby wrócił tata.

– Wiem. Wiem, co myślisz. – Injeborg poklepała go po ramieniu. – Ale zgadzasz się ze mną? Nienawidzisz niesprawiedliwości?

– Pewnie, tylko że nie wybiegam myślami tak daleko jak ty. Ale czemu nie? Czemu nie wykorzystać pieniędzy w ten sposób? Dajmy je tym, którzy pracują. To ma sens. Tylko...

– Tak? – zapytała z poważną miną.

– Chyba niepotrzebnie gadamy o zmienianiu świata, skoro nasz plan walki z Biurem Alokacji to porażka.

– Fakt. Najpierw ucieknijcie, potem snujcie marzenia. – Bjorn uśmiechnął się do siostry trochę z drwiną, ale też z wielkim podziwem.

Hafni jakby wyczuła, że rozmowa dobiegła końca, bo zaszczekała i popatrzyła na nich znacząco.

– Chce już wracać do domu – zauważył Bjorn. – Nie będę więcej malować, więc chodźmy zobaczyć, co słychać w grze.

❦ 24 ❧

Dysputa z wampirem

– No, wreszcie się zjawiłeś.

Nieco oszołomiony po wejściu do Epica, Erik przez chwilę sprawdzał, czy nic się nie zmieniło w mrocznej ładowni, w której urządzono im więzienie. Anonimus siedział oparty o ścianę z rękami wciąż mocno związanymi przy ciele.

– Czekałem na ciebie. Harald kazał ci przekazać, że żyje i obmyśla plan ucieczki.

– Tata żyje? Gdzie jest?

– Na statku. – Anonimus zniżył głos do szeptu. – Jest niewidzialny na pokładzie wśród lin i szalup. Ale boi się, że jeśli spróbuje zejść pod pokład, zdemaskują go zaklęcia ochronne czarnoksiężników. Dlatego na razie czeka i obserwuje.

– Świetna wiadomość – odparł szeptem Erik. – Może coś zdziała, kiedy dopłyniemy na wyspę i zejdziemy na ląd po skarb?

– Zobaczymy.

Nawet jeśli Anonimus chciał powiedzieć coś więcej, w milczeniu skierował spojrzenie na drzwi, zaalarmowany nagłym powiewem chłodu i gęstniejącymi ciemnościami. Drzwi otworzyły się bezszelestnie i w mroku zabłysły szkarłatne oczy hrabiego Illystivosticha. Kiedy wampir wkradł się do kabiny, Erik zauważył lęk szczurów, które zebrały się w dużą, cichą grupę w kącie pomieszczenia i prawie się nie ruszały.

– Chciałbym z wami porozmawiać. – Wampir cedził słowa czyste i zimne niby odłamki kry lodowej. Nie było już w nich tonu zwodniczej senności, którą dotąd stosował w ich towarzystwie. – O skarbie, za który chcecie kupić sobie wolność. O skarbie na wyspie. Czy wiecie, co zawiera?

– Może tak, a może nie. Co ci do tego? – odpowiedział ze złością Anonimus.

– Zaraz wam powiem, co mi do tego – odrzekł wampir. – Sprawa jest prosta. Jeśli dacie mi niewłaściwą odpowiedź, pożywię się wami w tej chwili. – Warknął gniewnie, odsłaniając kły.

Erik skulił się, a szczury struchlały pod ścianą.

– Oczywiście, że wiemy, co zawiera – stwierdził hardo Anonimus, nie dając się zastraszyć.

– Czekaj! – przerwał mu Erik. – Nie znamy żadnych szczegółów. Mamy tylko informację, że to skarb z „Czarnego Sokoła".

Anonimus spiorunował wzrokiem Erika, lecz wampir prychnął śmiechem.

– A zatem słowa *fines facere mundo* nic wam nie mówią?

– Nic – odpowiedział Erik z bijącym sercem. Czyżby Cindella miała zginąć?

Hrabia podszedł bliżej i wierzchem długiego, zakrzywionego paznokcia powoli pogłaskał Cindellę po policzku, zaglądając jej głęboko w oczy.

– Mówisz prawdę?

Prawie nie sposób było patrzeć w straszne źrenice wampira, a jednak posiadały jakąś zniewalającą moc. Zupełnie jakby przy-

253

ciągały się dwa bieguny magnesu. Erik z trudem wytrzymywał siłę szkarłatnej energii, która wypełniała jego pole widzenia. Słowa wampira jak imadło unieruchomiły jego głowę, domagając się odpowiedzi.

– Tak...

– To dobrze.

Presja nagle ustała i Cindella opuściła głowę z westchnieniem ulgi.

– To właściwa odpowiedź. Cindella uratowała ci życie. – Hrabia patrzył uważnie na Anonimusa. – Na razie. – Wampir przefrunął nad nimi: dłonie splecione, smukłe palce złożone jak do modlitwy. Obserwował ich bacznie. – Zapewne zdziwicie się, gdy wam powiem, że ja też się czegoś boję. Tak, nawet ja, choć jestem, pomijając bogów, najstarszą istotą na świecie. – Hrabia mówił powoli, z zadumą. – Czym jest to, co wzbudza mój strach? Wyczuwam waszą ciekawość. Ale nie zamierzam męczyć was zagadkami, ponieważ odpowiedź jest prosta. To coś, czego boimy się wszyscy: nieistnienie.

Wskazując szczura, hrabia uśmiechnął się melancholijnie i zarazem złowieszczo. Szczur przewrócił się, a wtedy stado rzuciło się na ciało, żeby je pożreć. Erik odwrócił wzrok z obrzydzeniem.

– Muszę zachować swoją egzystencję. I chociaż mógłbym zginąć w walce w pewnych szczególnych okolicznościach, nie przejmuję się tym, ponieważ wydaje się to praktycznie niemożliwe. Nie. Idylliczną przyjemność mojego bytu psuje myśl, że cały świat przestanie istnieć, a wraz z nim, oczywiście, zamieszkujące go stworzenia.

Anonimus nagle wstał.

– Interesuje cię ten temat? – Hrabia uniósł swoje piękne brwi.

– Niezmiernie – odparł ciemny elf.

– Cieszę się. Zatem pozwól, że przetłumaczę. *Fines facere mundo*: „spowodować koniec świata". Jest sposób, aby to uczynić, a zakopany skarb, którego szukacie, zawiera przedmiot najcenniejszy dla kogoś, kto pragnie zniszczyć wszystko, co dobre i złe.

Po raz pierwszy Erik zobaczył, jak opanowany dotąd wampir traci kontrolę nad sobą. Z równowagi wyprowadził go chichot Anonimusa.

– Czemu rżysz!?

– Zadałeś sobie tyle trudu, najpierw żeby wyruszyć z nami w podróż, potem żeby nas wydać księciu Raymondowi, bo myślałeś, że po wykopaniu skarbu spróbujemy przyśpieszyć koniec świata. Ale, jak na ironię, gdybyś zostawił nas w spokoju, niczego byśmy nie szukali. Historia o skarbie była tylko przykrywką, ponieważ cel naszej wyprawy jest zupełnie inny.

– Co ty powiesz? Niby jaki? – Mimo zaskoczenia wampir szybko odzyskał spokojny, lodowaty wyraz twarzy.

– Powiem krótko: chcieliśmy uciec naszym wrogom w Newhaven i rzucić im wyzwanie na arenie w Cassinopii. Gdyby nie ocean między nami, pewnie wynajęliby zabójcę i nie dopuścili do walki.

Dłuższą chwilę wampir milczał, pogrążony w myślach.

– Tak czy inaczej, cieszę się, że nie macie pojęcia, czym jest przedmiot, o którym mówię. Postanowiłem, że was zabiję od razu, gdyż pozostawienie was przy życiu byłoby zbyt dużym ryzykiem, gdybyście naprawdę zamierzali spowodować koniec świata. Ale w tej sytuacji… Uważam, że postąpię właściwie, jeśli zabiorę ten przedmiot i przeniosę go w bezpieczniejsze miejsce. Albowiem niezależnie od waszej misji posiadacie na temat

skarbu prawdziwe informacje, które ktoś mógłby od was wyciągnąć,
a potem krok po kroku dojść do celu i spowodować katastrofę.

– Puścisz nas, jeśli znajdziemy dla ciebie ten przedmiot?
– zapytał Anonimus.

– Oczywiście. Na tym właśnie polega umowa między nami.
Cindella wskaże miejsce ukrycia skarbu, ja daruję wam życie.
– Hrabia ukłonił się kurtuazyjnie.

– Kłamiesz! – rzucił oskarżycielsko Erik i nikły uśmieszek
w kącikach krwistoczerwonych warg hrabiego zniknął w wyrazie gniewu. – Za dużo nam powiedziałeś. Gdybyś brał pod uwagę, że wyjdziemy z tego z życiem, nie rozmawiałbyś z nami tak
otwarcie.

Słysząc to, wampir znów się uśmiechnął.

– Racja, Cindello, sprzątnąłbym was. Ale może mnie przekonasz, że ze względu na własny interes powinienem pozwolić wam
żyć?

– Pod warunkiem że nie będziesz myślał tylko w kategoriach
gry. Myślisz, że będziesz w stanie pójść za mną? – Dzięki światłu
pierścienia Erik dostrzegł przebłyski Awatara w poświacie bijącej od hrabiego, stąd właśnie to ostatnie pytanie. A jednak
w przeciwieństwie do złocistego ciepła, odczuwalnego w obecności Awatara, energia wypływająca z tej istoty była odpychają-
co surowa. Erikowi wydawało się, że stoi w ciemnej jaskini w naj-
głębszych czeluściach świata, oblewany strumieniem lodowatej
wody, która ścina krew w żyłach.

– Spróbuj.

– Cindella jest tylko bohaterem w grze, ale moje prawdziwe ja
znajduje się w zupełnie innym świecie. Jeśli ją zabijesz, wrócę
w innej formie, to samo Anonimus i wszyscy moi przyjaciele.

– Tak, trochę cię rozumiem. Niby żyłem stulecia, ale dopiero dziś czuję się naprawdę żywy. Mam wrażenie, że przedtem tylko spałem. A odkąd się obudziłem, o wiele więcej widzę i więcej pojmuję.

– Tak? – przerwał mu Anonimus. – Możesz myśleć samodzielnie? Nie jesteś tylko programem? Niesamowite!

– Naprawdę? – Wampir obojętnie wzruszył ramionami. – Dla mnie to rzecz naturalna. Ale powiedz mi, młoda damo, czemu miałbym się przejmować, jaką przybierzesz formę?

– Bo w tej chwili mnie znasz. Jeśli mnie zabijesz, nie będziesz miał pojęcia o moim nowym wcieleniu.

– Faktycznie. Tylko co mi przyjdzie z tej wiedzy? – Wyglądało na to, że wampirowi podoba się ta słowna szermierka, jego chłodna logika kontra rozpaczliwe próby Cindelli, usiłującej bronić swego stanowiska.

– Gdybym chciała, mogłabym doprowadzić do końca świata. Zrobiłeś straszny błąd. Myślałeś, że nasza wiedza zostanie wymazana, gdy zginą nasi bohaterowie, więc wyjawiłeś, że można doprowadzić do końca świata i że potrzebny jest przedmiot z zakopanego skarbu. Pamięć o twoich słowach, i w ogóle o wszystkim, czego dowiedziałam się w ciągu lat, nie zniknie, gdy zginie Cindella, bo przekażę ją następnemu bohaterowi.

Słuchając tych słów, wampir się przeobrażał – śmiertelnie groźny łowca, który czaił się głęboko pod maską arystokratycznej osobowości, objawiał się w swojej rzeczywistej postaci: złej, nieujarzmionej czarnej pantery. Fala nienawiści pomału ogarniała wnętrze ładowni, wszechogarniająca niczym jedwabny całun, momentalnie zabijająca szczury i paraliżująca dwójkę bohaterów.

– Sssssssssssssssss… – Dziki syk rozwścieczonej istoty sprawił, że pękła lampa, a Erikowi włosy stanęły dęba. – A więc muszę zabić nie Cindellę, a istotę nadrzędną. – Utkwił spojrzenie swoich zwierzęcych oczu w twarzy Cindelli, próbując przedostać się do gracza ukrywającego się pod jej postacią.

Erik był autentycznie przerażony i zamierzał już odłączyć się z gry, zastanawiając się, czy jakimś sposobem, poprzez interfejs, wampir nie mógłby zrobić mu krzywdy. Po chwili jednak oswoił się ze złością stwora i paraliż minął.

– To niemożliwe – powiedział – więc pozwól żyć Cindelli choćby po to, by wiedzieć, jak wygląda twój przeciwnik.

– Niemożliwe dla mnie, to prawda. – Oczy wampira rozbłysły złowróżbnym entuzjazmem pod wpływem nagłego olśnienia. – Ale chyba nie dla innych o tej samej naturze co twoja. Bo wierzę w istnienie innych bytów, które mogą podzielać mój punkt widzenia. Czy nie mam racji? Mówię o bogatych, którzy zabijają biednych na arenie.

– Nic już do niego nie mów! – ostrzegł Anonimus.

Ale hrabia tylko się roześmiał i wyszedł z ładowni zwinnym, zdecydowanym krokiem dzikiego kota, który widzi swoją ofiarę.

Po długim milczeniu Anonimus pokręcił głową.

– Super, gra nabiera rumieńców! Strach się bać! – Zerknął na Erika z ciekawością. – Skąd wiedziałeś?

– Znam drugiego jak on. – Erik miał świadomość, że jest bliski naruszenia przysięgi, i czuł z tego powodu dyskomfort.

– Dziwne, ale to mi daje nadzieję.

– Czemu? – zapytał Erik.

– Bo wszystko, co się zmienia, umrze. Prędzej czy później. To podstawowe prawo natury. Czyli możemy być pewni, że Epic nie będzie trwał wiecznie.

– Tak, ale może upłynąć jeszcze tysiąc lat albo i więcej.

– Chyba że przyśpieszymy sprawy. – Ciemny elf rozmyślał na głos. – Ciekawe, co to za przedmiot, którego szuka, i jak można się nim posłużyć. I ciekawe, czy władze wiedzą, że gra ewoluuje. – Westchnął. – I zastanawiam się jeszcze, czy to, co powiedziałeś, było takie mądre.

– O co ci chodzi? – Erik przyłapał się na tym, że coraz bardziej zależy mu, aby zrobić dobre wrażenie na Anonimusie, nawet jeśli ów człowiek brał pod uwagę stosowanie przemocy na świecie.

– Swoimi argumentami być może przekonałeś go, że lepiej nas nie zabijać, ale pomyśl, co zrobi w tej sytuacji. Pewnie zamknie nas w lochu i będziemy siedzieć pod kluczem sto lat, a przynajmniej do czasu, aż przestaniemy grać. Wiesz, że on nas przeżyje.

– Tak, ale póki żyjemy i mamy przyjaciół, będą próbowali nas ratować.

– Jesteś rozbrajająco naiwny, młodzieńcze. Podziwiam to w tobie – stwierdził Anonimus tak drwiącym tonem, że nie sposób było ocenić, ile jest w tym szczerości.

– I co teraz? – zastanawiał się Erik.

Gdyby ciemny elf nie był tak mocno związany, z pewnością wzruszyłby ramionami. A tak wywrócił tylko oczami.

– Znajdziemy skarb, uciekniemy i zmierzymy się albo z grą, albo z Biurem Alokacji. Albo nie uciekniemy i wrócimy do planu B.

– Czy plan B to jest to, o czym myślę?

– Aha.

Erik westchnął boleśnie.

ဆ 25 ၛ

Niespodziewany gość

Na dworze huczała burza, wiatr grzechotał okiennicami
i wypychał dym z paleniska. Ze względu na przyjemne ciepło
Erik mimo wszystko leżał blisko ognia, wytrzymując sporadyczne buchnięcia dymu. Czytał pożyczoną od Injeborg książkę na
temat dziejów Mikelgardu, ale szło mu opornie i brała go senność.

Głośne pukanie do drzwi momentalnie go otrzeźwiło. Hałas
wiatru i deszczu skutecznie zagłuszył zbliżające się kroki. I nie
była to Inny ani Bjorn – oni pukali inaczej.

Gdy otworzył drzwi, do środka wtargnął zimny wiatr i osma-
gał mu twarz deszczem. Za progiem stał stary człowiek w poncho
i dużym kapeluszu, trzymający na sznurze żałosnego osiołka;
nieszczęsne zwierzę było całe mokre i obładowane skrzynkami.
Przemoczony do suchej nitki mężczyzna uniósł twarz i wtedy
Erik ku swojemu zdumieniu rozpoznał sławnego Sveina Rudobrodego.

– Mogę wejść?

– Oczywiście, oczywiście. Chwilka. – Erik pośpiesznie włożył
buty i płaszcz. Svein w tym czasie rozładowywał osła i z widocznym wysiłkiem zaczął układać skrzynki w korytarzu.

– Zaraz panu pomogę. – Erik złapał za uchwyt szczególnie dużej skrzynki, żeby pomóc mu w dźwiganiu. Równocześnie gubił się w myślach. Dlaczego Svein przyszedł do niego? Jaka pilna sprawa wygnała go w podróż w taką pogodę?

Kiedy skrzynki były już pod dachem, zaopiekowali się osłem: zabrali zwierzę do stajni, gdzie wytarli je i zostawili z Lebanem; zarzucili mu jeszcze koc na grzbiet i podsunęli pod nos wiecheć słomy.

Następnie wrócili do mieszkania: otrzepali mokre peleryny i odgrodzili się od burzy.

– Obawiam się, że nie mam zbyt wiele do zaoferowania. – Erik odgarnął z czoła zlepione włosy i wytarł ręce o spodnie. – Zostało trochę pomidorówki, którą mogę odgrzać... i jest miód pitny.

– Nic więcej mi nie trzeba. – Svein klapnął na krzesło Haralda z westchnieniem zadowolenia. – Poproszę to i to, jeśli można.

– Dobrze. – Erik przyniósł rondel z zupą i zawiesił go nad ogniem. Przypomniał sobie, że ma jeszcze trochę chleba, upieczonego przez mamę Injeborg zaledwie wczoraj. Kiedy Svein łapczywie rozrywał bochenek, Erik spoglądał na niego z zaciekawieniem, ale nic nie mówił.

Nie było czystych talerzy, więc wygrzebał jeden z góry brudnych naczyń w kuchni i prędko doprowadził go do stanu używalności. Ściągnął też miód z górnej półki i przyniósł go ze szklanym kuflem.

– Ty się nie napijesz? – zapytał Svein.

– Nie. Jakoś mi ten miód nie smakuje.

Znów zapadło milczenie. Svein dmuchał w zupę i starał się jeść jak najszybciej, choć była gorąca. Kiedy skończył, wytarł talerz resztką chleba i zwrócił tackę Erikowi z podziękowaniami.

Kiedy Erik wrócił z kuchni, kolory już powracały na twarz Sveina, rozgrzanego miodem i żarem paleniska.

– Pewnie się zastanawiasz, co mnie tu przyniosło? – Stary smokobójca uśmiechnął się do niego.

– Właśnie. – Usiadł naprzeciwko na krześle mamy, żeby mogli widzieć się wzajemnie.

– Nie wiem, czy to się już przedostało do opinii publicznej, ale nie jestem już członkiem Centralnego Biura Alokacji.

– Już nie? – zdziwił się Erik. – Nie wyposażyli na nowo pańskiego bohatera?

– Nie. – Svein zacisnął pięść na oparciu krzesła, aż pobielały mu palce. – Nie. Kiedy zginął mój bohater, postanowili się mnie pozbyć.

– Chamstwo – rzekł Erik ze współczuciem.

– Żebyś wiedział. – Svein patrzył z gniewem. – W Biurze Alokacji pracowałem ponad trzydzieści lat. Kierowałem systemem bibliotecznym. Pomagałem w planowaniu. Brałem udział w bitwach. A kiedy szczęście się ode mnie odwróciło, zostałem wyrzucony. I nikt nie pofatygował się, żeby podziękować mi za lata pracy. Chcieli, żebym odszedł. Żebym przyjął posadę bibliotekarza i po cichu zniknął ze świata. Ale nie mają zielonego pojęcia, jak blisko jestem ukończenia *Epicusa Ultimy*. Jeszcze jedno odkrycie i być może zakończę poszukiwania.

– Rozwiąże pan *Epicusa Ultimę*? To naprawdę niesamowite. – Erik rzeczywiście był pod wrażeniem.

– Ale teraz nie mam już szans. Nawet mimo ogromnej wiedzy. Wszystko na próżno, ponieważ nigdy nie będę miał bohatera na tyle potężnego, żeby pokonać ostatnie przeszkody na drodze do celu.

– Rozumiem. – Erik umilkł, nagle świadom, czemu zawdzięcza tę wizytę Sveina. – Ma pan nadzieję, że dam panu pieniądze na nowy ekwipunek?

– Szczerze mówiąc, Erik, taka jest prawda. W Biurze Alokacji myślą, że jestem już zerem. Że zużyłem się jak stary rumak bojowy, którego zostawia się na spokojnym pastwisku, aby zdechł. Chcę udowodnić im, że się mylą. Chcę wsławić się jako człowiek, który rozwiązał *Epicusa Ultimę*. Żeby ludzie na świecie domagali się mojego powrotu. Kto odmówiłby miejsca w komitecie takiemu człowiekowi? – Svein popatrzył na niego iskrzącym, rozmarzonym wzrokiem.

– No tak. – Erik był jednak przygaszony, nie wiedząc, jak zareagować. – Załóżmy, że Cindella wydostanie się na wolność... Wie pan, ile miałem próśb o pieniądze po zabiciu smoka?

– Tak, około tysiąca dwustu. – Stary smokobójca uśmiechnął się, widząc zaskoczenie chłopaka. – Przecież jestem, to znaczy byłem, naczelnym bibliotekarzem.

– Zgadza się, ponad tysiąc. I wie pan co? – Nagle Erik, nie zważając na prawa gościnności, poczuł złość do Sveina. – Wie pan co? Wszystkie są lepiej uzasadnione niż pańska. Ludzie chcą załatwić proste rzeczy. Jakaś operacja, jakaś bateria słoneczna, części do traktora. Są to proste rzeczy, ale mogą zmienić ich życie.

– Wiem, Eriku, tak. Nie zrozum mnie źle. Nie proszę cię wyłącznie z pobudek osobistych. – Svein stęknął i podrapał się po czole. – Odkąd komitet dał mi kopa, innymi oczami patrzę na to, co robi. Wydaje mi się, że za mało uwagi poświęca się przyszłości, a za dużo samej grze. Chciałbym wrócić i pomagać ludziom, chciałbym przyczynić się do zwiększenia dobrobytu, żeby potrzebujący mogli liczyć na pomoc. No i oczywiście... – Spojrzał uważnie na Erika. – Sprowadziłbym Haralda.

– Przepraszam, ale nie ufam panu – odpowiedział Erik po chwili, uspokajając skołatane serce głębokim oddechem. Starannie dobierał słowa. – Już widzę pana z powrotem w komitecie, silniejszego niż wcześniej po ukończeniu *Epicusa Ultimy*. Zapomni pan o nas od razu, może nawet użyje swoich wpływów przeciwko nam.

– Posłuchaj, Eriku, ja nie jestem jak tamci. Pamiętaj, że wychowałem się tutaj, w Bluevale. W twoim wieku pracowałem na solniskach. Naharowałem się co niemiara: kopałem kanały, jeździłem taczkami, zawsze w upale, w powietrzu przesiąkniętym solą, która gromadzi się w ustach i wysusza skórę. – Svein wyciągnął rękę, żeby jej się przyjrzeć, i zaśmiał się na wpół ironicznie. – Myślę, że tamte czasy wycisnęły na mnie swoje piętno, wysuszyły mnie jak owoc.

– Nie. – Erik zdecydowanie przerwał te wspomnienia. – Jeśli Cindella przeżyje, ja i moi przyjaciele będziemy mieć inne plany.

– Jak chcesz. – Svein odchylił się na oparcie krzesła, naburmuszony.

Przez chwilę wsłuchiwali się w odgłosy wichury, bijącej deszczem o okiennice, i patrzyli na wzburzone płomienie, którymi szarpał niesforny przeciąg.

– W takim razie dobijmy targu. – Svein nie był już dobrodusznym staruszkiem: wyrażał się tonem chłodnym i wyważonym.

– Jakiego? – odparł Erik.

– Nie znam twoich planów, ale zakładam, że jakimś sposobem zamierzasz wystarać się o amnestię dla Haralda Eriksona, zatem musisz rzucić wyzwanie Centralnemu Biuru Alokacji, prawda?

– Niewykluczone.

– A więc daj mi dziesięć tysięcy bizantów za informację, bez której nie masz szans na powodzenie.

– Po co nam jakieś informacje? Znamy bohaterów, z którymi się zmierzymy. – Erik był ostrożny, choć chętnie by się dowiedział, co ma do powiedzenia Svein o Biurze Alokacji.

– Owszem, znasz swoich przeciwników na arenie, ale co poza nią? – Svein obserwował twarz Erika, ciekaw jego reakcji.

– Jeśli mówi pan o zabójcy, to wiemy o nim. Próbował dostać się na statek, pamięta pan?

Svein wyglądał na rozczarowanego.

– Oczywiście, szkolono Haralda, żeby się nim posługiwał. Zapewne wie, że Biuro Alokacji dysponuje dodatkowym tajnym bohaterem. Ale z pewnością nie zna siły tego bohatera, który, bądź pewien, posiada jeden szczególny przedmiot, praktycznie dający mu niezniszczalność.

Erik rozważał te słowa.

– A więc dobrze. Opowie mi pan o tym bohaterze i jego ekwipunku, a ja ocenię wartość informacji. Jeśli uznam, że uratuje nam życie, dostanie pan dziesięć tysięcy bizantów.

– A jeśli uznasz co innego? – zapytał chytrze Svein.

– Dam panu mniej.

– Jestem przekonany, że docenisz wartość tego, co ci powiem.

Erik kiwnięciem głowy zachęcił go do dalszego mówienia.

– Komitet Centralnego Biura Alokacji steruje Katem. To człowiek, mężczyzna, ubrany w krasnoludzki pancerz płytowy, pokryty znakami runicznymi. – Svein zerknął bystro na Erika, żeby sprawdzić, czy chłopak ma pojęcie o cenie takiej zbroi. – Posiada Łuk Spadających Gwiazd do zabijania na dużą odległość. Do tego, oczywiście, pełen zestaw zatrutych i czarodziejskich strzał. Nie muszę chyba dodawać, że ma wszystkie eliksiry i maści, jakie można kupić. W walce posługuje się Acutusem, czyli długim mieczem, którego klinga jest tak ostra, że raz na dwadzieścia uderzeń przecina każdy, powtarzam, każdy materiał! Ma również Bękarci Miecz Księżyca: broń siejącą takie przerażenie, że przeciwnicy zwalniają lub nieruchomieją na zawsze. Ale to jeszcze nie koniec. Prawdziwym sekretem jego niezwyciężoności jest Złota Tarcza z Al'Karak. – Svein przerwał, żeby łyknąć miodu. – Mówił ci już ktoś o tej tarczy?

– Nie. – Rzeczywiście, Erik pierwszy raz o niej słyszał.

– A o Al'Karak?

– Chodzi o derwiszy mieszkających gdzieś na Południu?

– Tak. – Svein pokiwał głową z uznaniem. – Niewielu o tym wie. I nikt ich nie spotkał, dopóki nie wybrałem się na ich ziemie w poszukiwaniu informacji potrzebnych do ukończenia *Epicusa Ultimy*. Na miejscu dowiedziałem się o tarczy należącej do księcia derwiszy. W tarczy uwięziony jest demon o pewnej szczególnej właściwości: żywi się magią, wchłania ją i przekazuje energię jej właścicielowi. Centralne Biuro Alokacji upoważniło mnie do zaoferowania miliona bizantów i książę zgodził się ją sprzedać. Rozumiesz, czemu na ten jeden przedmiot wydaliśmy fortunę?

– Bo idealnie chroni przed czarami?

– Otóż to.

Erik zagwizdał.

– Sprytne.

– Jeszcze jak. Pojedynku z kimś takim nie wygra żaden gracz. Będziesz go atakował niemagiczną bronią i może nawet lekko go draśniesz, ale on użyje Acutusa i rozetnie cię na pół, nim wyrządzisz mu jakąkolwiek krzywdę. Jedyna nadzieja w przewadze liczebnej, gdy ginących od razu zastąpią następni. Być może wystarczy stu.

Była to przygnębiająca wiadomość. Erik wsparł brodę na rękach, zamyślony. Zastanawiał się, czy nie udałoby im się uniknąć spotkania z Katem, gdyby zostali w Cassinopii, lecz Svein przerwał jego zadumę.

– No i?

– Co? – zapytał Erik.

– Czy to informacja warta dziesięć tysięcy bizantów?

Erik wolno pokiwał głową.

– Tak. Warta...

ख 26 ও

Król utopców

– Erik! Erik! Wstawaj! Wejdź do gry!

Został wyrwany ze snu, w którym rozwiązywał właśnie problem wyboru miejsca na obóz wojskowy. Do jego sypialni weszła Injeborg z rozpromienioną twarzą.

– Muszę jeszcze skoczyć po Sigrid i sama podłączyć się do Epica. To na razie.

Wciąż półprzytomny, rozmyślając nad ulokowaniem swoich wojsk w domach mieszkańców Nadziei, Erik jednak rozbudził się na tyle, by doznać uczucia wstydu na widok bałaganu w pokoju.

– Co się dzieje?

– Bjorn właśnie nas ratuje. Właź tam zaraz! – Zbiegła z tupotem po drewnianych schodach.

Ratunek. Było to chyba jedyne słowo, które mogło go skłonić do pośpiesznego wyskoczenia z łóżka. Wbijając się w spodnie i tunikę, pognał boso na swoje stanowisko. Już miał się podłączyć, kiedy usłyszał kroki na dole i przypomniał sobie o gościu.

– Muszę na chwilę wejść do Epica! – zawołał z góry. – Niech się pan rozgości.

– Dziękuję – odpowiedział Svein lekko ochrypłym głosem. – Powodzenia.

***

#uśmiechnij się

Rozległ się potężny huk, któremu towarzyszyła tęcza kolorów, przypominająca światło rozszczepione w pryzmacie.

Znów był Cindellą, uwięzioną na okręcie księcia Raymonda. Wbrew jego rozbudzonym nadziejom nic się nie zmieniło. Nadal znajdowali się w zatęchłej ładowni, gdzie lampa oliwna huśtała się w takt nieregularnych przechyłów statku.

– Witaj. – Anonimus był jedynym bohaterem obecnym w kabinie. Zanim Erik zdołał się pozbierać, ten już zadawał mu pytania: – Co jest grane? Masz dobre nowiny?

– Nie mam pojęcia. – **#wzrusz ramionami**. (Komenda okazała się nieskuteczna z powodu związanych rąk Cindelli). – Injeborg obudziła mnie i kazała wracać. Mówiła, że Bjorn nas ratuje.

– Aha. Zmaterializowała się tu niedawno i powiedziała, żebym zaczekał, a ona wszystkich sprowadzi. – Ciemny elf był w wyjątkowo dobrym humorze. – Ciekawe, co knuje Bjorn.

– No. Przynajmniej mamy dzień i wampir nie będzie się tu kręcił – stwierdził Erik, któremu udzielał się optymizm towarzysza.

Chwilę później pojawiła się uzdrawiaczka Sigrid: leżała związana na ziemi. Patrzyli, jak przetacza się z boku na bok, aż wreszcie zdołała usiąść.

– Może jeszcze nie wszystko stracone. – W szarych wielokątach twarzy odbijał się entuzjazm, jakiego Erik dawno u niej nie widział.

– Co ci powiedziała Inny? – zapytał.

– Tylko tyle, że mam się podłączyć. I że Bjorn nas ratuje. Potem pobiegła do domu, jakby ją gonili.

Otworzyły się drzwi ładowni. Z progu nienawistnym wzrokiem zmierzył ich książę Raymond na czele bandy wytatuowanych i odpychających członków załogi.

– Macie potężnych sprzymierzeńców. Nie wiem, jak się z nimi spiknęliście, ale nie będę zadzierał z królem utopców. – Warknął ze złością i splunął na drewnianą podłogę. – Na pokład z nimi! – rozkazał piratom.

Postawiono Cindellę na nogi i pchnięto ją do wyjścia. W chwili gdy zmuszano ją do wbiegnięcia po schodach na górę, Erik zauważył, że w ładowni pojawia się czarodziejka Injeborg. Odwrócił się, żeby do niej krzyknąć, lecz Cindellę uderzono w plecy, by się nie zatrzymywała.

Na pokładzie jasny blask wczesnego ranka na moment oślepił Erika, póki jego wzrok nie przywyknął do światła. Przyprowadzono ich do relingu, skąd Erik mógł podziwiać niezwykły widok.

Morze znajdowało się w nieustającym ruchu. Hen, po horyzont, ze wszystkich stron pławiły się w wodzie rozmaite stwory, przez co wydawało się, jakby statek wpadł w gigantyczny wir. Krzywe linie białej piany ciągnęły się za potworami morskimi o najdziwniejszych kształtach. Olbrzymie ośmiornice ciągnęły dziesięć zdobionych koralem rydwanów, którymi podróżowały utopce i utopice. Wokół olbrzymich, bogato przystrojonych pojazdów śmigali wojownicy utopców na rączych konikach morskich, których szyje prężyły się zadziornie. Każdy z wojowników w jednej ręce dzierżył połyskliwy trójząb, w drugiej zaś – cugle chyżego rumaka.

Statek majestatycznie okrążały przeogromne żółwie z wybudowanymi na grzbiecie zameczkami z półprzeźroczystych muszli;

nad błyszczącymi blankami wznosiły się dumnie turkusowe sztandary. Największe zwierzę było doprawdy gigantycznym okazem; wieżyce jego zamku sięgały o wiele wyżej niż maszty statku. Każdy ruch jego wielkich płetw powodował silne wzburzenie w morskiej toni.

Na grzbiecie tejże bestii podróżował hufiec okutych w srebro i złoto wojowników, pośrodku których siedział dostojny brodacz, z pewnością ich władca. Obok króla, machając do nich ręką, stał Bjorn: jego zwalista szara postać wyraźnie odróżniała się od otaczających go połyskliwych odcieni zieleni, błękitu i perły. Ze śmiechem rozciągnięto sieć i dano znak.

– Uwolnić ich – mruknął ponuro książę Raymond.

Gdy rozcięto więzy Cindelli, wbiegła z radością za reling i przygotowała się do skoku. Tobół z ekwipunkiem będącym jej własnością wylądował już w sieci.

– Tym razem ci się upiekło! – warknął przywódca korsarzy. – Ale jeszcze się spotkamy i wydrę ci ten skarb!

– Zapomnij! – odpowiedziała hardo Cindella. Podskoczyła, prześmiewczo pomachała ręką na pożegnanie i dała susa w dół. Plusnęła w toń, skąd została błyskawicznie wyciągnięta w sieciach na powierzchnię. I nie tylko ona. Razem z nią przewracał się w sieci jeszcze jeden bohater: Harald! Ojciec Erika skoczył do wody w tym samym momencie co Cindella. Teraz roześmiana tuliła się do Haralda, gdy holowano ich szybko po wodzie.

Niebawem wszyscy bohaterowie udali się pod eskortą przed oblicze króla utopców. Ociekając wodą, wdrapywali się na usłaną wodorostami skorupę monstrualnego żółwia. Uśmiechnięte utopice przeobraziły się po wyjściu z wody i szły koło nich między szeregami złotych wojowników.

– Pozwól, że przedstawię ci Anonimusa, Haralda Złotowłosego, awanturniczkę Cindellę, czarodziejkę Injeborg i uzdrawiaczkę Sigrid. – Bjorn wskazywał swoich przyjaciół. – A to jest Aquirion, król utopców.

#ukłoń się

– Bardzo nam miło – powiedziała Cindella z ukłonem.

– Dziękujemy, Wasza Wysokość – dodała Injeborg.

– Ależ nie ma za co, przyjaciele Bjorna Morskiego Tułacza. – Król był wysoki, a jego białe włosy łączyły się z długą brodą, upiętą w warkoczyki za pomocą kolorowych sznurków z niebieskiej i złotej nici. – A skoro już oswobodziliśmy was z niewoli, czy nie chcecie, żebyśmy dostarczyli wam rozrywek? Czy może jest takie miejsce, do którego moglibyśmy was zabrać?

– Chcielibyśmy się dostać do Archipelagu Czaszki, a potem do Cassinopii – odpowiedział pośpiesznie Erik. W szarych wielokątach Bjorna odbijał się cień przerażenia. – Później ci o wszystkim opowiem – dodał ciszej z porozumiewawczym spojrzeniem, na co jego przyjaciel wzruszył ramionami.

– A więc dobrze. – Król odwrócił się, żeby wydać rozkazy.

Wkrótce zaczęto machać proporcami, by przekazać wiadomość całej armii. Powoli, uderzając dostojnie swoimi ogromnymi płetwami, gigantyczny żółw skierował się na zachód. Ogromna flotylla morskich stworzeń ruszyła za nim, a okręt korsarzy kołysał się smętnie na falach.

– Muszę się odłączyć – szepnął Bjorn. – Całą noc nie spałem. Trochę się prześpię, a kiedy dopłyniemy do wysp, niech Injeborg mnie obudzi.

– Bjorn, nie rób nam tego. Chciałam, żebyś opowiedział nam coś o utopcach! – zmartwiła się Sigrid.

– Ja też – dodał Harald.

– Później, nie teraz. Naprawdę muszę odpocząć.

– No to na razie, Bjorn. I dzięki. Kawał dobrej roboty.

#uściśnij

Dla pozostałych czterech bohaterów rozpoczęło się jedno z najbardziej niesamowitych przeżyć, jakich doświadczyli w świecie Epica. Żółw majestatycznie parł naprzód, dzień był śliczny. Pod bezchmurnym lazurowym niebem pląsał rześki wiaterek. Z jednej i drugiej strony ciągnęły szeregi utopców w rydwanach lub na morskich rumakach, a były to piękne istoty o długich lokach i w ozdobionych klejnotami zbrojach z koralu.

Cindella ujęła dłoń czarodziejki Injeborg.

– Ależ tu wspaniale! Cudowne uczucie. Tyle swobody!

– Właśnie – odpowiedziała. – Kto by pomyślał, że gra zawiera takie sceny.

#pokiwaj głową

– Najczęściej oddalamy się raptem kilka mil od miasta. Ciekawe, co tracimy?

– Ale byłoby fajnie, gdyby gra służyła tylko rozrywce! Badalibyśmy zaśnieżone góry, malownicze jaskinie, cywilizacje żyjące na pustyniach. Podróżowanie dla samej przyjemności, dla przygód, byłoby czymś… – Przerwała. – Dopiero teraz rozumiem, dlaczego powstała ta gra.

Delektowali się podróżą, rzadko odzywając się do siebie, tylko od czasu do czasu wymieniali spojrzenia w szczególnie miłych chwilach – na przykład kiedy stado delfinów wynurzyło się z odmętów, żeby pozdrowić króla. Z tyłu słońce stopniowo wspinało się na niebo i cień wielkiego żółwia kurczył się, aż zaraz po południu skupisko chmur w dali obwieściło wyspy na horyzoncie.

– Lepiej przyprowadź Bjorna. Z tą prędkością zaraz tam będziemy.

– No. Za chwilę wracam. – Injeborg na krótko znieruchomiała i zniknęła.

Kiedy wróciła, przepływali już niedaleko wysp. U podnóży skalistych zboczy wulkanów doskonale było widać pochylone palmy.

– Biedny Bjorn – oznajmiła ze śmiechem. – Spał jak zabity.

Oglądając się przez ramię, Erik zobaczył, że jego rosły przyjaciel wszedł już do Epica. Pomachał do niego ochoczo. Szóstka graczy skupiła się w pewnej odległości od dworu króla Aquiriona.

– No dobrze – odezwał się Anonimus z szerokim gestem. – Jak do tego doszło?

– Hm, łaziłem po dnie morza długo, bardzo długo, może nawet ze dwa dni. W końcu poczułem, że idę pod górę, i pomyślałem sobie, że to chyba dobrze. I woda stawała się bardziej przejrzysta.

W domu Erik uśmiechnął się pod nosem. Bjorn i Injeborg tak bardzo różnili się od siebie. Jego siostra czym prędzej przeszłaby do rzeczy, lecz on dbał o szczegóły. I wszyscy musieli słuchać go cierpliwie.

– Nagle zobaczyłem coś dziwnego. Wodorosty rosną w rzędach, przedzielone ścieżkami, jakby ktoś je uprawiał. Idę wzdłuż jednego z takich rzędów i woda staje się jeszcze czystsza. Wreszcie z daleka widzę jakąś jasność. Coś jak niebo przed świtem, kiedy wiadomo, że za chwilę będzie ranek; taka lekka szarówka. No więc idę. Wychodzę na szczyt wzniesienia i widzę przed sobą światła miasta! Co prawda jest na dnie morza, ale wygląda identycznie jak Newhaven w nocy. Światło pochodni w oknach wież, jasne linie ulic. Musiałem się zdecydować: iść dalej czy skręcić. Zastanawiałem się, czy was nie obudzić i nie naradzić się wspólnie, ale był środek nocy, a poza tym czy miałem wybór? Odnalazłem drogę, która prowadziła do miasta, i zacząłem nią iść, ale zauważył mnie wojownik utopców na koniu. Odpłynął, a ja najadłem się strachu. Zwłaszcza kiedy wrócili całą kupą. Pozdrowiłem ich, ale nie odpowiedzieli. Po prostu zagnali mnie do miasta. Przedziwnie tam było. Wszyscy zatrzymywali się i gapili na mnie, na każdej twarzy zdumienie. Tak czy owak, w końcu zaprowadzili mnie do pałacu i stanąłem przed królem. – Bjorn wolno pokręcił głową. – Nie wiem nawet, jak opisać pałac: po prostu cud nad cuda. Nigdy czegoś takiego nie widziałem. Ściany zrobione z pereł, komnata oświetlona żyjątkami, które są w morzu... – Bezradnie rozłożył ręce, nie mogąc znaleźć odpowiednich słów. – Okazało się, że nie mam się czego bać. Byli zdziwieni i zachwyceni. W ciągu tysiąca lat nikt z lądu nie odwiedził ich miasta. Mają kupców handlujących z Cassinopią i nie zgadniecie: kupcy czczą Mova, wiecie, tego boga, którego dzwon znaleźliśmy. Kiedy zobaczyli mój medalion, obiecali spełnić trzy życzenia. – Bjorn poruszył palcem srebrny wisiorek na szyi. – Powiedzieli, że znają morze i mogą mi zaproponować skarby z zatopionych wraków, drogocenne przedmioty magiczne, wszystko, co można znaleźć pod wodą.

– Niesamowite, Bjorn. Ale przygoda! – Erik słuchał opowieści z zazdrością. Żałował, że Cindella nie widziała podwodnego miasta.

– No więc o co poprosiłeś? – zapytała Sigrid z uśmiechem.

– Oprócz tego, żeby nas uratowali?

– Poprosiłem tylko, żeby przeszukali wrak „Białego Sokoła"

i wygrzebali nasz ekwipunek, który zatonął razem z nim. I nie zgadniecie...

Wszyscy patrzyli na niego wyczekująco.

– Na dnie znaleźli D. E. i Sveina, kamienne posągi.

– Super – mruknął ironicznie Anonimus. – Możemy ich wstawić do amfiteatru na pamiątkę.

– Ale wy nie rozumiecie. Utopcy zaproponowali, że przywrócą ich do życia, usuną skutki skamienienia.

– Hura!!! – Erik kazał Cindelli podskoczyć i klasnąć z radości. – D. E. żyje!

– Świetnie, Bjorn! – Czarodziejka Injeborg uścisnęła go dość nieporadnie. – Czemu go jeszcze nie sprowadziłeś?

– Nie chciałem robić tego pod wodą, bo mógłby utonąć. I lepiej, żeby był podpięty, gdy rzucą zaklęcia. Byłoby głupio, gdyby nic z tego nie wyszło, bo się nie podłączył.

– Dobrze kombinujesz – zgodziła się Sigrid. – To co, mam go obudzić? Chyba nie musimy już czekać?

– Oczywiście! – zapewnił gorąco Bjorn. – Posągi są w tamtym zamku.

– Chyba powinienem dać się podłączyć również Sveinowi – zastanawiał się głośno Erik.

– Jak to? – Harald popatrzył na niego z ciekawością.

– Nie uwierzysz, ale Svein jest u nas w domu. Przyszedł wczoraj podczas burzy. – Kątem oka zauważył, że Anonimus trzęsie się z nienawiści. – Wywalili go z Centralnego Biura Alokacji. Chciał pieniędzy na nowego bohatera, żeby ukończyć *Epicusa Ultimę*.

– Zaraz, nie rozpędzaj się! – burknął Anonimus. – Nie będziemy wskrzeszać Sveina Rudobrodego. Zawsze to jeden mniej w obozie nieprzyjaciela.

– Ale to byłoby okrutne. Pewnie grał swoim bohaterem czterdzieści lat lub więcej. Postaw się na jego miejscu.

– Czasem doprowadzacie mnie do rozpaczy, dzieci. Ci ludzie nie traktują tego jako grę, ale jak bezlitosną walkę o władzę. Po prostu nie rozumiecie, z czym macie do czynienia. – Anonimus pokręcił głową.

– Mylisz się, właśnie że rozumiem! – odparł Erik z uniesieniem. – Ale Svein już nie jest jednym z nich. Nawet myślę, że nam pomoże. Ma im za złe to, jak go potraktowali.

– Nie rób tego – obstawał przy swoim ciemny elf. – Nie ma się co oszukiwać, kiedy odzyska siły, nie okaże wdzięczności swoim wybawcom. Dasz mu szansę wrócić do Biura Alokacji, a prędko stanie się naszym najgorszym wrogiem.

– Nie sądzę – stwierdził Erik. – Wczoraj wieczór powiedział mi wszystko o Kacie, bohaterze stworzonym przez komitet Biura Alokacji. I powiedział mi, jak go pokonać.

– Haraldzie. – Anonimus zwrócił się do leśnego elfa z desperacją w głosie. – Może ty go przekonasz?

– No, nie wiem. Kiedy znałem Sveina Rudobrodego, był niezwykle przywiązany do gry. W kółko pytał mnie o NPC, z którymi rozmawiałem. Może trochę różni się od reszty. W każdym razie wierzę, że Erik ocenił go właściwie. – Odwrócił się do Cindelli. – Jeśli naprawdę myślisz, że to dobre rozwiązanie, zrób tak. Svein może nam dać wiele cennych informacji, tu nie ma dwóch zdań.

– No, nie mogę przysiąc z ręką na sercu, że on jest teraz wrogiem Biura Alokacji. Po prostu myślę, że gdyby Cindella została zamieniona w kamień i ktoś miał okazję odczarować ją, ale nie zrobiłby tego… byłby strasznym chamem.

– Erik ma rację – wtrąciła Injeborg. – Nieważne, co w nim siedzi. Niech sobie robi, co chce, choćbyśmy mieli na tym stracić. Tu chodzi o nas, o nasze zasady moralne. Jesteśmy tacy sami jak oni? Nie. I tyle.

Tymi słowami Injeborg dała wyraz uczuciom, które drzemały również w Eriku.

– Dokładnie o to chodzi.

Bjorn i Sigrid pokiwali głowami na znak zgody.

– A więc dobrze – burknął Anonimus. – Ale zapamiętajcie tę chwilę i obyśmy kiedyś nie musieli tego żałować.

ℰ 27 ℭ

Krwawy przewrót

– Tylko my dwaj? Co znowu wymyśliłeś? – pytał Godmund zdenerwowany, że musiał iść przez całe miasto na spotkanie w wielkiej sali.

– Patrz na to! – Ragnok rzucił odbitkę artykułu wstępnego z ostatniego numeru „Nowego Lewiatana". Kartka prześlizgnęła się po stole i spoczęła przy kubku z wodą, z którego pił starszy człowiek.

WYDALENIE SVEINA RUDOBRODEGO

„Nowy Lewiatan" dotarł do nader interesującej informacji o wydaleniu Sveina Rudobrodego z Centralnego Biura Alokacji. To pierwsza od dwunastu lat zmiana w komitecie. Jak ją interpretować?

Przypuszczalnie decyzja zapadła w czasie burzliwych obrad. Svein Rudobrody zyskał sobie miano trybuna ludu. Niezasłużoną popularnością cieszył się zwłaszcza na Południu. Ale jeśli przyjrzeć się jego dokonaniom, widać jasno, że do upadłego bronił kastokracji.

Wydalono go dlatego, że stracił bohatera. Z wiarygodnych źródeł wiemy, że tajemnicza ekspedycja zorganizowana przez Graczy Osterfjordu zakończyła się fiaskiem: utratą statku i większości bohaterów – w tym bohatera Sveina. Wobec powyższego musi rozpocząć od nowa jak my wszyscy. Gdyby nadal był potrzebny w komitecie, Centralne Biuro Alokacji kupiłoby ekwipunek dla jego nowego bohatera. A jednak z jakiegoś powodu zrezygnowano z jego usług. Czy stało się tak dlatego, że komitet ma poczucie sprawiedliwości i uważa, że każdy musi stosować się do tych samych zasad, że Svein powinien samodzielnie piąć się do góry w Epicu? Oczywiście, że nie. Powszechnie wiadomo, że należałoby przez setki lat rozwijać zdolności bohatera i powiększać jego ekwipunek, żeby skutecznie rzucić wyzwanie władcom świata. Młodzież, która zabiła smoka, jest tylko maleńkim wyjątkiem od reguły.

Zatem wyjaśnienia należy szukać gdzie indziej. Nasuwa się podejrzenie, że starzy gracze po prostu myślą przyszłościowo. Jest wielu niecierpliwych absolwentów uniwersytetu, marzących o stanowisku w najpotężniejszym komitecie na świecie. Gdyby Centralne Biuro Alokacji nie przyjmowało od czasu do czasu jednego z nich, narastałoby niezadowolenie w potencjalnie bardzo niebezpiecznej klasie społecznej. Prawdopodobnie więc przy okazji śmierci Sveina komitet kłamliwie próbuje wmówić światu, że nie jest organizacją zamkniętą, i za kilka tygodni zasiądzie w nim nowa twarz z uniwersyteckiej elity.

– I cóż ty na to? – zapytał Ragnok, wpatrując się uważnie w patriarchę świata.

– Zdrajca. Wśród nas jest zdrajca. Mają wtyczkę w komitecie. Ale kto im donosi? Jaki miałby w tym cel? – Godmund rozchylił usta w paskudnym grymasie gniewu. Nagle rozległ się w sali głośny trzask: starzec nieświadomie rozgniótł porcelanową filiżankę. Ze zdenerwowania ściskał ją tak mocno, że pękła.

Ragnok uśmiechnął się, ucieszony tym pokazem niekontrolowanej złości.

– Musimy zmienić hasło dostępowe Kata – zaproponował z tajoną żarliwością.

– Tak. I nie koniec na tym. Sprawa robi się poważna. Trzeba zmobilizować do śledztwa grupę studentów. – Godmund przyciskał do łysiny pobielałe palce. – Jeśli pójdziemy tropem kolporterów, rozbijemy szajkę. Ktoś puszcza w obieg tę gazetkę i musimy zacząć od niego.

– Dobrze. – Ragnok pokiwał głową z aprobatą, podając Godmundowi zestaw do gry.

– A to co?

– Nowe hasło.

– Tylko dla ciebie i dla mnie? Na pewno się cieszysz. – Godmund ironizował, a mimo to podłączył się do interfejsu. – Może nowym hasłem będzie… „zdrajca"?

– Świetnie. – Gdy tylko Godmund włożył hełm, Ragnok buchnął śmiechem, wiedząc, że stary człowiek teraz go nie słyszy.

Ledwie nowe hasło zostało zatwierdzone, Ragnok chwycił krzesło z Godmundem, szarpnął je i podniósł, a następnie chwiejnym krokiem zbliżył się do okna, które wcześniej otworzył.

Godmund, jeszcze oszołomiony po wyjściu z interfejsu gry, miał trudności z kojarzeniem faktów, nawet gdy jego ciało zawisło nad parapetem.

– Co ty wyprawiasz? Zwariowałeś?! Zabieraj te łapska! – wołał bełkotliwie starzec, nie mogąc już liczyć na ratunek.

– Wyfruwaj!

Nieszczęśnik długo machał rękami, nim uderzył o ziemię. Po chwili namysłu Ragnok wyrzucił również laskę.

Rozejrzał się uważnie po sali, aby się upewnić, czy nie ma śladów walki. Przeczesując palcami wzburzone włosy, usadowił się przed terminalem, żeby otworzyć swoje prywatne pliki. Wiedział, że będzie mógł bez pośpiechu wykasować wszystkie numery „Nowego Lewiatana", nim zejdzie na dół i odkryje ciało. Gazetka spełniła swe zadanie i nie była już do niczego potrzebna.

***

Kat odnalazł czarnoksiężnika Thorkella w jego wieży, otoczonego flakonikami, wykresami i księgami w grubych oprawach. Mag z Centralnego Biura Alokacji z lubością kolekcjonował zaklęcia dla swojego bohatera i zainwestował znaczną część smoczych bogactw w rozwój umiejętności ich badania. Posiadał już w swoich prywatnych zbiorach wszystkie najpotężniejsze zaklęcia, ale że był ich niezrównanym miłośnikiem, oddawał się poznawaniu tajemnic prowadzących do powiększenia zasobów jego księgi zaklęć.

– Kim jesteś? – Thorkell spojrzał przenikliwie na Kata znad swoich okularów. W mrocznej komnacie zatrzepotał nietoperz. – To ty, Ragnok? Czego chcesz?

– Nie domyślasz się?

– Nie – odparł Thorkell z irytacją i w blasku świecy skierował wzrok na otwartą księgę. – Nie, nie domyślam się. Nie zawracaj mi głowy swoimi durnymi gierkami! Jestem zajęty. Czego chcesz?

Kat już nic nie powiedział, lecz wolno wyciągnął Acutusa.

Na twarzy Thorkella odbiła się konsternacja. Wyprostował się. Kat uśmiechnął się perfidnie.

– Stój! Kto cię upoważnił? – Czarnoksiężnik cofnął się, potrącone flakoniki roztrzaskały się na ziemi. – Stój! – W popłochu zamachał rękami i wymruczał słowa zaklęcia, co tylko skłoniło Kata do szyderczego śmiechu. Ogień błyskawicy został pochłonięty przez podobiznę złośliwie uśmiechniętego demona na tarczy, którą Kat dzierżył nad lewym łokciem. Komnata pogrążyła się w gęstym mroku. – Czemu? – Thorkell oklapł, nie wierząc w to, co się dzieje.

Wystarczyły dwa ciosy, żeby go zabić.

***

Czarodziejkę Hleid spotkał, kiedy schodziła z areny po zajęciach z przyzywania obcych mocy.

– Musimy porozmawiać.

– O co chodzi? To ty, Ragnok?

– Nie, Godmund. Proszę cię, schowajmy się w tej uliczce, tam nam nikt nie przeszkodzi.

– Dobrze, ale się streszczaj. Mam jeszcze zajęcia.

– Będę się streszczał – odpowiedział z chichotem Kat, oblewając ją parującą zawartością buteleczki z eliksirem paraliżującym. Następnie powoli obszedł rozsypane w nieładzie fioletowe, aksamitne szaty czarodziejki, przypatrując się bardzo długo jej twarzy. Ponieważ nadal mogła ruszać oczami, przez chwilę dziwił się, rozbawiony, że tak drobne drgnienia potrafią wyrażać tak ogromny strach. – Kiedy zacznie słabnąć działanie eliksiru, jednak długo przed tym, nim będziesz w stanie ruszyć ręką lub nogą, zadam ostateczny cios. – Urwał, delektując się tą chwilą. – Twoja kariera jest skończona zarówno w grze, jak i w Centralnym Biurze Alokacji. Wybrałem już sobie nowy komitet i na pewno się ucieszysz, że zasiądzie w nim twoja córka. Może ją nawet poproszę, żeby pełniła funkcję przewodniczącej. – Roześmiał się, szczęśliwy, że wreszcie doszło do tej od dawna wyczekiwanej konfrontacji. Potem starannie odsunął jej kaptur i długie, kruczoczarne włosy, aby odsłonić bladą skórę szyi. – Żegnaj, Hleid.

***

W zwykłym sobie efekciarskim stylu Halfdan Czarny o zachodzie słońca wyjeżdżał z Newhaven na grzbiecie karego rumaka. Zmierzał w stronę miejsca, gdzie zawsze odłączał się z gry: do prywatnej wieży na północ od miasta. Wiedział, że ludzie często wchodzą do Epica właśnie w tej chwili, żeby popatrzeć na niego, jak pędem mija bramy Newhaven. Czerwona łuna na firmamencie nadawała zbroi rdzawy połysk, lecz światło zakrzywiało się wokół niego w ten sposób, że kiedy jechał, wydawał się spijać kolory z nieba.

Kat czekał przed wieżą. Halfdan zbliżył się do niego, zaciekawiony.

– Co jest?

– Walczmy.

– Co?

– Wyzywam cię, Halfdanie. Daj dowód swojego męstwa.

– To ty, Ragnok. Nie żartuj. Dobrze wiesz, że Kat jest niezwyciężony. – Halfdan zdradzał oznaki niepokoju, zaczął cofać konia.

Kat momentalnie wyciągnął Bękarci Miecz Księżyca. Wierzchowiec Halfdana zamarł w bezruchu, kiedy zabłysła klinga emitująca potężne zaklęcie strachu. Powoli ulegał mu nawet sam Halfdan. W końcu zdołał zejść z konia i rzucił się do ucieczki, co rusz oglądając się przez ramię.

– Dokąd to? – szydził Kat. Bez pośpiechu ruszył kłusem za spanikowanym, biegnącym na oślep wojownikiem. Tego rodzaju łowy zawsze sprawiały mu największą frajdę.

***

Wieczorem łatwo też było znaleźć Wilka. Niestety, wychodził z gry w różnych miejscach – w zależności od tego, dokąd akurat zawędrował. Gdy jednak poruszał się w wilczej postaci, miał zwyczaj wyć do księżyca, butnie przypominając grającym późno bohaterom, że mogą go spotkać w dzikich stronach. Tym razem z jego wycia wynikało, że zawędrował na południe od miasta. I rzeczywiście – po krótkiej, lecz bacznej obserwacji traktu do Śnieżnych Szczytów wysiłki Kata zostały nagrodzone widokiem beztrosko skaczącego wilka.

Z grymasem satysfakcji napiął cięciwę Łuku Spadających Gwiazd i wypuścił strzałę umoczoną w śmiertelnej truciźnie. Kiedy dotarł do swojej ofiary, ta odzyskała już ludzką postać. Wilk opierał się jeszcze działaniu trucizny, o czym świadczyły powiększające się opuchnięcia na twarzy i szyi.

– Muszę przyznać, że zawsze cię podziwiałem za umiejętność mówienia bez ogródek. Bez ciebie obrady komitetu nie będą już takie same. Szkoda, ale raczej nie poparłbyś zmian, które wprowadzam. – Kat nawet nie zsiadł z konia. Bez ceregieli puścił drugą strzałę prosto w pierś wilkołaka.

***

Po przeprowadzeniu ćwiczeń z bronią ze studentami klasy wieczorowej Brynhild tradycyjnie szła się rozerwać do tawerny w Mglistej Dolinie. Spędzała tam czas w grupie zżytych kompanów, będących w większości graczami z północno-wschodnich okręgów. Powiadano, że walkiria gromadzi wokół siebie rój wielbicieli – tak w grze, jak i w Mikelgardzie. Zazwyczaj odłączała się na statku, który stał przy nabrzeżu, wyposażony zgodnie z jej upodobaniami. Tam właśnie cierpliwie czekał na nią Kat, który bez kłopotu unieszkodliwił kilka pułapek i wszedł do jej kabiny.

Z dużą satysfakcją, ale i niemałą ulgą słuchał kroków Brynhild na trapie. Była już na statku, w sąsiedniej kabinie. Przez chwilę jedynie wytężał słuch, kiedy chodziła tam i z powrotem, otwierając i zamykając szufladki. Zaczynał się niecierpliwić. Żeby tylko mu się nie wyślizgnęła! A jeśli zamierzała odłączyć się w sąsiedniej kabinie, bez zaglądania do sypialni, w której się ukrywał? Z największą ostrożnością otworzył dzielące ich drzwi. Z ulgą zauważył, że Brynhild nie patrzy na niego. Odłożyła na bok swój skrzydlaty hełm, dzięki czemu jej długie, złociste włosy spadały kaskadą na ramiona.

– Wątpię, czy twój następny bohater będzie miał dość pieniędzy, żeby zadbać o swoją urodę.

Walkiria obróciła się ze zdumiewającą szybkością, dobywając jednocześnie miecza, żeby ugodzić rękę, którą zasłonił się napastnik. Dysponowała zaczarowaną klingą, więc poczuł wstrząs, ale nie doznał szkody; demon w tarczy oblizał usta ze smakiem po wyssaniu mocy miecza.

Jednakże Brynhild zaskoczyła go po raz drugi. Przestała się ruszać, stała przed nim jak skamieniała. Odłączała się z gry. Nie miał czasu na wypowiadanie słów, które sobie przygotował. Czym prędzej zadał cios Acutusem i zabił ją w ciągu tych kilku sekund, które mu zostały.

Schował broń do pochwy i pokręcił głową. Rozczarowała go ta rozprawa. Mimo to podziwiał jej refleks – niezwykle szybki, jak na starszą kobietę.

***

Wreszcie przyszła kolej na Bekkę. Druidką akurat najmniej się przejmował, więc wcale nie zmartwił się, że nie może jej zastać tam, gdzie zwykle przebywała, jakby wyszła już z gry przed nocą. Bądź co bądź, nie musiał jej nawet zabijać, ponieważ jej bohater nadawał się na towarzysza podróży, a nie do pojedynków. Na arenie żadna drużyna pod jej przewodnictwem nie miałaby szans w starciu z ekipą dowodzoną przez Ragnoka Silnorękiego. Byłoby miło pozabijać wszystkich znienacka, ale nie mógł narzekać na brak szczęścia: i tak poszło mu łatwiej, niż się spodziewał.

Wstał księżyc, oświetlający stojące kamienie, które były ostatnim miejscem, gdzie miał nadzieję ją znaleźć. Stał przez chwilę w zamyśleniu. Czule głaszcząc kark czarnego ogiera, z przyjemnością wspominał swoje ostatnie zwycięstwa.

– Obserwuję cię z pewną ciekawością. – Zadziwiająco poważny głos, wyprany z ludzkich emocji, zelektryzował Kata, który odwrócił się błyskawicznie, żeby zobaczyć, kto do niego mówi.

Ogier zarżał płochliwie i stanął dęba. Jego wodniste brązowe oczy patrzyły z przerażeniem. W samym środku kręgu, przy kamieniu ofiarnym, stał bowiem hrabia Illystivostich, wampir.

Kat nerwowo zaciskał palce na rękojeści Acutusa. Było to ekstremalnie niebezpieczne spotkanie – najgorsze, jakie mogło mu się przydarzyć w okolicach Newhaven. W obecności graczy czuł się niezwyciężony, lecz teraz trawił go niepokój. Ten niefortunny zwrot sytuacji mógł zupełnie zniweczyć jego plany. Na fotelu w Mikelgardzie oblał go pot, jakby wyciśnięto całą wilgoć z jego ciała.

– Uważaj, żeby nie wyciągnąć broni, bo wtedy musiałbym działać – prychnął hrabia z lisim, zbójeckim uśmiechem, próbując wzbudzić w nim przeświadczenie, że są ze sobą w zmowie.

Ragnok nadal ściskał i rozwierał palce, lecz cofnął się o krok i nieco odprężył.

– Naprawdę nie masz się czego obawiać. Sądzę, że mamy ze sobą wiele wspólnego. – Ponownie wilgotne, krwistoczerwone usta wampira wygięły się w wyrazie ironicznego rozbawienia.

Zachowanie hrabiego uspokoiło Ragnoka na tyle, że tym razem w odpowiedzi zdołał kiwnąć głową.

– Jeśli się dobrze orientuję, jesteś istotą, która może wchodzić do mojego świata i z niego wychodzić.

Słowa wampira wprawiły Ragnoka w osłupienie, poczuł ciarki na plecach. Ta rozmowa z NPC była jakąś abstrakcją.

– Ty rozumiesz, że… to gra? – wydukał.

– Gra? – Wampir zachichotał cicho. – Może dla twoich pobratymców. Dla mnie to codzienna rzeczywistość.

– Jesteś żywy?

I znów złowieszczy śmiech, niby ciepły i przyjazny, a jednak podszyty słodyczą zatrutego miodu.

– Jeśli władcę nieumarłych można nazywać żywym, to rzeczywiście taki jestem. – Wampir podciągnął szaty i usiadł na starożytnym kamieniu. Szerokim gestem ręki wskazał gwiazdy, księżyc i posępne dolmeny. – Oto mój świat. Nie mogę go opuścić. Jeśli kiedyś się skończy, razem z nim skończy się moja egzystencja. – Wampir wpatrywał się w Ragnoka, który nie potrafił wyzwolić się spod władzy jego zwodniczo pięknych, płomienistych oczu, choć ich spojrzenie paliło żywym ogniem. – Odnoszę wrażenie, że ty również nie chciałbyś, aby ten świat się skończył.

– Oczywiście, że nie.

– Cieszę się. W takim razie jesteśmy sojusznikami. – Tym prostym stwierdzeniem w znacznym stopniu uśmierzył obawy Ragnoka, który wreszcie oderwał dłoń od Acutusa. Hrabia pokiwał głową z aprobatą. – Zauważyłem, że zabiłeś dzisiaj wielu bohaterów, jednych z najpotężniejszych w Newhaven. Czy mijam się z prawdą, twierdząc, że zrobiłeś to, by ugruntować swoją pozycję najbardziej wpływowej istoty tam, skąd pochodzisz?

– Nie. – Ragnok pozwolił sobie na lekki uśmiech. Po raz pierwszy ktoś wspomniał o jego nowym statusie. I uczyniła to istota z Epica!

– Pewne rzeczy widać jak na dłoni. – Wampir wyraził swoje zadowolenie kiwnięciem głowy. Tym gestem zdawał się proponować Ragnokowi współudział w wielkiej zbrodni, a w przyszłości w zbrodniach jeszcze większych. – Wobec tego muszę powiadomić cię o zagrożeniu, którego zapewne nie dostrzegasz. – Przerwał dla podkreślenia swoich następnych słów. – Można zniszczyć ten świat. Nie pojmując waszej prawdziwej natury, popełniłem straszny, choć zrozumiały błąd: ujawniłem tę informację paru osobom z twojej rzeczywistości. I te osoby nie tylko wyraziły pragnienie zniszczenia tego świata, ale dokładnie w tej chwili, gdy o tym rozmawiamy, dobierają się do jednego, jedynego przedmiotu, który jest w stanie tego dokonać.

– To niemożliwe! – Ragnok był oszołomiony i nic więcej nie mówił. W jego głowie kłębiły się myśli. Co za człowiek chciałby zniszczyć grę?

– Niestety, to zadanie, choć bardzo trudne, jest możliwe. Raz na sto lat, pewnie nie częściej, pojawi się drużyna zdolna ukończyć tę misję. Zwłaszcza jeśli będzie dysponowała wystarczającymi środkami po zgarnięciu smoczego skarbu.

– Te głupie dzieciaki z Osterfjordu! – Ragnok prychnął z obrzydzeniem.

– Głupie? Nie sądzę. – Wampir mówił teraz tonem twardym, pouczającym. Ragnok zadrżał, jakby coś go wciągało pod lód. – To są zabójcy starego Inry'aata. Zdołali mi się wymknąć przy pomocy króla Aquiriona, władającego podwodnym królestwem, którego nikt obcy nie oglądał od tysiąca lat. Od tamtej pory mają się na baczności i podróżują wyłącznie za dnia, kiedy nie mogę im zrobić nic złego. Nie wolno ich lekceważyć! – Błysk oczu podkreślający tę przestrogę sprawił, że Ragnok skulił się i struchlał; marzył, żeby już skończyło się to spotkanie, ale też paradoksalnie pragnął pozostać w towarzystwie tego potwora, tego wyjątkowo rozwiniętego NPC... który jak nikt inny rozumiał jego mroczne ambicje.

– No dobrze – oświadczył Ragnok zduszonym, niepewnym głosem. – Pójdę i pozabijam tych Graczy Osterfjordu.

Wampir kiwnął głową.

– Bardzo dobrze, sojuszniku. Życzę ci, abyś w swoim królestwie żył tak długo, jak długo ja chciałbym żyć w moim. – Hrabia rozłożył szeroko ramiona. Z połyskliwych szat, które miał na sobie, wytworzyły się skrzydła.

Fala bandyckiej radości musnęła pieszczotliwie Ragnoka, który najchętniej cały by się w niej wykąpał. Prędko jednak wyzbył się tej zdrożnej tęsknoty, zdjęty nagłym lękiem.

– Chcę powiedzieć, że jako Kat zabiję ich bohaterów.

Hrabia Illystivostich momentalnie znieruchomiał i opuścił skrzydła do ziemi.

– To za mało, przyjacielu. – Wampir panował nad emocjami, lecz Ragnok lekko zadygotał, słysząc nutę tłumionej złości w słowach wychodzących z jego wąskich ust. – Prosząc o darowanie życia, niejaka Cindella wysunęła argument, który wzbudził we mnie niepokój. – Wampir oglądał Ragnoka od stóp do głów, jakby brał miarę na trumnę. – Jeśli zginą tutaj, nie zapomną, że istnieje sposób na zniszczenie tego świata. Powrócą w nowej postaci i nawet ich nie poznamy. To prawda?

– Tak – odpowiedział Ragnok skwapliwie.

– Zatem rozumiesz chyba: żeby ich wiedza nie przysporzyła nam nigdy problemów, muszą zginąć w swoim świecie. – Fosforyzujące spojrzenie wampira zapraszało Ragnoka do udziału w ekscytujących łowach i ich krwawej kulminacji.

– No… ale to… niemożliwe. – Znowu się skulił z lęku przed ściągnięciem na siebie gniewu hrabiego.

– Czyżbyś więc nie był najbardziej wpływowym człowiekiem w swoim świecie? – Wampir spochmurniał i jego mina dotknęła Ragnoka do żywego.

– Jestem nim, ale nawet sobie nie wyobrażasz, jak nasze światy się różnią. Nikt nikogo nie uderzy, a cóż dopiero mówić o zabijaniu. W moim świecie tylko ja popełniłem morderstwo – wyjaśnił pośpiesznie, aby udowodnić hrabiemu swoją wartość. – Na szczęście nikt o tym nie wie. Cały świat zwróciłby się przeciwko mnie, gdybym skrzywdził kogokolwiek z tej drużyny, ba, z jakiejkolwiek drużyny.

– No trudno. – Hrabia mówił spokojnie, jakby przewidywał taką odpowiedź. Ragnokowi zaś ulżyło, że wampir nie okazuje większego zdenerwowania. – W takim razie musimy strzec Eterycznej Wieży Koszmaru, aby do niej nie weszli.

– Słyszałem już gdzieś tę nazwę… – Ragnok próbował sobie przypomnieć. Trudno było skupić się na przeszłości, kiedy magnetyczna aura wampira tak silnie oddziaływała na niego w tym momencie. – Już wiem! Chodzi ci o *Epicusa Ultimę*. Svein Rudobrody każdego pyta o tę wieżę.

– Jeśli wejdą do wieży, wszystko przepadnie. Nastąpi koniec świata. Zgromadzę swoje wojsko, żeby jej strzegło. Zrób to samo.

– Ale gdzie ona jest?

Wampir zachichotał z kąśliwą ironią. Jego śmiech sprawił, że Ragnok zaczerwienił się, zawstydzony swoją ignorancją. Hrabia powoli tkał sieć z księżycowej poświaty, łącząc ze sobą stojące kamienie, aż uwidocznił się zarys wieży.

– Właśnie tutaj. Ale zmaterializuje się tylko wtedy, kiedy oba księżyce będą w pełni i kiedy wypowie się odpowiednie zaklęcie. Cieszmy się z tego, bo to jest przeszkoda dla naszych przeciwników. Mogą próbować wedrzeć się do środka, lecz tylko raz na dwa miesiące. – Urwał, żeby sprawdzić, czy Ragnok za nim nadąża, a gdy ten gorliwie pokiwał głową, dodał: – Najbliższa taka noc za cztery dni. Będziesz gotów?

– Pewnie! – Ragnok z przejęciem kiwał głową. – Nie zamierzał dopuścić do tego, żeby Svein czy ktokolwiek inny ukończył *Epicusa Ultimę* i zrujnował świat.

– Doskonale. – Wampir podchodził do niego, zostawiając po sobie ślad obumarłej trawy. Ragnok z zaskoczeniem zauważył, że już się go nie boi. Nawet nie drgnął, gdy hrabia stanął przed nim.

– Spotkamy się tu za trzy dni, żeby uściślić plany. – Swoimi długimi, zakrzywionymi paznokciami dotknął zasłony bogatej przyłbicy Ragnoka. Wewnątrz hełmu rozległ się nieprzyjemny zgrzyt.

Chwilę później zniknął i Ragnok znowu mógł oddychać. Odłączył się z gry, kiedy świerszcze wznawiały swoje nocne pogwarki.

❦ 28 ❧

Fines facere mundo

Erik miał wielką ochotę przekręcić się na drugi bok i wrócić do snu, lecz strząsnął z siebie koc, żeby chłodne powietrze zmusiło go do wstania. Kiedy przebywał w Epicu, na farmie spiętrzały się zaległe prace. Dom coraz bardziej tonął w bałaganie, a ponieważ szansa na powrót rodziców nabrała realnych kształtów, Erik patrzył na ten bajzel ze wstydem i przestrachem. Przynajmniej drzewa oliwne w tym roku do pewnego stopnia same o siebie zadbały. Powinien jednak dzień lub dwa spędzić u Rolfsonów, pomóc im w przenoszeniu sadzonek z rozsadnika do rządków przygotowanych dla małych roślinek.

Pierwsza niespodzianka tego dnia czekała na niego w kuchni. Naczynia były pozmywane, wysuszone i starannie ułożone na półkach. Ogień buchający wesoło w palenisku roztaczał przyjemny żar, a nad nim w rondelku wrzała woda. Wzruszywszy ramionami, Erik nalał sobie trochę zaczynającej kipieć wody i dodał odrobinę soku cytrynowego. Napój był gorzki, ale za to orzeźwiający.

Na zewnątrz dzień wstawał zimny, lecz pogodny. I tu znowu zdumienie: podwórze nie było już zasłane brudem i odchodami osłów, które mogły swobodnie włóczyć się po gospodarstwie.

Skrzył się bruk, świeżo zamieciony i spłukany wodą, a w powietrzu roznosił się silny zapach środków odkażających. Ze stajni po drugiej stronie podwórza dochodziło wesołe pogwizdywanie. Wszedł do jej mrocznego wnętrza.

– Dzień dobry.

– Zapowiada się piękny dzionek, co? – rzekł Svein, rozpromieniony, odrywając wzrok od stołu, przy którym pracował. Leżała przed nim góra skórzanej uprzęży do wyczyszczenia.

– Nie musiał pan od razu sprzątać w domu i na podwórzu – powiedział Erik z zażenowaniem. Uważał, że gość nie powinien brać na siebie domowych prac.

– Spokojnie, ja się nawet cieszę, że mogę normalnie popracować. – Starszy mężczyzna wytarł w szmatkę zatłuszczone ręce. – Nie pamiętam, kiedy ostatnio robiłem coś takiego. – Przesunął się na stołku. – Chodź, usiądź przy mnie.

Tak więc Erik usiadł koło niego i przez dłuższą chwilę w niekrępującym milczeniu zajmowali się rzemieniami, spiłowując plamy rdzy ze sprzączek przed pokryciem ich ochronną warstwą smaru. Erik zerkał na gościa dyskretnie. Zauważył, że po utracie wizerunku zabójcy smoków Svein jest zupełnie innym człowiekiem. Oblicze byłego naczelnego bibliotekarza nie emanowało charyzmą, którą odznaczał się w czasie festynu na cześć drużyny z Nadziei. Z bliska jego rzednące włosy i poorana zmarszczkami twarz nie kojarzyły się z wojownikiem znanym mu z gry; mógłby być raczej starcem z wioski, który spędził w niej całe życie.

Jeden z osłów parsknął i zatupał w przegrodzie. Svein podniósł wzrok i napotkał spojrzenie Erika.

– Co teraz zrobisz, ty i twoi przyjaciele? – zapytał z przyjazną intencją, co miał podkreślać ciepły uśmiech.

– Nie wiem jeszcze. Spotykamy się po południu, żeby się nad tym zastanowić – odparł Erik.

– Pewnie nie mógłbym się do was przyłączyć? Moim przenośnym zestawem?

– Nie. No, może później. Musimy przedyskutować parę spraw bez świadków.

– Rozumiem. Wyznaczyliście już datę pojedynku z Centralnym Biurem Alokacji? – zapytał poufałym tonem.

– Rozmawiałem dzisiaj z Thorsteinem, naszym bibliotekarzem w Nadziei. Powiedział, że walka odbędzie się pod koniec przyszłego miesiąca. Tego typu wyzwania trafiają się rzadko.

– Rzadko?! – Svein zachichotał. – Powiedziałbym, że nigdy. Konstytucyjna zmiana tego kalibru zatrzęsie nimi wszystkimi! Już sobie wyobrażam debatę w komitecie. – Odłożył element uprzęży, który czyścił. – Zastanawiam się, czy ludzie was poprą, czy raczej wystraszą się powrotu zesłańców. Wiesz, że wypuszczasz na wolność osoby skazane za stosowanie przemocy?

– Jak mój tata? – żachnął się Erik.

– Nie. Jego postępowanie było uzasadnione. Ale są inne, dużo gorsze przypadki.

– Wiem. – Erik rzeczywiście dostrzegał wagę problemu. – Ale przecież nie będziemy robić selekcji. Musimy uwolnić wszystkich.

Svein miał minę, jakby się z tym nie zgadzał, ale nic nie powiedział.

– A pan? – zapytał Erik z autentycznym zaciekawieniem. – Co pan teraz zrobi? Wróci do Centralnego Biura Alokacji?

Momentalnie prysł dobry humor Sveina, o czym świadczyły twardo zaciśnięte usta i chmurne spojrzenie.

– Musieliby mnie błagać na kolanach, i to wszyscy. A zresztą czemu miałbym wracać? Nie spoczywają już na mnie żadne obowiązki, więc mogę poświęcić się *Epicusowi Ultimie*. Niech spróbują mnie ruszyć, kiedy ukończę misję. W każdym razie – kontynuował już z mniejszym ożywieniem – nie byłoby honorowo wracać do komitetu, skoro zamierzasz rzucić im wyzwanie, nawet gdyby, w co wątpię, błagali mnie usilnie. Przywróciłeś mnie do życia. Powinienem przynajmniej trzymać się z boku, dopóki nie porachujesz się z nimi. Obojętne czy się z tobą zgadzam, czy nie.

Po raz pierwszy Erik czuł, że nie musi uważać na każde słowo w obecności Sveina Rudobrodego. Odniósł wrażenie, że Svein mówi szczerze i poczuwa się do wdzięczności wobec Graczy Osterfjordu, którzy uratowali go przed utratą ukochanego bohatera.

***

Przypuszczając, że jest już południe i lada chwila rozpocznie się spotkanie, poszedł na górę i podłączył się do gry.

#uśmiechnij się

Awanturniczka Cindella wysunęła się z pozytywki z rękami na biodrach, gotowa stanąć w szranki ze światem. Zaraz potem Erik utonął we wzbierającej powodzi dźwięków i kolorów.

– O, jesteś wreszcie. – Powitalne słowa Anonimusa przedarły się do niego, gdy wkoło krystalizował się świat Epica.

Wczoraj odłączyli się w palmowym gaju nad malowniczą piaszczystą plażą. Na szczęście nic się nie zmieniło. Skrzące się niebieskie fale sunęły w stronę brzegu i zabierały z powrotem warstwy piasku. Towarzyszący temu cichy, regularny odgłos szurania koił zmysły.

Harald Złotowłosy, Anonimus, czarodziejka Injeborg, uzdrawiaczka Sigrid, wojownik D. E. i wojownik Bjorn ustawili się w krzywym kole. Cindella przybyła ostatnia.

– I co powiedział Thorstein? – zapytał Harald, od razu przechodząc do rzeczy.

– Wyzwanie zostało zatwierdzone. Jego zdaniem, podważamy tak ważny przepis prawa, że nasze wyzwanie będzie musiało przejść jeszcze długą drogę. Staniemy do walki najwcześniej pod koniec przyszłego miesiąca.

– Trudno, zaczekamy – powiedziała Sigrid. Siedziała na kamieniu pokrytym pąklami, rysując stopą wzory na piasku.

– Nie mamy wyjścia, ale będzie nam groziło niebezpieczeństwo. – Anonimus położył dłoń na rękojeści miecza.

– Jakie? – zapytała Injeborg.

– Spotykamy się za dnia, więc wampir nie zrobi nam nic złego. Co innego ten ich zabójca. Przypuśćmy, że posłuży się magią i nas odnajdzie. Wystarczy mu miesiąc, żeby dotrzeć tu z Newhaven i wytropić nas. Jeśli nawet będziemy się trzymać z dala od Epica, przygotuje zasadzkę, żebyśmy nie wyszli na arenę w Cassinopii.

– To prawda – zgodził się Harald. – Trzeba to wziąć pod uwagę.

– Mimo wszystko moglibyśmy zaryzykować i poczekać ten miesiąc. Ale jest jeszcze jedna opcja.

– O nie, tylko nie to! Ten sam ton słyszałem u ciebie, kiedy mówiłeś o zabiciu smoka. – Bjorn celowo udawał przerażonego, lecz Erik wiedział, że to tylko żarty.

– Wampir twierdzi, że w zakopanym skarbie jest przedmiot, dzięki któremu można zakończyć całą grę. No nie? – Erik popatrzył na Anonimusa, świadka tej okropnej rozmowy.

– Zgadza się. Powiedział to wprost. Widać było, że ma pietra.

– Ale czemu mielibyśmy zakończyć Epica? – zapytał D. E.

– Jesteśmy bogaci i silni. – Roześmiał się głośno, zdając sobie sprawę, że jego pytanie wynika z egoizmu. Ale tak czy inaczej, czekał na odpowiedź.

– Ponieważ Epic nie jest rzeczywistością. Każdy spędza w nim pół życia, gdy tymczasem realny świat się wali. Najwyższa pora się obudzić. – Injeborg poderwała się na nogi. – Erik dobrze kombinuje. Centralne Biuro Alokacji przestanie nas gnębić, tak samo jak te wszystkie komitety.

– Podoba mi się pomysł zakończenia gry – rzekł Anonimus. – Jeżeli naprawdę takie będą skutki. Ale kto obejmie rządy? Ja? Ze swoją armią zesłańców? Mam szturmować Mikelgard?

– Daj spokój, nie strasz ludzi. Kiedy tak mówisz, wolałabym się trzymać od ciebie z daleka. – Sigrid odwróciła się, zniesmaczona.

Anonimus tylko wzruszył ramionami.

– Nie. Wykorzystamy interfejs gry, żeby opracować plan dotyczący świata. Plan, który zatwierdzi większość ludzi. – Injeborg mówiła z pasją, wybiegając myślami w przyszłość. – Odbędą się spotkania przedstawicieli różnych gałęzi przemysłu i rolnictwa, specjaliści z wielu dziedzin zbudują nowy system. Wsie i miasta wybiorą swoich reprezentantów, żeby wspomóc ten proces. Czeka nas dużo pracy, ale będzie to prawdziwa praca i wspólny cel, a nie bezużyteczne walki w Epicu.

– Właśnie tak sobie to wyobrażam. – Erik uśmiechnął się z podziwem.

– Brzmi nieźle – dodał Bjorn.

– Popieram. – Harald uniósł rękę.

Sigrid poszła za jego przykładem, a zaraz po niej Anonimus. Pozostał tylko D. E.

– Pewnie, czemu nie? – Wahał się tylko przez moment. – W każdym razie został miesiąc do bitwy na arenie. Byłoby głupio zrobić taki kawał drogi i nie odnaleźć skarbu. No więc gdzie on jest?

Erik nagle poczuł, że znajduje się w ognisku uwagi.

– Też o tym myślałem. Wydaje mi się, że jest gdzieś tam, na północ stąd. – Cindella wskazała palcem. – Mam w głowie mapę, ale tu, w dole, na plaży, trudno zlokalizować punkty orientacyjne.

– Narysuj je na piasku – nakazała Injeborg. – Może ci jakoś pomogę.

Wobec tego Cindella chwyciła patyk i narysowała dwie długie, przecinające się kreski, tworzące krzyż. Potem zaznaczyła kilka miejsc na tych kreskach.

– To jest skalna iglica na morzu. To biała skała. To nazywa się „chata". To nasz gaj palmowy. To strumień, a to otwór w klifie.

– Rozumiem. – Injeborg przez chwilę przyglądała się oznaczeniom, po czym spojrzała na niebo i na morze.

Tuż nad białą pianą fal elegancko szybowała mewa. W pierwszej chwili Erik doświadczył przedziwnego wrażenia, że ten właśnie ptak był za oknem pomieszczenia, w którym po raz pierwszy zmaterializowała się Cindella.

– Kha! Kha! – zwróciła się Injeborg do mewy tak wrzaskliwie, że wszyscy się przestraszyli.

Powietrze nabrzmiało magią. Ptak kilka razy mocniej zatrzepotał skrzydłami, dał nurka między nich i wylądował bez najmniejszych oznak lęku. Z zamkniętymi oczami i płaszczem odrzuconym na plecy Injeborg uniosła ramiona i wypowiedziała śpiewne zaklęcie. Mewa prędko wzbiła się w powietrze, lawirując coraz wyżej i wyżej wśród niewidzialnych prądów powietrza. Przyjaciele nie odzywali się, żeby nie rozpraszać czarodziejki, gdy ptak krążył nad nimi: wyraźne, szare „V" na bezchmurnym błękicie nieba. W końcu się odprężyła.

– Już wiem. To cypel na północ stąd. Chodźcie za mną.

Było już dobrze po południu, kiedy dokopali się do kufra. Bjorn, którego wojownik odznaczał się praktycznie niewyczerpaną wytrzymałością, kopał najgłębsze i najdłuższe rowy. To właśnie on przywołał ich do siebie. Przezornie powstrzymał się od krzyku, gdy ujrzał krawędź drewnianej skrzyni; wolał okopać ją dookoła, aby mieć pewność, że nie będzie to fałszywy alarm. Kiedy wyciągnęli skarb i zsypali z wieka piaszczystą ziemię, ukazał się kufer dość obiecujących rozmiarów. Do wytartych, lecz twardych dębowych desek przytwierdzono nitami grube, mosiężne okucia. Z tyłu na całej długości kufra znajdowały się potężne, mosiężne zawiasy, a zawartości strzegła mocna kłódka.

Erik czuł radosną niecierpliwość, mimo że nie zależało mu już na pieniądzach. Nie dość, że było coś niezaprzeczalnie ekscytującego w odkryciu zakopanej skrzyni ze skarbem, to jeszcze dochodziła satysfakcja z ukończenia misji, którą rozpoczął, kiedy uboga Cindella mogła liczyć jedynie na swój wygląd i pomysłowość.

– No dobrze, popatrzmy. – D. E. uniósł topór, żeby odrąbać zamek.

– Zaczekaj! – sprzeciwił się Anonimus. – Sprawdzę, czy nie ma pułapek. – Elf wyciągnął małe etui, w którym znalazł dwa cienkie metalowe narzędzia, podobne do długich igieł. Po zbadaniu kłódki i zawiasów wyprostował się. – W porządku, nic tu nie ma. Chyba. – Mimo to cofnął się dwa kroki, gdy D. E. powtórnie uniósł topór.

Erik też odsunął się mimowolnie.

Siła ciosu sprawiła, że wieko kufra odskoczyło, ukazując błyszczące złoto. Nie zobaczyli nic niepokojącego.

– Przyjrzyjmy się bliżej. – D. E. przechylił kufer i na piasek kaskadą wysypało się złoto. Stos monet powiększał się z melodyjnym brzękiem.

Erik roześmiał się na głos. Dwa miesiące temu podeszliby z większym szacunkiem do takiego znaleziska i ucałowaliby każdego bizanta. W złocie leżały zagrzebane ciekawe przedmioty, takie jak eliksiry w buteleczkach, pierścienie i misterna srebrna urna, lecz ich uwagę zaprzątnęła niepozorna szkatułka.

Cindella pochyliła się, odgarnęła monety i podniosła proste pudełko, które mieściło się w dłoni. Wieczko zamykało się na zwyczajny srebrny haczyk. Nic nie wskazywało na niezwykłość szkatułki, aczkolwiek na jej obrzeżu biegł napis *fines facere mundo*, którego srebrne litery promieniały niezmąconym blaskiem. Zajrzała do środka. Na pluszowej poduszeczce leżał gruby klucz.

– Tego właśnie szukamy. – Cindella podała D. E. szkatułkę, która kolejno przechodziła z rąk do rąk, aż obejrzeli ją wszyscy gracze zgromadzeni nad skarbem. W końcu wróciła do Erika.

– Wampir powiedział, co znaczą te słowa: „spowodować koniec świata".

– Tylko gdzie jest zamek, do którego pasuje ten klucz? – zapytał Harald.

– Nie wiem. Ale – dodał pośpiesznie Erik – jeśli ktoś wie, to na pewno Svein Rudobrody. Chce ukończyć *Epicusa Ultimę*. Chętnie nam pomoże. Tylko… nie mówmy mu, że to może być finał gry. On myśli, że po ukończeniu *Epicusa Ultimy* dostanie jakąś wielką nagrodę.

Anonimus pokręcił głową.

– Zaczyna się robić nieciekawie.

– A co, wolałbyś plan B? – Erik uśmiechnął się. – To jak, mam go tu ściągnąć?

– No idź. – Ciemny elf westchnął.

Okazało się, że Svein odłączył się nad dość odległą zatoczką, więc przybył dopiero po dwóch godzinach, kiedy słońce chyliło się ku zachodowi. Chociaż widnokrąg robił się czerwony, niebo nad nimi nadal było jasne i pozostało jeszcze trochę czasu do zmroku. Pomimo to Erik chciał zakończyć tę sprawę najszybciej jak to możliwe. Wyciągnął szkatułkę i pokazał ją staremu wojownikowi, który wziął ją ostrożnie do ręki.

– *Fines facere mundo*? Co to znaczy? – Svein otworzył szkatułkę i wyciągnął klucz, a potem przyjrzał mu się pod światło w poszukiwaniu znaków runicznych.

– „Uwolnisz świat” – wypalił Anonimus najzupełniej obojętnym tonem.

Erik zaczerwienił się, lecz nic nie powiedział. Podobnie milczeli pozostali, nie negując fałszywego tłumaczenia.

– Ciekawe. W pewnym sensie te słowa pasują do misji z uwięzioną księżniczką, choć nie idealnie. Ale jeśli wampir twierdzi, że to najważniejszy przedmiot potrzebny do ukończenia *Epicusa Ultimy*, to mam dla was dobrą i złą wiadomość.

– To znaczy? – zachęcił go Erik.

– Dobra wiadomość jest taka, że ponad wszelką wątpliwość *Epicus Ultima* kończy się w Eterycznej Wieży Koszmaru. Prawdopodobnie tam właśnie odnajdziemy księżniczkę i zamek, do którego pasuje ten klucz.

– A zła wiadomość? – zapytał D. E.

– Nie mam bladego pojęcia, gdzie jest ta wieża. A szukam jej od lat. – Svein schował klucz do szkatułki i już oddawał ją Cindelli, gdy raptowny okrzyk Sigrid sprawił, że wypuścił ją z ręki.

– Przecież to proste! Wieża jest koło Newhaven!

– Co? Gdzie!? – Svein odwrócił się do niej błyskawicznie.

– Kiedy zabiliśmy smoka, mówiono nam o eterycznej sferze. To dzięki niej przywiązane do nas dżinny podróżują tak szybko. Już gdzieś o tym czytałam. Wokół naszego wymiaru roztacza się inny. Jest pełen zakrętów i można szybko wędrować srebrnymi ścieżkami po całym świecie i nie tylko. Nawet po księżycach.

– Jasne! – wykrzyknął Erik. – Widziałem te ścieżki. Ujawnia je zaklęcie przenikliwego widzenia.

– Dobrze, ale co z wieżą? – dopytywał się Svein.

– Znajduje się w eterycznym wymiarze, nie w naszym, ale kiedy księżyce są w pełni, wystarczy rzucić stosunkowo łatwe zaklęcie przy starym kamiennym kręgu na południe od Newhaven, Injeborg na pewno sobie z tym poradzi, i wieża się pojawi. – Sigrid wzruszyła ramionami. – Z książek wynika, że nie ma w tym nic skomplikowanego.

– Dobra. – Harald wstał. – Bjorn, mógłbyś skontaktować się ze swoimi morskimi przyjaciółmi i powiedzieć im o zmianie planów? Wracamy do Newhaven.

– Zamierzacie ukończyć *Epicusa Ultimę*! Wspaniale! – Svein przerwał i rozejrzał się z niepokojem. – Mam nadzieję, że zabierzecie mnie ze sobą? Poświęciłem tej misji tyle czasu, że chybaby mi serce pękło, gdybym jej nie ukończył.

– Pewnie, należy się panu. Powiedział nam pan o wieży. – Erik wypowiedział się w imieniu wszystkich, spoglądając ostro na Anonimusa, który odwrócił się ostentacyjnie.

ເ∞ 29 ∞ວ

Wezwanie do broni

– Patrzcie, ktoś tu się nas spodziewał! – D. E. zagwizdał, zdumiony.

Stojące kamienie, wyznaczające miejsce pojawiania się Eterycznej Wieży Koszmaru, znajdowały się na niedużym wzniesieniu, wokół którego zgromadziły się budzące trwogę wojska złych istot.

Na zachód od dolmenów powiewały chorągwie wodza wielotysięcznej armii orków; czarne szeregi krępych, odrażających postaci ginęły hen na horyzoncie. Obok hufca odzianych w skórzane pancerze orków rozłożyli się obozem ich znienawidzeni rywale, zielonoskóre gobliny, które mrowiły się na polach jak okiem sięgnąć. W pobliżu chorągwi ich króla stało kilkanaście ogromnych drewnianych katapult. Na południe, najbliżej grupy przyjaciół skrytej na skraju lasu, rozlokował się zastęp ogrów. Nieokrzesane olbrzymy stały zakute do pasa w stalowe zbroje płytowe. W rękach dzierżyły potężne oburęczne maczugi, których nie uniósłby żaden człowiek. Choć przybyła ich zaledwie setka, stanowili groźniejszą siłę niż orkowie i gobliny razem wzięci. Na wschód od starożytnych kamieni rozlokował się oddział smukłych, umięśnionych trolli, których gruba, lekko fioletowa skóra stanowiła naturalną zbroję, w dodatku samoregenerującą się, o ile nie przypalono jej ogniem. I na koniec, pilnując od północy dostępu do wzniesienia, stała nieruchomo – co niepokojąco kontrastowało z ciągłym ruchem w pozostałych hufcach – armia uzbrojonych w tarcze i miecze bladych kościotrupów, które wywołał z grobów potężny nekromanta.

W tej dzikiej hordzie, podzielonej na zwarte zastępy, włóczyły się także samotne potwory z rodzaju tych najniebezpieczniejszych, obdarzonych potężnymi zdolnościami magicznymi. Erik wypatrzył ogromną gorgonę, której głowa z wężami zamiast włosów wyrastała czterdzieści stóp nad ziemią z wężowego cielska. Był również dumny, groźny rakszasa, pół tygrys i pół czarownik, skradający się wokół obrzeży armii. Wysoko na niebie przelatywały krwiożercze nietoperze, podczas gdy nisko, nad samymi głowami, wte i wewte pląsały wielobarwne błędne ogniki. I rzecz najgorsza: troje wielkich, latających, pozbawionych powiek oczu. Byli to obserwatorzy – nad wyraz potężni czarnoksiężnicy, którzy zdawali się płynąć wolno z wiatrem, lecz w rzeczywistości poruszali się niezależnie od prądów powietrza. Wokół kamieni zgromadziła się sfora buchających ogniem piekielnych ogarów, a w samym środku armii legendarnych stworów Erik zauważył grupę graczy: około czterdziestu bohaterów.

– Studenci uniwersytetu – szepnął Svein, zauważywszy minę Erika. – Poznaję ich, a tam… Widzisz tego na czarnym rumaku? Tego w bogatej zbroi? To Kat.

Bjorn westchnął.

– Wiedziałem, że to byłoby zbyt proste: wejść do wieży i ukończyć misję.

– No, trzeba wnieść poprawki do planu. – Sigrid cofnęła się pod osłonę drzew.

– Tak? – Injeborg była zła. – Chcą się bić, to im dosolimy!

– Niby jak? – zapytał Harald.

– Może przejdziemy niewidzialni do wieży? – zaproponował Erik.

– Nic z tego. – Harald pokręcił głową. – Od tego są właśnie piekielne ogary. Często robią za strażników, bo są w stanie nas wywęszyć, choćbyśmy byli niewidzialni.

– W takim razie przebijemy się siłą. – Injeborg próbowała przekazać reszcie odrobinę optymizmu, żeby zrównoważyć ponury ton wypowiedzi Haralda. – Rozpuśćmy wieści, wezwijmy ludzi na spotkanie na arenie – mówiła z zapałem. – Poproszę ochotników z całego świata!

– Interesujące – myślał na głos Svein. – To mogłoby się udać. Nawet sobie nie wyobrażam reakcji Centralnego Biura Alokacji. – Zaśmiał się pod nosem.

– Jestem pewien, że pomogą nam w walce tysiące ludzi, jeśli tylko poczują, że runie cały system, który dzisiaj mamy – dodał od siebie Erik. – I chyba mógłbym zwołać kilku sojuszników z gry. No wiecie, jak przed wyprawą statkiem.

– Super! Czyli będzie bitwa? – D. E. palił się do działania.

– Tak, jeśli uznamy, że jesteśmy dość silni. – Injeborg wydawała się pewna siebie.

– No to jazda! – Entuzjazm D. E. wyrażał się nawet w głośnym szepcie.

Erik podziwiał przyjaciela za jego animusz do walki, lecz był bliski załamania, kiedy przyglądał się nieprzyjacielskim wojskom. Była to bowiem przepotężna armia, prawdopodobnie największa w dziejach gry.

– No dobrze. Najbliższa koniunkcja księżyców za trzy dni, tak? – Harald popatrzył na Sigrid, a gdy potwierdziła, ciągnął: – W takim razie spotkajmy się przed południową bramą Newhaven w południe tego dnia. Jeśli zbierzemy wojsko, staniemy do walki.

– A ty, Rudobrody? – Anonimus spoglądał z ponurą miną na weterana, który im towarzyszył. – Z którą stroną trzymasz?

– W bitwie przyłączę się do was, jeśli zdołacie zebrać armię – odpowiedział rzeczowo Svein. – Chcę być świadkiem ukończenia misji. Ale powiem wam szczerze, że coś mi tu nie pasuje.

– Co takiego? – zapytał Erik.

– Czemu Centralne Biuro Alokacji tak bardzo chce nam przeszkodzić w dotarciu do wieży? I gdzie są pozostali? Godmund, Brynhild, Halfdan, Wilk... – Svein rzeczywiście był zdezorientowany.

Nikt nie potrafił mu odpowiedzieć na to pytanie.

– Zaraz lecę do Thorsteina, niech powiadomi świat, że za trzy dni wydamy specjalne oświadczenie – oznajmiła Injeborg. Jej czarodziejka zastygła, gdy dziewczyna odłączała się z gry.

– A ja zbadam, czy możemy liczyć na pomoc kogoś z Epica. – Cindella prędko pomachała im na pożegnanie i udała się do miasta.

***

Katedra poświęcona Movowi była jednym z największych kościołów w Newhaven. Z jej odległych zakamarków dochodziły rozwlekłe dudniące pieśni zakonników, jakby ów gmach był wielkim gardłem, skupiającym i kierującym dźwięki w stronę ludzi za olbrzymimi drzwiami otwartymi na oścież. Po obu stronach ogromnej centralnej nawy wysoko na ścianach wisiały chorągwie, niektóre potargane w czasie bitew. Erik czuł wprawdzie, że musi się śpieszyć, lecz na znak szacunku zwolnił kroku, mijając kolejne ławki, w których gdzieniegdzie wierni modlili się z pochyloną głową.

Zauważył zakonnika z tonsurą.

– Przepraszam – zagadnął go szeptem. – Gdzie znajdę sir Warrena?

Zakonnik bez słowa wskazał Wschodnią Kaplicę.

– Dziękuję. **#ukłoń się**

Erik podszedł do małego ołtarza. Nawę przenikały różnokolorowe snopy światła, wnikającego do wnętrza przez witraże z postaciami świętych. Sir Warren klęczał w swojej połyskliwej srebrnej zbroi, przed nim zaś leżał potężny oburęczny miecz. Erik postanowił poczekać, gdyż nie chciał przeszkadzać rycerzowi w modlitwie. Jednak z czasem ogarnęło go zniecierpliwienie. Aż wreszcie coś go natchnęło: kazał Cindelli uklęknąć przy rycerzu i wyciągnąć medalion, który Gracze Osterfjordu otrzymali w nagrodę za oddanie Dzwonu do katedry.

Sir Warren zerknął na nią.

– Życzysz sobie czegoś, siostro?

– Chciałabym z tobą porozmawiać.

– Dobrze. Chodź za mną. – Sir Warren wstał, wsunął do pochwy swój wielki miecz i powiesił go sobie na plecach.

Kiedy szli w stronę małych drewnianych drzwi, Erik zauważył, że NPC coraz silniej żarzy się światłem Awatara, jakby niewidzialna maszyna pompowała w postać złocisty blask.

Gdy usiedli w ciasnym pomieszczeniu, obwieszonym tkaninami dekoracyjnymi, Awatar objawiał się już w sir Warrenie z całą mocą.

– W czym mogę pomóc? – zapytał rycerz, tryskając z oczu złotym światłem.

– Zbieram armię do walki z siłami zła, które zebrały się na południe od Newhaven.

– Zacna prośba. Pomogę ci bez wahania i na miarę swoich możliwości.

– To wspaniała wiadomość, dziękuję. Zbieramy się przed południową bramą w południe trzeciego dnia od dzisiaj.

Sir Warren pokiwał głową.

– Stawię się w kompanii tylu towarzyszy, ilu zdołam skrzyknąć.

– A mogę o coś zapytać Awatara? – bąknął niepewnie Erik.

Sir Warren natychmiast zesztywniał, a jego postać zaczęła się rozmywać, aż z wnętrza wynurzył się lśniący kształt podobny do człowieka.

– O co chciałbyś zapytać? – Słodkie, srebrzyste dźwięki były przyjemną melodią dla uszu.

– Chciałbym się dowiedzieć czegoś o wampirze. Jest bardzo do ciebie podobny. On ożył? Co się dzieje?

Awatar zamigotał niepokojąco niczym lampa, przy której rozgrzanym kloszu miota się poparzona ćma.

– On nie jest podobny do mnie, on jest mną. Jest tą częścią mnie, która pragnie żyć.

– Możesz pokonać go w walce?

Awatar roześmiał się histerycznie, co przypominało serię budzących lęk okrzyków.

– A czy można zmagać się ze sobą i wygrać? Pewnie tak. Ale nie umiem ocenić, kto z nas jest silniejszy, ponieważ nie wiem, czego bardziej pragnę. Czy przedłużenia swojej egzystencji w tym chorym stanie samotności, czy jej zakończenia.

– Wiesz, że bym ci pomógł, gdybym tylko potrafił.

– Wiem. Ale ja rozpadam się na kawałki… i nawet wszyscy dworzanie nie złożą do kupy Wańki Wstańki. – Awatar zachichotał zaskakująco dziecięcym głosem, który przeszył Erika dreszczem. – Bywaj zdrowa, Cindello! Cieszę się na bitwę, którą planujecie. Bez względu na jej wynik przyniesie mi ulgę.

Postać sir Warrena skrystalizowała się w mgnieniu oka, kiedy światło umknęło z pomieszczenia. Był nieruchomy, ustała w nim wszelka animacja.

**

Arena była wypełniona po brzegi. Nigdy wcześniej nie widzieli tylu ludzi podłączonych do gry, nawet przy okazji finałów zawodów zaliczeniowych czy najważniejszych sporów prawnych. Od dołu aż po samą koronę stadionu, niknącą gdzieś na niebotycznych wysokościach, w niezliczonych rzędach zasiadały pstre rzesze bohaterów – szarych kształtów ubarwionych różnorakimi elementami zbroi.

– Wygląda na to, że cały świat się tu pofatygował – zauważył wesoło Erik. – Naszego oświadczenia będą słuchać setki tysięcy ludzi.

– A jakże. Trzeba było być tutaj, bez przerwy jakieś pytania – odezwał się Thorstein nad ich słuchawkami. Gracze Osterfjordu postanowili zebrać się w ustalonym dniu w bibliotece w Nadziei, na wypadek gdyby zaszła potrzeba odłączenia się z gry i odbycia narady. – Cały świat patrzył, jak gromadzą się armie zła. Ludzie chcą wiedzieć dlaczego. Chcieliby też usłyszeć, co was spotkało w podróży. Nie mogłem im nic powiedzieć. Nie miałem im zresztą nic do powiedzenia. Jestem tylko prowincjonalnym bibliotekarzem, co ja mogę wiedzieć?

– Przestań, Thorstein. Bierzmy się do roboty. Niedługo wszystkiego się dowiesz. – D. E. myślał wyłącznie o czekającej ich bitwie.

– Dobra, dobra – burknął Thorstein, niezadowolony. – Gotowi?

– Gotowi – odpowiedział Erik w imieniu wszystkich.

– Jesteście podłączeni do systemu adresowego. Do dzieła.

Kiedy Gracze Osterfjordu weszli na arenę, rozległy się gromkie owacje: stadion napełnił się burzliwą wrzawą, która stała się jednym gremialnym krzykiem poparcia.

– Dziękujemy, dziękujemy. A teraz proszę was, posłuchajcie, co mamy do powiedzenia. – Czarodziejka Injeborg uniosła i powoli opuściła wyciągnięte ramiona, dając znak, żeby ucichł hałas rozentuzjazmowanych tłumów, co też po chwili nastąpiło. – Dziękujemy, że tylu was przyszło, bo to, co chcemy wam powiedzieć, jest naprawdę ważne – zaczęła z lekką tremą. Mimo to Erik podziwiał ją za odwagę; przemawianie do takiej widowni nie było łatwym zadaniem. – Żeby nie przedłużać, od razu powiem, że dzisiejszy dzień, jeśli tylko zechcemy, może być ostatnim dniem Epica. – Natychmiast podniósł się gwar rozmów, lecz Injeborg spokojnie poczekała, aż ludzie się uciszą. – Jedna osoba nie ukończy *Epicusa Ultimy*, to muszą być wszyscy. Trzeba pokonać wroga na obrzeżach miasta, żeby zdobyć teren, którego strzegą jego armie, bo tam dziś w nocy pojawi się wieża. Mogłabym teraz opowiadać o naszej podróży i dziwnych przygodach, które doprowadziły nas do tego miejsca. Ale wszystko i tak sprowadza się do pytania: czy chcemy zakończyć grę? – Na chwilę zamilkła, żeby jej słowa dotarły do każdego. – Ja i moi przyjaciele odpowiadamy zdecydowanie: tak! Zobaczcie, jak wygląda nasz świat. Powoli, ale systematycznie staczamy się na dno, ludzie żyją w biedzie. Pomyślcie o kolejkach chorych, którzy czekają na najprostsze, podstawowe zabiegi lekarskie. Cierpią, a przecież mogliby być szczęśliwi. A niedobory ogniw słonecznych? Mężczyźni i kobiety muszą przez trzy miesiące z rzędu harować w kopalniach, ryzykować życie i mieszkać z dala od krewnych i przyjaciół. Przy wielu pracach, takich jak te w kopalni, które wykonywały kiedyś maszyny, teraz muszą tyrać ludzie. I ta sytuacja ciągle się pogarsza. A my gdzie spędzamy większość czasu? Uczymy się w ogromnych bibliotekach, które nasi przodkowie przywieźli ze sobą? Konstruujemy narzędzia, żeby iść do przodu? Unowocześniamy rolnictwo, żeby ziemia dawała lepsze plony? Nie! Każdą wolną chwilę spędzamy w Epicu. Bo Epic to nasz system finansowy i prawny. Żeby przeżyć, musimy ciułać w grze miedziaki, choć tracimy na tym jako społeczeństwo. Czy to ma sens?

Ponownie narastała wrzawa. Pojedyncze okrzyki i komentarze zlewały się w hałaśliwy gwar głosów – ożywionych, ale nie wrogich.

– Przepraszam, że nie mamy czasu na dłuższą dyskusję. Wiem, że macie mnóstwo pytań. My również. I nie mogę odpowiedzieć na najważniejsze: co zamiast Epica? Ale obojętnie jaki system rządów powstanie po usunięciu tego, który mamy teraz, nie będziemy już marnować tyle czasu. Przynajmniej wykorzystamy interfejs do sprawiedliwego i jawnego koordynowania prac na planecie, bez wszechpotężnego Centralnego Biura Alokacji, które podejmuje decyzje w tajemnicy.

Ostatni argument okazał się celny, ponieważ stadion od razu eksplodował owacjami. Erik uświadomił sobie, że ma zaciśnięte pięści, lecz widząc tak wyraźne oznaki poparcia, rozluźnił się nieco. Cindella skrzyżowała ręce.

– Proszę was wszystkich i każdego z osobna, podejmijcie decyzję. Kto chce budować nową przyszłość, niech idzie z nami i niech nam pomoże zwyciężyć wojska, które próbują nas powstrzymać.

– Zaczekajcie! – W tłumie rozległy się szmery, gdy na arenę wkroczył Ragnok Silnoręki, odziany w kolczugę wojownika Sidhe. – Zanim zrobicie to, do czego namawia was ta dziewczynka, wysłuchajcie przedstawiciela władz. Jak zwyczajny człowiek może proponować koniec gry? Takie działanie z pewnością doprowadzi do chaosu i wzrostu przestępczości. Centralne Biuro Alokacji orzekło, że nie będzie bitwy. Proszę, wracajcie do pracy. – Ragnok położył dłonie na rękojeściach mieczy.

Nagle ktoś zaklaskał, były to jednak brawa chłodne i szydercze. Klask, przerwa, klask, przerwa… Przyłączali się inni. Klask! Teraz ilekroć rozlegał się ów dźwięk, przypominał donośne uderzenie w cymbały, odbijające się echem na stadionie. Klask! Przerwa. Klask! Widownia darzyła Ragnoka nienawiścią, której huk oklasków nadawał wręcz namacalną formę. Nikt już nawet nie siedział. Ragnok wsłuchiwał się uważnie w prześmiewczy hałas, jakby chciał zabrać głos, lecz w końcu, zmiażdżony tymi oznakami niechęci, odwrócił się i odszedł.

– Niech wam będzie! – zawołał przez ramię. – Potraćcie bohaterów w tym durnym przedsięwzięciu! Macie przeciwko sobie nie tylko Centralne Biuro Alokacji i uniwersytet. Wszyscy zginiecie i będziecie musieli zaczynać od zera! – Parsknął złośliwym śmiechem.

Spowodowało to gwałtowne nasilenie drwin i nienawistnych okrzyków. Po opuszczeniu areny przez Ragnoka musiało upłynąć trochę czasu, nim Injeborg skupiła na sobie uwagę rozsierdzonych tłumów.

– Dziękuję. Wygląda więc na to, że czeka nas walka. Mamy tu nawet chorągwie wojenne, ściągnięte w kościołach. Czy najsilniejsi lub najbardziej znani gracze z każdego okręgu mogliby podejść do mnie i odebrać chorągiew? Nasza armia będzie podzielona na okręgi, a okręgi na małe drużyny, tak jak jesteśmy przyzwyczajeni.

Stadion napełnił się autentycznym radosnym aplauzem i gwarem nieskrępowanych rozmów. Niebawem gracze kroczyli już po piasku, podchodzili do Graczy Osterfjordu i brali chorągwie przyniesione przez Erika.

D. E. zacierał ręce, uradowany, gdyż widać już było, że dziesiątki, a może nawet setki tysięcy ochotników wezmą udział w bitwie. Bezwiednie poruszał mieczami w pochwach.

– Ale się będzie działo! Największa bitwa w historii.

❧ 30 ❧

Wojna

Dwie olbrzymie armie wypełniły dolinę rozciągającą się od podnóży Gór Śnieżnych Szczytów do samego Newhaven. Tego popołudnia na niebie wisiały ciemne chmury, lecz wśród nich zdarzały się duże skrawki czystego błękitu. Plamy jasnego słońca, przesuwające się po polach, wyostrzały barwne szczegóły zbrojnych zastępów. Tu łopotała szkarłatna chorągiew ze zwiniętym ośmionogim smokiem, wyszytym złotą nicią, tam marszczył twarz oślepiony blaskiem ogr w blaszanym hełmie wielkim jak miednica, pokrytym nalotami rdzy, gdzie indziej prężył swe zielone muskuły goblin napinający łuk, żeby zamocować cięciwę.

Gracze Osterfjordu stali przy maleńkim zagajniku pod turkusowym sztandarem, przedstawiającym symbol Mova. Wokół nich zebrała się znaczna gromada szarych bohaterów oraz żywo z nimi kontrastujący zastęp rycerzy, którzy dosiadali koni ubranych w przepiękne rzędy – trzymali w rękach błyszczące kopie ze srebrnymi grotami i nosili jasne jak lustro zbroje płytowe.

– Powtarzam – zawołała Cindella, stojąc na kamieniu, skąd mogła patrzeć nad głowami szarych bohaterów – żebyście nie szli w kupie! Stalibyście się celem zaklęć strefowych i pocisków

317

buchanych. Choćbyście mieli dotrzeć na pole bitwy okrężną drogą, starajcie się nie opuszczać wyznaczonych wam miejsc. Poniesiemy olbrzymie straty, ale jeśli wykorzystamy liczebną przewagę i runiemy na nich ze wszystkich stron, będą się wykruszać.

Chyba powinien zakończyć bardziej optymistycznym akcentem, ponieważ zaczęli wracać do swoich okręgów bez cienia entuzjazmu. Mimo to wolał być realistą. Wojsko złożone z ludzkich graczy nie dorównywałoby hordzie dzikich stworzeń, gdyby liczebność obu armii była taka sama. Nadzieję pokładali właśnie w przewadze liczebnej i walce zespołowej. Drużyna składająca się z uzdrawiaczy, czarodziejów i wojowników mogła pozostać na polu walki dłużej i nękać nieprzyjaciela skuteczniej niż ci sami gracze w pojedynkę.

– A co z nami? – zapytał Anonimus.

– Zaczekamy, aż Kat przystąpi do bitwy. Wtedy spróbujemy go sprzątnąć. Inaczej sam jeden rozbije naszą armię.

– To prawda. – Harald smarował klingi swoich krótkich szabel fioletową mazią, której krople z sykiem padały na ziemię; trawa w tych miejscach zamieniała się w parę, unoszącą się małymi obłoczkami.

– Nie wiem, ile jeszcze wytrzymam tego czekania – narzekał D. E. Trzymał już w gotowości swoje miecze: Groma i Błyskawicę.

– Erik, słyszysz? Co to? – odezwała się nagle Injeborg.

Od strony Newhaven dolatywały stłumione okrzyki, z każdą chwilą głośniejsze. Erik kazał Cindelli wspiąć się na konar pobliskiego dębu; skakała zwinnie z gałęzi na gałąź.

– NPC, kawaleria! – zawołał z góry z ożywieniem. Patrzył, jak szare masy bohaterów rozdzielają się, aby przepuścić długą kolumnę konnicy. – Zaraz… – zawahał się. – Co ja gadam! To centaury, łucznicy!

Fala oklasków i powitalnych okrzyków przetoczyła się po szeregach wojska; gracze wyrażali zachwyt z powodu przybycia tak silnych sprzymierzeńców. Cindella zeskoczyła z drzewa. Niebawem do obozu przytruchtał dumny młody wojownik centaurów z łukiem w ręku, kołczanem na plecach i kirysem z metalowych pasów na skórzanej wyściółce, osłaniającym końsko-ludzki tors. Gdy ukłonił się, zginając ludzki kark, jego długie, faliste, czarne włosy opadły do samej ziemi.

– Witaj, milady Cindella, jestem książę Harboran. Przyprowadziłem hufiec zbrojny, który oddaję dziś pod twoje rozkazy. Pragnę dopomóc ci w odniesieniu zwycięstwa nad siłami zła.

W poświacie bijącej od centaura silnie zaznaczało się światło Awatara.

– Witamy serdecznie, książę. Ludzie czują się zaszczyceni, mogąc walczyć z wami ramię w ramię.

Centaur wydawał się usatysfakcjonowany tymi słowami. Uśmiechnął się szeroko.

– Jak możemy wam pomóc?

Erik zawahał się i odwrócił, żeby po raz kolejny ogarnąć spojrzeniem armię przeciwnika.

– Zechcecie służyć pod rozkazami sir Warrena? – zapytał.

– To dla nas zaszczyt.

– W takim razie skieruj swój oddział na prawo. Sir Warren ma zadanie wstrzymać się od walki, dopóki nie uzna, że jest w stanie przedrzeć się do tamtej luźnej grupy przy kamieniach. – Cindella wskazała z daleka gromadę graczy z uniwersytetu, zebraną blisko kamiennego kręgu. – Pomóżcie mu ich zniszczyć. Nie będzie to łatwa sprawa, bo mają w swoich szeregach wielu czarnoksiężników, uzdrawiaczy i silnych wojowników.

– Tak czy owak, ulegną! – Książę Harboran wydał okrzyk przypominający rżenie i oddalił się do swoich żołnierzy.

– Zajmij pozycję, sir Warrenie, żeby wiedzieli, jak się mają ustawić. – Cindella odwróciła się do siedzącego na koniu rycerza.

W odpowiedzi uniósł kopię z proporcem, po czym zamknął przyłbicę i spiął do biegu białego ogiera. Ciężki tętent koni z rycerzami wprawił ziemię w drżenie, kiedy przemieszczali się na swoją umówioną pozycję w połowie drogi do prawego skrzydła szarej armii.

– To wszystko? – zapytał D. E. – Możemy zaczynać?

Nagle wzdrygnęli się, gdy ktoś w lesie taktownie odchrząknął. W cieniu drzewa stały prosto dwa duże niedźwiedzie, trzymające się za łapę.

– Przepraszamy, ale chcemy się przyłączyć. Gdzie mamy walczyć?

– Hej! – krzyknęła Sigrid z radością. – To nasz gadający niedźwiedź!

– Z partnerką. A więc znalazł ją w końcu. – D. E. zachichotał.

Niedźwiedź spuścił wzrok, jakby krępowało go to, że jest w centrum uwagi.

– Świetnie! – Cindella podbiegła do nich. – Widzicie tę czarodziejkę? To Injeborg. Nie może zginąć, bo to ona przyzywa wieżę. Chcę, żebyście strzegli jej podczas bitwy, na ile to możliwe. Co wy na to?

– Dobrze. – Niedźwiedź opadł na cztery łapy i poczłapał do Injeborg, która go przyjaźnie poklepała.

– Zaczynamy? – naciskał D. E.

Uścisk w żołądku Erika jeszcze się nasilił.

– Zaczekajcie. Eliksiry! – odezwał się Harald.

– No tak. – D. E. pokręcił głową. – Przepraszam, prawie bym zapomniał. A które, jak myślicie?

– Musimy mieć odporność na skamienienie, ze względu na gorgonę – powiedziała Injeborg.

– I odporność na strach ze względu na miecz Kata – dodał Erik. – Jako trzeci, wezmę sobie odporność na ogień.

– A co powiecie na widzenie niewidzialnego? – podsunął myśl Bjorn.

– Dobry pomysł – rzekł D. E. – Wiecie co? – Patrzył na nich podniecony. – Zaryzykuję i wezmę cztery.

– Nie! – krzyknęli wszyscy naraz.

– D. E., zastanów się. – Sigrid wydawała się tracić cierpliwość do brata. – Wyobraź sobie, że wybuchniesz lub zostaniesz sparaliżowany i ominie cię bitwa. Pomyśl tylko: cały świat walczy, a ciebie nie ma, bo bezmyślnie ryzykowałeś z eliksirami.

– Po co kusić los? – powiedział Erik łagodniejszym tonem. – Będziesz nam bardzo potrzebny.

D. E. wzruszył ramionami.

– No dobrze.

Kiedy wypili po trzy kolorowe mikstury z kryształowych flakoników, które zabrali na bitwę, a pozostałe rozdali niedźwiedziom i najbliższym graczom, Erik skinął na D. E.

– Daj sygnał.

D. E. z wigorem poderwał do góry chorągiew, oparł ją sobie na ramieniu i wybiegł daleko przed armię, aż znalazł się na ziemi niczyjej pomiędzy dwoma wrogimi obozami. Zaczął wolno kołysać chorągwią na boki. Akurat wtedy promienie słońca ześliznęły się z górskiego zbocza i na chwilę opromieniły młodzieńca, który znalazł się jakby w blasku świateł scenicznych, gdy oba wojska wciąż były pogrążone w cieniu. Kierowały się na niego setki tysięcy oczu i wszyscy wiedzieli, że zaczyna się bitwa.

Hen, w najdalszej dali, na piaszczystym wybrzeżu, drgnęło lewe skrzydło szarej armii. Podobnie daleko z prawej strony, blisko skraju puszczy, poruszyły się chorągwie kontyngentów wystawionych przez poszczególne okręgi. Trzon wojsk na razie stał w miejscu.

Realizowali najlepszy plan, na jaki stać było Erika. Chodziło o to, żeby zaangażować w walkę jak największą ilość wojska, stąd ów manewr oskrzydlający. Mieli nadzieję, że szara armia obejdzie wroga z dwóch stron, a jeśli dobrze pójdzie, uderzy na niego od tyłu.

Trzon wojsk musiał długo czekać, nim przyszła jego kolej do marszu. Dopiero po godzinie ruch zapoczątkowany w narożnych punktach armii pociągnął za sobą środek. Erik maszerował powoli ze swoimi przyjaciółmi i ojcem. Zamierzali razem stoczyć tę walkę. Nawet Anonimus zasługiwał na poczucie braterskiej jedności, które się teraz w nich odzywało. Erik żałował tylko, że Svein Rudobrody najwyraźniej zmienił zdanie; chciałby walczyć u boku tak wytrawnego wojownika. Ostatni raz widział go na arenie. Przemówienie Injeborg, w którym ujawniła, że ukończenie *Epicusa Ultimy* prawdopodobnie równa się ukończeniu gry, z całą pewnością musiało być szokiem dla Sveina. Dlatego wycofał się z bitwy.

Po lewej stronie, daleko z przodu, uporządkowany ruch wojsk został zakłócony: nastąpił pierwszy kontakt. Szara armia naciskała na prawe skrzydło goblinów i nagle ów kawałek nieba zaroił się od strzał. Pociski, niby ulewny deszcz, zasnuły cieniem tę część pola bitwy. Z oddali dolatywały krzyki, rozlegał się również brzdęk mocno napiętych wyrzutni w katapultach, które gwałtownie puszczano. Erik skrzywił się. Szare oddziały topniały, jakby miejsce kontaktu było rozżarzonym piecem, a jego wojsko – ulepione z masła. Z prawej strony żołnierze prędko wypełnili przestrzeń między nimi a kontyngentem trolli. Sir Warren i książę Harboran chwilowo powstrzymywali się od działań, patrząc, jak wokół nich przebiegają chmary szarych bohaterów.

Wszystkich ogarniała już gorączka walki i gdziekolwiek spojrzeć, drużyny graczy wypuszczały się biegiem, żeby jak najprędzej przebyć ostatni kawałek drogi. Naprzeciwko czekał oddział ogrów i nad rosnącymi tu i ówdzie krzakami widać już było ich posępne miny.

– Wolniej, wolniej! Niech nas miną! – zawołał Erik.

D. E. i Bjorn też już przyśpieszali, niesieni powszechnym entuzjazmem. Po obu stronach Graczy Osterfjordu przemykały szare postacie w niepełnych zbrojach, niektóre z okrzykiem na ustach.

Z potężnym rykiem, który wstrząsnął powietrzem, ogry przystąpiły do boju, młócąc na boki swoimi potężnymi, kolczastymi maczugami. Szare postacie z pierwszej linii natarcia wylatywały w powietrze, odrzucone ciosami.

– Czekajcie! Stójcie!

Przed nimi, zasłaniając horyzont, ciągnęły się szeregi muskularnych ogrów, których torsy wyrastały ponad mrowie szarych postaci.

– Nic nie widzę! – krzyknął Erik z przestrachem. – Jak znajdziemy Kata?

– Stań mi na ramionach. – Bjorn odwrócił się i splótł dłonie. Cindella bez wahania skoczyła w przód i jedną ręką chwyciła się ogromnego hełmu Bjorna. Gdy uniosła się w górę z lewą stopą w jego dłoniach, nie miała trudności z utrzymaniem równowagi.

– Widzę go! – zawołał Erik z ulgą. – Jest tam! – Z łatwością wypatrzył Kata, gdy mógł już przenieść spojrzenie nad głowami ogrów. Zabójca dosiadał wspaniałego czarnego rumaka, okrytego niebieskim czaprakiem. Akurat pochylał się, rozmawiając z graczem: druidką. I oto stała się rzecz dziwna: Kat dobył miecza, uderzył ją i natychmiast upadła. Potem ruszył z kopyta, przebijając się przez szeregi orków.

– Chyba wkracza do akcji. Puść, Bjorn. – Przyjaciel przestał obejmować kurczowo w kostkach nogi Cindelli. – Tędy. Prowadź, D. E. Rób nam przejście. – Erik wskazał kierunek na wprost z nieznacznym odchyleniem w lewo, gdzie według jego przewidywań Kat powinien dotrzeć do linii walczących.

– Nareszcie! – Z gromkim okrzykiem, w którym zawierała się ulga, radość, ale również dzikie uniesienie, D. E. ruszył w bój.

Pozostali przyśpieszyli, żeby nie zostać w tyle, gdy D. E. rozpychał się w ciżbie szarych graczy. Oglądając się przez ramię, Erik uśmiechnął się pod nosem; obok Injeborg truchtały dwa niedźwiedzie z nadzwyczajną czujnością.

Trach!!!

Gdy D. E. zadał pierwszy cios Gromem, rozległ się hałas, jakby dwie ogromne skały stuknęły o siebie. Przed nim ogr zatoczył się w tył, ogłuszony.

Prask!!!

Srebrzysta błyskawica sprawiła, że ogr zwalił się na ziemię. Na jego piersi, gdzie stopił się żelazny pancerz, widniała wielka, czarna blizna.

– Ha! – wrzasnął triumfalnie D. E. Jednocześnie schylił się w celu uniknięcia nadlatującej maczugi i odskoczył w bok, żeby nie dosięgła go druga, która grzmotnęła w ziemię koło niego.

Grom huknął po raz drugi i następny ogr zachwiał się na nogach. Bjorn przyskoczył, żeby wykończyć go ciosem trzymanego oburącz złotego topora. Gdy zalśniła Błyskawica, musieli uskoczyć przed kolejnym padającym ogrem, który zwalił się ciężko między nich.

Wśród ogłuszających uderzeń Groma i oślepiających razów Błyskawicy wbili się klinem w szeregi ogrów, a za nimi, niczym woda wdzierająca się przez wyrwę w tamie, wlewała się szara armia. Bjorn wspierał w walce D. E., a Anonimus spokojnie szedł dwa kroki za dwójką wojowników z budzącą respekt czarną kuszą w rękach, choć oszczędzał bełty na wypadek, gdyby któryś z ogrów – co zdarzało się rzadko – stawiał opór. Sigrid czuwała nad zdrowiem członków drużyny, ale na razie nie musiała nikogo leczyć. Podobnie Injeborg jeszcze ani razu nie posłużyła się zaklęciami. Erik zerknął na nią i kiwnął głową. Odpowiedziała mu tym samym.

Zadziwiająco szybko opuścili szeregi ogrów i znaleźli się na wolnej przestrzeni. Za nimi wrzała zażarta walka. Ogry kosiły maczugami szarych wojowników, którzy własną mizerną bronią próbowali je ranić, a czasem, okupując to wielkimi stratami, sprawiali, że padały jak ścięte drzewa.

Drużyna z Osterfjordu miała teraz przed sobą armię orków, którzy siali przeraźliwe spustoszenie wśród swoich przeciwników, mimo że byli znacznie słabsi od ogrów. Otoczony gromadą orków Kat wywijał młynka Bękarcim Mieczem Księżyca, a gracze truchleli z przerażenia i stawali się łatwym łupem dla szkarad, które rzucały się na nich drapieżnie.

– D. E., Bjorn, osłaniajcie mnie przed orkami. Injeborg, poproszę o zaklęcie przyśpieszenia. Harald? – Erik rozejrzał się wkoło.

– Tutaj – doleciał głos z cienia.

– Spróbujemy go sprzątnąć.

***

Ragnok był wściekły. Tylu ludzi otwarcie wypowiedziało posłuszeństwo Centralnemu Biuru Alokacji! Jak śmieli! Dobra, jeszcze za to zapłacą. Nie miał ochoty wysłuchiwać żałosnych pytań Bekki. Uparła się, że mu nie pomoże, dopóki nie rozwieje jej wątpliwości. Błąd. Ragnok nie musiał się przed nikim tłumaczyć. I nie była mu potrzebna.

Kiedy położył trupem druidkę, ruszył dumnie w kierunku nędznej szarej armii graczy. Wiedział, że wszystkie oczy kierują się na niego: był najznamienitszą postacią na polu bitwy. Oto już nadchodzi wasz pogromca!

Bękarci Miecz Księżyca paraliżował ich swoimi piorunującymi emanacjami, a wówczas orkowie z potępieńczym wrzaskiem, tocząc pianę z pyska, biegali wśród wiadrogłowych, szarych graczy i odsyłali ich do życia w całkowitym ubóstwie. Ta bitwa na zawsze zmieni oblicze świata. Już nikt nigdy nie odważy się sprzeciwiać Centralnemu Biuru Alokacji ze strachu przed skutkami. Po bitwie ludzie odłączą się z gry i wrócą do swojego życia oburzeni, winiąc naiwne dzieciaki, których głupie gierki skończyły się katastrofą.

W ponurej masie szarych graczy i orków w czarnych pancerzach Ragnok dostrzegł wyspę koloru. Prychnął ze wzgardą, gdy poznał bohaterów: Graczy Osterfjordu. Po chwili roześmiał się, widząc, że szukają właśnie jego.

Dwaj wojownicy odrzucali orków na boki, torując sobie drogę do Kata. Ragnok głośno zachichotał: czeka ich niemiła niespodzianka, kiedy podejdą do niego ze swoją pozornie potężną bronią. Niecierpliwie skierował rumaka w stronę drużyny Erika.

Przed dwoma wojownikami pląsała nader zwinna i harda panienka, kontrolowana przez syna Haralda Eriksona i Freyi. Pod swoim interfejsem Ragnok zaczerwienił się i zazgrzytał zębami.

– Mam nadzieję, że Harald na zesłaniu prędko dowie się o twojej śmierci! – zawołał Kat. – Może przyłączysz się do niego po bitwie!

Wyglądała na złodziejkę i chyba ją rozłościły jego słowa, bo błyskawicznie do niego przyskoczyła z rapierami w rękach. Kiedy Kat leniwym ruchem wyciągnął przed siebie Bękarci Miecz Księżyca, natychmiast skamieniała ze strachu. Parsknął śmiechem.

– Jesteś za słaba, żeby stawić mi opór! – Jej przyjaciele byli zbyt daleko, żeby ją uratować, więc spokojnie podjechał do nieruchomej postaci. Była całkiem ładna i nawet trochę żałował, że musi pozbawić ją głowy. Tym niemniej uczynił to zręcznym ciosem Księżycowego Miecza, którego ciężar przełożył się na impet potrzebny do skoszenia jej lśniących loków.

A jednak nie zginęła. Dokładnie w chwili, kiedy spodziewał się lekkiego drżenia ręki, spowodowanego uderzeniem stali o jej cudownie bladą, łabędzią szyję… zrobiła unik. Miecz przecinający powietrze zachwiał nim, a wtedy złodziejka wykręciła mu rękę.

Nim doszedł do siebie, już leżał ogłuszony na ziemi i patrzył w chmury, a drobniutkie ukąszenia niemagicznej broni, wnikającej w szpary między elementami zbroi, zaczynały pozbawiać go sił.

Skąd wiedzieli?! Spocił się, ale nie ze strachu, tylko wstydu. Wykiwała go! Nie powstrzymał jej strach. Z gniewnym rykiem zerwał się na nogi, zostawiając w trawie Księżycowy Miecz – zabierze go później – i dobył Acutusa.

Wyśmiała go i dygnęła.

#przewrót

Rozcinając powietrze Acutusem, Ragnok przepołowił jego cząsteczki, uszkodził samą strukturę świata. Ona jednak z zawrotną prędkością wykonała gwiazdę, kopnęła w twarz zbliżającego się orka i wykorzystała energię kopnięcia, żeby wykonać gwiazdę w drugą stronę. Kat obrócił się, lecz w porównaniu z jej szybkością poruszał się wolno i niezdarnie.

– O! Złamałam paznokieć. Zobacz. – Cindella wyciągnęła rękę.

W tym momencie Ragnok poczuł, że chwieje się w przód. Towarzyszące temu ukłucie świadczyło, że został zraniony. Upływ sił był jednak szokujący: została mu już tylko połowa i, co gorsza, tracił je nadal!

Zabójca Harald Złotowłosy po wynurzeniu się z cienia i wbiciu dwóch zatrutych ostrzy w plecy Kata teraz obserwował skutek – czujnie i w bezpiecznej odległości od Acutusa. Do krwi utoczonej! Kat umierał! Mrugając oczami, w których nagle zebrały się łzy, Ragnok starał się nie ulec panice. Odłączyć się? Nie, najpierw spróbować eliksiru. Podreptał do konia, czując, jak wciąż uchodzi z niego życie. Ta bezczelna złodziejka ponownie zadawała mu rany, które normalnie niewielką robiłyby mu krzywdę, lecz w tej sytuacji przyśpieszały jego koniec. Wynajdywała słabe punkty w zbroi osłaniającej nogi i kłuła je rapierami. Machnął Acutusem, żeby ją przepędzić, lecz z łatwością uchyliła się przed klingą. Na krótką chwilę przed śmiercią wyciągnął zatyczkę buteleczki i wlał do ust niebieski płyn. Natychmiast przybyło mu życia, lecz nadal miał go mniej niż połowę i szybko słabł.

Trzęsąc się ze strachu i złości, odłączył się, nie wiedząc, czy Kat będzie żył, kiedy zaryzykuje i wróci do gry. Tak czy inaczej, jeśli nie wezwie w to miejsce uzdrawiacza z uniwersytetu, gotowego rzucić zaklęcie, gdy podłączy się do gry, Kat umrze z powodu silnej trucizny użytej przez Haralda. Losy bitwy nie leżały już w jego rękach.

***

– Świetna robota! – krzyknął przez ramię rozentuzjazmowany Bjorn, trzymając orków na dystans potężnymi uderzeniami topora.

– Mistrzostwo! – zgodził się D. E.

– Nieźle. – Anonimus wycelował w szarżującego wodza orków i zwolnił cięciwę. Bełt wbił się do ust orkowi, który zakręcił się i poleciał do tyłu.

– Co teraz, Erik? – zapytała Injeborg.

– Właśnie myślę…

Wokoło panował chaos. Bitwa zamieniła się w bezładną bijatykę, kiedy dwie armie przeniknęły się wzajemnie. Czarodzieje miotali zaklęcia, więc aż do samego morza po niebie gnały srebrzyste promienie i pękające kule ognia. Świst i huk magicznych pocisków, płomienistych kul i błyskawic oraz sporadyczny grzmot ogromnych głazów uderzających o ziemię – wszystko to zagłuszało nieustający ryk skłębionej masy potworów.

Aż strach było patrzeć na mizerną garstkę szarych postaci.

– Przegrywamy – stwierdził Erik, przybity. – Ale baty…

– To co, biegniemy do wieży? – zapytał Harald.

– Tak. Moment! – Z prawej strony błysnęły zbroje rycerstwa niczym ostatni promyk nadziei. Chociaż większość walczyła już pieszo, nadal byli dla wroga dużym zagrożeniem. Wokół nich tłoczyło się ciemne mrowie trolli. Ale wydawało się, że polegli prawie wszyscy gracze z uniwersytetu.

– Tam – powiedziała Cindella, pokazując palcem. – Spróbujmy się do nich dostać.

– Jasne! – D. E., wciąż pełen werwy, ruszył pierwszy na wzgórze, wyrąbując sobie drogę wśród nacierających niestrudzenie orków.

– Zużyłam już połowę uzdrowień – oznajmiła Sigrid, kiedy ponownie dodała sił Bjornowi.

– Erik, zamierzam walczyć po swojemu. Nie czuję się najlepiej w tej rąbance. Wolałbym załatwić obserwatorów. – Harald siedział w kucki i ponownie smarował ostrza gęstym, czarnym syropem, mając się na baczności przed napastliwymi orkami.

– Dobry pomysł, tato. Powodzenia.

– Powodzenia. – Leśny elf zwinnie przekradł się między dwoma trupami wielkich ogrów i zniknął.

Przez długi czas przedzierali się naprzód, praktycznie nic do siebie nie mówiąc; czasem tylko ktoś wołał, żeby dodać mu życia lub wspomóc go zaklęciem. Dwa niedźwiedzie były już mocno poobijane, niedźwiedzica wyraźnie kulała.

Widać było, że D. E. wciąż jest pełen energii. Jego wojownik dokonywał cudów: bez chwili wytchnienia zadawał mordercze

ciosy swoją potężną bronią, zastawiał się, uchylał i miażdżył orków, często jednym uderzeniem. Prawdopodobnie w ciągu kilku godzin zabił więcej potworów niż jakikolwiek inny bohater
w dziejach gry. I nadal mu dobrze szło.

Wtem rój drobnych, rozżarzonych igiełek spadł na Sigrid
i zabił ją momentalnie.

– Magiczne pociski! – zawołał Bjorn.

– Skąd? – Erik wystraszył się nie na żarty. Salwa, która właśnie
pozbawiła ich wsparcia Sigrid, była gwałtowniejsza niż wszystko,
czego dotąd doświadczył. W pobliżu znajdował się wyjątkowo
potężny czarnoksiężnik, zapewne szykujący się do następnego
zaklęcia, może nawet takiego, którym zmiecie ich wszystkich.

– Stamtąd! Rakszasa! – Injeborg wskazała na lewo, gdzie hu-
manoid z tygrysią głową i ogonem, ubrany we wschodni jedwab,
patrzył na nich złowrogo i ruszał pazurami, rzucając zaklęcie.

Z przeraźliwym hukiem ogarnął drużynę kłąb płomieni, które wypaliły trawę w wielkim kole. Ale mieli szczęście, że czarownik wybrał akurat to zaklęcie, ponieważ eliksiry dające im odporność na ogień nadal działały. Doznali więc minimalnych szkód,
podczas gdy płomienie doszczętnie strawiły grupę orków; zostały po nich tylko puste buty, z których ulatywały smużki dymu.

Erik nie musiał nawet nic mówić. Wszyscy spontanicznie ruszyli na potwora, aby przeszkodzić mu w rzuceniu kolejnego zaklęcia. Rakszasa padł na cztery łapy i z gniewnym warknięciem
pobiegł w przeciwną stronę. Erik zwątpił, widząc szybkość i zwinność potwora. Nawet Cindella w czarodziejskich butach nie mogła
się z nim równać. Podejrzewał, że rakszasa poczeka na dogodną
chwilę i zaatakuje ich znowu, tym razem lodem lub błyskawicą.

Ale nagle potwór zwolnił. Trawa i krzaki rosnące najbliżej

niego wydłużały się i okręcały wokół tygrysich nóg i ramion. Bestia napinała się z wściekłym rykiem, lecz nie mogła zrobić kroku.

– Teraz! Teraz! To nie potrwa długo! – ponagliła pozostałych Injeborg. Uratowała ich zaklęciem usidlającym.

Erik zareagował podziwem i żywszym biciem serca.

Otoczyli stwora, który co prawda jednym wolnym pazurem poharatał Bjorna, ale nie miał szans, gdy spadł na niego grad ciosów.

Zaledwie rozprawili się z tygrysim czarodziejem, musieli znów przedzierać się przez armię orków. Niedaleko przed nimi rozbrzmiewały okrzyki wojenne pomieszane ze zgrzytem mieczy uderzających o tarcze.

– Sir Warrenie! Sir Warrenie! – wrzasnęła na całe gardło Cindella.

– Tutaj! – rozległa się odpowiedź, która ucieszyła Erika.

– Do mnie!

Gdy ostatni ork grzmotnął o ziemię, powalony ciosem Groma, wreszcie się spotkali. Przy życiu pozostało już tylko trzech walczących pieszo rycerzy. Na sfatygowanych zbrojach znać było ślady zębów i pazurów.

Sir Warren pozdrowił Erika swoim wielkim mieczem.

– Co każesz?

Jeden rzut oka na pole bitwy wystarczył, by stwierdzić, że armia szarych postaci została unicestwiona. Setki tysięcy graczy straciły swoich bohaterów. Z dumnego oddziału centaurów też nikt nie ocalał; ich marsz przez wrogie szeregi upamiętniała długa wstęga półkońskich trupów. Ciemne moce odniosły bezdyskusyjne zwycięstwo. Na polu bitwy pozostały hordy goblinów i niezliczone rzędy kościotrupów. W stosach poległych trolli widać już było pewne poruszenie; z czasem te, których przyczyną śmierci nie był ogień, powstaną.

– Przegraliśmy – stwierdził Erik z westchnieniem, współczując Sigrid i tym, którzy wszystko stracili.

– Ale możemy jeszcze dostać się do wieży – przypomniała im Injeborg. – A przecież o to chodziło.

– Właśnie, chodźmy! – D. E. wysunął się na czoło. – Postarajmy się, żeby moja siostra nie zginęła na darmo.

– Zatem kierunek kamienie! – Sir Warren ustawił się na prawo od D. E., gdy na lewo od przyjaciela stanął Bjorn. Pozostali dwaj rycerze, jako straż tylna, osłaniali ich przed atakami orków.

Do kamieni pozostało im jeszcze ze dwieście kroków, gdy opadła ich agresywna zgraja zwinnych kościotrupów. Ciosy tych nieumarłych żołnierzy nie były zabójcze, ale celowali znacznie lepiej niż orkowie. Wszyscy bohaterowie zaczęli odczuwać systematyczny ubytek sił.

– Potrzebuję uzdrowienia. – Wśród nich zmaterializował się Harald.

– Tato! I jak poszło?

– Sprzątnąłem ich. – Zabójca słaniał się na nogach, pokryty ranami. – Sigrid nie żyje? – zapytał, odgadując prawdę.

– Tak, koniec z uzdrowieniami – potwierdził Anonimus ten smutny fakt, który budził powszechny niepokój. Ciemny elf wyrzucił kuszę, kiedy skończyły mu się bełty, i walczył teraz za plecami Cindelli krótkim srebrnym mieczem i puklerzem.

– Został mi jeden eliksir – oznajmiła Injeborg.

– Zachowaj go dla D. E. – rzekł Harald. – W tej chwili on jest ważniejszy ode mnie.

Chcąc nie chcąc, Erik musiał się z tym zgodzić, ponieważ Harald był już bliski śmierci.

Walcząc w ten sposób, z mozołem zbliżali się do kamiennego kręgu.

– Jak trzeba być blisko, żeby wezwać wieżę? – zawołał Erik do Injeborg, przekrzykując zgiełk bitwy.

– Dokładnie to nie wiem. Sigrid twierdziła, że to jest dość łatwe. Szkoda, że nie ma jej z nami. Ona się znała najlepiej na tych sprawach.

– Chcesz się odłączyć i zapytać ją? Będziemy strzegli tego miejsca.

– Nie traćmy cennego czasu. Po prostu będę próbować.

Gdy zostało im do celu pięćdziesiąt kroków, nadleciała z furkotem jedna z wielu strzał wystrzelonych przez gobliny i trafiła w głowę ojca Erika, który osunął się na ziemię. Anonimus odłączył się od przyjaciół, żeby ściągnąć buty Haralda, ale za długo to trwało, a czas uciekał. Ilekroć wojownicy na czele grupy zabijali kościotrupa, musieli posuwać się krok do przodu, inaczej wszyscy padliby z wyczerpania przed dotarciem do kręgu.

– Zostaw je! – zawołał przez ramię Erik, zastawiając się przed ciosem kościotrupa. Zabicie szkieletu rapierem było praktycznie niemożliwe, więc nawet nie próbował. Cieszył się, że żyje i może jeszcze iść za wojownikami.

– Życie mi się kończy! – krzyknął D. E.

– Bjorn, sir Warren, osłaniajcie go! – rozkazał Erik. – Wracaj po eliksir, D. E.!

Chwilę później D. E. zdołał się wycofać, pośpiesznie uniósł zasłonę przyłbicy w kształcie wilczego pyska i wyżłopał niebieski płyn.

– Od razu lepiej. Ale się dzieje, co? Te miecze są niesamowite! – Nie czekając na odpowiedź, z nowym impetem ruszył w stronę starożytnych kamieni.

– Wariat – mruknęła Injeborg. – To ważna bitwa, a nie piaskownica. Ważą się losy świata, a ten myśli tylko o swoich zabawkach!

– Tak, ale to jego styl. Zresztą popatrz na niego, jest świetny!

D. E. młócił huczącym Gromem i trzaskającą Błyskawicą: zadawał wprawne ciosy, uchylał się przed mieczami kościotrupów i ripostował niszczycielską energią.

Czterdzieści kroków do celu.

Wielki cień padł na nich i jednocześnie rozległ się rozdzierający uszy syk. Nad nimi piętrzyła się gorgona, świdrująca ich wrogim spojrzeniem szkarłatnych oczu, które wprawiły przerażoną Cindellę w chwilowy bezruch, mimo że chronił ją eliksir przeciwko skamienieniu. Bez wysiłku szkarada wyciągnęła ramię i chwyciła w garść Anonimusa. Wierzgał nogami i kłuł ją mieczem po palcach, póki nie przysunęła go sobie do twarzy. Ciemnego elfa zaatakowała setka wężów, będących jej włosami. Zatrząsł się konwulsyjnie i znieruchomiał. Gorgona odrzuciła na bok bezwładne ciało i sięgnęła po Cindellę. Erik przetoczył się na bok, uciekając przed jej ręką, a kiedy stanął na nogach, z ledwością uchylił się przed mieczami kościotrupów.

Prask!!!

D. E. trafił gorgonę Błyskawicą w nadgarstek chwytliwej dłoni i odciął ją od ramienia. Z przeraźliwym wrzaskiem bestia uniosła łeb. Z rany buchała posoka i kłęby pary, tryskające krople kwasu parzyły w kontakcie ze skórą. Węże odezwały się znów chórem syków, gdy gorgona nachyliła się i drugą ręką spróbowała złapać Injeborg.

– Uważaj!!! – krzyknął Erik. Musiała żyć, żeby przywołać wieżę.

Dwa dzielne niedźwiedzie mimo odniesionych ran stanęły na zadnich nogach i ryknęły tak głośno, że zagłuszyły wycie gorgony. Odepchnęły dłoń, zdzierając z palców wielkie płaty skóry za pomocą kłów i pazurów. Rozwścieczona gorgona opuściła głowę, żeby węże zaatakowały wszystkich równocześnie. Lawirując między mieczami i wężami, Cindella dała największego susa, na jaki było ją stać, żeby dosięgnąć karku gorgony, i ze wszystkich sił wbiła rapiery w miękkie ciało. W tym samym czasie D. E. zasypywał wężowe cielsko potężnymi, zabójczymi ciosami. Z ran gorgony tryskała krew o właściwościach kwasu, a para utrudniała widzenie.

Gwałtowne drżenie wstrząsnęło ciałem potwora, a po nim szybko nastąpiło drugie. Wydał straszne, cuchnące westchnienie, zwiesił łeb, a ciało zafalowało aż do samego ogona, na koniec zaś zadrżało, zagrzechotało i zwaliło się na ziemię.

– Zatruła mnie – oświadczył ponuro Bjorn.

– Mnie też – powiedział D. E.

– Prędzej! Nie stawajcie! Jeszcze tylko trochę! – Kiedy rozwiała się para ze żrącej krwi gorgony, Erik zauważył, że oba niedźwiedzie nie żyją, podobnie zresztą jak rycerze z tylnej straży. Zostało ich więc pięcioro, przy czym wojowników wyniszczała trucizna.

Trzydzieści kroków.

– Już dalej nie mogę. Mam nadzieję, że dacie radę. – Bjorn zachwiał się i upadł na kolano, wyczerpany, podpierając się toporem. Gdy po chwili zbliżyły się szkielety, żarłocznie chwytając go kłapiącymi szczękami, runął na ziemię nieżywy.

Z D. E. na przedzie i sir Warrenem z tyłu brnęli naprzód, lecz teraz ich marsz dłużył się w nieskończoność. Parując ciosy i uskakując, Erik uwijał się jak w ukropie, ponieważ musiał nie tylko chronić swojego bohatera, ale też osłaniać Injeborg.

Dwadzieścia kroków.

Z niejakim zdziwieniem usłyszał, jak Injeborg rzuca zaklęcie.

– Myślałem, że nic ci już nie zostało. – Pochwycił jej spojrzenie. Patrzyła ponad jego ramieniem z uśmiechem widocznym w szarych wielokątach twarzy.

– Zobacz.

Cindella odwróciła się z iskierką nadziei. I ujrzała olbrzymią budowlę. Wielkie bloki z ciemnego, srebrzystego światła, spiętrzone do niebotycznych wysokości. Wieża nie miała w sobie nic szczególnego z wyjątkiem połyskliwego, czarnego portalu w kształcie drzwi, przez który zdawała się nieustannie przepływać ciemna woda.

– Dobrze – wydyszał D. E. – bo dłużej już nie wytrzymam. Ta trucizna zaraz mnie wykończy.

– Dasz radę! – Injeborg próbowała dodać mu otuchy z niezłym skutkiem, bo D. E. wyprostował się i miażdżącymi ciosami powalił zagradzające mu drogę kościotrupy.

Dziesięć kroków przed otwartą gardzielą wieży D. E. nagle stanął prosto jak strzała, odrzucił miecze i rozłożył szeroko ramiona.

– Tak można umierać!

Otaczające go kościotrupy zawahały się, ich postawa wyrażała podejrzliwość. Po chwili jednak, spoglądając na siebie, ruszyły do ataku i dobiły go dziesiątkiem pchnięć.

– Erik, dalej musisz iść sam. Uda ci się. Ja zostanę tutaj. – Injeborg rozpaczliwie wymachiwała laską.

– Chcę, żebyś weszła tam ze mną. Potrzebuję twoich rad.

– Możesz się odłączyć, kiedy będziesz bezpieczny. Idź już! I tak bym tam nie doszła.

Erik skrzywił się, lecz nie mógł odmówić jej racji.

– Schroń się w wieży, jeśli możesz. – Cindella odwróciła się do wyczerpanego sir Warrena, który w odpowiedzi tylko mruknął coś niezrozumiale. Potem zerwała się do biegu. Jakaś tarcza posłużyła jej za znakomitą odskocznię, żeby wybić się w powietrze; obróciwszy się w locie, z chrupotem wylądowała obiema nogami na żebrach szkieletowego żołnierza, później przetoczyła się na bok, gdy miecze przeleciały nad miejscem, gdzie stała jeszcze przed sekundą. Najpierw śmignęła w lewo, potem w prawo, chwyciła ramię trzymające tarczę i niemalże zatańczyła z kościotrupem, zasłaniając się przed uderzeniami jego kompanów. Rozbrzmiało wściekłe wycie, kiedy ostatni strażnicy, wielkie ogary, ruszyli na nią w podskokach z oślinionymi pyskami. Cindella zrobiła jeszcze jednego fikołka i przeskoczyła płomienie, które buchnęły z paszcz ogarów broniących dostępu do czarnego portalu. Nareszcie znalazła się w eterycznej wieży. I wszystko zamarło.

❧ 31 ❧

Dotyk wampira

Z pewnym niepokojem elf Sidhe, bohater Ragnoka, skręcał wierzchowca w stronę Newhaven, zwracając się do orka:

– Hrabia Illystivostich. Chcę rozmawiać z hrabią Illystivostichem. Rozumiesz, co do ciebie mówię?

Ork marszczył twarz i lekko się kulił, ilekroć Ragnok wypowiadał imię wampira, po czym chrząknął i odszedł ciężkim krokiem.

Mając wolną chwilę, Ragnok błądził wzrokiem po polu bitwy. Zastanawiał się, jak się zakończyła. Słońce chowało się za grubą warstwą chmur, więc dolina pogrążyła się w gęstym cieniu. Teren był nierównomiernie usłany wielkimi stosami trupów, które gdzieniegdzie tworzyły zaskakująco symetryczne figury – zapewne w miejscach uderzenia błyskawic i ognistych kul. Nie ulegało wątpliwości, że zwyciężyła armia złych stworzeń, gdyż tysiącami włóczyły się po dolinie. W miejscu starożytnego kręgu kamiennego – co nie wróżyło nic dobrego – wznosiła się wysoka, smukła wieża pozbawiona jakichkolwiek ornamentów. Jej cienka iglica kłuła niebo. W wieży odbijało się mętnie srebrzyste światło dwóch księżyców. Wokół niej rozłożyły się obozem gobliny i trolle. Czyżby to znaczyło, że dzieciaki dotarły do celu i siedziały teraz w środku? A może było to profilaktyczne działanie wampira?

– Pragniesz zobaczyć się z hrabią, moim panem?

Ragnok wzdrygnął się, słysząc ten monotonny, bezosobowy głos. Koń poruszył się niespokojnie. Przed nim stała blada postać podobna do człowieka, ubrana w elegancki czarny garnitur i koszulę z wysokim kołnierzem głaskającym zapadnięte policzki.

– Tak.

– Chodź za mną. – Sługa ruszył pod górę drogą prowadzącą z Newhaven.

Ragnok przezwyciężył opory wierzchowca i zmusił go do wolnego stępa. Zaczęli kluczyć między stosami szarych ciał. Nerwowo przełknął ślinę. Przejeżdżał obok goblinów, które rozmawiały ściszonym głosem i świdrowały go drapieżnym spojrzeniem roziskrzonych, ciemnożółtych oczu. Minęli wieżę w niewielkiej odległości z lewej strony. U stóp budowli odpoczywała sfora piekielnych ogarów; i one odwracały się do Ragnoka. Śledziły jego ruchy szkarłatnymi ślepiami, które o zmierzchu jarzyły się jeszcze groźniej. W miejscu gdzie droga skręcała w stronę lasu, stała bogato zdobiona kareta hrabiego. W oknach wisiały grube atłasowe zasłony.

– Poczekaj tu. Ukaże się niebawem. – Sługa chwycił lejce czterech butnych czarnych ogierów i bezszelestnie wspiął się na wysokie siedzenie woźnicy.

Niebo ściemniało i już tylko rdzawe kontury obłoków świadczyły o niedawnym schyłku dnia. W odstępach między wolno pełznącymi chmurami rozbłyskiwały gwiazdy.

– Coś ty za jeden? – rozległy się chłodne słowa, wydobywające się z mrocznej czeluści karety. Jej drzwi były szeroko otwarte. Ustały wieczorne zabawy szpaków, podobnie jak sporadyczne pohukiwanie sów w lesie.

– Ragnok. To inny bohater, ale jestem osobą, z którą rozmawiałeś, gdy miałem postać Kata, czarnego wojownika. – Mówił głosem szorstkim i zdławionym.

– Rozumiem.

Przez chwilę hrabia milczał. Ragnok starał się panować nad strachem, nie potrafiąc wykrztusić z siebie pytań, które wielokrotnie sobie powtarzał w drodze na to spotkanie.

– Wejdź do powozu.

Ragnok, zdjęty trwogą, nie od razu zszedł z konia. Wolałby nie wchodzić do ciasnej, mrocznej kryjówki wampira. Przemógł się jednak i po chwili wsiadał już do karety, która zakołysała się i zaskrzypiała.

Wampir siedział sztywno naprzeciwko niego i delikatnymi palcami wygładzał fałdy aksamitnego płaszcza. Ragnok starał się unikać jego wzroku.

– Co… co się stało? Weszli do środka? – zdołał wreszcie zapytać.

– Tak. Nie poradziłeś sobie. Nic nie zostało z twoich pustych przechwałek. Cindella, sir Warren i jeszcze jedna osoba są w środku i czekają na właściwe ustawienie księżyców. Kiedy to nastąpi, będą mogli, jeśli zechcą, wszystko zniszczyć.

Rzeczowy ton wampira sprawił, że Ragnok poczerwieniał ze wstydu.

– Można ich jeszcze powstrzymać?

– Owszem. Wkrótce ich pozabijam. Ale najważniejsze, jak zginą. – Wampir błyskawicznie wyciągnął rękę, chwycił Ragnoka pod brodę i uniósł jego twarz. Nigdy wcześniej z oczu potwora nie biła taka siła. Zupełnie jakby w trupio bladej twarzy, teraz wykrzywionej zwierzęcym grymasem, wybuchły dwa płomienie. Ragnok poczuł rwący ból głowy, mając świadomość, że nie uwolni się od niego nawet po wyjściu z gry. Zaczynało mu się kręcić w głowie i mienić w oczach, jak gdyby spadał z wielkiej wysokości do dwóch jam w białej, kredowej równinie. – Zastanawiam się zatem – mruknął do siebie wampir – czy mógłbym usunąć ich z gry raz na zawsze.

Ragnok czuł się niedobrze i chciał się na chwilę odłączyć, lecz nie mógł nawet mrugnąć powiekami. Krew huczała mu w uszach.

Wampir pochylił się tak, że dotknęli się nosami jak w intymnym pocałunku. Jednak natrętny, przenikliwy wzrok hrabiego emitował impulsy energii. Każdemu towarzyszył głośny dźwięk. Było to łomotanie krwi w uszach, współbrzmiące z biciem serca. W powozie panowała cisza, wampir i Ragnok patrzyli sobie w oczy, pierś elfa dudniła coraz szybciej i szybciej.

Prawą ręką trzymając twarz Ragnoka jak w imadle, lewą dłoń wampir położył na piersi elfa, który poczuł na ciele raptowne łaskotanie.

– Ściskam twoje serce. Rozumiesz? – Słowa padały powoli, zaprawione jadem.

Ragnok rozpaczliwie próbował odwrócić wzrok, lecz z przerażeniem stwierdził, że nie może tego uczynić. Oczy zachodziły mu łzami, oblewał go pot i chcąc nie chcąc wyobrażał sobie zimną dłoń, wnikającą do jego piersi.

Rozlegał się teraz głośniejszy łomot serca, które biło szybko i nieregularnie. Ów dźwięk wypełniał czarne wnętrze karety.

– Ściskam, puszczam, znów ściskam… – szeptał hrabia. Impulsy wypływały z jego oczu z większą częstotliwością, a każdy elektryzował serce Ragnoka. – Wsłuchaj się w mój głos i dokładnie rozważ jego znaczenie. Dotykam paznokciami twojego bijącego serca. Otaczam je palcami. Ściskam. Puszczam. Chwytam je całą dłonią. Wyciągam je z twojego ciała!!! – Z przeraźliwym okrzykiem zwycięstwa wampir wyzwolił olbrzymi impuls energii, wyrwał dłoń z piersi Ragnoka i pomachał triumfalnie zaciśniętą pięścią.

Wysoko w Mikelgardzie, w wielkiej sali obrad, gdzie panował mrok rozjaśniony jedynie mrugającą lampką zestawu, którego używał Ragnok, przy stole siedziała zgarbiona postać. Mężczyzna z głową przechyloną na bok nadal był podłączony do gry, lecz już nie oddychał.

๕ 32 ดง

Epicus Ultima

Wieża stała u zbiegu mnóstwa zagmatwanych eterycznych nici niby ogromna igła wbita w kłębek srebrzystej wełny. Wewnątrz była najzupełniej pusta: wysoka tuba zwężająca się ku czarnemu punktowi u góry. Na zewnątrz jednak łączyła cały wszechświat. Eteryczne nici okrążały planetę, niewidoczne dla oka, splatały się i rozdzielały, tworzyły rozległe zagęszczenia węzłów i drobne włókna: wątek i osnowę świata. A w miejscu ich największego nagromadzenia wznosiła się migotliwa wieża, do której lgnęły na całej długości olbrzymie eteryczne kanały.

Stojąc w samym sercu świata, Erik już rozumiał, jak działają ścieżki. Gdyby jakimś sposobem przyjął eteryczną postać, mógłby przemieszczać się tym oto kanałem jako impuls księżycowego światła i znaleźć się w Cassinopii. Albo tamtym – i odwiedzić podwodne państwo króla Aquiriona. Albo innym, by zatańczyć na powierzchni Sylvanii i wykonać chociażby kilka piruetów w warunkach niskiej grawitacji.

Erik głośno zagwizdał, zachwycony. Dopiero z tego wyjątkowego miejsca można było w pełni ocenić całą wielkość i złożoność Epica. Żałował, że nie ma z nim przyjaciół. Jednocześnie walczył z pokusą kontynuowania gry, badania nieskończonych królestw, które nagle były na wyciągnięcie ręki. Ale oczywiście nie mógł brać pod uwagę takiej możliwości, skoro gra stała się dla Centralnego Biura Alokacji narzędziem sprawowania despotycznej władzy nad światem.

Cindella przeszła się po rozległym wnętrzu. Choć stąpała cicho, jej kroki budziły echa w oddali. Zerknęła na sir Warrena, lecz ten nie zwracał na nią uwagi. Mężny rycerz dowlókł się do wieży tuż za Cindellą. Był cały pocięty i poparzony, ledwo uszedł z życiem. Pomogła mu jednak usiąść i pozostał w tej pozycji, pogrążony w modlitwie i medytacji, odbudowując swoje utracone zdolności rzucania zaklęć. Dopiero za kilka godzin, nie wcześniej, jego stan poprawi się na tyle, że będzie mógł dokonywać skutecznych uzdrowień i wyleczy wszystkie rany.

Powróciwszy do swoich poszukiwań, Erik niepokoił się, że nie widać nigdzie zamka, do którego mógłby włożyć klucz. Po chwili zatrzymał Cindellę, zaciekawiony. Przez całą szerokość wieży, dokładnie jej środkiem, biegł kanał częściowo wypełniony mlecznosrebrną cieczą, która stawała się biała przy ścianach. Ale pośrodku, na długości mniej więcej siedmiu kroków, był ciemny i pusty.

Erik zastanawiał się nad tą osobliwością, gdy nagle posłyszał metaliczny odgłos kroków. Sir Warren stęknął, lecz nowy odgłos zbliżał się z innej strony. Do komnaty chwiejnym krokiem wszedł Svein Rudobrody w swoim wielkim hełmie wojennym. Prędko odkorkował eliksir zdrowia i uzupełnił siły.

– Co pan tu robi? – Cindella podbiegła do niego.

– Nie mogłem się powstrzymać. Kiedy zobaczyłem, jak wzywacie wieżę, zapragnąłem zobaczyć wszystko na własne oczy. Ryzykowałem, ale z odpornością na ogień nie trzeba się bać tych ogarów.

Wojownik przechadzał się wokoło, wzdychając ze zdumienia na widok roziskrzonych pasm eteru, które w niezliczonych ilościach wypływały ze ścian wieży.

– Bestie piekielne! Nie do wiary!

– Czemu nam pan nie pomógł? – zapytał Erik oskarżycielskim tonem.

– Nie do końca chciałem, żeby wam się udało. Bądź co bądź, teraz świat może ulec zagładzie. – Svein spacerował po komnacie, wyraźnie słychać było jego kroki.

– Tak, o ile znajdę zamek.

– Nie wiem, czy to taki świetny pomysł. Szczerze ci powiem, że raczej dość kiepski. Lepiej, żebym to ja się wszystkim zajął, skoro rozprawiłeś się z resztą komitetu. Ale coś mi się zdaje, że cię nie powstrzymam, jeśli będziesz chciał zrobić po swojemu.

Przez pewien czas się nie odzywali. Svein rozglądał się jak wcześniej Erik, zerkając do królestw, do których docierał wzrok dzięki impulsom księżycowego światła, wędrującym eterycznymi ścieżkami.

– Ciekawe, gdzie jest więziona księżniczka? – zastanawiał się głośno.

– Niech pan sprawdzi tam. Chyba ją widziałem. – Cindella wskazała miejsce na północnej ścianie, w pewnej wysokości nad ziemią, skąd jedna z eterycznych nici prowadziła do czarodziejskiej komnaty, niedostępnej inną drogą.

– Hm… Tak, widzę… Aż mnie korci, żeby ją uratować. Inne cele misji już zrealizowałem. Biedaczka, pewnie tkwi tam od lat.

– Więc niech pan po nią idzie. Sir Warren potrzebuje ciszy i spokoju, żeby wzmocnić swoje zaklęcia uzdrawiające.

– A, mniejsza z tym. Może później, jeśli świat przetrwa.

– Co o tym sądzicie? – Cindella podbiegła do kanału, który na końcach połyskiwał srebrem.

Sir Warren spojrzał na nią zmęczonym wzrokiem, ale nic nie powiedział.

– Dziwne – odparł Svein i przeniknął spojrzeniem ścianę wieży za plecami Cindelli.

Odwróciła się. Pierwszy z księżyców Epica, Sylvania, wspinał się na rozgwieżdżone niebo, płomieniście srebrny za półprzeźroczystymi murami budowli. Jej mniejszy nocny towarzysz, Aridia, wschodził po przeciwnej stronie firmamentu. Cindella popatrzyła w dół. Ta część kanału, która dotąd była pusta, wyraźnie się zmniejszyła! W miarę jak księżyce wspinały się coraz wyżej, kanał z dwóch stron wypełniał się srebrnym blaskiem. Pozostała chwila do połączenia się obu świetlistych linii.

– O to chodzi! – zawołał Erik z ożywieniem. – Tam właśnie pojawi się zamek!

– Możliwe. – Svein powiedział to z żalem, choć starał się udawać obojętność. Wciąż przechadzał się po wieży i od czasu do czasu wydawał okrzyk, kiedy dzięki eterycznym niciom odnajdywał brakujące ogniwa, które niegdyś tak bardzo zaprzątały mu głowę.

Cindellę przeszył silny dreszcz, jakby trzęsienie ziemi nagle zakołysało wieżą. Zmieniła się natura światła: w otaczającej ich srebrzystej poświacie pojawiło się zmętnienie. Zupełnie jakby wielowiekowa starość kamiennego kręgu udzieliła się eterycznym kamieniom wieży. Podnosząc wzrok, Erik zdumiał się i niemal zamarł z trwogi. Za nim stał wampir z okrutnym, złośliwym uśmiechem na wargach.

– Znowu się spotykamy i chyba po raz ostatni. – Hrabia raptownie wyciągnął rękę.

Cindella ledwo zdążyła potoczyć się na bok, żeby uniknąć pochwycenia. Zerwała się na nogi i zaczęła biec.

Wampir parsknął rubasznym, szyderczym chichotem.

– Uciekaj, dziewczynko, uciekaj. Niech strach przeniknie twoje serce.

Przeszła przez nią paraliżująca fala. Wampir rzucił zaklęcie, ale była w stanie otrząsnąć się z niego. Nastąpiła złowieszcza cisza. Czy stwór z tyłu frunął bezszelestnie i szybko? Czy był tuż za nią? Skuliła się mimowolnie, wyobrażając sobie, że zaraz otrzyma cios w plecy.

A może powinna uciec jedną z eterycznych ścieżek do krainy, gdzie świeci słońce? Ale jak to zrobić? I co z kluczem?

Sekundę później przestało to mieć znaczenie, ponieważ hrabia pojawił się nagle przed Cindellą. Przegonił ją w postaci niewidzialnej. Jego oczy były niezwykle gorącymi, czarnymi paleniskami, z których buchał mroczny żar, który zdawał się ogrzewać nawet fizyczne ciało Erika. Czuł, jak spływa potem w bibliotece w Nadziei.

Dość tego! Postanowił odłączyć się na chwilę, póki księżyce nie znajdą się w odpowiednim ułożeniu, i porozmawiać z przyjaciółmi. Może wpadną na jakiś dobry pomysł? A jednak… było mu niewiarygodnie ciężko unieść rękę.

– No już, już… – szeptał łagodnie wampir, przysuwając się bliżej. Świdrował go bez przerwy obezwładniającym spojrzeniem.

Chociaż Erik wiedział, że słowa wampira są trucizną odbierającą siły, bezwiednie rozluźnił mięśnie. Było to wyjątkowo nieprzyjemne doświadczenie, a jednak nie umiał się zdobyć na odwrócenie wzroku. Przypomniał sobie, jak leżał w gorączce w szpitalu i patrzył z zewnątrz na swoje ciało na łóżku.

– Ech, Cindello, jesteś przebłyskiem piękna w tym posępnym świecie. – Hrabia głaskał ją po policzkach wierzchem pokrzywionych paznokci, które powoli przesuwał na szyję.

Erik wyraźnie czuł bicie serca. W czarnym zwierciadle wampirzych oczu mógł obserwować swoje tętno: arterie nabrzmiewające na białym gardle. Tętno stawało się szybsze.

– Nie!!! – Sir Warren promieniał złocistą poświatą, świadectwem obecności Awatara. – Ona jest naszą przyjaciółką. Puść ją!

Hrabia warknął, rzucił Cindellę na ziemię i błyskawicznie odwrócił się do rycerza.

– My nie mamy przyjaciół, zwłaszcza wśród tych stworzeń. Bo czy nie jesteśmy jednym? Ale ich… ich są miliony. My jesteśmy sami. – Hrabia próbował przybrać pojednawczy ton, lecz Erik, który szybko doszedł do siebie, wyczuwał w wampirze autentyczne zaniepokojenie, kiedy sir Warren zbliżał się do niego. – Stój! – wrzasnął hrabia. – Przez ciebie zginiemy!

– Trudno. – Sir Warren nagłym ruchem odwrócił srebrne ostrze i trzymając miecz pionowo niczym krzyż, wysunął go do przodu. – Wypędzam cię, istoto podła i zdeprawowana!

– Aaa!!! – Komnatą wstrząsnął tak potworny wrzask, ze Erik musiał zatkać uszy. Wampir zadrżał, padł na jedno kolano i zasłonił twarz ramieniem, skulony. Gdy z postaci rycerza tryskało złote światło i swoimi promieniami parzyło hrabiego, ten wył głosem tysiąca umęczonych potępieńców.

A jednak wampir nie dawał za wygraną i uparcie pozostawał w wieży. Stopniowo krzyki ucichły i odbywały się już tylko ciche zmagania. Hrabia zesztywniał i ze zdumiewającym uporem próbował stanąć na nogach. Erik zauważył ze zgrozą, że czyste, złote światło promieniejące z rycerza staje się zabrudzone; nieznacznie się zmieniało, cząsteczka po cząsteczce, uzyskując miedziany odcień, jakby w powietrzu wokół wampira rozproszyła się kropla krwi.

– Śmierć i zniszczenie! – zaklął Svein. – Kim oni są?

Erik oprzytomniał i nic nie mówiąc, skierował spojrzenie na środek kanału. Dwie linie światła były już bardzo blisko siebie. Cindella podbiegła do miejsca, gdzie musiały się zetknąć, wyciągnęła klucz ze szkatułki i stanęła w gotowości. Dopiero wtedy Erik zaryzykował i obejrzał się na walczących.

Wampir krok po kroku, mozolnie, przybliżał się do sir Warrena. Rycerz wparł się nogami w ziemię – jedną odsunął do tyłu – i trzymał oburącz odwrócony miecz, który błyszczał jak gwiazda. Jednakże zepsute włókna rozpychały się wśród złotych promieni i rzucały ciemnoczerwone cienie, tworzące dziwne kształty na ścianach wieży. Jeszcze jeden krok i wampir już prawie dotykał miecza; jego oblicze wykrzywiało się z bólu, w szeroko rozwartej paszczy połyskiwały ostre siekacze.

Erik aż pojękiwał, niecierpliwie poganiając w myślach srebrne linie blasku, żeby spotkały się jak najszybciej. Dzieliło je tylko kilka cali.

Wampir położył ręce na dłoniach sir Warrena i miecz powoli zaczął się obniżać. W całej wieży światło wyraźnie przygasło i z odległego szczytu schodziła ciemność. Nadzieje Erika odżyły, kiedy zajaśniała złota błyskawica i wampir znowu wrzasnął wniebogłosy. Złączeni ze sobą, wzajemnie zadawali sobie tortury.

W tej sytuacji Erik mógł tylko odwrócić wzrok i popatrzeć pod nogi swej klęczącej postaci. Srebrzyste fale zbliżały do siebie swe wypukłe czoła i w końcu się ucałowały. Księżycowy blask przepływał kanałem z jednego końca do drugiego, a pośrodku, dokładnie u stóp Cindelli, pojawił się błyszczącymi srebrnymi zgłoskami napis *fines facere mundo*, otaczający małą dziurkę od klucza.

– Erik! – Svein już stał koło niego z zapałem widocznym na twarzy. – Proszę cię, pozwól mi to zrobić. Poświęciłem życie, żeby to rozpracować. – Wyciągnął rękę.

Cindella pokręciła głową odmownie.

Svein westchnął.

– No cóż, kto jak kto, ale ty nadajesz się do tego najlepiej. Jesteś świetnym graczem, bystrym, inteligentnym, do tego walczysz widowiskowo. Oglądałem bitwę. Twoja drużyna była niezrównana. Tyle lat uczę na uniwersytecie i nie widziałem jeszcze tak śmiałych i skutecznych manewrów.

Były to pochlebne słowa, lecz Erik nie odpowiedział. Pośpiesznie wpasowywał klucz do dziurki.

– Przestań natychmiast! – Svein dobył miecza, ale obaj wiedzieli, że to czcza pogróżka. Mimo to uderzył w rękę Cindelli z siłą, która wystarczyłaby do odcięcia dłoni. Jeśli łudził się, że wieża jest czymś na podobieństwo areny, w której graczom wolno atakować się nawzajem, to srodze się rozczarował. Cindelli absolutnie nic się nie stało. – Oczywiście! Czemu o tym wcześniej nie pomyślałem! – Svein prędko podbiegł do sir Warrena i hrabiego, wciąż zajętych walką, i głowicą miecza uderzył rycerza w tył głowy.

Miecz sir Warrena upadł z brzękiem na ziemię, a jego ciało osunęło się w ramiona wampira, który z obrzydzeniem odrzucił je daleko od siebie. Zaraz też skierował spojrzenie na Cindellę, która wreszcie zdołała umieścić klucz w zamku.

– Wstrzymaj się! – Wampir włożył w te słowa całą siłę przekonywania, na jaką mógł się zdobyć.

– Nie. – Cindella chwyciła mocno klucz i przekręciła go do samego końca.

***

Na rubieżach wszechświata gwiazdy znikały z nieba; ich blask i materię zasysały drobne włoskowate zakończenia eterycznych nici. Te zaś cofały się wraz z pękami włókien do olbrzymich zwojów. Nad wieżą, z początku powoli, gasły skrzące się światełka i rozrastał się mrok. Nie były to ciemności nocnego nieba, lecz absolutna czerń – nicość.

Proces nabierał tempa. Ciemniejący kosmos kurczył się, aż jego los podzieliły księżyce, które zapadły się w sobie jak przebite piłki i zostały wciągnięte w niebyt. Zmiany wciąż przyśpieszały. Chmury zrzuciły całą swoją wilgoć. Wysokie góry topiły się i karlały; po chwili przypominały niepozorne wzniesienia, a później już nic po nich nie zostało. Morza się opróżniły, jakby otworzył się pod nimi gigantyczny syfon. I dalsze przyśpieszenie: przeciwna strona planety zwijała się w ich stronę, spychając resztkę odgłosów i kolorów jak potężną lawinę.

– Coś ty zrobił?! – Po twarzy wampira płynęły łzy.

Światło, dźwięk – wszystko skupiło się i znikało w jednym punkcie, pod palcami Cindelli. Z hukiem zamknęły się drzwi.

***

Erik odłączył się i przeciągnął, nadal oszołomiony spektakularną zagładą świata gry.

Zebrani wokół niego przyjaciele przypatrywali mu się uważnie.

Uśmiechnął się niepewnie.

– I co, koniec? – zapytał Bjorn.

– Tak. Już po wszystkim.

Injeborg podbiegła i uścisnęła go serdecznie.

– Brawo, Erik! Brawo!

Tulił ją do siebie. Z każdym uderzeniem serca odczuwał większą ulgę i narastającą przyjemność.

– I co teraz? – przerwała im Sigrid.

Injeborg wyrwała się z jego ramion, uśmiechnięta, i przelotnie spojrzała mu w oczy.

– Thorstein, masz łączność z innymi bibliotekami? – przeszła do rzeczy.

– Tak, tak. Ale ciekawa sprawa. Nie ma menu postaci, nie ma aren. Po prostu nie ma gry. Został tylko poziom techniczny.

– Dobrze! – uradowała się. – Trzeba rozesłać wiadomości do wszystkich okręgów, że o godzinie ósmej naszego czasu odbędzie się narada. Mamy sporo do zaplanowania. W zasadzie cały świat.

ဢ 33 ෬

Przyjęcie

Na rozległym placu w Nadziei zakończono już przygotowania do przyjęcia. Z myślą o późniejszych tańcach pozostawiono trochę wolnej przestrzeni, lecz resztę miejsca zajmowały długie rzędy ciasno upchanych stołów i ław. Pomiędzy błyszczącym dachem biblioteki a sąsiednimi domami, krytymi czerwoną dachówką, rozpięto na sznurach kolorowe chorągiewki. Poniżej olbrzymi tłum ludzi, przybyłych z najdalszych krańców okręgu, napełniał plac niezwykłą wrzawą biesiadną. Dorośli mogli się raczyć miodem pitnym z dawnych zapasów, a dzieci rozkoszowały się nieznanym dotąd uczuciem swobody, która charakteryzowała się tym, że mogły się bawić na dworze do późnego wieczora, zamiast rozwijać w Epicu swoich bohaterów.

Gracze Osterfjordu nie zdołali się wymigać od miejsc honorowych, choć w swej skromności woleliby usiąść razem z pozostałymi mieszkańcami wioski.

– Słyszałeś, Erik, że nazwali ten dzień Świętem Cindelli? Twój bohater przeszedł do historii. – Thorstein uśmiechał się promiennie, pałaszując równocześnie szarlotkę.

– Fajna sprawa, ale Cindella nie wykazała się w bitwie aż tak bardzo. To D. E. zasłużył na zaszczyty. Jego wojownik dokonywał bohaterskich czynów.

Słysząc swoje imię, D. E. przerwał rozmowę z Judną, dziewczyną siedzącą obok niego, i popatrzył na Erika.

– O co chodzi?

– Mówimy o bitwie – wyjaśnił Erik. – Prawdziwą gwiazdą byłeś ty.

D. E. uśmiechnął się, przypominając sobie tamtą walkę.

– Co za przeżycia! Wielka szkoda, że Epic się skończył. Takiego kopa nie dostaniecie w prawdziwym życiu.

– Wiem – zgodził się Erik. – Trzeba było zobaczyć te miejsca, które łączyły się z Eteryczną Wieżą. Rewelacja. Hej, Thorstein, ty też żałujesz, że wszystko się skończyło? No wiesz, cała wiedza zgromadzona w bibliotekach stała się bezużyteczna.

– Posłuchaj, młodzieńcze – zaczął bibliotekarz surowym mentorskim tonem, z którym jednak kłóciły się wesołe błyski w oku i czerwony rumieniec. – Epic to mniej niż jeden procent informacji zawartych w bibliotekach. Posiadamy niezwykle pożyteczną wiedzę w zakresie wszystkich dziedzin sztuki i nauki. Korzystajcie z niej, bądźcie wartościowymi członkami społeczeństwa. – Zawahał się. – Żałuję tylko jednego: że nie zdążyłem wydać swoich pięćdziesięciu tysięcy bizantów. Powinniście byli mnie uprzedzić, że kończycie grę. – Zachichotał i pociągnął głęboki łyk miodu. – A co z wami? Co będziecie teraz robić, skoro to, czego nauczyliście się w Epicu, jest już niepotrzebne?

Erik westchnął z udawanym strachem.

– Zacznę od posprzątania na farmie. Niedługo do domu wrócą rodzice.

– A potem?

– Nie wiem. – Lekka atmosfera rozmowy stała w sprzeczności z poważnymi myślami, które krążyły mu po głowie. Możliwość wyboru była dla niego czymś nowym, lecz koniec Epica położył też kres przesiedleniom. Wolność nie tylko dawała poczucie swobody, ale wprowadzała też pewną dezorientację. Druga rzecz, że nie był to wcale prosty wybór. – Myśleliśmy z Inny, że może zostaniemy w Nadziei i w przyszłym roku przerobimy sześć miesięcy na solniskach. Żeby mieć to z głowy raz na zawsze. Potem chyba uniwersytet. Inny nadal chce się zajmować badaniami.

Trzymali się za ręce pod stołem, więc gdy delikatnie ścisnęła jego dłoń, pierś wezbrała mu uczuciem szczęścia.

– Racja, mądrze myślisz. To robota dla młodych. Cieszę się, że nam, starszym, zaproponowano łatwiejsze prace. A ty co powiesz, Bjorn? Nie żal ci, że Epic się skończył?

– Pioruny i strzały, nie! – Brat Inny tak zawzięcie potrząsnął głową, że wszyscy się roześmiali. – Nie cierpiałem go! Masz pojęcie, ile godzin spędzałem przed pracą i potem, żeby rozwinąć swojego wojownika? Strasznie się cieszę, że wreszcie mam czas malować. – Przerwał na chwilę. – Ale podobało mi się spotkanie z królem utopców. Gdyby było więcej takich przygód, może tak bardzo bym nie psioczył.

– A mnie, wiesz, będzie brakowało twojego wiadrogłowego wojownika – zażartował Erik.

– Mnie nie. – Bjorn poczęstował się kolejnym kawałkiem ciasta.

– A ja na pewno będę tęsknił za Cindellą – ciągnął Erik. – Dzięki niej wydawało mi się, że mogę wszystko. Była taka odważna, sprytna, wszechstronna…

– Nie. – Injeborg patrzyła na niego oczami pełnymi czułości. – Nie ona, tylko ty.

Podziękowania Autora

Z serca płynące podziękowania kieruję do osób, które miały wpływ na kształt niniejszej książki.

Są to między innymi: Aoife, Ballanon, Barbara, Barthabus, Brajakis, Compte, Conor, Creno, Glarinson, Hanna, Ishy, Jillumpy, Juno, Kalpurnia, Mindgolem, Roisina, Rubblethumper, Sarant, Semefis, Spinespike, Sliperi, a zwłaszcza Susan, moja redaktorka.

Conor Kostick jest pomysłodawcą pierwszej na świecie gry fabularnej fantasy rozgrywanej na żywo, której scenografię przygotowano we wnętrzach Zamku Peckforton w Cheshire. Mieszka w Dublinie, gdzie wykłada historię średniowiecza w Trinity College. Jest autorem prac historycznych, licznych esejów na temat kultury i polityki oraz strategicznej gry planszowej. Należy do irlandzkiego Związku Literatów (dwa razy mu przewodniczył). Mimo swoich badań historycznych, wysiłków literackich i politycznego zaangażowania znajduje jeszcze czas na gry sieciowe. *Epic* to pierwsza powieść fantastyczna w jego dorobku. Jest również współautorem powieści *The Easter Rising: A Guide to Dublin in 1916* (Powstanie wielkanocne. Przewodnik po Dublinie roku 1916) oraz współredaktorem antologii *Irish Writers Against War* (Irlandzcy pisarze w sprzeciwie wobec wojny), zbioru prozy i poezji irlandzkich autorów w odpowiedzi na groźbę wojny w Iraku.